STURM DER WUT

SEVER SQUAD
BUCH 6

A.R. KNIGHT

VORSTELLUNGEN

Das ausgebeutete System hatte wenig zu bieten. Ihr Ziel, Aurum Drei, kam auf der Frontscheibe der *Prisa* in den Fokus. Ein ferner blauer Stern warf sein Licht am Schiff des Sever Squads vorbei, als es sich näherte, und beleuchtete die gelbbraune Oberfläche des Planeten. Dunklere, verschwommene Linien bewegten sich über das Land, wie lebendige Schmierflecken, die über Papier marschierten.

»Gewaltige Stürme«, bemerkte Eponi, die im Pilotensitz saß. »Nie lustig, darin zu rasen.«

»Oder zu kämpfen«, erwiderte Aurora, die neben Eponi im Co-Pilotensitz saß.

Beide hatten ihre randvollen Kaffeebecher, um für den ersten wirklich wichtigen Tag seit Monaten wach zu werden. Hautanzüge – Eponis in sanftem Gold, Auroras in Blutrot – schmiegten sich an ihre Körper und ermöglichten schnellen Zugang zur Energierüstung. Eponis linker Arm trug keinen Gips mehr, der gebrochene Knochen hatte sich selbst wieder zusammengefügt. Die linke Hand der Pilotin trommelte nervös auf ihrem Oberschenkel.

Eingerostete Nerven. Der Preis eines Urlaubs.

Nicht dass Sever viele Möglichkeiten gehabt hätte. So sehr Aurora auch die Agentin Vana bis zu dieser Welt hätte verfolgen wollen, Sever hatte Gillane Vier angeschlagen und erschöpft verlassen. Die Kämpfer hatten kaum geschlafen, waren tagelang auf Adrenalin und allem anderen, was sie funktionsfähig halten konnte, unterwegs gewesen. Laserverbrennungen, Gehirnerschütterungen, Messerschnitte und Schlimmeres mussten versorgt werden.

Aber nach mehr als hundert Tagen der Genesung, Reparatur und Neuausrichtung ihres Trupps auf seine Mission und seinen Platz in einer Galaxie, die Sever nun als eine Gruppe betrachtete, die festgenommen oder zerstört werden sollte, fand Aurora, dass sie lange genug gewartet hatten.

Wichtiger noch, Auroras vielleicht-mehr-als-Freund und DefenseCorp-Admiral Deepak hatte die Nachricht geschickt, dass es Zeit sei.

Vana, die DefenseCorp-Agentin, die ein Programm zur Entwicklung nahezu unsichtbarer Energierüstungen gekoppelt mit genetisch verbesserten Soldaten leitete, hatte beschlossen, für ihre Ansprüche einzustehen und die Führungskräfte von DefenseCorp an einem Ort zu versammeln. Dort würde Vana, laut Deepak, die Führung des massiven, galaxieumspannenden Unternehmens davon überzeugen, dem Plan zuzustimmen und eine neue Streitkraft zu schaffen, die nicht so sehr Hilfsverträge abwickeln, sondern vielmehr einen eisernen Schleier über die Zivilisation legen würde.

Schließlich, wer könnte gegen einen Feind kämpfen, der überall sein könnte?

»Wir hätten bleiben können«, sagte Sai, Severs Haushälter und Schwertmeister. Seine Stimme kam über die

Sprechanlage der *Prisa*, aus dem rechten Geschützturm des Schiffes driftend. »Die Kohle war ziemlich gut.«

Die Station, ein freigeistiger Mittelpunkt in einem großen Asteroidengürtel, hatte Sever einen festen Vertrag für Sicherheitsdienste angeboten. Obwohl Aurora es in Ordnung gefunden hätte, betrunkene Bergleute für einen stetigen Lohn am Rande der Galaxie zu verprügeln, hatte sie diese Rolle schon einmal gespielt und zusehen müssen, wie DefenseCorp einschwebte und die Arbeit wegschnappte.

»Wie lange, glaubst du, würden wir durchhalten, bevor Vanas neue Spielzeuge es uns wegnehmen würden?«, sprach Rovo, der Kommunikationsexperte des Trupps und dritter Insasse des Cockpits, für Aurora. »Wir würden uns langweilen, und dann wären wir tot.«

Rovo hatte seine eigenen Gründe, Vana anzugreifen. Ganz Sever hatte sie. Dieses ziehende, brennende Gefühl saß falsch in Aurora: Rache war normalerweise kein Thema, weil Auroras Feinde dazu neigten, lange bevor sie zu einem nagendem Problem wurden, zu sterben. Vana jedoch entkam weiterhin, verdrehte die Kämpfe so, dass sie keine eindeutigen Lasertags waren, bis eine Seite rauchend am Boden lag. Wie Bausteine, die sich zu einem wütenden Turm aufbauten, hatte Aurora die Erholungszeit auf der Station damit verbracht, alle Gründe zusammenzutragen, warum sie Vana zu Asche verwandeln musste.

Und jetzt waren sie angekommen.

»Sag mir, dass ich Dinge sehe«, sagte Eponi und nickte in Richtung des Glases.

Neue Unvollkommenheiten zogen sich über die Oberfläche des Planeten, als sich die *Prisa* näherte. Was wie Kleckse ausgesehen hatte, normale Schmierflecken auf einer aus der Ferne betrachteten Landschaft, wurde schärfer. Verschwommene Linien wurden zu geraden Kanten, die mit von Menschenhand geschaffenen Maschinen in Verbindung gebracht wurden. Ein oder zwei hätten Vanas eigene Streitkräfte bedeuten können, aber als die *Prisa* näher kam, tauchten diese Punkte immer häufiger auf und wurden größer.

»Sie haben nicht nur sich selbst mitgebracht«, sagte Aurora, die es nicht glauben wollte. »Sie haben tatsächlich auch ihre Kommandos mitgebracht.«

»Das wird eine Menge Verträge verbrennen«, fügte Rovo hinzu, als ob das Aussprechen dieser Worte hier all diese Admiräle dazu bringen würde, in ihre Schiffe zurückzuspringen und nach Hause zurückzukehren.

»DefenseCorp muss dafür eine Menge Geld verlieren«, stimmte Eponi zu. »Schau dir all diese Kreuzer an. Ich verstehe das nicht?«

Aurora grübelte schweigend und formulierte sowohl eine Antwort als auch eine Eingebung: »Sie sind hier, weil sie ein Stück vom Kuchen wollen. Vana wirbt für Anzüge *und* ein genetisches Upgrade. Man kann seinen Soldaten keine Dosis geben, wenn sie auf der anderen Seite der Galaxis sind. Aber es bedeutet auch, dass wir das Publikum haben, nach dem wir suchen.«

»Die Admiräle?«, fragte Rovo. »Wussten wir nicht, dass sie hier sein würden?«

»Nicht sie. All die Soldaten. Die Mitarbeiter. Die Piloten und die Mechaniker. Wenn wir ihnen zeigen können, was Vana plant, was dieses Virus tatsächlich bewirken wird, wird DefenseCorp es nicht vor so vielen Leuten verbergen können. Nicht so, wie sie es mit Dynas gemacht haben.«

Dieser Planet mit seinen geheimen Experimenten war der Aufmerksamkeit der Galaxis weitgehend entgangen.

Sever war zu einer verpfuschten Rettungsmission auf die vermeintlich leere Welt geschickt worden, nur um ein wucherndes Projekt zu entdecken, das seine Versuchspersonen in Nahrung für eine gefräßige Krankheit verwandelte. Wütende, zerstörerische Nahrung, aber nichtsdestotrotz Nahrung.

Nur mit extremer Kälte war es Sever gelungen, die Krankheit auszurotten, bevor sie sie alle dahinraffte.

»Ich glaube, du überspringst einen Schritt, Kapitän«, sagte Eponi. »Wir werden in ein paar Minuten auf einer ganzen Menge Sensoren auftauchen, und ich kann mir nicht vorstellen, dass sie freundlich gesinnt sein werden.«

»Willst du damit sagen, dass die Leute uns nicht mögen?«, fragte Rovo.

»Ich dachte, jeder würde den Kapitän lieben«, sagte Sai.

Aurora verzog das Gesicht. Sais Sarkasmus enthielt einen Funken Wahrheit. Auroras Name, der Name des Sever Squads, würde vielen in diesem Schwarm dort vorne bekannt sein. Sobald die *Prisa* auf ihren Scannern auftauchte, würden all diese Kreuzer, Fregatten und Jäger herausfinden, wer das Schiff flog. Wenn sie das täten, könnten all die Missionen, bei denen Sever ins Herz des Feindes eingedrungen war, um DefenseCorp-Vermögenswerte und -Ärsche zu retten, vielleicht etwas wert sein.

Oder, als das Überwachungssystem der *Prisa* einen schrillen Piepton von sich gab, auch nicht.

»Sieht aus, als wäre der Spaß vorbei, Kinder«, witzelte Eponi. »Wir bekommen feindliche Signale. Raketenzielerfassungen, Radar-Entfernungsmesser, den ganzen Kram. Letzte Chance umzukehren, Aurora.«

»Du kennst die Antwort bereits.«

»Wir stürzen uns rein, mit Kanonen donnernd«, bestätigte Eponi. »Das ist es, was ich an dieser Crew liebe. Egal wie düster es aussieht, wir schießen einfach weiter, bis sich die Chancen ändern.«

»Da steckt irgendwo ein Motto drin«, sagte Sai. »Eponi, wie sieht unsere Zuteilung aus?«

»Du bekommst gerade genug zum Spielen«, antwortete Eponi. »Triebwerke und Schilde bekommen den Rest. Das ist kein Kampf, das ist ein Sprint.«

Aurora lehnte sich im Sitz zurück und betrachtete die Schiffe, die um Vanas auserwählte Welt verteilt waren. Eponi steuerte die *Prisa* auf den lockersten Knoten zu, der ihnen dennoch einen direkten Weg zur Oberfläche ermöglichte. Die Pilotin hatte reichlich Auswahl: Dies war keine geschlossene DefenseCorp-Flotte, die einen Angriff erwartete, sondern ein Offiziers-Eintopf, bei dem jeder einzelne Kommandant selbst entschied, wo er seine Schiffe parken wollte, während sie auf den Planeten hinabstiegen.

Hmm. Aurora könnte das vielleicht ausnutzen.

»Eponi, gib mir einen Übertragungskanal«, sagte Aurora.

»Lust auf eine Ansprache?«

»So in der Art.«

Auroras Konsole piepste und schaltete den kleinen Bildschirm auf eine breite grüne Zielliste um. Aurora konnte auf die Schiffsnamen tippen, um sie von der Übertragung auszuschließen, aber sie wollte keine Favoriten spielen.

Der Kaffee war lauwarm geworden, aber die Flüssigkeit linderte ihre nervöse Kehle. Aurora konnte tausend Truppen in die Zähne des Feindes führen, ohne mit der Wimper zu zucken, aber eine kühne Ansprache vor Tausenden, vielleicht Millionen zu halten? Nein danke.

Die Dinge, die sie für Sever Squad tat.

»An alle DefenseCorp-Schiffe«, begann Aurora und

ließ den standardmäßigen Anfang den Weg für den nächsten Teil ebnen. »Hier spricht Sever Squad und ihre Kommandantin. Wir geben bekannt, dass wir euren Perimeter auf dem Weg zur Oberfläche passieren werden.« Ein Atemzug. Jetzt kam das Spiel. »Ungeachtet dessen, was eure Systeme euch vielleicht sagen, wurde uns eine einmalige Durchfahrt gewährt. Wenn ihr auf uns feuert, feuert ihr auf euch selbst.«

Kühne Worte, lächerliche Worte. Eine Behauptung, die jeder kompetente Offizier in einem Atemzug weglachen und im nächsten seinen Soldaten den Feuerbefehl geben würde.

Außer dass jedes Schiff, das jetzt auf die *Prisa* zielte, von Stellvertretern geführt wurde. Anführer, die nicht alle Details hatten, die weder den Rang noch die Verantwortung besaßen, zu entscheiden, ob ein einzelnes sich näherndes Schiff Freund oder Feind sein sollte.

»Funktioniert es?«, fragte Aurora in die Stille hinein.

»Wir werden immer noch anvisiert«, antwortete Eponi, »aber niemand hat bisher abgedrückt.«

»Eine Stimme wie Honig, sage ich immer«, fügte Rovo hinzu. »Jeder vertraut dir.«

Aurora wischte von der Übertragung weg und schaute auf die Scanner. Die *Prisa* gewann an Geschwindigkeit, während Eponi das Zögern ausnutzte und mehr Energie von den Waffen des Schiffes abzweigte und den hungrigen Triebwerken zuführte. Die Scanner zeigten lange ovale orangefarbene Fregatten, rote Jägerpunkte und dicke Kreuzerkreise. Die Masse trieb in Richtung des Eintrittswegs der *Prisa*, aber sie hielten auch alle Abstand zueinander. Keine koordinierte Strategie.

»Schau dir das an«, sagte Eponi. »Die *Nautilus* fliegt immer allein. Haben vergessen, für wen wir arbeiten.«

»Früher gearbeitet haben«, stellte Aurora klar, aber sie konnte den Anblick nicht leugnen.

Draußen, die Positionslichter nun sichtbar, schnitten die Kolosse, die das Arsenal von DefenseCorp bildeten, aus allen Winkeln in die Sicht. Riesige Triebwerke, viele Male größer als die *Prisa*, leuchteten in Farben von sanftem Gelb bis zu heißem, wildem Blau. Die metallenen Kolosse zogen unter und über ihnen vorbei, und Aurora konnte schwenkbare Geschütztürme erkennen, die sich bewegten, um Severs Schiff beim Vorbeiflug zu verfolgen.

»Freunde links«, sagte Gregor, Severs eigener lebender Koloss. Gefangen im linken Geschützturm der *Prisa*, war Gregor seit Gillane Vier stiller geworden und wählte seine begrenzten Worte mit Bedacht, als riskierte jedes einzelne, eine Emotion zu verraten, einen Riss in der Rüstung des Mannes. »Feuer?«

»Finger weg von den Abzügen«, sagte Aurora, obwohl sie ein Zusammenzucken unterdrücken musste, als Gregors Freunde, ein Kampfflieger-Trio, am Cockpit vorbeirasten. Die wellenartigen Schiffe, eine dünne Kante, die vor Kanonen schäumte, stellten sicher, dass die *Prisa* wusste, dass sie auf tausend Arten sterben würde, wenn sich irgendetwas ändern sollte. »Wir helfen niemandem, wenn wir uns hier einmischen.«

All die Offiziere, von denen Aurora gehört hatte, würden jetzt prüfen und bei ihren Kommandeuren nachfragen. Vana selbst würde wahrscheinlich bald davon erfahren. Einer würde zurückkommen und Severs Zerstörung befehlen.

Die Frage war nur, wann.

»Kommt Deepak?«, fragte Rovo.

»Warum ist das jetzt relevant?«, erwiderte Aurora.

»Ist es wohl nicht, aber wir fliegen hier rum«, sagte

Rovo. »Ich kann nicht viel tun, also, äh, dachte ich, ich stell mal 'ne Frage?«

Aurora warf dem Neuling über ihre Schulter einen hochgezogenen Augenbraue zu. Eponi schien jedoch darauf konzentriert, die *Prisa* auf ihrem Kurs zu halten – angezeigt durch einen durchscheinenden grünen Pfeil, der durch die Flotte und zur Oberfläche von Aurum Drei führte – und weder Sai noch Gregor hatten ein weiteres Update.

»Ich weiß es nicht«, gab Aurora die einzige Antwort, die sie hatte.

Das Gespräch war schmerzhaft gewesen. Der Park auf Gillane Vier, als Deepak sagte, Sever wäre für immer Ziele, es sei denn, es geschähe ein Wunder. Aurora machte es nichts aus, unter Beschuss zu geraten, aber unter Deepaks Warnung verbarg sich eine zweite, härtere Wahrheit: Die beiden hatten in der kurzen Zeit zwischen dem *Nautilus*-Aufstand und den Kämpfen auf Gillane Vier schwelende Glut wieder entfacht. Diese Funken waren in jenem Park erstickt worden, und seitdem hatte Deepak nur noch kalte Ratschläge geschickt.

»Vielleicht solltest du schauen, ob er in der Nähe ist«, sagte Rovo, »denn wenn das so läuft, wie wir hoffen, wetten ich, dass wir nicht viele Freunde in diesem Haufen haben werden.«

»Er weiß, wo wir sind«, sagte Aurora.

»Gut«, warf Eponi ein. »Diese Verriegelungen beginnen sich aufzuheizen-«

»Raketen abgefeuert!«, schrie Sai. »Eponi, gib mir etwas Energie, oder wir sind erledigt!«

Aurora beugte sich vor und wischte über den Scanner, während Eponi das Schiff in einen Korkenzieher warf und auf den Planeten zulenkte. Aurora wünschte, sie hätte einen der Geschütztürme übernommen, wünschte, sie könnte etwas anderes tun, als zuzusehen, wie der Tod ihr Schiff und ihre Crew heimsuchte.

Aber Aurora würde warten müssen, bis sie gelandet waren.

Dann, ja dann würde sie ihren Durst stillen.

[2]

GESCHÜTZSPIELE

Zugegeben, der bevorstehende Tod tat einiges, um von der spektakulären Aussicht abzulenken. Von der Windschutzscheibe seines Geschützturms aus bewunderte Sai die zusammengedrängten Schiffe, deren Masse sich auf strategisch schreckliche, aber fotografisch wunderschöne Weise vermischte, während ungleiche Offiziere und gelangweilte Piloten um die beste Position kämpften. Massive Kreuzer, größer als die *Nautilus*, schoben kleinere Fregatten und Korvettengruppen beiseite wie ein Stein, der Wellen im Wasser schlägt. Lichter in allen Farben signalisierten Absichten und setzten punktierte Heiligenscheine in die Dunkelheit.

Die ganze Szene wurde zackig, als die weißglühenden Knalle gegen diese prächtigen Schiffe schlugen. Raketen zündeten, Zünder befahlen den Batterien, alles zu geben und in Richtung Sever und ihr Schiff zu brennen.

Die erste Salve kam von einer nahen Korvette, einem Schiff, das nicht viel größer als die *Prisa* war, aber vor Waffen strotzte. Die münzförmige Korvette trug ihre Raketenwerfer wie eine Krone auf der Oberseite, jeder spuckte der Reihe nach ein kleines Geschoss aus. Die Geschwindigkeit des Schiffes ließ die Rauchwolken zurück, ein nebliges Zeichen dafür, dass der Angriff begonnen hatte.

Sai tippte auf die Konsole in seiner Nähe und stellte den Geschützturm auf Streumunition um. Die Korvette näherte sich von seiner Seite, und nachdem er den eingehenden Alarm in den Funk geschrien hatte, drehte Sai den Turm herum und drückte den Abzug, in der Hoffnung, dass Eponi ihm etwas Energie zum Spielen gab.

Die Pilotin enttäuschte Sai nicht, und der Geschützturm der *Prisa* explodierte wie ein billiges Feuerwerk. Heißes Licht explodierte überall in Richtung des Turms, die Fokussierspiegel in den Läufen des Turms rotierten mit wahnwitziger Geschwindigkeit, um Bolzen in einem weiten Feld auszusenden. Sie wären viel zu schwach, um den Rumpf eines Schiffes zu durchdringen, würden gegen Schilde nicht viel ausrichten, es sei denn, Eponi flog nah genug heran, dass Sai das Ziel küssen könnte. Aber gegen eine hauchdünne Rakete?

Wenn die Raketen beim Start weißen Rauch ausstießen, explodierten diese Dinger gleißend hell. Jede Rakete war mit unterschiedlichen Zielen beladen, von knisterndem Blau zur Ausschaltung von Elektronik über rosiges Rot für Hitze bis hin zu sonnigem Gelb für Schallwellen. Defense-Corp setzte darauf, jeden Widerstand mit einem vielfältigen Angriff zu überwältigen, und Sai hakte in seinem Kopf jede Farbe von der Liste ab.

Zwölf Raketen in einer Salve, und Sai atmete erst auf, als er zwölf Explosionen sah. Die Raketen hatten getan, was Raketen eben tun, und waren direkt auf die *Prisa* zugeflogen, geradewegs in die Streufeuer-Schüsse.

»Wie in alten Zeiten«, rief Gregor über den privaten

Turm-zu-Turm-Kanal, der die Schützen synchron halten sollte, ohne den Piloten zu stören.

»Etwas andere Kulisse.«

Sai und Gregor besetzten zusammen mit Aurora üblicherweise die Geschützpositionen bei allen Landeanflügen der Landefähre auf Kriegsgebiete. Die beiden hatten mehr Raketen abgeschossen, als Sai zählen konnte. Die Erfahrung verhinderte, dass die Angst, die einem den Hintern zusammenkniff, Sais Konzentration brach.

Das bedeutete nicht, dass er an diesem Abend nicht um etwas Hochprozentiges bitten würde.

Vorausgesetzt, es gäbe nach all dem überhaupt noch einen Abend.

Eponi trieb die *Prisa* vorwärts, in einem Sprint auf die Atmosphäre des Planeten zu. Sai hielt Ausschau nach weiteren Raketen, aber die Korvette hatte es sich anders überlegt und hielt ihre Raketenwerfer von einer zweiten Salve zurück.

»Haben sie Angst?«, fragte Sai.

»Sie ändern die Taktik«, antwortete Gregor. »Jäger, auf beiden Seiten.«

Sai schwenkte den Turm zurück in seine Standardfeuerposition und runzelte die Stirn angesichts der ihm verbliebenen Energie. Eponi ließ die *Prisa* ihre Energie an die Triebwerke senden, mit einem bisschen Reserve für die Schilde, was nur eine winzige Konzession für Gregor und Sai übrig ließ.

»Eponi«, sagte Sai über den allgemeinen Schiffskanal, »wenn du willst, dass wir Verteidigung spielen, musst du uns etwas mehr geben.«

»Kann ich nicht«, erwiderte Eponi schnippisch, als ob Sai und Gregor um Süßigkeiten bäten.

»Wir feuern nicht auf DefenseCorp-Schiffe«, übernahm Aurora, ihr stählerner Ton ließ keinen Widerspruch zu.

Aber die Kapitänin saß nicht in Sais Stuhl, hatte nicht Sais Blick, der sechs sich in Angriffsformation aufstellende Jäger fixierte, die zusammen die *Prisa* in nichts als brennende Asche verwandeln würden.

»Aurora, wir greifen DefenseCorp's Führungsspitze auf einem Planeten an, den sie kontrollieren«, sagte Sai und erhob diesen Widerspruch, weil es sonst niemand konnte. Niemand diente länger mit Aurora, niemand verstand besser, wie sie dachte, als er. »Sie werden sowieso schon wütend genug auf uns sein.«

»Wir tun es nicht. Lenkt sie ab. Führt sie in die Irre. Sobald wir die Atmosphäre erreichen, sind wir unten, bevor sie Schaden anrichten können.«

Noch bevor Aurora zu Ende gesprochen hatte, blitzten die ersten Laser von den Jägern in Richtung *Prisa*. Eponi riss das Schiff in ein weiteres Manöver, eines von einer endlosen Serie, die sich nie zu wiederholen schien. Die ersten Schüsse prallten an den Schilden der *Prisa* ab und verpufften an der Energiebarriere. Die folgenden Strahlen brannten vorbei und trafen präzise nichts.

Gregors Pfeifen drang über den Funk, als Eponi den Aufwärtsschwung umkehrte und genau in dem Moment zurückschnitt, als die Jäger ihrem ersten Manöver nachsetzten. Sai musste dem Hammermann zustimmen: Eponis scharfes Fliegen verschaffte ihnen Sekunden, und in einem Spiel von Minuten konnte das den Unterschied ausmachen.

»Nahkampf?«, sagte Sai über den Geschützkanal.

»Einzige Option«, stimmte Gregor zu.

Mit den Fingern an den Abzügen setzte Sai Auroras

Täuschungsbefehl um. Er feuerte und schickte gelbe Energieblitze auf die Jäger zu. Er zielte bewusst daneben, knapp neben die Stellen, wo die Jäger sein würden, sodass die Schüsse vorbeigingen. Die Jäger reagierten, brachen aus ihren geraden Angriffslinien aus und begannen zu tanzen und zu tauchen. Die Formation löste sich auf, als Sai und Gregor ihr harmloses Feuer in die Lücken zwischen den Feinden schickten, dorthin, wo die Jäger gewesen waren, statt dorthin, wo sie sein würden. Solange Sais Laser keinen Schild trafen oder von einem Rumpf abprallten, würden die Jäger nicht wissen, dass sie nicht wirklich in Gefahr waren.

»Die werden denken, wir sind die schlechtesten Schützen aller Zeiten«, sagte Sai, während er eine gleißende Spur durch den blauen Ionenausstoß seines Ziels zog.

Gregors Lachen kam unbeschwert und voller manischer Freude zurück. Der Mann hatte noch nie eine Schlacht erlebt, die er nicht liebte, egal wie hoch der Einsatz oder wie die Chancen standen. Vielleicht eine Freiheit, die mit fehlenden Bindungen einherging, denn Sai hatte Gregor nie über Familie oder einen geliebten Menschen reden hören. Mit nichts zu verlieren genoss Gregor all das.

Die Konsole blinkte und zog Sais Aufmerksamkeit auf sich. Die *Prisa* trat in die Atmosphäre ein, und das System warnte Sai, dass seine Schüsse durch die dichte Luft möglicherweise leicht abgelenkt werden könnten. Nicht, dass Sai die Konsole gebraucht hätte, um ihm das zu sagen: Das plötzliche Wiederauftauchen der Schwerkraft ließ Sai nach oben fallen und gegen seine Gurte drücken. Das Blut schoss ihm in den Kopf, nur um wieder abzufließen, als Eponi die *Prisa* in eine bessere Position rollte.

»Tut mir leid deswegen«, sagte Eponi. »Die Dinge sind gerade ein bisschen verrückt.«

Aber nicht so verrückt, wie sie hätten sein können. Gregors und Sais Bluff machte die Jäger vorsichtig, ihre Anflüge kamen langsam und aus seltsamen Winkeln. Die Piloten hatten keine Möglichkeit zu wissen, dass die Geschütze der *Prisa* etwa so viel tödliche Energie hatten wie Sais wütende Blicke, und sie flogen vorsichtig. Warum etwas riskieren, wenn das Ziel scheinbar direkt in eine Todesfalle tauchte?

»Sieht aus, als hätten wir sie erschreckt«, sagte Sai.

»Zu gut«, erwiderte Gregor.

Durch Sais Fenster verwandelte sich der schwarze Weltraum in Lila und Orange, mit Flammen, die außen leckten, als die *Prisa* in die Atmosphäre des Planeten einbrach. Das Schiff rüttelte und bockte, seine Struktur passte sich an, während Gewicht, Hitze und alle Gesetze der Physik ihren Tribut forderten. Sai ließ vom Geschütz ab - er konnte bei all dem Gewackel sowieso nicht zielen - und beobachtete, wie die Jäger Abstand hielten.

Verdammt, diese Piloten waren Feiglinge, dass sie sich so weit zurückhielten.

»Ich empfange einen eingehenden Ruf«, sagte Aurora. »Bleibt ruhig.«

Sai legte den Kopf schief, überrascht. Aurora hätte die Übertragung privat halten oder sie einfach im Cockpit abspielen können. Wenn sie sie auf dem offenen Kanal senden wollte, musste es von jemandem Wichtigen sein.

»Aurora, ich hatte wirklich gehofft, dass wir uns nie wiedersehen würden«, sagte eine Stimme, die Sais eher ruhiges Inneres in wütende Knoten verdrehte. Vana, die DefenseCorp-Agentin hinter all diesem Mist. »Und doch scheinst du gekommen zu sein, um meine Party zu verderben.«

Sai stellte sich Vanas Gesicht in den flackernden Flammen vor seinem Fenster vor. Die Frau hatte Sai kurzzeitig als Geisel genommen, damals auf Gillane Vier. Der Schwertkämpfer hatte eine Nacht in ihrer schrecklichen Obhut verbracht, ihre endlosen Bitten ertragen, Sever Squad zu verlassen und die Seiten zu wechseln. Als er sich weigerte, hatte Vana stattdessen nach Schwächen gesucht, hatte herumgefischt, wovor Sai sich am meisten fürchtete.

In jener Nacht weigerte sich Sai zum ersten Mal in seinem Leben, über seine Familie nachzudenken oder etwas zu sagen. Agenten wussten, wie man in Gesichtern und Augen liest, und wenn Sai das Geheimnis seines Herzens preisgeben würde, wüsste Vana sie zu finden. Sie würde über die ganze Galaxie hinweg greifen und seine Frau, seine Kinder in ihre Experimente hineinziehen.

Am schlimmsten war, dass Vana dabei nicht lachen würde. Sie würde keine kühne Revolution versprechen wie Renard, ihr toter Partner. Sie würde nicht kichern wie Anaskya, die Wissenschaftlerin hinter der Krankheit, die Vana zu verbreiten suchte, die von jeder Gelegenheit besessen war, ihre Spielzeuge an neuen Versuchspersonen zu testen.

Nein, Vana würde Sais Familie töten, weil es Sai erschweren würde weiterzumachen. Eine Kalkulation, um Vanas Position zu stärken, und nichts weiter.

»Verdammt richtig«, antwortete Aurora. »Warum machst du es uns nicht einfach und kommst, um Hallo zu sagen?«

»Leider bin ich beschäftigt«, sagte Vana. »Ihr habt vielleicht bemerkt, dass ich einige Gäste habe. Sie würden es vorziehen, wenn ihr unsere Veranstaltung nicht stört, aber ich habe eine bessere Idee.«

»Wage ich zu fragen?«

»Oh, bemüh dich nicht«, sagte Vana. »Ich bin sicher, du verstehst, dass eine Demonstration eine weitaus bessere Show abgibt als eine Rede. Ich werde eine Bucht für euch öffnen. Bitte fliegt vorsichtig.«

Die Übertragung brach ab. Draußen erloschen die Feuer, ersetzt durch einen dicken, bronzefarbenen Himmel. Die Windschutzscheibe fing goldenen Staub auf, dessen Partikel in den Rissen haften blieben und über das Glas hinauswuchsen. Sai lehnte sich im Turm zurück und ließ seine Hände entspannen.

»Sie macht einen Fehler«, sagte Gregor zum ganzen Schiff. »Uns landen zu lassen, ist eine schlechte Taktik.«

»Wir sind nicht das Ziel«, antwortete Aurora. »Sie braucht DefenseCorp hinter sich. Welche bessere Möglichkeit gibt es dafür, als eines ihrer Elitetrupps zu zerlegen?«

»Zurück auf Helix habe ich diese infizierten Monster zerhackt«, sagte Sai. »Sie waren gar nicht so schlimm. Auch nicht die Agenten auf Gillane Vier. Ich denke, wir kriegen das hin.«

»Zahlen, Sai«, meldete sich Rovo. »Dein Katana mag scharf sein und alles, aber schau dir dieses Ding an. Es ist riesig. Sie muss Tausende da drin haben.«

Sai lehnte sich vor und versuchte, tiefer zu schauen, sah aber nichts als Staub. Er warf einen Blick auf seine Konsole, der Scanner zeigte, dass die Jäger sich weit zurückgezogen hatten. Keine Bedrohungen also.

»Ich kann von hier unten nichts sehen«, sagte Sai. »Sieht aus, als würden sie die Verfolgung auch einstellen. Macht es euch was aus, wenn wir tauschen?«

»Wechsle mit Rovo«, sagte Aurora.

Kluger Zug, und der Neuling hatte nichts dagegen. Als die *Prisa* immer tiefer sank, tauchte Rovo in Sais Turmnische auf, und die beiden tauschten die Plätze. Sai durchquerte den engen Gang, der zur rückwärtigen, rückgratähnlichen Hälfte der *Prisa* führte, und kletterte durch die kleine Tür in die zentrale Kammer des Schiffs. Obwohl sie auf eine Todesfalle zusteuerten, konnte Sai ein Grinsen nicht unterdrücken angesichts dessen, was Sever Squad mit ihrem Schiff gemacht hatte.

In den hundert Tagen, die sie auf der Randstation verbracht hatten, hatten Eponi und Rovo, bald gefolgt von den anderen dreien, der *Prisa* ihre eigene Note verliehen. Was einst ein effizientes Metallgemisch gewesen war, zierte nun Souvenirs, aufgemalte Slogans für jeden Sever und ihre eingeritzten Namen. Unter Sais Namen befand sich auch der seiner Familie, für immer in die ferne Wand geätzt.

Treppen zu seiner Rechten und geradeaus führten nach unten zur Einstiegsrampe und nach oben zu den Mannschaftsquartieren. Sai nahm keine von beiden, sondern ging nach rechts und gesellte sich zu Eponi und Aurora im Cockpit.

Keiner musste darauf hinweisen, wohin sie flogen. Keiner musste einen Punkt in der weiten goldbraunen Wüste unten hervorheben. Wie eine industrielle Spinne über den Boden ausgebreitet, schimmerte ihr Ziel im blauweiß gewaschenen Tageslicht. Eine geschwungene, mit Solarpanelen bedeckte Struktur bildete das Zentrum, von dem aus sich scheinbar abfallende Tunnel in den Schmutz gruben. Diese Tunnel stiegen in alle Richtungen wieder zur Oberfläche auf und mündeten in abgeflachte Felder, die mit schimmernden Netzen bedeckt waren, in modulare Gebäude, die aussahen, als hätte jemand glänzende Stahlblöcke fallen gelassen und sie liegen lassen, und wo der

Kopf der Spinne sein sollte, befand sich ein riesiger Landeplatz mit Dutzenden von Landungsschiffen.

Vana spielte nicht nur mit ein paar Anzügen und ein paar infizierten Agenten. Sie hatte eine Fabrik gebaut, um DefenseCorp eine ganz neue Armee zu erschaffen.

[3]

DIE VERDAMMTEN

So sehr Gregor es auch genoss, heißes Feuer aus seinem Geschützturm ins All zu speien, so sehr genoss er den Adrenalinkick, als seine Kampfrüstung einrastete. Der Anzug, mit energieabsorbierenden Platten bedeckt und mit einem Netz durchzogen, das einen Schlag einstecken und dessen absorbierte kinetische Energie an die Booster-Stiefel des Anzugs weiterleiten konnte, kostete Bares, das Gregor und sein Hammer zurückverdienen würden, indem sie Vanas Truppe in Stücke schlugen.

Der große Mann stand in der Mitte der *Prisa* und schätzte die verriegelnden Stiefel der Kampfrüstung, die ihn am Boden festsetzten. Eponis Landeanflug ließ das Schiff nach links und rechts ausweichen, um ein schwer zu treffendes Ziel abzugeben. Vana schien nicht auf sie zu feuern, aber Aurora hatte trotzdem die Ausweichmanöver befohlen: Es wäre nicht untypisch für Vana, Sever in einen ruhigen Anflug zu locken, nur um sie dann mit einem plötzlichen Schuss wegzublasen.

Neben ihm legte Sai, der ebenfalls seinen Geschützturm verlassen hatte, seine eigene Rüstung an. Die beiden, Gregor mit seinem Hammer und Sai mit seinem Diamantkatana, würden den Angriff von der *Prisa* aus anführen und in das Chaos stürmen, das Vana für sie bereit hielt. Die beiden passten nicht gerade gut zusammen - der Hammer und das Katana hatten beide eine Länge, die sich bei ihren Schwüngen in die Quere kommen würde - aber sie würden in entgegengesetzte Richtungen ausbrechen und jeden Hinterhalt wie tödliche Wellen wegspülen, die den eindringenden Sand wegwaschen.

Aurora und Rovo übernahmen stattdessen die Geschütztürme, bereit, alle anderen Überraschungen in der Landebuch zu bewältigen. Selbst bei niedriger Leistung enthielten die Kanonen der *Prisa* genug Energie, um einen armen Teufel zu rösten. Auch Eponi hatte die zentrale Kanone. Zusammen konnten sie jeder wartenden Streitmacht schnelle Verwüstung bringen.

»Sie öffnen eine Bucht«, sagte Eponi. »Auf der anderen Seite der Basis, nicht im zentralen Komplex. Ihre Flugkontrolle sagt mir, ich soll dorthin fliegen. Sollen wir?«

»Alternativen?«, fragte Aurora, wobei die Stimmen durch den Lautsprecher in Gregors Visier drangen.

Auch dieses Visier leuchtete mit mehr als nur Auroras und Eponis Worten auf. Als die Versiegelung sich über Gregors Kopf schloss, erschienen Balken und Grafiken, die blitzschnell durch Statistiken jagten, während der Anzug Gregors Vitalwerte und die Funktionen der Rüstung selbst durchlief und alles für optimal erklärte. Als Zerstörungsmaschine hatte Gregor grünes Licht zum Vernichten.

»Wir könnten versuchen, unser eigenes Loch zu sprengen«, sagte Eponi. »Das könnte Vana ein bisschen wütend machen.«

»Ich bin dafür«, warf Sai ein.

»Aber zu unseren Bedingungen.« Aurora verwarf die Idee. »Wir kennen den Grundriss nicht, oder wo Vana wartet. Sobald wir wissen, wo sie ist, können wir die Initiative zurückgewinnen. Folge den Anweisungen, Eponi, bring uns rein.«

»Wie befohlen, Kapitän.«

Mit der Energierüstung, die sich über Gregors Arme und Beine geschlossen hatte, wobei sich die verschiedenen Mechanismen des Anzugs über Gregors Gelenke spannten, um eine enge Bewegung zu gewährleisten, griff er nach seinem Hammer. Die anderthalb Meter lange Waffe endete in einem großen, würfelförmigen Kopf, der mit Schaltkreisen überzogen war. Kleine Kreise, verbunden durch goldene Linien, fingen die bei jedem Schwung aufgewendete Energie ein und gaben sie bei Bedarf durch einen Aufprall zurück. Stark genug, um Beton zu zertrümmern, um durch eine Wand zu brechen.

Um Vana in Brei zu verwandeln.

»Seid ihr da hinten bereit?«, rief Eponi. »Noch zehn Sekunden bis zur Landung.«

»Ich fühle mich topfit«, antwortete Sai. »Wie sieht's bei dir aus?«

»Gut«, sagte Gregor.

Die beiden gingen nach vorne, fast bis ins Cockpit. Gregor stand vorne, mit Sai dicht hinter ihm. Vor ihnen, hinter den leeren Sitzen des Cockpits – abgesehen von Eponi im Pilotensitz – sah Gregor ihr beabsichtigtes Ziel. Die *Prisa* machte eine lange, träge Kurve und erzitterte, als ihre Haupttriebwerke abschalteten und ihre Energie auf die Manövrierdüsen des Schiffes umschalteten.

Ihre Bucht sah aus wie ein roter Schlund, der aus dem goldbraunen Sand herausragte, der Aurum Drei bedeckte. Die Körner flossen über die Öffnung und bewiesen, dass

Vanas Wahl für Sever Squads Andockbucht lange nicht benutzt worden war. Dunkelheit verbarg sich hinter dem roten Metallmaul.

Eponi flog direkt hinein.

»Energie ist auf Schilde und Waffen eingestellt«, verkündete die Pilotin. »Rovo, Aurora, ihr solltet bereit sein, all den Tod zu verteilen, den ihr braucht.«

»Oh, hurra«, sagte Rovo.

Die *Prisa* flog tief ein, das blaue Tageslicht filterte hinter dem Schiff herein, als es in die Bucht einflog. Der erste Blick auf Vanas Basis offenbarte nicht den erwarteten harten Stahl, saubere Böden und sterile Effizienz, sondern stattdessen enthemmten Wahnsinn.

Die Bucht selbst war für weitaus größere Schiffe als die *Prisa* ausgelegt, der Eingang führte zu einer riesigen kreisförmigen Fläche, die wie ein Ladebereich für Truppen aussah, die in alle Himmelsrichtungen aufbrechen könnten. Als die *Prisa* eintrat, als Eponi versuchte herauszufinden, wo sie landen sollte, erblickte Sever Squad eine Welt, so radikal wie sie sie noch nie gesehen hatten.

Der Boden der Bucht wölbte und schwankte mit Trümmern, aber nicht mit dem Müll einer verlassenen Welt. Stattdessen war der Abfall hier zu Formen aufgetürmt worden. Riesige Konstrukte aus leeren Treibstoffkanistern, verrosteten Rohren und ausrangierten Frachtcontainern ragten in dem gewaltigen Raum auf. Auch der Boden selbst sah aus, als wäre er von tausend verrückten Malern als Leinwand benutzt worden, jeder mit selbst gebastelten Pinseln. Linien in den Violett- und Schwarztönen alter Treibstoffe wirbelten unter den Lichtern der *Prisa*, formten sich manchmal zu Gesichtern und verschwanden oft in unentzifferbaren Mustern.

Zwischen diesen dunkleren Farben schlängelten sich

leuchtende Rot- und Blautöne, auch gelbe Flecken. Gregor konnte nicht erkennen, welche Chemikalien für diese Streifen geopfert worden waren, aber die gesamte Darstellung vermittelte ein verwirrendes, desorientierendes Gefühl. Gregor hatte zu viele Planeten, zu viele Schiffe und zu viele Aliens gesehen, um angesichts der Seltsamkeiten in Panik zu geraten, aber der kampfbereite Drang zu schlagen und zu toben wurde von dem Fremden erstickt.

»Ich schätze mal, niemand weiß, was wir hier sehen?«, sagte Rovo. »Ehrlich gesagt, es gruselt mich.«

»Ich habe beim Kartenrennen viel Verrücktes gesehen«, stimmte Eponi zu. »Aber nichts wie das hier. Definitiv nicht bei DefenseCorp. Es ist, als hätte jemand eine Party am Ende der Welt gefeiert.«

»Land, Eponi«, befahl Aurora. »Such einen Platz und bring uns runter.«

Als wolle sie Auroras Befehl bestätigen, schloss sich der Schlund hinter ihnen, Severs einziger Ausgang zurück in den Himmel von Aurum Drei. Keine Lichter flackerten auf. Nur die *Prisa* schimmerte etwas in die weite Dunkelheit, während diese hohlen Kolosse mit hohen Schatten gegen den Schein ankämpften.

»Ändern wir unsere Strategie?«, fragte Sai. »Denn das ist nicht das, was ich erwartet habe.«

»Gleicher Plan«, erwiderte Aurora schnell. »Vana wird mit uns spielen. Sie sagte, sie müsse eine Show abziehen. Das hier ist alles nur eine Bühne. Dekoration.«

»Scheint ziemlich alt für Dekoration«, meinte Eponi. »Schau dir den ganzen Rost hier an. All diese Farben auf dem Boden. Unmöglich, dass Vana das alles nur für den Fall zusammengestellt hat, dass wir auftauchen.«

Gregor spielte mit dieser unbequemen Wahrheit, versuchte, sie mit irgendeiner Geschichte zu verbinden, die er zuvor gehört hatte, irgendeiner Erklärung in all den DefenseCorp-Newslettern, die im Laufe der Jahre in seinen Nachrichten gelandet waren. Unmöglich, dass ein so profitorientiertes Unternehmen wie DefenseCorp eine so große Basis einfach verfallen lassen, in dieses Chaos stürzen und zurücklassen würde.

Unmöglich, es sei denn, wie bei Dynas, was hier passiert war, konnte nicht gerettet werden.

»Lass uns runter, Eponi«, sagte Gregor.

»Bist du sicher, dass du da rein willst?«, fragte Eponi, und Gregor bemerkte ihre gerümpfte Nase und die gekräuselte Lippe in der Spiegelung der Cockpitscheibe.

»Ich bin gruseliger als alles da draußen.«

»Der Mann hat recht«, stimmte Rovo zu. »Ich sage, lass den Hammer schwingen.«

»Ich hab das Gefühl, ich kriege hier keinen Respekt«, murmelte Sai.

»Ich bin froh, dass du an meiner Seite stehst.« Gregor hätte dem Mann die Hand auf die Schulter gelegt, wenn er den Platz dafür gehabt hätte.

»Ist das nicht niedlich«, sagte Eponi. »Bereit zum Start, Kapitän?«

Aurora antwortete nicht, und Gregor konnte sich denken warum. Wie die anderen wollte Aurora einen Hinweis, bevor sie sich in die Dunkelheit wagten. Entweder eine Nachricht von Vana, die sie in die eine oder andere Richtung lockte, oder vielleicht ein Licht, ein Funke in der Ferne, der Sever einen Hinweis darauf geben würde, was sie erwartete.

Als kein Ruf kam, gab Aurora den Befehl.

Der sekundäre Lift der *Prisa* stürzte nach unten. Gedacht für schnelle Aus- und Einstiege ohne die Verwundbarkeit einer langen Einstiegsrampe, traf die kreisförmige Plattform den gestrichenen Boden, bevor Gregors Körper realisierte, dass er fiel. Zwei Stangen verbanden den Lift zurück ins Cockpit von Sever, aber sonst behinderte nichts die Sicht auf Bodenhöhe.

Nichts anderes störte auch die Geräusche.

Das Leben im Weltraum, in DefenseCorp-Basen, hatte Gregor auf bestimmte Hintergrundgeräusche vorbereitet. Das ständige Surren und Rauschen, wenn Sauerstoff durch Recycler wirbelte, wenn Heizungen die eisigen Klauen des Vakuums abhielten. Hallendes Geplauder, das durch Metallgänge hallte, oder Lifte, die ihre Ankunft und Abfahrt ankündigten. Die übliche Symphonie des Lebens.

Aurum Drei, oder zumindest dieser Ort, passte nicht in dieses Schema.

Die Brise traf Gregor zuerst. Oder besser gesagt, sie traf seine Kampfrüstung. Der pfeifende Wind hallte durch die ausgehöhlten Konstrukte, ließ ihre blechernen Knochen klappern und fegte durch ihre schlurfenden Körper. Etwas zog die Luft von einer Seite des Raumes zur anderen, ein unerhörter Effekt für eine Basis wie diese.

Aber vielleicht gab es keine Basen wie diese.

»Hörst du das?«, fragte Sai, wobei die beiden Kampfanzüge den Schwertkämpfer mit Gregor verbanden, sodass ihre Worte nur zwischen ihnen ausgetauscht wurden.

»Den Wind?«

»Darunter. Wie Blätter, aber schwerer.«

Gregor konzentrierte sich, grub unter dem Pfeifen und fand, was Sai meinte. Ein tiefes Rascheln, fast wie hundert Hunde, die leise knurrten, ihre Töne überlappten sich. Anders als der Wind kam dieses Geräusch von überall her.

Umzingelt.

»Habt ihr vor, von dieser Plattform runterzukommen?«, unterbrach Eponi. »Ihr zwei mögt zwar in Kampfrüstungen stecken, aber der Rest von uns ist hier oben ziemlich, äh, nackt.«

»Tut uns leid«, sprach Sai für beide, als sie den Lift verließen.

Die *Prisa* saugte die Plattform ein und ließ die beiden allein zurück. Die Positionslichter des Schiffes bildeten einen Heiligenschein, wobei die drei Landestützen als Markierungen für das Jenseits dienten. Gregors Visier blieb dunkel und erkannte keine Bedrohungen. Das bedeutete zumindest, dass keine Gewehre aus der Tiefe auf sie gerichtet waren.

»Eine Richtung aussuchen?«, fragte Sai.

»Warte«, sagte Gregor. »Sei bereit.«

»Warum?«

Gregor antwortete nicht. Stattdessen hob er den Hammer, trat von Sai weg und schwang ihn dann auf den Boden. Die Waffe traf das Metall, Funken und alte Farbe sprühten auf, und ein klarer Klang hallte durch den weiten Raum.

Das Rascheln verschwand für einen langen Moment.

»Du hast sie verscheucht«, sagte Sai.

»Warte«, wiederholte Gregor und drehte sich langsam, um in alle Richtungen zu sehen.

Das Heulen begann vereinzelt hier und da. Wütend, verwirrt. Andere stimmten in den Schrei ein, einige klangen klar, andere heiser, endeten in hackenden Husten. Dies war kein Rudel von Tieren, das auf Beute wartete.

»Feindkontakt«, kam Auroras Stimme durch. »Erfasse Bewegung auf allen Seiten.«

»Hab ich's dir nicht gesagt«, sagte Gregor zu Sai.

»Ja«, erwiderte der Schwertkämpfer und hob sein Katana in der einen und seine Pistole in der anderen Hand. »Ich hasse es, wenn du recht hast.«

Gregors Visier erfasste die Kreatur, bevor er es selbst tat. Ein krabbelndes Ding, das sich auf allen vieren, nein, fünf Gliedmaßen auf Gregor zubewegte. Arme und Beine wie ein Mensch, aber ein fünftes, ein dunkles, flüssiges Ding, schob sich mit dem Mann vorwärts. Gregor konnte, wollte sein eigenes Knurren beim Anblick eines wiedergekehrten Alptraums nicht unterdrücken.

Felix hatte auf Dynas andere wie diesen bei sich. Mehr Virus als Menschen. Damals hatte Gregor eine Gasleitung zum Platzen gebracht und sengende Flammen durch die ganze Gruppe gejagt. Diesmal würde er persönlich werden müssen.

Gregor machte einen Schritt auf die Kreatur zu, bevor der Feind in einem Laserblitz verschwand. Auroras Geschütz erfasste das Monster und briet es in einem blendenden Aufblitzen zu kochendem Teer. Bevor Gregor sich von der Vernichtung wegblinzeln konnte, leuchtete Auroras Geschütz erneut auf und verbrannte eine andere herannahende Kreatur in der Dunkelheit.

»Zu deiner Rechten!«, rief Rovo. »Es sind zu viele!«

Gregor wirbelte herum und schwang seinen Hammer mit der Drehung. Der Hammerkopf verfehlte das Ziel, aber der Schaft traf die Kreatur, als sie mit vom Virus und seinen zerstörerischen Absichten zu Klauen geschärften Händen nach Gregors Rüstung kratzte. Der Schlag schleuderte das Monster nach rechts, aber Gregor konnte nicht nachlegen, da ein anderes den Platz der Kreatur einnahm.

Der Hammermann des Sever Squad ließ seine linke Hand vom Hammer los, zog den Ellbogen zurück und versetzte dem nächsten, springenden Unhold einen knisternden Schlag. Als er zuschlug, sah Gregor, was einmal ein Gesicht gewesen war, jetzt zur Hälfte von diesem schwarzen, sickernden Schleim verschlungen. Darunter und darunter hingen zerfetzte Kleider an der verbliebenen Haut des Dings.

An ihnen hing, an einem Faden baumelnd, ein Ausweis, den Gregor erkannte: zwei Spiralen, die eine unsichtbare Leiter hinaufkletterten. Helix, das Unternehmen, das zusammengewürfelt worden war, um die Dynas-Experimente zu kontrollieren und zu überwachen.

Ein Blitz brannte über Gregors Schulter und verursachte einen Aufschrei nahe seinem linken Ohr.

»Pass auf, Mann!«, schrie Sai, der Schwertkämpfer, der sein Katana in schnellen Schnitten wirbelte und mit seiner Pistole in die Lücken feuerte.

Dahinter, um das Schiff herum, verschwand die Dunkelheit in aufblitzenden Lichtern, als die Zwillingsgeschütze der *Prisa* und Eponis Zentralkanone aufleuchteten. Feuer brachen aus, als Körper, die nicht dafür gemacht waren, überhitzten Laser absorbierten.

Gregor folgte Sais Beispiel, packte seinen Hammer und machte sich um sich herum zu schaffen, während die Kreaturen ihren Angriff fortsetzten, ungeachtet ihrer eigenen Verluste, ihres eigenen Lebens.

Kämpfe sollten eigentlich lustige Angelegenheiten sein, eine Gelegenheit, die eigene Stärke im reinsten noch verbliebenen Wettbewerb der Menschheit unter Beweis zu stellen. Gregor wollte jeden Schwung, jedes Ausweichen und jede Riposte, die seine Feinde zu Boden schickte, auskosten. Er wollte vor freudiger Wut brüllen, während er seine Gegner auseinandernahm.

Stattdessen blieb er stumm, schwang und zerschmetterte und vernichtete die Menschen, die Sever vor langer Zeit zurückgelassen hatte.

4

VON INNEN NACH AUSSEN

Bei ihren ersten Sever-Missionen konnte Eponi nicht über den Gedanken hinwegkommen, dass sie nun selbst in den Actionfilmen mitspielte, die sie als Kind gesehen hatte. In Kampfpanzerung und mit einem Gewehr in der Hand sprintete Eponi mit Sever durch einen Kampf nach dem anderen, schleuderte Plasma und verteilte den Tod über Planeten hinweg im Auftrag von Defense-Corp. Jedes Mal, wenn Eponi einem Geschoss auswich und eines zurückfeuerte oder einen waghalsigen Sprung von einem bröckelnden Gebäude machte, nur um inmitten der Feinde mit Gewehren feuernd zu landen, schien ihre Welt herauszuzoomen und präsentierte den Star am Höhepunkt.

Dann, wie Fortsetzungen, die sich von einer Handlung zur nächsten schleppen, begannen die schillernden Szenen ineinander zu verschwimmen. Auroras Einsatzbesprechungen hörten auf, das Adrenalin zu pushen, und hielten Eponis Fokus auf die Zahl am Ende: das Geld, das auf ihrem Konto landen würde, wenn das ganze Gemetzel vorbei war.

Mit diesem Fokus kam das anhaftende Bedürfnis zu

überleben, der verstandene Gedanke, dass es DefenseCorp nicht im Geringsten interessieren würde, wenn Eponi eine Rakete in den Bauch bekäme, aber Eponi selbst würde es verdammt viel ausmachen. Wie könnte Eponi all das Geld ausgeben, das sie damit verdiente, Leute quer durch die Sterne zu rösten, wenn sie selbst dabei verkohlen würde?

Die Kanone der *Prisa* heulte auf und spuckte Feuer in die Dunkelheit vor ihnen. Die Gestalten kamen weiter, und ohne etwas für Schilde oder Triebwerke auszugeben, hatte die *Prisa* die Kraft, ihnen zu begegnen. Die vom Cockpit aus gewählte Kanone hatte nicht viel Flexibilität, aber der Feind hatte auch nicht viel Strategie. Eponi saß mit der Hand am Abzug und hielt den geradeaus gerichteten Beschuss aufrecht, der die anstürmenden Monster einen nach dem anderen verflüssigte.

Sie würde für die Zahl der Getöteten keine Bonuszahlung bekommen, und in einem Stuhl zu sitzen, machte kaum eine filmreife Darstellung aus, aber Eponi würde diesen Angriff überleben. Das musste genügen.

»Hältst du durch?«, fragte Rovo vom rechten Geschützturm aus über den Breitbandkanal.

»Es ist ein gutes Training«, antwortete Gregor.

Eponi konnte den großen Mann nicht sehen, der seinen Hammer schwang, da Gregor direkt unter der Mitte der *Prisa* positioniert war. Die Beweise seiner Arbeit zeigten sich jedoch mit knochenbrechender Häufigkeit, als Körper hinausflogen und in den Trümmern verschwanden. Sais Katana hatte nicht ganz die gleiche Wirkung, aber Eponi nahm an, dass sie dieses Chaos zu sehen bekommen würde, wenn die Kämpfe endlich aufhörten.

Was für ein Preis.

»Bleiben wir dabei?«, fragte Eponi, während sie zusah, wie die gelben Geschosse der Kanone ein weiteres herannahende Trio zerfetzten. »Gibt es ein Ende, oder haben sie alle Tausenden auf Dynas für diese Horrorshow hierher gebracht?«

»Vana wollte eine Vorführung«, antwortete Aurora. »Die bekommt sie. Und alle anderen auch.«

»Tun sie das?«, fragte Rovo.

»Aufnahme.« Eponi grinste. »Solange die *Prisa* nicht abgefackelt wird, werden wir dieses kleine Ereignis in die Galaxis übertragen, wenn wir hier rauskommen. Jeder wird erfahren, was mit Helix passiert ist. Das wird definitiv ein Popcorn-Moment.«

»Der Tod von Tausenden durch eine schreckliche Krankheit ist ein Popcorn-Moment?«

»Rovo, wir haben alle unsere eigenen Wege, damit umzugehen, okay?«, antwortete Eponi.

Die Antwort brachte den Neuling zum Schweigen, und für mehr Minuten, als Eponi zählen mochte, kämpften die fünf gegen die infizierte Flut. Als der Ansturm jedoch nachließ, stutzte Eponi und sah noch einmal genauer hin. Trotz der Zahlen schienen die Opfer um die *Prisa* herum immer noch weit weniger zu sein als die auf Dynas lebenden Menschen.

Vielleicht waren einige entkommen?

Vielleicht ließ Vana sie warten?

»Gregor, Sai«, sagte Aurora, als ihr Geschützturm sein letztes Ziel zu Asche verwandelte, »seht euch um. Wir machen uns bereit und treffen euch draußen.«

Sich von der *Prisa* zu verabschieden, hinterließ bei Eponi immer einen Stich. Sie hatte nie zuvor ein Schiff besessen, und obwohl sie die *Prisa* gestohlen hatte, war Eponi dazu gekommen, den großen Vogel als ihr Eigen zu betrachten. Während Severs Ruhepause hatte Eponi das Schiff durchforstet, die Teile aufgemotzt, die sie konnte, und ihre eigene Persönlichkeit in die Einstellungen des Schiffs einfließen lassen. Eponi hatte die Speicherbänke der *Prisa* mit ihren Lieblingsliedern, -filmen und -spielen gefüllt. Sie hatte die Themen auf jeder Konsole in ihre Lieblingsfarben geändert, was Augenrollen bei den anderen hervorrief.

Alles, was Eponi auf dem Schiff für sich beanspruchen konnte, hatte sie getan.

»Wirklich?«, fragte Rovo, als sie darauf warteten, dass die Einstiegsrampe herabfuhr, die drei nun in ihre Kampfanzüge gepackt.

Eponi ließ die *Prisa* einen uralten Song über einen finalen Countdown dröhnen. Es schien angemessen.

»Hasst du einfach Spaß?«, schoss Eponi zurück, als die Einstiegsrampe den Boden berührte.

Der fröhliche Knall führte die Kämpfer die Rampe hinunter, als der Song seinen Höhepunkt erreichte und ein Lächeln auf Eponis Gesicht zauberte.

Das Aufsetzen auf dem Boden ließ dieses Lächeln schnell verschwinden. Die Kampfanzüge konnten den Geruch nicht herausfiltern, den fauligen Gestank von zu vielen Körpern, die schon zu weit gegangen waren, obwohl sie noch vor wenigen Minuten am Leben gewesen waren. Das Visier erfasste die Stapel, die grausigen Ansammlungen, als die Menschen, die einst waren und nun nicht mehr waren, an ihren letzten Plätzen lagen. Ein grimmiges Denkmal, über dem die *Prisa* stand, ihre Streben bildeten ein Dreieck um Gregors und Sais rücksichtslose Effizienz.

Jenseits der Eingeweide wurde es nicht viel besser. Die Arbeit des Geschützturm-Duos und Eponis Kanone bot ihre eigene einzigartige Sicht auf das Gemetzel: schwärzer, oft noch brennend und zerfetzt. Fragmente lagen verstreut zwischen den Trümmern und erzählten kurze Geschichten über Leben, die mit weit mehr Energie beendet wurden, als ein menschlicher Körper je verkraften konnte.

Insgesamt fühlte sich Eponi, als müsste sie sich übergeben. Insgesamt fühlte sie sich, als wollte sie zurück in die *Prisa* rennen, die Triebwerke anwerfen und zum Ausgang fliegen. Sicher, Vana hatte sie vielleicht eingeschlossen, aber mit genügend Zeit könnten die Kanonen der *Prisa* sie herausbohren.

Und dann was? Durch die gesamte DefenseCorp-Flotte zurückfliehen?

»Es gibt zwei Ausgänge«, sagte Sai, seine Stimme direkt an Eponis Ohr, was sie zusammenzucken ließ. »Nun, es gibt mehr als zwei, aber Vana lässt uns nur zwei offene Türen.«

»Ich könnte einen dritten aufbrechen«, fügte Gregor hinzu.

Die beiden Killer entfernten sich in der Folge von der *Prisa* und zeichneten die Umrisse ihrer scheinbaren Zelle nach. Der Raum schien sich in der Dunkelheit endlos zu erstrecken, aber Sai behauptete, er hätte tatsächlich ein Ende. Eine kreisförmige Struktur mit mindestens sieben Ausgängen, alle in zufälligen Abständen positioniert, als wäre diese Bucht der Ausgangspunkt für eine Basis mit schneller, ungeplanter Expansion gewesen.

Beide offenen Ausgänge sahen nach kürzlichen Änderungen aus, Staub hing noch in der Luft, wo die großen Türen zur Seite geschoben worden waren, so sagte Sai. Keiner machte seine Verbindung offensichtlich, aber Aurora zerlegte ihre jeweiligen Richtungen in ihrer methodischen Art.

»Der erste neigt sich nach Norden und zum Zentrum der Basis«, sagte Aurora. »Die anderen Andockbuchten liegen wahrscheinlich in dieser Richtung, basierend auf dem, was wir während der Landung gesehen haben. Ich wette, Vana würde nicht wollen, dass DefenseCorp's Führungskräfte nach ihrer Reise hierher einen langen Spaziergang machen, also lass uns sagen, sie ist in dieser Richtung.«

»Glaubst du, Vana würde dich einfach so zu ihr durchmarschieren lassen?«, fragte Eponi.

Das ganze Squad hatte sich wieder um die *Prisa* versammelt. Fünf Soldaten in Kampfanzügen, die im Kreis standen. Gregor hatte seinen Hammer, Sai sein Katana, und Rovo trug die Sense, die er auf Wexer aufgehoben hatte. Eponi hatte ihre Wette mit Aurora, dass Rovo sich mit der Waffe verletzen würde, noch nicht eingelöst, aber sie dachte, es müsste bald passieren.

Eponi und die Kapitänin hatten ihre Gewehre, und alle trugen Pistolen, Messer und mehr Mut, als es Körner goldenen Sandes auf diesem verfluchten Planeten gab.

»Ich denke, Vana wird uns beweisen lassen, dass wir eine angemessene Bedrohung sind, bevor sie uns tötet«, sagte Aurora. »Gleichzeitig können wir einige ihrer Schweinereien aufräumen.«

»Wie ein paar hundert Dynas-Flüchtlinge?«, sagte Sai.

»Wir wissen, dass sie keinen moralischen Knochen in ihrem Körper hat«, stimmte Aurora zu. »Wir müssen mit allem rechnen, besonders wenn ihr Plan auseinanderfällt.«

Oh, Aurora. Ihr endloses Vertrauen in Severs sicheren Erfolg brachte Eponi immer zum Grinsen, trotz der hässlichen Szene um sie herum.

»Was ist also unser Plan?«, fragte Rovo. »Herumwandern und sehen, welche Fallen wir auslösen können?«

»Nicht ganz«, antwortete Aurora. »So sehr ich auch zusammenbleiben möchte, wir können nicht unsere ganze Stärke auf einen Weg setzen. Es gibt zwei Ausgänge, also müssen wir in zwei Gruppen gehen.«

»Was, wenn Vana genau das will?«, fragte Eponi. »Wäre uns aufzuteilen nicht, du weißt schon, eine gute Möglichkeit, uns umzubringen?«

»Es ist ein Risiko, das wir eingehen werden.« Aurora ließ ihren Blick durch das Visier über das Squad schweifen und wartete darauf, dass jemand etwas sagte. »Im Moment spielen wir Vanas Spiel. Sie erwartet, dass wir verlieren. Das werden wir nicht.«

Auroras Worte spendeten wenig Trost, als Eponi, Rovo und Sai in den Tunnel beim westlichen Ausgang gingen. Gregor und Aurora gingen nach Norden, auf der Jagd nach Vana. Die beiden hatten die Agentenenklave auf Gillane Vier so gründlich zerstört, dass Aurora dachte, sie könnten mit allem fertig werden, was Vana ihnen entgegenwerfen würde.

»Also kriegen wir was? Die Überreste?«, fragte Eponi, als sie den blutigen Boden, die zusammengewürfelten Schrottroboter und, Gott sei Dank, den Verwesungsgestank hinter sich ließen. »Was, wenn Vana uns einen langen Marsch zum, keine Ahnung, Abwassersystem der Basis beschert hat?«

»Dann werden wir es finden, umkehren und Aurora Bescheid geben«, sagte Sai, der das Trio mit seinem Katana anführte.

»Du bist einfach so ein Spaßvogel, Sai.«

»Versuch's nochmal, wenn ich nicht gerade eine Kleinstadt abgeschlachtet habe.«

Der Tunnel mit seiner gewölbten Decke teilte eine Schlüsseleigenschaft mit der Bucht, die sie gerade verlassen hatten: einen ausgeprägten Sinn für Stil. Statt des ständigen, stumpfen Metalls, das man überall in der Zivilisation fand, boten die Designer hier wirbelnde Muster. Symbole zogen sich in einem verflochtenen Tanz, den Eponi nicht entziffern konnte, über Böden und Wände, einige sogar an der Decke entlang. Im Gegensatz zu der Bucht hinter ihnen schimmerten die Symbole in goldenen Gelbtönen und helleren Blautönen, als ob das Sever-Trio von einer düsteren Höhle in eine angenehme Wiese übergegangen wäre.

Verstärkt wurde dieser Eindruck durch die Beleuchtung. Gerade, blauweiße Lichtleisten verliefen knapp über Kopfhöhe und vertrieben die Dunkelheit, während Sever voranschritt. Alle ein oder zwei Meter erwachte der nächste Lichtstreifen zum Leben, während die hinter ihnen erloschen.

Der Luftzug hielt an, und Eponi vermutete, dass dies das Ziel des Windes gewesen sein musste, denn seine peitschende Stärke nahm zu, während Sever weiterging. Die puffende Luft schob Eponis Beine voran und kitzelte ihre Gelenke.

»Fühlt sich an, als wären wir in unserer eigenen Welt«, murmelte Rovo. »Dunkel hinter uns, dunkel vor uns. Wenn wir in irgendeinem Fantasieland auftauchen, schuldet ihr mir alle Kohle.«

»Auf die Wette lasse ich mich nicht ein«, sagte Eponi.

»Ruhe«, zischte Sai und hob eine Hand.

Vor ihnen gab es nicht viel zu sehen. Der Tunnel setzte sich fort, die Lichtleisten erloschen nicht weit voraus. Und doch bemerkte Eponi das Rot auf ihrem Visier. Irgendetwas weit dort vorne hatte Sever im Visier, deutlich genug, um von der Energierüstung erfasst zu werden.

»Wenn das Visier es erfasst«, sagte Rovo, »dann müssen sie uns auch sehen. Und es ist ja nicht so, als wären wir schwer zu erkennen. Die Lichter und so.«

»Fast, als hätten sie diese Anzüge nicht für Tarnung

entworfen«, fügte Eponi hinzu, richtete aber trotzdem ihr Gewehr den Korridor hinunter.

Wenn die Visiere einen Fehler hatten, dann war es, dass die Maschinen die Entfernung einer Bedrohung nicht angaben. Eponi konnte nicht sagen, ob das Rot einen Meter oder hundert Meter entfernt war. Obwohl sie also vermutete, dass etwas auf sie zukommen würde, war Eponi verdammt überrascht, als die Lichter vor ihnen aufflackerten und … nichts zeigten.

»Tarnsysteme«, sagte Sai, nahm eine zentrale Position im Gang ein und umfasste sein Katana mit beiden Händen. »Spürt sie auf.«

Eponi und Rovo nahmen den Befehl an und setzten ihn um, indem sie ihre Abzüge betätigten und rote Energiestrahlen, heiß genug, um die meisten Rüstungen zu durchbrennen, den Gang hinunterjagten. Ohne ein Ziel verfolgte Eponi den Streuansatz und feuerte kreuz und quer durch den Tunnel.

Die Strahlen trafen schnell ihr Ziel. Funken sprühten, als Rovos und Eponis Schüsse Objekte trafen, die den Korridor hinunter sprinteten und sich rasch näherten. Die Treffer hinterließen schwarze Markierungen in der Luft, die wie von Zauberhand schwebten, während die Anzüge weiter anstürmten.

»Jetzt sind sie nicht mehr so schwer zu sehen«, sagte Eponi und zielte auf den, der direkt auf sie zukam.

Ihr Gewehr explodierte. In einem Moment war die Waffe schussbereit, im nächsten lag Eponi rücklings am Boden. Ihr Visier warnte lautstark, dass ihre Energierüstung einen Schlag abbekommen hatte, und Eponi selbst spürte die wunde Haut an ihren Händen und Armen. Kribbeln, verbrannt.

Bevor Eponi begreifen konnte, was zum Teufel gerade

passiert war, spürte sie, wie eine Hand sie packte und hochhob. Der Tarnanzug war vorne überall mit schwarzen Flecken übersät, und aus einem Schultergelenk sprühten Funken, aber er verlieh seinem Träger immer noch genug Kraft, um Eponi auf die Beine zu stellen.

»Noch am Leben?«, fragte eine Frauenstimme, selbstgefällig und überhaupt nicht besorgt.

»Klar, lass uns das mal so sagen«, antwortete Eponi und nahm eine seltsame Szene in sich auf.

Rovo, zu Eponis Linken, hatte seine Sense im Zweiwaffenmodus gezückt und tanzte mit dem, was wie ein langer, scharfer Kabel aussah, das aus einem anderen Anzug auf ihn zupeitschte. Sai, weiter oben im Gang, trat nach etwas, das wie Luft aussah, nur um sein Ziel zu treffen und es krachend zu Boden zu schicken.

»Gut«, erwiderte die Stimme. »Ich würde dich ungern so schnell verlieren, nach dem, was du uns letztes Mal angetan hast.«

Eponis Entführerin hielt eine Pistole hoch und wedelte damit vor Eponis Augen. Severs Pilotin erkannte die Waffe. Sie hatte sie gehalten, hatte deren Besitzerin damit ins Gesicht geschlagen.

Tarla?

Verdammt.

5

RANG UND REIHE

Hätte Rovo nicht gesehen, wie der Schuss Eponis Gewehr traf – ein punktgenauer Laser aus mehreren Metern Entfernung, der die Waffe der Sever-Pilotin in ihren Händen explodieren ließ –, hätte er keine Zeit gehabt, die Sense zu ziehen. Die bläulich schimmernde Waffe, die Sai in den schwarzen Straßen von Wexer gewonnen und dem Neuling geschenkt hatte, war in dem engen Tunnel völlig nutzlos, bis Rovo die Sense in zwei Teile zerbrach.

Der Schaft in seiner linken Hand fächerte sich mit einem Handgelenkschwung zu einem glänzenden kleinen Schild auf, während die rechte Hand, die die lange, gebogene Klinge der Sense hielt, nach oben und außen schwang, um das Ding abzufangen, das auf Rovo zuraste.

Eine Kordelpeitsche, die sich über eine unsichtbare Schulter entrollte, schoss in einem Wimpernschlag auf Rovo zu. Mehr Instinkt als Können half Rovo, den Schlag abzufangen und die Peitsche mit einem Schwung einzufangen. Der Peitschenführer versuchte, seine Waffe zurückzuziehen, aber Rovos Kampfanzug gab ihm genug Kraft, das

Gegenteil zu tun. Die Sensenklinge arbeitete sich gegen die Kordel, schnitt sie durch und riss das letzte Drittel der Peitsche ab.

»Sieht so aus, als müsstest du näher ran«, sagte Rovo, seine Worte gingen in klingenden Schlägen unter, als Sais Katana vor ihm und zu seiner Rechten auf eine andere Klinge traf.

Der Neuling wollte einen kurzen Blick in Eponis Richtung werfen, um sicherzugehen, dass die Pilotin noch lebte. Ein Kampfanzug konnte einiges abfangen, aber das Gewehr war direkt in Eponis Händen explodiert. Selbst wenn die Frau noch atmete, würde derjenige, der ihre Waffe abgeschossen hatte, wahrscheinlich die Chance nicht ungenutzt lassen, die Situation auszunutzen.

Bevor Rovo sich bewegen konnte, kehrten die Peitsche und ihr Träger zurück. Der Gegner nahm Rovos Rat an und kam näher, bis seine beschädigte Waffe wieder zuschlagen konnte. Der Schlag zielte auf Rovos Kopf, und der Neuling bewegte den Schild, um ihn zu blocken. Als die Peitsche vom Kreis in Rovos Hand abprallte, stürmte der Neuling vorwärts und stieß einen wortlosen Schrei aus. Zwei lange Schritte mündeten in einen plötzlichen Vorwärtshieb mit der Sense.

Entweder hatte Rovo sein Nahkampfspiel verbessert, oder sein Gegner hatte wirklich nicht mit einem schnellen Angriff vom Haken gerechnet. Rovos Klinge traf ihr Ziel und grub sich in die Brustplatte des Anzugs, wobei sie eine funkelnde, raue Narbe auf der Vorderseite hinterließ. Die Sense fand Halt und mit Rovos Schwung zog sie den Anzug zu Boden.

Rovo zog die Sense zurück und holte zum tödlichen Schlag aus, als ein Ruf ihn innehalten ließ. Normalerweise würde jemand, der in einem Kampf schreit, nicht viel

Aufmerksamkeit erregen – Menschen schreien im Kampf aus allen möglichen schrecklichen Gründen –, aber dieser Ruf galt Severs Namen.

»Hört auf, ihr Sever-Bastarde!«, schrie die Frau erneut, und Rovo sah hinüber zu Eponi, die kaum stehen konnte und eine Pistole direkt unter ihrem Kinn hatte. »Wenn ihr weiterkämpft, bekommt eure Pilotin einen Schuss in den Kopf. Einen, den sie nicht überleben wird.«

»Gibt es denn viele Kopfschüsse, die sie überleben würde?«, fragte Rovo und ließ mit einer Handbewegung den Sensenschild zu einem einzelnen Stab werden.

Gleichzeitig bewegte Rovo auch seinen linken Fuß. Er setzte den Stiefel auf die Brust seines unmittelbaren Feindes, ein wackeliger Zug, da Rovo nicht sehen konnte, wo der Anzugkörper wirklich war. Die Servorüstung passte sich jedoch an, und es gelang ihm, die Provokation auszuführen, ohne auf die Nase zu fallen.

Eine wahre Machtdemonstration.

»Das gibt's nur einen Weg, es herauszufinden«, antwortete die Frau. Ihre Stimme kitzelte Rovos Erinnerung, ein Jucken dort, aber da der Anzug immer noch das Gesicht der Frau verbarg, konnte der Neuling sie nicht zuordnen. »Aber das kommt später. Jetzt kannst du von meinem Freund runtersteigen. Und dein Kumpel da drüben kann das Schwert senken.«

Sai sah aus, als hätte er seinem Gegner auch ordentlich zugesetzt. Der gegnerische Anzug hatte lange Schnitte, die jetzt scheinbar in der Luft schwebten, einer davon ließ eine dünne, blutige Linie entlang des Anzugs und hinunter zum Tunnelboden sickern, wo sie mit den gemalten Symbolen verschmolz.

»Willst du nicht verhandeln, Tarla?«, sagte Sai und brachte damit für Rovo alles zusammen.

Die Pistole an Eponis Kehle, die Peitsche, die nach Rovos Sense schnalzte. Tarlas und Javelins Waffen. Rovo wusste nicht, wer unter den Twilight Rangers, jener Söldnergruppe, die sich mit Sever zurück auf Wexer duelliert hatte, eine Klinge führte, aber angesichts Perros Vorliebe für Scharfschützengewehre und Brianys Vorliebe für riesige Kanonen, setzte Rovo gute Chancen darauf, dass Tarlas eigener Pilot, Sanje, mit Sai die Klingen kreuzte.

Die Identifizierung seiner Gegner warf nur eine weitere Frage auf: Was zum Teufel machten die Twilight Rangers hier?

»Ich habe bereits verhandelt«, sagte Tarla. »Ganz schön pikanter Feind, den ihr da gefunden habt, Sever. Da sitzen wir auf Wexer und überlegen, ob wir genug Kohle aus diesem Feigling Calico Max quetschen können, um ein neues Schiff zu bekommen, und plötzlich taucht ein DefenseCorp-Agent auf. Willst du raten, was sie angeboten haben?«

»Mich würde eher interessieren, warum sie überhaupt zu euch gekommen sind«, fragte Rovo.

Da Sever im Kampf mit zwei zu eins in Führung lag, bemerkte der Neuling Sais Handzeichen, während Rovo auf Tarlas Frage antwortete. Der Schwertkämpfer wollte es langsam angehen lassen. Es gab noch zwei andere Mitglieder der Twilight Rangers irgendwo, und es wäre sinnvoll herauszufinden, ob ein weiterer Hinterhalt bevorstand. Ganz zu schweigen davon, dass Eponis Leben, nun ja, an Tarlas Pistolenmündung hing.

Zu Rovos Füßen murmelte Javelin einen Fluch. Rovo drückte seinen Stiefel fester, was die Worte mit einem Keuchen unterbrach.

»Das habe ich mich auch gefragt«, sagte Tarla, scheinbar völlig gleichgültig gegenüber der Situation ihres

Teamkollegen. »Bis sie anfingen, nach euch zu fragen. Kleines Geld für kleine Infos. Ich sagte, du hättest zu viel Herz, um ein Killer zu sein.«

»Seine Opferzahl sagt etwas anderes«, erwiderte Sai. »Vana etwas zu erzählen, was sie bereits wusste, bringt dich nicht hierher, Tarla.«

»Oh nein. Das war alles ich. Ich bot unsere Dienste im Austausch für eine Fahrt von diesem Felsen an, und sieh uns jetzt? Neues Spielzeug, alte Feinde.«

»Und kein Geld.«

Tarla zuckte zusammen, zuckte mit den Schultern. »Der Preis des Fortschritts, vermute ich.«

»Wenn du uns tötest«, sagte Rovo, »und dann? Gibt dir Vana eine große Medaille?«

»Wie wäre es mit eurem Schiff und allem, was noch drauf ist?«, sagte Javelin, mit angespannter Stimme, aber immer noch überheblich unter Rovos Druck. »Ihr habt unseres genommen, also ist es nur fair, wenn wir eures nehmen, nicht wahr?«

Als Rovo Javelin erneut packen wollte, bewegte Eponi ihre Hand und etwas klickte. Aller Augen richteten sich auf die Pilotin, Rovo erwartete, dass Tarla abdrücken würde. Tarla zögerte jedoch, und das aus gutem Grund: Eponi hielt eine Granate in der Hand, eine von mehreren, die jeder an den Gürteln ihrer Kampfanzüge trug. In der Enge des Tunnels würde die Bombe sie alle zerfetzen.

Schwer, eine Belohnung einzufordern, wenn man in Stücke gerissen ist.

»Ihr werdet mein Schiff nicht nehmen«, sagte Eponi, ihr Kiefer drückte gegen Tarlas Pistole, um die Worte herauszubringen. »Geh-«

»Seht ihr?«, unterbrach Tarla, ihre Nerven scheinbar unbeeindruckt von dem sicheren Tod an ihrer Hüfte. »Das ist es, was ich an euch allen liebe. Immer bereit, völlig verrückt zu werden.« Sie lachte, leise und entzückt. »Oh, Eponi. Was ist dein Plan? Explodieren und uns alle mitnehmen?«

»Nicht mal annähernd«, Eponis Augen zuckten in Rovos Richtung. »Bewegt eure Ärsche, Rovo. Wenn Tarla sich hier postiert hat, muss Vana etwas Gutes den Gang runter verstecken. Wenn sie euch verfolgen, geht die Bombe hoch.«

»Was?«, sagte Rovo, während Sai von Sanje zurücktrat, sein Katana noch immer in Reichweite für einen schnellen, tödlichen Schlag. »Wir werden dich nicht zurücklassen.«

»Ach bitte«, sagte Eponi. »Mir wird's gut gehen. Geht.«

»Ihr wird's nicht gut gehen«, fügte Tarla hinzu. »Aber bitte, folgt den Anweisungen eurer Pilotin. Ich würde heute lieber nicht sterben.«

Rovo zögerte, während Javelin am Boden ein heiseres Lachen ausstieß. Sanje hatte bis zu diesem Punkt geschwiegen und sich nicht bewegt, da Sais Klinge so nah war. Eponi zurückzulassen bedeutete, ein Squadmitglied zu verlassen, eines mit einer Pistole im Gesicht. Was auch immer den Gang hinunter lag, wer wusste, ob es von Bedeutung war? Sai und Rovo könnten wegrennen, Eponi ihrem Tod überlassen und am Ende gar nichts finden?

Aber Rovo sah keinen anderen Ausweg. Den Abzug seines Gewehrs zu ziehen, Javelins Knochen unter seinen Stiefeln zu zerbrechen, würde Eponi auch nicht befreien. Könnte sie alle umbringen.

»Wenn du ihr wehtust«, begann Rovo.

»Werdet ihr den Tag nicht überleben«, beendete Sai. »Das gilt für euch alle.« Der Schwertkämpfer bewegte seine Finger, und Rovo verstand den Befehl. Zeit zu gehen. »Eponi, bleib am Leben.«

»Klar«, antwortete Eponi. »Kein Problem.«

Rovo grub sich mit dem Absatz seines Kampfanzugs ein letztes Mal in Javelin, als er von ihm herunterstieg. Sai wich zurück und machte sich auf den Weg den Gang hinunter, bis Rovo seinen Schritt anpasste. Gemeinsam, ohne Provokationen, ohne Schüsse, aktivierten die beiden ihre Kampfanzüge und stampften schnell den Gang entlang. Die Deckenleuchten flackerten beim Vorbeigehen an und aus, doch jedes Mal, wenn Rovo zurückblickte, konnte er in der wachsenden Entfernung das Licht sehen, wo sie Eponi zurückgelassen hatten.

Der Tunnel endete mit einer Tür, wie die meisten Tunnel. Die wirbelnden Symbole, die Sai und Rovo entlang des Tunnels gefolgt waren, kamen zu einem Ende zusammen und bedeckten die breite Türplatte mit verspieltem Dekor. Ein einzelner schwarzer Scanner, der nach einem Armband zur Validierung suchte, wartete auf der rechten Seite der Tür. Sai, der den Neuling anführte, hielt vor dem Scanner an.

»Helle Ideen?«, fragte Rovo, der von hinten herankam.

»Ich denke immer noch an Eponi«, antwortete Sai. »Ob wir irgendetwas anders hätten machen können.«

»Sie hat die Entscheidung getroffen«, erwiderte Rovo, »und ich glaube nicht, dass sie das leichtfertig getan hat.«

Ob Rovo es wirklich glaubte oder sich auf dem Weg zur Tür selbst davon überzeugt hatte, der Neuling war der Meinung, dass Eponi noch am Leben war. Dass sie Tarla und die anderen beiden überlistet hatte. Vielleicht hatte sich Eponi ihren Weg zurück zur *Prisa* gebahnt und hielt in ihrer raumfahrenden Festung die Stellung.

»Ich habe versucht, sie anzurufen«, sagte Sai. »Noch keine Antwort.«

Das Visier verbarg Rovos Erröten. Für einen Kommunikationsexperten hatte er vergessen, über den Truppenfunk Anfragen an Eponi zu senden. Zu viel Adrenalin, zu viel Grübeln darüber, was sonst noch auf dieser Strecke auf sie wartete.

»Dann müssen wir weitermachen.« Rovo ging an Sai vorbei und hielt sein Armband an den Scanner. Dieser quittierte mit einer wütenden Ablehnung. »Scheint wohl nicht zu funktionieren.«

»Ich könnte sie aufsprengen«, sagte Sai und deutete auf die Päckchen an beiden Oberschenkeln. Der Sprengstoffexperte hatte einen Teil ihres erholsamen Urlaubs damit verbracht, Bomben zu bauen, und jetzt kämpfte Rovo gegen ein gewisses Unbehagen an, angesichts all dieser explosiven Kraft, die direkt neben ihm gepackt war. »Aber ich glaube nicht, dass uns das einen Gefallen tun würde. Wenn dahinter noch ein paar hundert warten, würde ich mich lieber nicht zur leichten Beute machen.«

»Von wegen«, Rovo zeigte auf das Katana. »Du würdest sie in Stücke schneiden.«

Sai schüttelte den Kopf, schob Rovo beiseite und ging zum Scanner. Während Rovo ihm Platz machte, nahm Sai sein Katana, richtete die Klinge auf das kleine Ding und stach direkt hinein.

»Was?«, rief Rovo, als Funken sprühten und der Scanner einen letzten, traurigen Schrei von sich gab. »Was zum Teufel machst du da?«

»Verzweifelt sein.«

Sai trieb das Katana weiter in die Wand und wackelte so gut er konnte mit der Klinge. Nichts schien zu passieren, abgesehen von Rovos wachsendem Unglauben darüber, dass sein Freund, sein sehr erfahrener Sever-Partner, dachte, man könnte sich durch einen Scanner schneiden.

Die Tür schoss auf. Ein Zischen, das Rovo und Sai fast

genauso überraschte wie die Sever-Präsenz den Mann auf der anderen Seite überraschte. Stirnrunzelnd auf sein Armband blickend, während er sich vom gegenüberliegenden Scanner entfernte, schaute der Mann auf und sah die beiden Soldaten in Kampfanzügen. Sein Mund klappte auf, gefolgt vom Rest seines Körpers, als Rovo ihm einen Schlag gegen die Schläfe versetzte.

»Agent«, sagte Rovo und kniete sich hin, um das Namensschild an der dunkelroten Uniform des Mannes zu überprüfen. Der Mann war nur bewusstlos, sein Armband blieb aktiv und zeigte, was die arme Seele eine Sekunde zuvor getan hatte. »Er reagierte auf eine aufgebrochene Tür. Unsere aufgebrochene Tür.«

»Siehst du?«, erwiderte Sai und zog sein Katana heraus. »Ich wusste, dass es funktionieren würde.«

Rovo ließ den k.o. geschlagenen Mann zurück und führte Sai durch die Tür auf einen rechteckigen, klingenden Laufsteg. Sein Visier passte sich dem helleren, blauen Licht an, das durch eine massive Glaskuppel fiel und den Blick auf den Himmel von Aurum Three freigab. All dieses Licht fiel in einen weiteren riesigen Raum, größer als die Landebay, die die *Prisa* für Sever ergattert hatte. Der Laufsteg schien die gesamte Außenseite zu umkreisen, mit roten Schildern, die in regelmäßigen Abständen über den Türen hingen.

Die spiralförmige Kunst setzte sich fort, wobei die Farben zwischen jedem Türsatz wechselten, als ob sie als Wegweiser für das dienten, was jemand im nächsten Gang finden würde. Es waren mehr Agenten auf dem Laufsteg unterwegs, die Augen auf ihre Armbänder gerichtet oder, wie Rovo und Sai selbst, auf das Geschehen unten.

Sai fluchte mehrmals, und Rovo stimmte ein, denn was gab es sonst zu sagen?

Hunderte, sogar Tausende standen in Reihen, aufrecht und starrend. Ihre Kleidung war oft zerlumpt, wenig glich einer Uniform. Einige trugen fast nichts, obwohl niemand es zu bemerken oder sich daran zu stören schien. Weitere Agenten gingen durch die Lücken in den Reihen, jeder gefolgt von Robotern wie denen in der Krankenstation der *Nautilus*. Während sie über den verzierten Metallboden schritten, inspizierten die Agenten jeden Körper, an dem sie vorbeikamen, und nickten entweder oder schüttelten den Kopf.

Die armen Seelen, die ein Nicken erhielten, bekamen eine Spritze, einen schnellen Stich vom Pflegeroboter. Diejenigen, die kein Nicken bekamen, wurden von einem zweiten Agententeam aufgesammelt. Diese Duos packten den Verlierer und zogen ihn aus der Reihe, schleppten ihn zur Seite des Raumes und aus Rovos und Sais Blickfeld.

»Die Bucht«, sagte Rovo.

»Die Aussortierten werden beiseite geworfen«, stimmte Sai zu, seine Worte schwer. »Das, das ist so weit von richtig entfernt.«

»Es wird noch schlimmer.«

Die vorderste Reihe hatte eine andere Agentenkombination, die die Ränge abging. Gefolgt nicht von einem Pflegeroboter, sondern von einem langen Gestell auf einem sich bewegenden roten Metallwagen, stellten die Agenten die weißumrandeten Anzüge vor jede stehende Seele. Sobald die ganze, mehrere Dutzend lange Reihe ihren Anzug platziert hatte, bellten die Agenten den Befehl zum Beginnen. Fast wie einer nahmen die Gefangenen ihr Geschenk an und schlüpften in die Kampfanzüge.

Einer nach dem anderen verschwand der Rang aus dem klaren Blickfeld. Erst als die Agenten ihrem ersten Befehl folgten, verstand Rovo.

»Macht euch auf den Weg zu den Shuttles. Bleibt in eurer Reihe«, erklärten die Agenten, die die Anzüge aufstellten, während noch mehr karmesinrot gekleidete Arbeiter den Wagen mit weiteren Anzügen auffüllten. »Unsere Zeit ist fast gekommen, und mit ihr eure Chance, eure Freiheit zu verdienen!«

Wenn es jemanden interessierte, was dieser Schlachtruf bedeutete, konnte Rovo es nicht sehen. Er konnte jedoch spüren, wie sich die Übelkeit um seinen Magen wand. Nicht Angst, nicht ganz. Angst würde bedeuten, dass sie eine Chance hätten, Angst würde bedeuten, dass es einen Ort gäbe, an den er fliehen könnte.

Aber gegen so viele Anzüge, so viele Monster, was konnte ein einzelner Trupp schon ausrichten?

6

EIN FREUNDLICHES TREFFEN

Der Ausgang nach Norden führte an die Oberfläche. Oder besser gesagt, zu einem geschlossenen, zweispurigen Fußweg, der Gregor und Aurora auf eine schnelle Reise in Richtung des Zentrums der Basis schickte. Das Glas schien neu zu sein, und nichts trug die Trümmer oder dekorativen Gemälde aus der Bucht hinter ihnen. Einfach, schlicht und beruhigend.

»Ich empfange nichts«, sagte Aurora, als sie und Gregor, mit Gewehr und Hammer bewaffnet, den schwarzen, sich schnell bewegenden Fußweg hinuntergingen. »Anscheinend ist Vana kein Radiofan.«

»Oder sie kennt unsere Frequenzen«, erwiderte Gregor.

Störsignale wären keine Überraschung. Vana würde alle Standardfrequenzen der Truppen kennen, da sie so lange mit DefenseCorp gearbeitet hatte. Sever benutzte immer noch ihre alte Frequenz, und jetzt verfluchte sich Aurora dafür, dass sie nicht daran gedacht hatte, sie zu ändern. Übermut und der Glaube an Severs Erfolg würden sie nicht weit bringen, wenn es sie dumm machte.

»Dann ist das Aufgabe Nummer eins«, sagte Aurora, während sich Aurum Threes blau beleuchtete, goldene Oberfläche um sie herum ausbreitete. »Wir finden heraus, von wo aus sie uns stört, und schalten es aus.«

»Vana war Aufgabe Nummer eins.«

»Dann eben Aufgabe Nummer zwei.«

Über ihnen verbarg der Nachmittag von Aurum Three all die künstlichen Sterne, die bei Einbruch der Nacht zu sehen sein würden. DefenseCorps zusammengewürfelte Flotte musste sich fragen, was mit der *Prisa* passiert war, besonders nach Auroras Proklamation. Wie viele möchtegern Generäle da oben schwitzten wohl und dachten, sie hätten den Feind durch ihre Linien gelassen?

Würden sich einige entscheiden, Truppen hinterherzuschicken, oder waren sie alle Feiglinge, zufrieden damit, in ihren gepanzerten Hüllen zu warten?

Der Fußweg brachte das Paar zu dem hohen, an den Seiten abfallenden Gebäude, das Sever während der Landung gesehen hatte. Vom Boden aus betrachtet, bekam die Größe des Gebäudes eine neue Bedeutung: Aurum Three hatte in den DefenseCorp-Protokollen nichts über diesen Ort, einschließlich der Baukosten oder der angeheuerten Arbeiter. Etwas so Großes zu vertuschen oder zu verstecken, würde Anstrengungen und Genehmigungen vom Spitzenpersonal des Unternehmens erfordern.

Mit anderen Worten, Vana mochte den Ort jetzt leiten, aber er existierte schon lange, bevor sie ihre schmutzigen Agentenhände darauf gelegt hatte.

Der Gehweg endete mit einer spiralförmigen Tür, die sich im Einklang mit einer ruhigen Stimme öffnete, die Aurora und Gregor davor warnte, zu fallen, wenn die sich bewegenden Latten zu Ende gingen. Keiner von beiden tat es, sie stiegen ab und starrten in einen flachen Eingang.

Kaum ein großartiger Eingang, spuckte der Gehweg die Ankömmlinge in einen halbkreisförmigen Raum, von dem drei Zweige abgingen: eine Treppe nach links, eine nach rechts und ein Aufzug in der Mitte mit einem rot leuchtenden Handgelenkscanner daneben.

»Zur Sicherheit«, ertönte eine Stimme, und Aurora hatte ihr Gewehr darauf gerichtet, bevor die beiden Worte verklungen waren. Vana stand mit herabhängenden Armen und leeren Händen auf der oberen Treppe. Sie lehnte sich an das starre Steingeländer, das die Stufen hinaufführte, und sah mit übertriebener Frisur und schlankem Outfit amüsiert aus. »Ihr habt die Bucht gesehen, nehme ich an? Sie konnten nicht vertrauen, wer diesen Gehweg herunterkommen könnte.«

Gregor machte einen Schritt von Aurora weg und gab ihnen Raum zu reagieren, wegzutauchen, falls Vana einen Trick auf Lager hatte. Aurora hielt ihr Gewehr weiterhin erhoben, den Finger am Abzug. Sie wollte Vana erschießen, aber wieder einmal hatte die Agentin eine Überraschung parat. Vana wäre nicht hier draußen, wenn sie nichts zu gewinnen hätte, aber was?

»Wer sind sie?«, fragte Aurora, mehr um sich Zeit zu verschaffen, Vanas Motiv zu ergründen, als aus anderen Gründen.

»Du hast natürlich von den Raiders gehört?«, sagte Vana, ohne sich zu bewegen, und sprach wie eine geduldige Mutter. »Ein wenig vor deiner Zeit, aber ich bin sicher, sie bringen euch Soldaten etwas Geschichte bei?«

Der letzte verpfuschte Infektionsversuch. Eine Schar hirnloser Soldaten erschaffen, stark genug, gegen Schmerz und Angst abgestumpft genug, um jede Verteidigung zu durchbrechen und die Mission zu erfüllen. Eine lustige Idee, bis alle Versuchspersonen beschlossen, dass sie keine

Befehle mehr befolgen wollten und alles zerstören wollten, was sie konnten.

»Ich vermute, das war ihr Zuhause?«, sagte Aurora.

»Jahrelang sich selbst überlassen.« Vana nickte. »Alles, was Renard brauchte, war genau hier und bereit. Laborräume, Waffenherstellung und keine neugierigen Passanten. Der Mann dachte, er und Anaskya könnten die Raiders zurückbringen, und besser als je zuvor.«

»Das hat ja gut für ihn funktioniert«, murmelte Gregor.

»Renard ist tot, und du wirst es bald auch sein«, sagte Aurora. »Der einzige Grund, warum ich nicht abdrücke, ist, dass ich versuche, dein Spiel zu durchschauen. Was ist es?«

»Dafür musst du mir folgen«, antwortete Vana und warf einen Blick die Treppe hinauf. »Nicht weit. Es gibt ein paar Leute, die ich dir vorstellen möchte. Vielleicht überzeugen sie dich davon, dass ich nicht dein Feind bin.«

»Unwahrscheinlich«, sagte Aurora. Sie hatte Fragen zu stellen, die Aurora Vana vielleicht nicht beantworten würde, aber die Agentin wirkte so ruhig, so kontrolliert, warum also lügen? »Wer waren die in der Bucht, die du zurückgelassen hast, um zu sterben?«

Vana runzelte die Stirn, ihre Augen senkten sich zum Boden. War das echte Traurigkeit?

»Opfer«, sagte Vana. »Danke, dass ihr ihren Schmerz beendet habt.«

Die Agentin drehte sich um und ging die Treppe hinauf. Aurora drückte ab. Ein roter Bolzen schoss an Vana vorbei und versengte die Wand zu ihrer Linken. Die Agentin erstarrte und drehte sich zurück.

»Ich bin noch nicht fertig«, sagte Aurora.

»Dann sprich«, erwiderte Vana. »Aber beeil dich. Ich möchte unsere anderen Gäste nicht warten lassen.«

»Deine anderen Gäste sind mir scheißegal. Es gab einen anderen Ausgang aus der Bucht. Wohin führt er?«

»Hast du deine anderen nicht dorthin geschickt?«

»Das haben wir, aber du störst unsere Kommunikation. Ich kann sie nicht kontaktieren«, sagte Aurora. »Entweder du hörst auf damit, oder du beantwortest meine Frage.«

Vana schüttelte den Kopf: »Töte mich, wenn du willst, aber ich werde die Überraschung nicht verderben. Du wirst deinen Freunden vertrauen müssen.«

»Vana, sieht es so aus, als ob ich mich für deine Überraschung interessiere?«

Das zumindest brachte Vana dazu, sich vollständig umzudrehen und ihre Hände auf das Geländer zu legen, es fest umklammernd. »Wenn du darauf bestehst, Aurora, werde ich dafür sorgen, dass dein gesamter Trupp vor deinen Augen einer nach dem anderen stirbt. Nun, bitte folge mir, damit wir diese ganze hässliche Angelegenheit hinter uns bringen können.«

Dieses Mal, als Vana sich anschickte, die Treppe weiter hinaufzusteigen, schoss Aurora nicht. Sie hielt ihren Finger am Abzug und den Lauf auf die Agentin gerichtet, bis diese in der Krümmung der Stufen verschwand.

»Du hast nicht geschossen«, sagte Gregor. »Sie war direkt vor dir.«

»Lass uns gehen«, antwortete Aurora.

Sie ging an Gregor vorbei in Richtung der Treppe. Sie hatte gerade zwei Stufen geschafft, als sie Gregors Hand an ihrer Schulter spürte, die sie hart zurückzog.

»Was?«, fragte Aurora, als sie den großen Soldaten ansah.

Die Visiere verbargen viel von den Gesichtsausdrücken und machten es schwer, die Leute zu lesen, aber aus der

Nähe konnte man Gregors Gesicht durch die durchsichtige Barriere erkennen. Es war, mit einem Wort, wütend.

»Wir waren uns einig, dass Vana die Nummer eins ist«, sagte Gregor. »Ich bin nicht hier für Spielchen.«

»Denkst du, ich bin es?«

Diese Worte von einem Kommandanten zu einem einfachen Soldaten hätten normalerweise ein Zusammenzucken hervorrufen müssen. Vielleicht ein »Nein, Sir« und ein Zurückweichen. Ob Gregor Auroras vor langer Zeit gesprochene Worte zu Herzen genommen hatte, dass Sever Squad nicht mehr der Befehlsstruktur von DefenseCorp unterlag, oder ob es dem großen Kerl einfach egal war, er blieb standhaft.

»Ich bin mir nicht sicher«, sagte Gregor. »Sai, Rovo und Eponi sind in Gefahr. Jede Minute, die wir hier verbringen, gefährdet sie weiter.«

»Wenn ich Vana jetzt erschießen würde, würden wir es nie lebend von diesem Planeten schaffen«, erwiderte Aurora. »Sie versucht nicht, uns zu töten, und ich will wissen, warum. Vielleicht gibt es einen Grund, den wir ausnutzen können, und eine Chance, dass wir das hier überleben.«

»Oder wir sterben bei dem Versuch.«

Aurora nickte. »Ich bitte dich, Gregor, mir zu vertrauen. Ein letztes Mal.«

Gregor zögerte, dann nahm er seine Hand weg. Er legte sie zurück an den Griff seines Hammers. »Ein letztes Mal.«

Die Treppe führte nach oben, das Geländer wich massivem Metall und bettete die Stufen zwischen zwei fensterlose, graue Wände. So wenig Persönlichkeit war in diese Szenerie gemeißelt, dass Aurora die blutige, interessante Ruine zurück in der Bucht der *Prisa* vermisste.

Schließlich endeten die Stufen an einer weiteren Tür, die mit zusätzlichen Querbalken in der Mitte verstärkt war und das summende Geräusch eines Laserschildes von sich gab.

Vana hatte gesagt, dieser lange Eingang sei zur Verteidigung gebaut worden, und sie hatte nicht übertrieben.

Der Handgelenkscanner gab Aurora und Gregor, die in einer Reihe die schmale Treppe hinaufgestiegen waren, grünes Licht. Aurora hielt ihr linkes Handgelenk hoch, die Energierüstung glitt zurück und offenbarte einen Spalt, der den Computer den Augen des Scanners preisgab. Selbst mit dem grünen Licht war Aurora immer noch überrascht, als sich die Tür öffnete. Irgendwie, aus irgendeinem Grund, nutzte Vana nicht jede Gelegenheit, sie zu töten.

Dahinter empfing sie ein weiter, runder Raum mit einer Doppeltür. Was wie provisorische Barrikaden aussah, lehnte an der rechten Wand, bereit, im Falle eines Angriffs heruntergezogen zu werden. Zur Linken bot ein raumlanges Fenster einen Blick auf die goldenen Dünen von Aurum Drei. Im Raum verteilt, beobachtend und wartend, standen Leute, die Aurora bisher nur von Bildern kannte.

Genauer gesagt, von den Bildern auf dem Laufwerk, das Sai laut eigener Aussage von Vana auf der *Nautilus* erhalten hatte. Renards Netzwerk, alle anwesend, um ihren offensichtlichen Erfolg zu begutachten.

Viele der hochrangigen DefenseCorp-Mitglieder, ihre finanziellen, militärischen und diplomatischen Meister, standen in ihren verschiedenen scharlachroten Aufzügen da. Einige hielten Waffen, aber die meisten blickten in all ihrer Pracht, mit all ihrer Haltung und Überzeugung der Unbesiegbarkeit, ohne jegliche Besorgnis auf Aurora und Gregor. Als ob ein höfliches Gespräch von Kellnern mit Fingerfood unterbrochen worden wäre.

»Ich fing schon an, mir Sorgen zu machen«, sagte Vana,

die gerade im Inneren stand. »Hier war ich, erzählte all meinen Gästen, dass sie gleich den besten Truppkommandanten von DefenseCorp treffen würden, und dann tauchtet ihr nicht auf.«

Aurora fiel nichts ein, was sie sagen konnte. Sie hatte den Abzug bei tausend oder mehr Feinden betätigt, unzählige Deals mit dem Tod überlebt, aber kein Teil von Severs Rolle, von Severs Plan für Aurum Drei, hatte vorgesehen, die Leute zu treffen, die sie so viele Jahre lang von einer Mission zur nächsten geschickt hatten.

»Sie können Ihr Gewehr senken, Kapitän«, sagte ein älterer Mann zu Auroras Rechten, den sie als einen hochrangigen Admiral erkannte, der auf der gegenüberliegenden Seite der Galaxie diente. »Hier besteht kein Grund für Gewalt.«

»Oder irgendwo sonst«, fügte Vana hinzu und winkte Aurora und Gregor herein. »Ihr alle versteht, wie ich erwähnte, als Aurora und ihr Trupp bei unserem Treffen ankamen, dass sie glaubt, unsere Arbeit hier sei eine Katastrophe. Wir müssen sie vom Gegenteil überzeugen.«

Aurora, die ihr Gewehr auf den Boden richtete, aber ihren Finger nicht vom Abzug nahm, trat in den Raum. Der Schritt war weniger eine Befolgung von Vanas Anweisung als vielmehr Gregor eine klare Sicht zu geben, denn soweit Aurora es sah, hatte jeder in diesem Raum Sever, wie jeden anderen DefenseCorp-Trupp, angesichts von Geld als entbehrlich betrachtet. Niemand hier würde zögern, einen Laser in ihren Rücken zu jagen, wenn es bedeutete, DefensCorps Profite zu garantieren, und Aurora würde es ihnen nicht einmal übel nehmen.

Sie hatte ihre ganze Karriere lang im Grunde dasselbe getan.

Die versammelte Gruppe, Auroras schnelle Zählung

ergab fünfzehn, begann in einer scheinbar vorher geplanten Reihenfolge zu sprechen. Jeder Einzelne, von Vana vorgestellt, erläuterte, wie die unsichtbaren Anzüge, wie durch das Virus verbesserte Soldaten, ihrer Position zugute kommen würden. Weniger Fluktuation, bessere Kontrolle. Endlose Drohungen gegen diejenigen, die DefensCorps großzügige Verträge ablehnen könnten. Kommandanten wie Aurora würden Trupps ohne persönliche Streitigkeiten haben, bereit, in einem Augenblick zu kämpfen.

Und mit dem Virus als Verwalter könnte DefenseCorp überall rekrutieren. Kein Vagabund, keine verlorene Seele wäre ohne Platz. Endlich könnte jeder die Injektionen erhalten, seine gequälte Existenz gegen DefensCorps mörderischen Komfort eintauschen.

Auroras Abzugsfinger wurde taub bei den Reden, bei den Grinsen, die sich auf den Gesichtern um sie herum ausbreiteten, während sie etwas anpriesen, das so offensichtlich falsch schien. Zu ihrer Linken sah sie, wie Gregors Hände sich fester um den Hammer schlossen. Keiner von beiden hatte bisher ein Wort gesagt, keiner war nach seiner Position gefragt worden. Und sie würden es auch nicht werden: Die einzige Wahl, die Aurora und Gregor hier hatten, war, das Unvermeidliche zu akzeptieren oder bei dem Versuch, es zu verhindern, zu sterben.

»Seht ihr, Aurora? Gregor?«, sagte Vana, als der letzte Mann seine mitreißende Vision einer Galaxie unter DefensCorps wohlmeinender Herrschaft beendet hatte. »Das ist es, was wir hier tun. Wir geben unserer Zivilisation eine bessere, strahlendere Zukunft. Was sagt ihr, werdet ihr euch uns anschließen?«

Aurora hatte ihr ganzes Leben lang verlockende Angebote gesehen. Sever-Trupp-Ziele boten am Ende ihres Gewehrs lächerliche Bestechungsgelder an, während andere Trupps versuchten, Severs Hilfe oder sie selbst zu kaufen, um sich ihren Missionen oder ihren Reihen anzuschließen. Kleinere Unternehmen hatten Aurora gebeten, in Luxus auf verschiedenen Planeten zu bleiben und speziellen Schutz für irgendwelche VIPs oder Prominente zu bieten. Sie hatte all diese Angebote abgelehnt und erklärt, dass die eventuelle Auszahlung von DefenseCorp am Ende mehr wert sein würde.

Aber sie wusste eigentlich, dass sie für ihr Squad geblieben war.

»Wo sind die anderen?«, sagte Aurora in dieses Vakuum hinein. »Rovo, Sai und Eponi? Sie haben sie einen anderen Weg gehen lassen.«

Die Admiräle, Politiker und Führungskräfte im Raum wandten sich Vana zu, die den Kopf schüttelte.

»Den falschen Weg«, sagte Vana. »Sie sind an einen Ort geraten, an den sie nicht hätten gehen sollen, Aurora. Es tut mir leid, aber Sever Squad ist auf nur noch zwei geschrumpft. Die besten, wichtigsten zwei. Wenn Sie allerdings zustimmen, bin ich sicher, dass wir ihre Leichen für Sie aufspüren können.«

»Lügnerin«, knurrte Gregor, während Aurora es erneut mit dem Squad-Band versuchte.

Der Ruf, der über ihre Frequenz gesendet wurde, traf auf nichts als das verrauschte Schweigen eines gestörten Signals. Vana könnte sehr wohl lügen, oder sie könnte, wie unten auf der Treppe, die schreckliche Wahrheit sagen.

»Glauben Sie, was Sie wollen«, sagte Vana und antwortete damit Gregor. »Trotzdem brauche ich jetzt eine Antwort.«

Die Agentin, die sich zum hinteren Teil des Raumes zurückzog, hob ihr Armband. Die anderen gaben Aurora und Gregor Platz und zogen sich zu den Wänden und dem

Fenster zurück. Hatte Vana irgendeine Falle gestellt? Einen Laser, der von der schmucklosen Decke schießen würde, oder vielleicht eine Grube, die Gregor und Aurora ganz verschlingen und sie in der Dunkelheit zerquetschen würde?

Aurora brauchte die Finger nicht zu benutzen, brauchte den stummen Code nicht zu senden. Sie war nach Aurum Drei gekommen, um Vana auszuschalten, in dem Glauben und der Hoffnung, dass das das Ende sein würde. Jetzt würde das nicht mehr ausreichen. Ohne Vana würde einer der Anwesenden ihren Mantel aufnehmen. Sie alle sahen dasselbe wie Renard, wollten dasselbe wie er.

Und das konnte Aurora nicht zulassen.

Aurora riss ihr Gewehr hoch und zielte auf Vana. Als Aurora abdrückte, wich Vana zurück und zog dabei eine andere unglückliche Seele in den Weg. Auroras Gewehr spuckte, der gelb-rote Bolzen schoss heraus und traf sein Ziel. Vana zog sich weiter zurück und duckte sich in das Gedränge, als die versammelten Offiziellen erkannten, dass ihre Zeit abgelaufen war.

Gregor nahm das Signal auf und setzte es um, sprang nach vorne und richtete mit dem Hammer ein Gemetzel an. Der erste Schwung erwischte zwei, der zweite weitere drei. Die wenigen, die noch Waffen hielten, versuchten nicht, gegen die gepanzerten Squadmitglieder zu kämpfen, sondern flohen.

Sie kamen nicht weit.

Tödliche Sekunden vergingen, an deren Ende Aurora und Gregor inmitten einer Ruine standen. Menschen, die planetare Systeme erobert hatten, lagen neben anderen, die DefenseCorps Geldkonten so manipuliert hatten, dass sie die riesigen Schiffe kaufen konnten, die dem Unternehmen seine Macht verliehen. In wenigen Herzschlägen waren die Mächtigsten der Galaxis vernichtet worden.

Auf ihren Schiffen hätten diese Leute Wachen gehabt. Loyale Soldaten. Vana hatte sie hierher gebracht, sie durch Gier ihres Schutzes beraubt. Aurora hätte die Bastarde bemitleidet, wenn sie noch Mitleid übrig gehabt hätte.

»Einige sind entkommen«, sagte Gregor, nicht einmal außer Atem. »Verfolgen?«

»Vana hat nicht einmal versucht, uns aufzuhalten«, sagte Aurora. »Sie ist einfach weggelaufen.«

»Agenten sind Feiglinge.«

»Dann lass uns einen Feigling fangen.«

Aurora übernahm die Führung und ließ die Leichen hinter sich. Ihr Gewehr würde im Flur dahinter besser funktionieren, einem schmalen Abschnitt, der den Fensterblick auf der linken Seite fortsetzte, mit einem Scannerversiegelten Raum nach dem anderen. Es bestand natürlich die Möglichkeit, dass Vana in einen davon geschlüpft war, zusammen mit den Offiziellen, die entkommen waren.

Die Geräusche, die von vorne kamen, machten diesen Verlauf jedoch unwahrscheinlich.

Rufe und Forderungen hallten zu dem Sever-Paar zurück, als Vanas verbliebene Gäste sie anwiesen, etwas zu unternehmen, sie herauszubringen. Die Worte waren hitzig, und während Aurora am liebsten selbst den letzten Schuss auf Vana abgegeben hätte, wäre sie nicht allzu verärgert, wenn jemand anderes die Agentin zuerst erschießen würde.

Der Flur bog ab, knickte nach innen, wobei eine versiegelte Tür ein weiteres Geradeausgehen verhinderte. Als Aurora sich der Biegung näherte, wurde der Streit lauter, entschlossener und dann, wie ein umgelegter Schalter, panischer. Blitze trübten das Nachmittagslicht von Aurum

Drei, und als Aurora um die Ecke bog, das Gewehr bereit, wurde die Quelle klar.

Weitere fünf Leichen, mit brennenden Löchern in der Brust, lagen auf dem Boden. Vana war nicht unter ihnen.

»Sie läuft nicht weg«, sagte Aurora, während sie den aufsteigenden Rauch von den Opfern beobachtete. »Vana übernimmt die Kontrolle.«

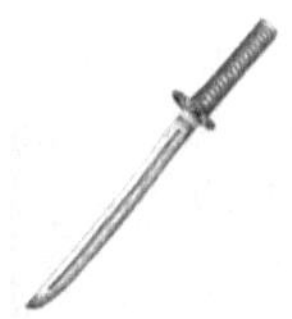

7

SCHWERTKAMPF

Der Moment, in dem sie die Agenten bei der Arbeit beobachteten, wie sie die marschierenden Reihen mit Anzügen ausrüsteten, dauerte sowohl zu lang als auch nicht lang genug. Der klingende Laufsteg, auf dem Sai und Rovo standen, bot wenig Deckung, sodass Sai nicht allzu überrascht war, als sein Visier rot aufleuchtete, als die anderen patrouillierenden Agenten das gepanzerte Duo entdeckten.

»Zeit zu gehen«, sagte Sai, steckte sein Katana in die Scheide und zog stattdessen seine Pistolen. Das Schwert würde auf diese Entfernung nicht viel nützen.

»Wohin denn?«, erwiderte Rovo, während die beiden so gut es ging in der klobigen Rüstung hinter das Geländer des Rings rutschten. »Tarla und ihre Freunde sind hinter uns. Vor uns sind ein paar tausend Feinde.«

»Dann denk dir was aus.«

Sai, der zum Tunnel zurückblickte, aus dem sie gekommen waren, wartete darauf, dass das Visier ihm anzeigte, wann sich die herannahenden Agenten näherten.

Der rote Schein kroch vom unteren Rand seines Visiers zu den linken und rechten Kanten. Jetzt waren sie nah.

»Ich gehe nach links«, sagte Sai.

Rovo antwortete nicht, und sie bewegten sich beide mit blitzschneller Erfahrung, als das Rot die richtige Höhe erreichte. Sai erhob sich und drehte sich nach links, als der Agent, der selbst seine Waffen gezogen hatte, um die Ecke kam. Sai feuerte einen Schuss ab, aber der Agent hatte das anscheinend erwartet, denn er kam in einem plötzlichen Sprint um die Ecke. Sais Bolzen folgten ihm und hinterließen schwarze Spuren auf dem lackierten Metall dahinter.

Das rechte Handgelenk des Agenten zuckte, als er sprintete, und zwei hellsilberne Kugeln sprangen in Sais Richtung.

»Granaten!«, schrie Sai.

Wenn Sai freie Hände gehabt hätte, hätte er vielleicht versucht, sie zurückzuwerfen. Wenn er sein Katana gehabt hätte, hätte er vielleicht versucht, sie zu zerschneiden und die Explosion zu entschärfen, bevor sie beginnen konnte. Stattdessen aktivierte er die verstärkten Stiefel der Kampfrüstung und katapultierte sich nach vorne. Er flog in einem wilden Sprung über die Granaten hinweg und prallte gegen die Agentin, die die Wand benutzt hatte, um ihren Lauf abzufangen und sich von ihren eigenen Bomben zurückzuziehen.

Sai traf die Frau, die in schlankere, standardmäßige karmesinrote DefenseCorp-Körperpanzerung gehüllt war. Gemeinsam krachten sie gegen die gegenüberliegende Seite, wobei Sais Gewicht die Agentin gegen das Metall drückte. Sai spürte, wie ihr Körper erschlaffte – Agenten schienen Helme immer für uncool zu halten –, als er zurückwich. Die Agentin sackte bewusstlos zu Boden.

Eine erledigt, eine Million mehr zu gehen.

Sais Visier blitzte eine neue rote Bedrohung zu seiner Linken auf, aber der Sever-Schwertkämpfer sah nichts entlang des Laufstegs.

Der Kämpfer im Anzug offenbarte sich mit einem heißen blauen Bolzen, der aus der Ferne abgefeuert wurde, gefolgt von einem weiteren. Der Schwertkämpfer zuckte vor den Schüssen zurück und blieb tief. Ein Bolzen streifte Sais rechte Schulter, die Rüstung nahm den Treffer mit Alarm auf, als die Hitze die Hälfte ihres Schutzes durchbrannte. Sai hob seine Pistolen, in der Hoffnung, Deckungsfeuer für eine Annäherung zu geben, um den Schützen zum Blinzeln zu bringen und Zeit zu gewinnen.

Die Granaten explodierten.

Zwei wellenförmige Knalle hallten von den Wänden wider, als Feuer den Laufsteg zerfetzte. Sai neigte sich zur Seite, als sein Halt verschwand, das Metall unter ihm zusammenklappte oder wegbrannte. Die Kampfrüstung nahm das Feuer auf, wie sie den Laser aufgenommen hatte, völlig unbeeindruckt. Sai jedoch schrie, als er fiel und auf dem Boden unter ihm aufschlug, während Trümmer um ihn herum regneten. Der Aufprall benebelte Sais Kopf für einen Moment, und seine Pistolen waren nicht mehr in seinen Händen.

»Bist du da?«, kamen Rovos Worte in Sais Ohr. »Bitte sag, dass du da bist.«

»Hier«, antwortete Sai und schmeckte Blut in seinem Mund, wo er sich beim Aufprall auf die Zunge gebissen hatte. »Schon mal besser gewesen.«

»Ich hab gehört, es sei klüger, von den Granaten wegzurennen, anstatt auf sie zuzulaufen.«

»Da hast du nicht Unrecht.«

Sai rollte sich herum und blinzelte auf die Szene vor

ihm. Diese Bürger, die vielen Injizierten aus Dynas, die auf ihre Chance auf die Anzüge warteten, standen auf gleicher Höhe mit ihm. Sie standen da und schienen nicht zu reagieren. Die Agenten, die die Anzüge verteilten, setzten ihren Prozess fort, legten neue Hardware aus und halfen jeder neuen Reihe, ihre Rüstung anzulegen.

Kümmerte es sie nicht, dass zwei Granaten gerade ein Ende des Raums zerstört hatten? Kümmerte es sie nicht, dass zwei Soldaten in Kampfrüstung in ihre Operation eingedrungen waren?

Der nächste Rang begann seinen fast lautlosen, unsichtbaren Marsch, und Sai sah warum. Die neuen Anzüge gingen nach rechts zu Sai, in Richtung einer großen Öffnung. Schilder an den Seiten des Portals bezeichneten das Ziel als Landezonen, jene breiten Flächen, die Sever während des Anflugs gesehen hatte. Die Agenten riefen weiterhin jeden neuen Satz dazu auf, zu den Shuttles zu gelangen, die sich auf einen Flug von der Welt vorbereiteten.

Wohin würden diese Shuttles fliegen? Würden sie all diese Wahnsinnigen über die Galaxie verstreuen, oder war es eine gezielte Invasion?

»Also, äh, Hilfe?«, durchbrach Rovos Stimme Sais Gedanken. »Ich bin hier oben umzingelt!«

Sai rappelte sich auf und griff nach seinem Katana. Um ihn herum filterte das Licht in Fragmenten durch die Überreste des Laufstegs. Der Anzugträger, der auf ihn geschossen hatte, war nicht nachgekommen. Vielleicht dachte er, Sai sei tot. Sein Fehler.

»Ich kann nicht zu dir hochkommen«, sagte Sai. »Meine Booster haben noch nicht genug Energie.«

»Was für eine Hilfe du doch bist«, erwiderte Rovo. »Ich habe zwei erledigt, aber fünf weitere umzingeln mich.«

Es gab also ein paar Möglichkeiten. Sai könnte aus den Trümmern stürmen, Aufmerksamkeit auf sich ziehen und vielleicht einen Weg finden, den Frischling zu erreichen, bevor die Agenten ihn überwältigten. Aber sie waren bereits in der Unterzahl. Das Sever-Paar konnte nicht jeden Agenten in diesem Gebäude bekämpfen, nicht ohne Deckung, ohne den Überraschungseffekt auf ihrer Seite. Aber es gab noch eine andere Option.

»Lauf«, sagte Sai. »Verschwinde von hier. Sie bringen diese Anzüge zu den Shuttles, und ich weiß nicht warum, aber wir können sie nicht gehen lassen.«

»Ja, äh, die Soldaten sind mir egal, wenn ich tot bin.«

»Dann sei es nicht«, wiederholte Sai. »Geh. Find eine Tür, hau ab und schick eine Nachricht nach oben. Irgendjemand bei DefenseCorp muss sich darum scheren, muss glauben, dass es ein Problem ist, diese Monster frei herumlaufen zu lassen.«

Sai verfolgte die Laserstrahlen, die oben von der zweiten Ebene zur linken Seite zuckten. Die Bolzen trafen das Geländer, schlugen in die Wand darüber ein, und einige schossen knapp darüber hinweg. Sai konnte Rovos Gestalt nicht ausmachen, aber er hoffte, der Frischling nahm sich seine Worte zu Herzen.

Eine weitere Reihe frisch eingekleideter Gestalten löste sich aus den Reihen und begann ihren Marsch zum langen Ausgang und den Landeplätzen dahinter. Die Bewegung lenkte Sai wieder auf den Punkt zurück, auf die Reihen vor ihm, die sich bisher nicht die Mühe gemacht hatten, das Geröll und die daraus aufsteigende Powerrüstung zu untersuchen. Sai konnte immer noch nicht glauben, dass keiner der Agenten in den Anzügen sich in seine Richtung bewegt hatte.

Sie mussten ihn sehen, mussten wissen, dass ein solcher

Sturz jemanden in einer Powerrüstung nicht töten würde. Selbst wenn sie all diese teilnahmslosen Menschen einkleiden und wegbringen mussten, schien es lächerlich, nicht zu ...

Das rote Aufflackern des Visiers trieb Sai dazu, nach vorne zu tauchen. Hinter ihm kreischte der Schutt, als etwas hindurchschnitt. Sai fing seinen Sturz mit der Schulter ab, balancierte sich mit der linken Hand aus und hob sein Katana mit der rechten, um jeden Folgeangriff zu blocken.

Die unsichtbaren Anzüge taten ihr Bestes, um Waffen zu verbergen, die an den Anzugfächern befestigt oder darin versteckt waren. Die verdammten Messer, die Vana gerne benutzte, hatten eine ähnliche lichtbeugende Beschichtung, die sie schwer zu verfolgen machte. Dieser Typ jedoch hatte eine gebogene, summende Klinge aus rotem Stahl, die nichts tat, um sich zu verstecken. Sie sah aus, als würde sie in der Luft schweben, während die Klinge hin und her schwang, als wolle ihr Besitzer damit angeben.

»Runde zwei?«, sagte der Anzug, obwohl Sai den sprechenden Mann nicht sehen konnte.

Runde zwei?

Sai scherte sich einen Dreck um irgendwelche Runden. Was zählte, war, dass der Typ, der da stand und mit dem Schwert herumfuchtelte, Sai die Chance gab, wieder auf die Beine zu kommen. Das Katana in einen bequemen Griff zu bekommen. Vielleicht würde ein Duellant das als Ritual betrachten, als eine Ehre, die einem Gegner erwiesen wird, aber an einem Ort wie diesem? In einem Kampf wie diesem?

Ehre musste warten.

Sai stürmte vorwärts und führte das Katana zu einem Überkopfschlag. Indem er seine Brust für einen Schlag offen ließ, lockte Sai den Anzugträger, und der Mann ging darauf ein. Die rote Klinge wurde zu einem geraden Stich erhoben und richtete sich auf Sais Bauch.

Normalerweise wäre ein Katana zu schwer für einen einhändigen Hieb wie den von Sai, es wäre zu unhandlich und würde wahrscheinlich aus dem Gefahrenbereich herauswackeln. Normalerweise hatte ein Schwertkämpfer keinen Anzug mit Kraftverstärkung, der seinen Griff dort hielt, wo er sein musste.

Sai ließ seine linke Hand fallen und fegte seinen geschützten Arm vor dem Katana nach unten, um die rote Klinge abzuwehren. Das Summen bewies seine Bedeutung, als die Energie, die das Schwert umgab, weißglühende Funken von der Servorüstung abprallen ließ, aber Sai lenkte die tödliche Spitze nach unten und weg. Anstatt Sais Brustkorb zu durchbohren, streifte das Schwert Sais Bein und ließ seinen Besitzer offen und verwundbar zurück.

Das Katana schnitt über die Schulter des Mannes und durchtrennte den unsichtbaren Anzug und die Kleidung darunter. Nur indem er die Klinge fallen ließ und zurückwich, überlebte der Mann, wenn auch mit einem tiefen Schnitt in der Schulter. Sai drehte den Griff des Katanas und richtete dessen Spitze zu einem tödlichen Stich, als der Anzug seine unsichtbare Energie abschaltete und den vermummten Mann darunter zeigte.

»Perro?«, sagte Sai, trat die rote Klinge weg und starrte den verwundeten Mann an. »Warum?«

»Ist Kohle eine gute Antwort?«

»Wir haben Tarla bereits getroffen«, sagte Sai. Er hatte keine Zeit dafür, aber der Mann könnte nützlich sein. Sobald die Agenten sahen, dass Sai mit ihrem Schutz fertig war, würde der Sever-Schwertkämpfer vermutlich überrannt werden. »Sie hat uns euren Deal erklärt. Ich frage, warum du nicht auf mich geschossen hast.«

»Schien nicht fair.« Perro verzog das Gesicht, als er ein lockeres Grinsen aufsetzte. »Außerdem wollte ich mein neues Spielzeug ausprobieren. Sie haben hier alle möglichen coolen Waffen.«

»Das glaube ich.«

Sai blickte über seine Schulter hinauf zum Laufsteg. Es kreuzten keine Laser mehr, was darauf hindeutete, dass Rovo entweder tot oder verschwunden war. Dass Rovo kein Lebenszeichen von sich gegeben hatte, beantwortete die Frage auch nicht, da die gesamte Basis scheinbar jegliche Kommunikation blockierte, sobald sie den Nahfeldbereich verlassen hatten.

»Du wirst nicht lange leben, weißt du«, sagte Perro. »Mich zu töten, spielt keine Rolle. Schau sie dir an. Sie werden bald überall in der Galaxie sein und den Befehlen dieses Agenten gehorchen.«

Sai richtete das Katana auf Perros Kehle. »Sag mir, wie dir das hilft. Es wird nicht viel Arbeit für einen Söldner geben, wenn alle schon tot sind.«

»Schätze, wir hofften, jemand wie du würde sie aufhalten, nachdem wir kassiert haben, natürlich.«

»Kennst du einen Weg? Sie aufzuhalten?«

Perro lachte, verzog wieder das Gesicht, »Alle töten?«

So sehr Sai es auch wollte, das war nicht möglich. Perros Vorschlag eröffnete jedoch eine andere Spur. Sai und Gregor hatten zusammen mit Sever auf der *Prisa* die Helix-Kreaturen ohne allzu große Mühe erledigt. Die Anzüge waren es, die sie tödlich machten und Vanas bunt zusammengewürfelter Truppe eine Chance gaben, die Galaxie zu stören.

Wenn man die Anzüge loswürde, gäbe es vielleicht eine Chance.

»Wie lange bist du schon hier?«, fragte Sai Perro.

»Ein paar Wochen«, antwortete Perro. »Vana wusste nicht genau, wann ihr ankommen würdet.«

»Also kennst du die Basis.«

Jetzt setzte sich Perro auf und verzog das Gesicht. »Kann schon sein. Warum?«

»Kannst du mir zeigen, wo sie die Anzüge herstellen?«

»Ich glaube, du vergisst, auf welcher Seite ich stehe.«

Das Katana bewegte sich und ruhte mit der Spitze an Perros Hals.

»Ich glaube, du vergisst, wie verzweifelt ich bin«, sagte Sai. »Zeig es mir, und vielleicht überlebst du lange genug, um all das Geld einzustreichen.«

»Wir werden nur bezahlt, wenn du tot bist.«

Sai wollte den Mann erwürgen. Perro würde keinen verdammten Cent bekommen, wenn Sever starb. Vana würde sie wahrscheinlich töten, oder Geld selbst würde bedeutungslos werden, sobald Vanas unsichtbare, gedankenlose Armee die Galaxie ihrem Willen unterworfen hätte.

»Perro, ich werde dir das jetzt langsam erklären«, sagte Sai. »Du wirst mich dorthin bringen, wo sie die Anzüge herstellen. Wir werden die Produktion zerstören. Dann können wir über deine Bezahlung reden.« Perro öffnete den Mund und Sai drückte die Klinge näher. »Wenn du irgendetwas anderes sagst als ja, werde ich dich jetzt töten und mein Glück auf eigene Faust versuchen.«

Perro blinzelte und schenkte ihm ein eisiges Grinsen.

»Alles klar, Boss.«

8

KÖDER UND TÄUSCHUNG

Zweimal heute hatte er den Hammer geschwungen. Zweimal heute hatte er die gewaltige Kraft der Waffe genutzt, um hilflose Feinde zu zerschmettern und zu zermalmen. Beim ersten Mal hatten sie Gregor mit der rücksichtslosen Gleichgültigkeit angegriffen, die zu jenen passt, die ihre Verbindung zur Realität gekappt haben. Das zweite Mal war ein Akt der Verteidigung gegen einen Gegner gewesen, der nicht angreifen konnte.

Wie Aurora hatte auch Gregor die Namen und Gesichter auf Sais Laufwerk gesehen. Jeder Einzelne war in das Schema verwickelt, das Sever Squad zu stoppen versuchte. Jeder war, wenn nichts anderes, zumindest eines versuchten Verbrechens gegen die Zivilisation schuldig. Bei solchen Leuten sollte man kein Bedauern empfinden.

Und doch fühlte Gregor sich nicht von siegreichem Ruhm erfüllt. Das hier war kein Kampf, der Legenden schuf, das war kein Heldentum.

Gemetzel traf es eher.

Schlimmer noch, Vana, die Einzige, auf die es wirklich ankam, entkam immer wieder. Gregor stand mit Aurora am

Ende des Flurs, rot blinkende Scanner blockierten die Räume um sie herum. Vanas jüngste Opfer lagen rauchend hinter ihnen, während ihre Leichen abkühlten. Mit einem versperrten Weg nach vorne und einem Weg zurück, der schnell ins Nirgendwo führte, musste Gregor etwas finden, auf das er einschlagen konnte, das zurückschlagen würde.

»Oder ich werde durchdrehen«, sagte Gregor den letzten Teil laut und zog Auroras Blick vom Scanner weg, der ihr Armbandgerät weiterhin ablehnte.

»Was wirst du verlieren?«, Aurora richtete sich auf.

Sever Squads Kommandantin hatte ihr Gewehr weggesteckt und ihre Pistolen im Holster gelassen. Ihre Kampfrüstung schien makellos, während Gregors eigene mit Beweisen übersät war. Ihre Waffen erzählten eine Geschichte.

»Wir sitzen in der Falle und sind jetzt eindeutig Verbrecher für unser ehemaliges Unternehmen«, sagte Gregor. »Selbst wenn wir Vana vernichten, wird uns niemand als Helden sehen.«

»Waren wir das je?«

»Vielleicht nicht, aber ich mag es nicht, der Bösewicht zu sein.«

»Wusste gar nicht, dass dir das wichtig ist.«

»Ist es dir etwa nicht?«, fragte Gregor.

Aurora wandte sich wieder der Tür zu und deutete darauf. »Mir ist es wichtig, hier durchzukommen. Mir ist es wichtig, Vana zu finden. Mir ist es wichtig, all das zu stoppen.«

»Und dann?«

»Wir werden die Zukunft erfahren, wenn sie eintrifft. Ich bin nicht so für Vorhersagen.«

»Eine mutige Haltung von unserer Kommandantin.«

Jetzt sah Aurora Gregor direkt an. »Was ist los mit dir?

Du stellst mich in Frage, wirst philosophisch. Das ist nicht der Gregor, den ich kenne.«

»Der Gregor, den du kanntest, hat keine Hilflosen ermordet.«

»Jeder von ihnen hätte dich getötet, wenn er gekonnt hätte.« Aurora legte Gregor schwer die Hand auf die Schulter. »Das ist nicht der richtige Zeitpunkt, um sentimental zu werden, mein Freund. Du hast immer noch die Chance, für die Galaxie zu kämpfen. Vergiss das nicht.«

Die inneren Debatten für eine andere Zeit beiseiteschieben. Wie typisch für Aurora, wie Sever. Gregor runzelte die Stirn und versuchte zu tun, worum Aurora ihn gebeten hatte. Es gab Bedenken, moralische Fragen, über die er grübeln musste, aber das konnte später geschehen, wenn Gregor entweder tot oder für seine verbleibenden Jahrhunderte in einer Zelle eingesperrt war.

Vorerst müsste er die Stimmen so zum Schweigen bringen, wie Gregor es immer getan hatte.

»Geh zurück«, sagte Gregor, und Aurora gehorchte.

Frei von Kollateralschäden drehte Gregor den Hammerkopf. Gespeicherte kinetische Energie, maximiert durch die Schwünge in der Bucht und dann zurück im vorherigen Raum, lud den Hammerkopf auf. Mit einem kräftigen Überkopfschwung zerschmetterte Gregor die Oberseite der Tür direkt in der Mitte.

Vanas Kommentar über die Raider erklärte viel über das Layout der Basis, wobei die Bucht der *Prisa* das dissonante, wahnsinnige Durcheinander markierte, als verdrehte Soldaten zwangsweise in den Dienst gestellt wurden. Ganz ähnlich wie Gregors eigene Familie und Freunde, die in den Kometenminen arbeiteten, von den Verwaltern, den Aktionären, den Unternehmenseignern getrennt gehalten worden waren.

Bisher zeigte dieses zentrale Gebäude einen geschützten Kern. All die scannerverriegelten Türen, die engen Korridore und Räume, die gebaut waren, um eine angreifende Truppe durch einen Engpass nach dem anderen zu schleusen. Die Raider konnten nicht kontrolliert werden, aber sie konnten eliminiert, ausgelöscht und dann mit einer neuen Charge neu gestartet werden.

Gregor erkannte ein Schlachthaus, wenn er eines sah.

Hinter der Tür kehrte die Menschlichkeit zurück. Die kahlen Wände verschwanden, ersetzt durch aufgehängte Kunstwerke, mit DefenseCorps Unternehmensslogans, die auf plötzlich geglätteten, sanft goldenen Wänden prangten, passend zu Aurum Drees Dünen. Die einstürzende Tür, die sich unter Gregors Hammer faltete, ließ eine gefilterte, warme Brise herein, moduliert auf optimale Luftfeuchtigkeit und Temperatur für dauerhafte menschliche Gesundheit.

»Die da oben haben es immer besser«, murrte Aurora und nahm den Unterschied wahr.

»Und die ganz unten sehen es nie«, stimmte Gregor zu.

Aurora ließ Gregor, der den riesigen Hammer trug, die Führung übernehmen. Sie ließen alle anderen verschlossenen Türen hinter sich, Gregor kletterte über seine eigenen Trümmer und stampfte in einen seltsamen Raum. So sehr es auch wie ein schickes Büro und Labor aussah – die Wände hatten hier Fenster, die den Blick auf geräumige Arbeitsräume und Besprechungszimmer freigaben –, die unheimliche Stille, gepaart mit den staubfreien, perfekten Räumen, ließ es sich anfühlen, als würde sich Sever durch eine Museumsausstellung bewegen.

Entweder führte Vana einen sehr straffen Betrieb, oder sie wollte den besuchenden Bonzen eine hübsche Show bieten.

»Verlassen?«, sagte Gregor, als sie den mit Teppich ausgelegten Flur entlanggingen, mit Räumen zu beiden Seiten.

»Oder evakuiert. Vielleicht haben wir sie verscheucht.«

»Dann war das die am wenigsten panische Evakuierung, die ich je gesehen habe.«

Als der Flur auf andere Optionen traf, mussten sie eine Wahl treffen. Nach rechts gehen, geradeaus weitergehen, das Dilemma wäre in diesem Gebäudelabyrinth schwer zu lösen gewesen. Wäre es, wenn Vanas Stiefel nicht überall, wo sie hingetreten war, eine deutliche Spur hinterlassen hätten. Die Abdrücke im Teppich, verunreinigt durch goldenen Schmutz und Teilchen, die Vana wohl aufgesammelt hatte, als sie über die Leichen trat, die ihre Gäste hinterlassen hatten, waren leicht zu erkennen.

»Sie wird nachlässig«, sagte Gregor, nachdem an der zweiten Kreuzung wieder ein klarer Weg markiert war.

»Wir unterschätzen sie«, erwiderte Aurora und drehte sich im Raum, während sie ihr Gewehr nach hinten, vorne und zur Seite gerichtet hielt. »Sie hat uns zu all diesen VIPs geführt, und sie muss wissen, dass wir ihr folgen.«

»Wir haben ihre Überraschungen gesehen, und sie sind schwach«, antwortete Gregor und ging weiter.

Die einsamen Labore und Büros verschwanden, als die beiden das Ende des Flurs erreichten, diesmal mit einer offenen Tür, deren grün leuchtender Scanner entsperrt blieb. Gregor warf Aurora einen Blick zu, die mit den Schultern zuckte und ihm zunickte, durchzugehen. Wenn Vana ihren Türen die Qual von Gregors Hammer ersparen wollte, konnte Sever dem nachkommen.

Die geöffnete Tür führte zu einem breiten, flachen Raum. Am anderen Ende ließ eine offene Seite die natürliche Luft von Aurum Three herein. Meter höher als die

Standardetagen, durch die sie gegangen waren, füllten Shuttles das offensichtliche Dock. Es waren Spezialschiffe, verziert mit Insignien, auffälligen Lackierungen und Namen, die sie als Eigentum der Leichen deklarierten, die Aurora und Gregor zurückgelassen hatten.

Besorgniserregender waren all die Wachen, die sich um diese Schiffe herum aufhielten. Die Sicherheitskräfte, die in Vanas privatem Blutbad gefehlt hatten, warteten offenbar alle hier, bewaffnet und drehten sich nun in Severs Richtung. Gregors Visier zählte die potenziellen Bedrohungen zusammen, überzog seine Sicht mit Rot und schätzte fast fünfzig.

»Nicht gut«, sagte Gregor, der mit bereitem Hammer am Eingang stand.

»Einverstanden«, erwiderte Aurora. »Wir gehen zurück. Suchen Deckung im Flur. Begrenzen ihre Anzahl.«

Ein Vorteil von fünfzig gegen zwei würde mehr als einen Flur und ein paar geschlossene Räume brauchen, um sich auszugleichen, aber Gregor würde eine Chance gegenüber den Nullchancen nehmen, die sie beim Kampf in der offenen Bucht hätten. Aurora begann sich zurückzuziehen und Gregor folgte, während die Wachen zusahen.

»An alle«, dröhnte Vanas Stimme aus den Gegensprechanlagen und hallte durch die Gänge hinter ihnen und die Bucht vor Gregor. »Ich spreche zu euch, die ihr verängstigt und verletzt seid. Zwei DefenseCorp-Deserteure haben unter friedlicher Flagge eure Schutzbefohlenen angegriffen und ihre Leichen zurückgelassen. Sie müssen vernichtet werden, bevor wir uns erholen können, bevor DefenseCorps strahlende Zukunft definiert werden kann. Als euer jetziger kommandierender Offizier befehle ich euch, diese beiden sofort zu eliminieren.«

Ein schlampiger Befehl, ohne Strategie und Substanz,

aber Gregor sah die aufsehenerregenden Ergebnisse, als er zurückwich: Das der Einfahrt am nächsten gelegene Schiff, ein grün-silberner Transporter, spuckte seine Wachen über eine Einstiegsrampe in die Bucht. Das Abzeichen der DefenseCorp-Spezialkräfte, das über der grün-schwarzen Rüstung leuchtete, war deutlich zu erkennen, als der Trupp seine Gewehre auf Gregor richtete. Weitere Trupps würden folgen, sobald sie sich bei ihren Anführern meldeten und diese nicht antworteten.

»Zeit zu gehen«, sagte Aurora, und Gregor musste zustimmen.

Severs Kommandantin leitete einen aktiven Rückzug, wobei sie mit präzisen Schüssen aus dem Gewehr die Fenster zum Bersten brachte. Die großen Glasscheiben waren mehr als groß genug, damit jemand darüber klettern und hindurchschlüpfen konnte, und jede Öffnung bot einen Hinterhalt, den jede Verfolgung untersuchen müsste. Die Spur würde verlangsamt werden, so gering der Effekt auch sein mochte.

An der ersten Kreuzung bogen sie nach links ab und hofften, dass niemand die plötzliche Wendung gesehen hatte. Aurora tauschte mit Gregor die Position, kehrte zur Hallengabelung zurück, um Deckung zu geben, während Gregor sich um die Tür kümmerte, und zwar auf die einzige Art, die er konnte: mit einem weiteren Schlag.

Der Hammer hatte nicht genug Dinge getroffen, um seinen kinetischen Schub aufzuladen, sodass der erste Schlag die Tür nur einbeulte. Der Scanner kreischte und löste einen Alarm aus.

»Tut mir leid«, sagte Gregor und hob den Hammer für einen weiteren Schlag.

»Und das, nachdem ich all diese Fenster zerschossen habe«, sagte Aurora. »Was für eine Verschwendung.«

Die Kapitänin legte ihren Sarkasmus mit einem Fluch ab, was Gregors Blick auf sich zog, als Aurora in die Hocke ging und Schüsse abfeuerte. Gregor wandte sich wieder der Tür zu, schlug erneut zu und zerschmetterte das Portal. Dahinter befand sich ein großes Labor, in dem halbfertige Anzugprototypen an Haken hingen. Glaswaren bedeckten die Tische, einige noch gefüllt mit verschiedenen Polymeren, die auf ihre Chance warteten, für mörderische Zwecke geformt zu werden.

Weitere Türen boten Ausgänge auf der rechten und gegenüberliegenden Seite des Labors, während zu Gregors Linker, am Ende der Laborausrüstung, eine gelb gestrichene Tür den Raum dahinter als Gefrierschrank auswies. Eine Idee nahm Gestalt an, als Gregor den Raum betrat, angeregt mehr durch Spiele, die er als Kind auf den schwebenden Felsen gespielt hatte. Die effektivsten Verstecke waren diejenigen, die sowohl möglich als auch lächerlich waren, zu riskant, um erlaubt zu sein.

Aber wenn man ein Spiel wirklich gewinnen wollte, um die Sucher ohne ihre Beute nach Hause zu schicken, musste man als Team zusammenarbeiten. Ein Köder, gepaart mit einem gut gewählten Versteck, würde zu einer Chance führen, würde zum Sieg führen.

»Geh da rein«, sagte Gregor und zeigte auf den Gefrierschrank. »Sofort.«

»In den Gefrierschrank?«

»Ich werde sie weglocken. Sie werden dort nicht nachsehen.«

Es gab Kommandanten, die Gregors Vorschlag abgelehnt hätten, die das Angebot ihres Squaddie überprüft und sich gefragt hätten, ob sie seinen Absichten trauen könnten. Ob der Squaddie den Kommandanten als Köder anbieten wollte.

Aurora sah Gregor an und nickte einfach. Sie griff nach einer Granate an ihrem Gürtel und warf sie den Flur hinunter. Niemand würde auf die Bombe zulaufen, und es könnte die Verfolger lange genug aufhalten, damit sie sich verstecken konnte.

»Dann los«, sagte Aurora.

»Kümmere dich um Vana.«

Aurora musste nichts sagen. Die Art, wie sie ihren Griff um das Gewehr festigte, war Antwort genug für Gregor. Sie hatte zuvor gezögert, neugierig auf einen Ausweg, aber diese Idee verschwand, als Sever die Offiziere im anderen Raum ausschaltete. Überleben war nicht mehr das Ziel.

Gregor wirbelte herum und rannte zur rechten Tür. Während er lief, drehte er erneut den Schaft seines Hammers und lud die Schwünge von der ersten Tür in einen metallzermalmenden Schlag auf die nächste um. Das dünne Ding zerbarst, seine beiden Hälften flogen in den nächsten Flur und zerschrammten die Wände bei ihrem Flug.

Der Hammermann machte sich nicht die Mühe, einen letzten Blick zurückzuwerfen, sah nicht nach, ob Aurora es in Sicherheit geschafft hatte. Stattdessen rannte er weiter und ließ den Hammer seine Spuren an den Wänden um ihn herum hinterlassen, ließ dessen Lärm seinen Fußstapfen folgen.

Die Hunde würden folgen, und wenn sie ihn einholten, würde Gregor endlich seinen Kampf finden.

9

UNTERBROCHENE TOUR

Der Schmerz tötete ihre Feigheit. Jeder Drang wegzulaufen, zu weinen oder aufzugeben, kam nie über den Schmerz in ihren Handflächen hinaus, wo die Servorüstung mit ihrem explodierenden Gewehr nicht fertig geworden war. Die Verbrennung sang jetzt, während Eponi die Granate in ihrer linken Hand hielt. Sai und Rovo waren weggelaufen und hatten eine lustige Pattsituation von drei gegen einen hinterlassen.

»Ich sagte, gib mir eine Minute«, schnauzte Tarla Javelin an, der sich vom Boden aufgerappelt hatte. Der selbstgefällige Peitschenschwinger hatte Sanjes Katana-Wunde versorgt, und nun starrten beide in Tarlas Richtung und beschwerten sich über verlorenes Geld. »Sie wird uns nicht in die Luft jagen, aber sie könnte Angst bekommen, wenn ihr dumm werdet.«

»Scheint wahrscheinlich«, fügte Eponi hinzu, die Worte steif, als ihr Kiefer gegen den Pistolenlauf drückte. »Ich bin eine verrückte Pilotin. Könnte uns grundlos in die Luft jagen.«

»Daran zweifle ich nicht«, murmelte Javelin.

»Na, na«, versuchte Tarla zu beschwichtigen. »Ich hab dich schon damals auf Wexer als die Klügste in deinem Trupp eingeschätzt, erinnerst du dich? Hab dir diese Drinks spendiert und wir sind zusammen auf ein großartiges Abenteuer gegangen?«

»Du hast versucht, mich umzubringen.«

»Oh, jede Geschichte hat ihre Wendepunkte«, fuhr Tarla ohne zu zögern fort. »Meinungsverschiedenheiten sind in unserem Beruf vorprogrammiert. So viel Gewalt, so viel Kohle.« Tarla lehnte sich vor, ihre Augen funkelten. »Apropos, wie viel zahlt dir die alte Aurora, damit du bei dieser Selbstmordmission mitmachst?«

Eponi hatte nichts zu sagen. Sie hatte gewusst, und Aurora hatte es mehr als deutlich gemacht, dass Severs Rolle bei der Reise nach Aurum Drei kein kurzfristiges Spiel war. Es ging darum, die galaktische Ordnung und ihre verschiedenen Geldkanäle offen und intakt zu halten. Oh, und Aurora hatte da noch etwas von der Rettung der Menschheit eingeworfen, falls man Zuckerbrot jenseits der Grundlinie wollte.

»Nichts?«, antwortete Tarla für sich selbst, als Eponi nicht sprach. »Hört ihr das, ihr zwei? Aurora lässt ihren Trupp auf Pro-bono-Basis arbeiten. Echte Helden hier.«

»Keine Helden«, presste Eponi eine Antwort heraus. »Wir hassen Vana einfach.«

Tarla blinzelte, »Nun, da sind wir uns zumindest alle einig.«

Jetzt weiteten sich Eponis eigene Augen. »Aber ihr arbeitet für sie?«

»Verdammt richtig, das tun wir«, sagte Javelin, »aber nur weil sie diejenige ist, die die Überweisungen macht, heißt das nicht, dass wir nicht sehen können, dass sie verdorben ist. Perro hat nach dem Angebot ein bisschen nachgeforscht, und sie hat 'ne grimmige Geschichte, diese Frau.«

»Kann man wohl sagen«, knüpfte Tarla an Javelins Worte an, »wenn dieser Auftrag erledigt ist, sind wir raus. Für sie zu arbeiten bedeutet einen schnellen Trip ins Grab.«

»Wette, ich kann es noch schneller machen«, sagte Eponi und schüttelte die Granate. »Es sei denn, du nimmst diese Pistole aus meinem Gesicht.«

Javelins Bemerkung über Vanas Vergangenheit nagte an Eponis Verstand, aber jegliche Untersuchung musste warten, bis ihre unmittelbare Nähe zum feurigen Lasertod vorüber war.

»Was passiert dann?«, fragte Tarla. »Du haust ab? Erschießt uns?«

»Wie wäre es, wenn ich euch zur *Prisa* für eine Führung mitnehme? So könnt ihr das Schiff sehen, für das ihr so hart kämpft.« Eponi entwickelte den Plan, während sie ihn aussprach, und setzte die Teile zusammen, während sie sich formten. »Ihr werdet sowieso ohne meine Codes nicht reinkommen.«

Tarla blickte zu Javelin und Sanje, wobei letzterer nichts anderes getan hatte, als zu grimassieren und eine Hand auf den Verbänden zu halten, die seinen Brustschnitt bedeckten. »Was denkt ihr, Rangers? Vertrauen wir der Sever-Pilotin?«

»Wenn du mir die Wahl zwischen explodieren oder ein Schiff bekommen lässt, werde ich das Schiff wählen«, sagte Javelin.

Sanje nickte dem anderen Mann zu: »Was er sagte.«

Tarla zog ihre Pistole schnell weg und trat von Eponi zurück. Sie hob die Pistole wieder und richtete sie auf Eponis Gesicht, den einzigen Ort in ihrer Kampfrüstung, an dem ein direkter Schuss Schaden anrichten könnte. Bevor Tarla sprechen konnte, beschloss Eponi jedoch, alles auf eine Karte zu setzen.

»Oh, wisst ihr was?«, sagte Eponi und hielt die Granate hoch. »Meine Freunde könnten in Schwierigkeiten sein, und es ist alles eure Schuld, dass ich ihnen nicht helfen kann. Wie wäre es also, wenn ihr zwei geht und sicherstellt, dass meine Kumpel in Sicherheit sind, und ich Tarla die Führung gebe? So wisst ihr, dass ihr etwas Gutes bekommt, und ich habe einen Grund, euch nicht alle hier und jetzt in die Luft zu jagen.«

Javelin begann eine fluchende Beleidigung, aber Tarla brachte ihn mit einem Pistolenschuss an die Tunneldecke zum Schweigen. Der helle Blitz ließ Eponi zusammenzucken, und sie hätte fast die Hand vom Abzug der Granate genommen. Das Einzige, was sie davon abhielt? Tarlas ansteckendes Grinsen.

»Diese hier, diese hier.« Tarla schüttelte den Kopf. »Du bist etwas Besonderes, weißt du das?«

Eponi wusste nicht, ob sie etwas Besonderes war, aber sie wusste, dass es viel Sinn machte, von drei gegen eins zu einem Gleichstand zu kommen. Rovo und Sai hatten inzwischen genug Vorsprung, dass Javelin und Sanje sie nicht finden würden, es sei denn, sie wären die langsamsten Severs aller Zeiten.

Sie wollte die Granate nicht zünden, aber Eponi war so weit gegangen. Könnte genauso gut den maximalen Nutzen daraus ziehen.

»Javelin, Sanje, tut, worum sie euch bittet«, sagte Tarla.

»Und der Vertrag?«, erwiderte Javelin. »Lassen wir den einfach sausen?«

»Vana hat uns bezahlt, um Sever aufzuhalten«, sagte Tarla. »Es ist noch Zeit, das zu tun. So wie ich es sehe, bekommen wir heute ein Schiff, egal ob Sever lebt oder stirbt.«

Sicher. Wenn Tarla das so sehen wollte.

»Deine Entscheidung, Boss«, sagte Javelin. »Bereit, Sanje?«

Der Pilot sah nicht bereit aus, aber mit Javelins Hilfe beim Aufstehen machten sich die beiden auf den Weg den Tunnel hinunter. Tarla hielt eine Pistole auf Eponi gerichtet und winkte mit der anderen in Richtung ihrer beiden Kameraden.

»Da hast du's, Eponi«, sagte Tarla. »Genau das, was du wolltest. Jetzt lass uns die Bombe wegpacken, ja?«

Der Trick hatte sich ausgespielt. Eponi schob den Zünder zurück in seine sichere Position und steckte die Granate in ihr Holster. Die Bewegung löste einen stechenden Schmerz in ihren Handflächen aus, eine Erinnerung daran, dass Prahlerei nicht alles heilen konnte, was sie plagte.

»Hey«, rief Tarla, während sie Eponis friedensstiftende Geste mit einem Nicken quittierte, den Tunnel hinunter zu dem sich entfernenden Paar. »Was auch immer ihr vorfindet, was sie tun, riskiert nicht euer Leben. Dieser Ort, dieser Deal ist es nicht wert.«

»Was für Söldner ihr doch seid«, sagte Eponi.

»Ich wette, DefenseCorp hat dich auch auf ein paar beschissene Missionen geschickt«, schoss Tarla zurück. »Kein Vertrag ist es wert, dafür zu sterben.«

»Da sind wir uns einig.«

»Gut, dann lass uns gehen. Ich will meinen Preis sehen.«

Ihren Preis. Eponi wandte sich ab und unterdrückte ihr Stirnrunzeln. Sie würde verdammt sein, bevor sie Tarla die *Prisa* überlassen würde, aber die Frau in diesem Glauben zu lassen, bis Sever seinen Job hier erledigt hatte, würde Eponi nicht umbringen. Sie müsste einfach den Mund halten und Tarla für eine Weile gewinnen lassen.

Die beiden marschierten durch den Tunnel zurück zur Bucht, wobei Tarla Eponi mit Fragen darüber löcherte, was nach Wexer passiert war. Die Erzählung von Gillane Four und der langen Rast an der Randstation nahm mehr Zeit in Anspruch, als Eponi erwartet hatte, und sie versank in den Momenten. Der lange Lauf durch die Straßen von Gillane Four, Schützen im Rücken, sprudelte von ihrer Zunge, gespickt mit Flüchen, und für eine Weile vergaß Eponi, dass es Tarla war, mit der sie sprach.

Sever war Eponis Familie, aber sie hatten all ihre Geschichten schon gehört, waren bei den meisten direkt an ihrer Seite gewesen. Tarla hingegen nahm die Erzählung mit einer frischen Perspektive auf und hinterfragte jeden zweiten Moment, um zu beweisen, dass sie die ganze Zeit über zugehört hatte.

»Ich muss sagen, ich habe Aurora bei DC ziemlich fertig gemacht«, sagte Tarla. »Aber sie hat euch alle in eine verdammt gute Maschine verwandelt.«

»Sie hat nicht alles getan«, entgegnete Eponi, als sie die offene Tür zurück zu dieser dunklen, blutigen Bucht erreichten. »Wir waren von Anfang an stark.«

»Natürlich wart ihr das«, erwiderte Tarla. »Ich würde auch keine Babys zu den Rangers mitnehmen.«

Tarlas Worte verklangen, als sie die Bucht betrachtete. Eponi beobachtete den Gesichtsausdruck der Kapitänin, als die eingebauten Lichter der Powerrüstung aufflammten und die blutige Farbe, den aufgestapelten Schutt und die offensichtlichen Kämpfe enthüllten, die an diesem schrecklichen Ort stattgefunden hatten.

»Weißt du«, flüsterte Tarla, all ihre Überheblichkeit war

verschwunden. »Wenn du genug in der Galaxie herumkommst, siehst du solche Orte. Du versuchst zu vergessen, versuchst über all die schrecklichen Dinge hinwegzukommen, die wir einander antun, aber es gelingt dir nie wirklich. Jeder dieser Orte fügt eine weitere schlechte Erinnerung hinzu, die ich unterdrücken muss.«

»Vana hat das getan. Es liegt an ihr.«

Tarla sagte nichts dazu, sondern winkte Eponi weiter.

Mit Eponi an der Spitze machten sich die beiden auf den Weg zur *Prisa*. Die Positionslichter des Schiffes boten ein klares Leuchtfeuer, dem man in der Dunkelheit folgen konnte, während die Brise ihnen den ganzen Weg über entgegenwehte. Tarla fiel keine Witze ein und Eponi hatte nichts gegen die Stille einzuwenden: Die Atmosphäre schien unpassend für Geschichten, Witze oder Drohungen.

Die *Prisa* benötigte Codes zum Entsperren, die entweder über ein Armband oder über ein Tastenfeld an der vorderen Strebe des Schiffes eingegeben werden konnten. Eponi hatte diese Codes, der Trick war, wie sie in die *Prisa* gelangen konnte, ohne dass Tarla ihr folgte. Oder Eponi könnte ihr Glück im direkten Kampf versuchen. Selbst wenn eine Pistole auf sie gerichtet wäre, könnte Eponis Rüstung den Treffer aushalten und ihr Zeit verschaffen, um zu entkommen, eine andere Waffe zu ziehen und zurückzufeuern.

All diese Ideen kreisten um eine unbequeme Wahrheit: Eponi wollte Tarla nicht wirklich töten, verdammt, nicht einmal verletzen. Vielleicht lag es daran, dass sie mit einem gefährlicheren Feind in Gestalt von Vana oder den huschenden, infizierten Dingen konfrontiert war, die sie nach der Landung hier angegriffen hatten, aber eine selbstbewusste Söldnerin mit Charakter? Die Galaxie könnte ein paar mehr von denen gebrauchen.

Das Dilemma hatte sich nicht gelöst, als sie die *Prisa* erreichten. Tarla pfiff, der Klang drang durch ihr Helmvisier. Sie hatte sich wieder unter den Unsichtbarkeitsmantel und den vollen Schutz ihres Anzugs begeben, offenbar in der Annahme, dass Eponi vielleicht doch etwas versuchen könnte. Stattdessen betrachteten beide die Überreste des früheren Kampfes, die immer noch in all ihrer grausigen Hinterlassenschaft dort lagen.

»Ich mag das Schiff«, sagte Tarla. »Könnte allerdings eine Wäsche und einen Tapetenwechsel vertragen.«

Eponi nickte nur. Das Visier piepste und sie konzentrierte sich auf die hinteren Streben. Hinter den beiden schrägen Säulen hatte Sever die Leichen aufgestapelt, die nicht von den Geschütztürmen zu Asche verbrannt worden waren. Das Visier schien zu glauben, dass sich dort hinten, jenseits der Reichweite des Positionslichts, etwas bewegte.

»Nichts würde ich lieber tun«, antwortete Eponi. »Aber ich gehe nicht ohne mein Squad.«

»Oder meins.«

»Sicher«, sagte Eponi und ging vorwärts. Das Visier meldete weiterhin Bewegungsalarme, obwohl es nicht definieren konnte, was es als Bedrohung sah. Eponi wollte eine Waffe ziehen, aber Tarla hatte ihre noch draußen, und einen Schuss in den Rücken zu bekommen, stand ziemlich weit unten auf Eponis Wunschliste. »Siehst du das auch?«

»Was soll ich sehen?«

Vielleicht waren diese Anzüge doch nicht so fancy. Haben sie die Visiertechnik heruntergestuft, um all diese Reflexionstricks hinzubekommen?

»Ich nehme Bewegungen hinter dem Schiff wahr«, sagte Eponi. »Wir haben die Bucht nicht gerade gründlich durchsucht, nachdem sie aufgehört haben zu kommen. Vielleicht ist noch einer übrig.«

»Willst du mit bloßen Händen dagegen kämpfen?«

»Ich wollte nur nicht, dass du mich erschießt.«

»Eponi, ich weiß, wann ich schießen muss«, sagte Tarla. Ihre Stimme kam von Eponis linker Seite, und wenn sich die Pilotin konzentrierte, konnte sie die verräterischen Verwischungen erkennen, die die Anzüge im Licht hinterließen. »Hol dir bitte eine Waffe.«

Na gut. Eponi zog die Ersatzpistole und hielt sie in ihrer rechten Hand. In ihre linke nahm sie ein Kampfmesser, das sie aus einem Aufbewahrungsfach am Oberschenkel der Servorüstung zog. Keine besonders schlagkräftige Offensive, aber genug, um mit einem dieser kranken Wracks fertig zu werden.

»Du gehst vor«, sagte Tarla.

»Angst?«

»Klug.«

Eponi schnaubte, ging aber trotzdem vorwärts. Als sie sich dem Heck der *Prisa* näherte, fand das Visier endlich seinen Fokus und markierte mindestens fünfzehn Bereiche in Eponis Sichtfeld mit orangefarbenen Quadraten. Ihre Rüstung hatte in diesen Bereichen Bewegung entdeckt, war sich aber nicht sicher, ob es sich um eine Bedrohung handelte oder was es war. Ein neues Geräusch kam auch ins Spiel, ein brodelndes Blubbern wie von einer kochenden Bratpfanne.

Mit den Triebwerken der *Prisa* über ihr stellte Eponi die Lichter ihrer Servorüstung auf die höchste Stufe. Sie brachen aus den Stellen an ihrer Schulter hervor und tauchten das, was ein moderner, schrecklicher Haufen hätte sein sollen, in helles gelb-oranges Licht.

»Was zum ...«, sagte Tarla.

Die Masse bewegte sich tatsächlich. Sie zitterte und bebte in ihrer wellenden Dunkelheit. Pelzige, schlangenartige Auswüchse rankten sich über den Haufen, blähten sich auf und fielen immer wieder in sich zusammen. An seiner Basis breitete sich die tintenartige Form aus und wuchs ganz langsam wie ein sich füllender Teich. Ein seltsamer Geruch, wie Dünger von den erntereichen Planeten, über die Eponi früher geflogen war, drang durch ihr Visier.

»Es ist das Virus«, sagte Eponi. »Von Dynas.«

»Wo?«

»Spielt keine Rolle.« Eponi richtete ihre Pistole auf die Masse. »Wir können es mit Feuer töten.«

Tarla brauchte keinen zweiten Befehl. Die Söldnerin hob ihre Pistolen und feuerte auf die Masse. Eponi tat es ihr gleich, ihre Geschosse durchlöcherten den wuchtigen Haufen und bewirkten genau nichts. Nachdem sie ihre Energiezellen erschöpft und mehrere Schritte zurückgewichen waren, um dem kriechenden Rand des Haufens auszuweichen, wurde Eponi klar, dass sie eine neue Strategie brauchten.

Eine, die bedeutete, Tarla in die *Prisa* zu lassen.

»Folge mir«, sagte Eponi, öffnete ihr Handgelenk-Display und tippte den Code ein. »Wir können dieses Ding hier draußen nicht töten.«

»Das wird mir auch klar. Willst du mir vielleicht sagen, was das ist und ob ich Angst davor haben muss?«

»Das ist es, was in die Soldaten injiziert wird«, sagte Eponi, als die Rampe der *Prisa* auf den Boden sank. »Oder irgendeine Version davon. Es macht sie erst richtig stark, bevor es sie richtig verrückt macht. Dann sehen sie so aus.«

»Vana bringt ihre ganze Truppe um? Das ergibt keinen Sinn.«

Eponi führte den Weg die Rampe hinauf, die beiden Soldaten in Kampfanzügen stampften in die *Prisa*. Tarla machte nicht einmal einen Witz oder staunte über das

Schiff, ein Zeichen dafür, dass die Söldnerin vielleicht, nur vielleicht, den Ernst der Lage begriffen hatte.

»Sie tötet sie nicht«, antwortete Eponi, als sie die Mitte des Schiffs erreichten. »Auf Gillane Vier hatten sie irgendeine unterdrückende Dosis, die das Virus in Schach hielt. Sie ermächtigt nicht all diese Leute-«

»Sie versklavt sie«, sagte Tarla. »Das ist, das ist verdammt böses Geschäft.«

»Jetzt verstehst du, warum wir hier sind.« Eponi fixierte Tarla durch ihre Visiere, die Unschärfe der Frau war aus dieser Nähe deutlich zu erkennen. »Das ist nicht nur ein Job für uns. Gleich werde ich aus meiner Rüstung steigen und tun, was getan werden muss. Du kannst wählen, auf wessen Seite du stehst.«

Beim Rennkart-Fahren musste Eponi ständig Wetten eingehen. Sie musste vorhersehen, wohin der Fahrer vor ihr fahren würde, ob der hinter ihr versuchen würde, aufzuholen und sie von der Bahn zu drängen. Die falsche Entscheidung konnte das Rennen, sogar den Kart kosten. Dies war nicht viel anders, und zumindest müsste sich Eponi nicht lange Sorgen machen, falls Tarla ihr in den Rücken schießen würde.

Eponi drehte Tarla den Rücken zu und befahl ihrer Kampfrüstung, sie freizugeben. Der Anzug öffnete sich, teilte sich und lockerte sich, sodass die Pilotin sich herausziehen konnte. Während sie sich entfernte und zum Cockpit ging, schloss Eponi für eine lange Sekunde die Augen und wartete darauf, dass der Schuss kommen würde. Ein Schuss, und Tarla hätte ihr Schiff, hätte einen guten Start, um Vanas Vertrag zu übernehmen.

Das Lächeln kam, als Eponi sich in den Pilotensitz gleiten ließ und die Triebwerke der *Prisa* aktivierte. Das große Schiff erwachte summend zum Leben, die Einstiegsrampe fuhr ein. Behutsam, oh so vorsichtig, hob Eponi das Schiff vom Boden ab, ohne die Streben einzufahren. Sie drehte den Steuerknüppel und feuerte die Manövrierdüsen der *Prisa*, um das Schiff in eine langsame Drehung zu versetzen. Vor ihnen verwandelten sich die Trümmerstatuen und farbbespritzten Böden allmählich in den wachsenden, brodelnden Viruspool.

»Du redest ein großes Spiel«, sagte Tarla, die im Kopilotensitz Platz genommen hatte. Ohne den unsichtbaren Anzug wirkte Tarla nur halb so tödlich, dafür doppelt so selbstsicher. Ihr Grinsen wurde nicht mehr vom Visier verdeckt, und ihre großen Augen funkelten. »Ich habe die Nachricht vorhin rausgeschickt. Die Twilight Rangers nehmen keine Aufträge von jemandem an, der so etwas tut.«

Eponis Lippen kräuselten sich zu einem Lächeln, das bis zu ihren Augen reichte und die Erleichterung verbarg, die sie empfand. Sie konnte jedoch den Seufzer nicht ganz unterdrücken, der mit dem Abfließen der ganzen Anspannung einherging, und Tarla lachte.

»Du dachtest, ich würde dich abknallen? Nach all dem?«, sagte Tarla.

»Man weiß nie«, erwiderte Eponi und warf einen weiteren Blick aus der Windschutzscheibe. Sie erhöhte die Energie für die Geschütztürme. »Bereit, dieses Ding zu braten?«

»Zeig mir, was mein Schiff drauf hat, Pilotin.«

Die *Prisa* enttäuschte nicht.

10

DURCH DIE LUKE

Als Sai nach links ausbrach, wählte Rovo die offensichtliche andere Option. Der Rookie ließ seine Sense in den Holstern und stürmte nach rechts, hob sein Gewehr und feuerte Deckungsschüsse quer durch die riesige, kuppelförmige Kammer in Richtung der herannahenden Feinde. Das Visier half dabei, indem es die Agenten vor dem blau-goldenen Licht, das von oben einfiel, hervorhob.

Die Standard-Körperpanzerung von DefenseCorp konnte einen, vielleicht zwei Bolzen aushalten, bevor sie durchbrannte. Die Agenten schienen das zu wissen, denn sie behandelten Rovos Vorstoß wie eine schreiende Aufforderung, in Deckung zu gehen. Rovo hatte vier Ziele, als er den langen geraden Weg zur Ecke des Raumes sprintete. Er erwischte den Nächsten, tauschte Bolzen gegen die Schulter, die seine Energierüstung abschüttelte und die Verteidigung des Agenten... nicht.

Rovo konnte nicht sagen, ob er Nummer eins ausgeschaltet hatte oder ob der Mann in Deckung gegangen war, aber bei seinem dritten Schritt hatte er sein Ziel bereits auf

Nummer zwei gerichtet. Dieser Agent ging die Sache sicherer an, kauerte in der Nähe des Geländers und tauchte auf, um die größere, breitere, in jeder Hinsicht klobigere Energierüstung zu treffen. Ihr Gewehr schoss weißglühende Laserstrahlen auf Rovos Brust, aber der Rookie aktivierte seine kinetischen Verstärker, sprang nach vorne und feuerte die ganze Zeit über.

Ein absurdes Manöver, das eigentlich dazu hätte führen müssen, dass Rovos Feuer quer durch den Raum sprühte, verwandelte sich dank der Energierüstung, die sein Zielen anpasste, in einen gefährlichen Angriff. Rovo spürte den sanften Druck an seinen Handgelenken und Armen, als die Rüstung sein Gewehr dorthin brachte, wo es sein musste. Die Agentin fand sich exponiert wieder, als Rovos Sprung ihn in die Ecke trug.

Gib Rovo eine gerade Schusslinie, und er würde treffen.

Nachdem Rovo bestätigt hatte, dass der erste Agent tatsächlich gefallen war, halbierte er die Chancen. Die beiden anderen Agenten, die weiter entlang des rechteckigen Laufstegs als das erste Duo waren, verwandelten das, was ihren Freunden passiert war, in Vorsicht. Sie schlüpften in Türnischen und gaben Schüsse in Rovos Richtung ab, die Rovo mit einem Gewehrstrom erwiderte.

Was ein zermürbender Kampf hätte werden können, endete, als die Granaten explodierten. Die donnernde Explosion erschütterte die Agenten in tiefere Deckung und trieb Rovo vorwärts, als der hintere Teil des Laufstegs auf die unterste Ebene zusammenbrach. Der Neuling sah Sai nicht fallen, sah seinen Partner überhaupt nicht in dem Durcheinander.

Zu seiner Linken stieß Rovos Lauf auf eine weitere Tür, diese rot verriegelt wie die anderen. Die flache Nische nutzend, um sich auf gleiche Höhe mit den Agenten weiter oben auf dem Laufsteg zu bringen, versuchte Rovo, sich zu orientieren. Er kontaktierte Sai über sein Kom, erreichte den Mann und spürte die Erleichterung, als er erfuhr, dass der Schwertkämpfer die Explosion überlebt hatte.

Allein in einem feindlichen Nest zu sein, wie Rovo auf Dynas gelernt hatte, neigte dazu, zu nerven.

Neues Feuer unterbrach Rovos Gespräch mit Sai, blaue Bolzen streiften von der anderen Seite der Kammer herüber. Aus der Entfernung verfehlten die Schüsse Rovo um Millimeter, als er sich zurück in den Türrahmen duckte. Jetzt hatte er zwei Agenten zu seiner Linken und einen auf der gegenüberliegenden Seite, eine Kombination, die jede mögliche Strategie stark belastete.

Dann sagte Sai Rovo, er solle rennen.

Die Idee fühlte sich von Anfang an falsch an. Man floh nicht mit Sever, man nahm kalkulierte Positionsänderungen vor, um das Blatt zu wenden, um die Chancen zu kippen. Sai fügte jedoch keine dieser Details hinzu. Stattdessen musste Rovo so schnell wie möglich seinen Arsch da raus bekommen.

Rovo feuerte einige Salven auf den Agenten auf der anderen Seite der Kammer ab. Die wilde Salve verschaffte ihm Zeit, die Tür hinter ihm zu betrachten. Ein roter Scanner bedeutete, dass er nicht hineinkommen würde, es sei denn, er fände ein funktionierendes Armband mit Zugang.

»Wird das jemals einfacher?«, murmelte Rovo vor sich hin.

Tief durchatmend und sein Gewehr bereit machend, schoss Rovo noch ein paar Bolzen über den Weg, um jenen Agenten in Schach zu halten. Er folgte seinen Schüssen mit einem wendigen Lauf, stapfte den Laufsteg entlang auf die beiden anderen Agenten zu, die auf ihn zukamen. Rovos

Angriff überraschte die Agenten, die wahrscheinlich annahmen, Rovo sei festgenagelt, und ließ sie rückwärts stolpern.

Die Energierüstung des Neulings fing ein paar verirrte Treffer ab, die Hitze drang in Rovos linkes Knie und den Brustkorb ein, als das Gewehrfeuer seinen Schaden anrichtete. Der stolpernde Rückzug brachte den Agenten nicht viel mehr, und Rovo holte sie nach drei langen Schritten ein. Mit der rechten Hand zielend, drückte Rovo den Abzug und erledigte den auf dieser Seite. Mit seiner Linken tat Rovo etwas, das er bisher nur in Filmen gesehen hatte: Er packte den Arm des Agenten und schleuderte den Feind gegen die linke Wand.

Benommen ließ der Agent sein Gewehr fallen und stützte sich mit den Händen am Boden ab, um sich aufzufangen. Stattdessen fing Rovo ihn auf, half dem Mann hoch und führte ihn direkt zur nächsten Tür in der Reihe.

»Bleib still und du stirbst heute nicht«, sagte Rovo und ließ die Worte aus dem Lautsprecher der Energierüstung erklingen.

Der Agent lachte, dieses boshafte, seltsame Kichern, an das sich Rovo von Gillane Vier erinnerte. Der Mann war also injiziert worden.

»Glaubst du, es kümmert mich, zu sterben?«, sagte der Agent, obwohl er sich Rovos Zerren nicht widersetzte. »Wir gehen alle bald diesen Weg. Die einzige Frage ist, ob du oder ich zuerst dran sind.«

»Dann hoffe ich, dass du es bist«, sagte Rovo.

Bevor der Agent antworten konnte, hatten sie die nächste Nische erreicht. Dort stand wieder eine spiralförmige Tür mit einem weiteren verriegelten Scanner. Rovo schlug den Agenten und sein Handgelenk gegen diese schwarze Box und hoffte, dass er eine Geisel mit hoher Freigabestufe gewählt hatte.

Der Scanner piepste fröhlich und löste mehr als nur ein wenig Erleichterung aus. Trotz ihrer anhaltenden Unwissenheit über die Kämpfe um sie herum musste Rovo davon ausgehen, dass all diese Anzugträger unten irgendwann in Aktion gerufen würden. Gegen die Twilight Rangers, Vana oder sogar normale Agenten in diesen Anzügen zu kämpfen, war schon schlimm genug – Rovo brauchte nicht auch noch gegen Leute zu kämpfen, die ihren Verstand völlig verloren hatten.

Hinter der Tür führte ein schmaler Weg nach oben, mit Kerben, die als Stufen dienten, und Handläufen auf beiden Seiten. Das Erscheinungsbild war so seltsam, dass Rovo zweimal hinsah, selbst als von hinten erneut Feuer kam. Ein leuchtend rotes Schild an der Tür und sowohl innen als auch außen kennzeichnete den Durchgang als Notausgang.

Na klar, natürlich.

»Bin ich so schlecht darin?«, fragte Rovo die Geisel, während er den Agenten mitschleifte und im Vorbeigehen den Scanner betätigte, um die Tür zu schließen. »Wie konnte ich ausgerechnet diesen wählen?«

»Alle Ausgänge auf dieser Seite sind Notausgänge«, antwortete der Agent zwischen Anfällen von kichernder Freude. »Du bist am Rand der Basis, wo dachtest du, würden diese hinführen?«

»Was?«, Rovo begann die Stufen hinaufzusteigen und zog den Agenten mit. Es schien keine gute Idee zu sein, dort hinten herumzuhängen. »Ich habe die Türen gesehen. Es waren mindestens vier auf dieser Seite?«

»Ist das dein erster Tag hier?«, fragte der Agent. »Hast du die Einführung nicht gesehen?«

»Die Einführung? Für wen zum Teufel hältst du mich?«

»Für jemanden, der seine Dosis verpasst hat?«, kicherte

der Agent. »So wie ich es tun werde, wenn das noch länger dauert. Wir bekommen ständig solche Leute. Manche haben nicht die Toleranz, um den Zeitplan einzuhalten.«

Dieser Ort wurde immer schlimmer. Rovo konnte nach der Enthüllung des Agenten keine weitere Frage mehr stellen. Kein Wunder, dass die Anzugträger unten, die anderen Agenten, ihre Arbeit nicht einstellten. Sever war keine feindliche Truppe, sondern nur ein paar Kranke, die an etwas Ausrüstung gekommen waren.

Es war nicht nötig, dem Agenten die Wahrheit zu offenbaren. Stattdessen schaltete Rovo die Kommunikation des Anzugs auf Severs Frequenz um. Als er nur Stille fand, fluchte Rovo sich durch die Geschichte des Agenten, genoss die Katharsis und wartete, vielleicht, darauf, dass Eponi, Gregor oder Aurora sich melden und fragen würden, was zum Teufel hier eigentlich los war.

Niemand antwortete. Nur verrauschte Stille.

Abgesehen von dieser beunruhigenden Situation endete die Steigung in einer weiteren versiegelten Tür. Diese hatte keinen Scanner, kein ausgefallenes spiralförmiges Tor. Stattdessen bot sie einen Drehriegel und funktionierte nach der uralten Muskelmethode.

»Würdest du uns die Ehre erweisen?«, fragte Rovo den Agenten, der ihn blinzelnd ansah.

Der Neuling richtete sein Gewehr aus, und der Agent verstand. Rovo wollte keine Geisel, wollte den Agenten nicht wirklich töten – nicht aus Freundlichkeit, wohlgemerkt, aber der Agent schien zu wissen, wo es langging –, vor allem aber wollte Rovo nicht, dass der Agent davonlief, während der Neuling die Tür öffnete.

Mit einem völlig erwarteten lauten, quietschenden Knarren zwang der Agent die Tür auf. Als er das tat, bedeckte goldener Sand seine karmesinrote Rüstung und strömte von oben in die Röhre. Der Agent hustete, Rovo hörte, wie sein Anzug bestätigte, dass die Atmosphäre von Aurum Drei zwar atembar, wenn auch nicht unbedingt angenehm war. Der Agent fand schließlich seine Lunge wieder und blickte zu Rovo hinüber mit Augen, die fragten: *Was nun?*

»Wir gehen raus«, sagte Rovo.

Sais Befehl forderte Rovo auf, einen Weg zu finden, um all den Monstern im Orbit eine Nachricht zu schicken, die versucht hatten, Sever Squad während ihres Anflugs aus dem Himmel zu blasen. Aus irgendeinem Grund fand der Schwertkämpfer, dass diese Schiffe es nicht verdienten, von einer Horde unsichtbarer, blutrünstiger Wahnsinniger innerlich zerrissen zu werden. Typisch für den Squadpapa, einen Funken Mitgefühl zu haben.

»Du weißt, was da draußen ist, oder?«, fragte der Agent. »Denn es ist nichts. Nichts ist da draußen.«

»Ich nehme nichts lieber als den Tod durch Laser.«

Der Agent konnte dieser Logik nicht widersprechen, und mit Rovos Gewehr, das ihn weiter antrieb, kletterte der Agent nach oben und hinaus. Rovo folgte ihm und verließ das sanfte blaue Licht im Inneren für den dämmernden Nachmittag und einen Himmel voller dröhnender Motoren.

Diese uniformierten Reihen waren zu den Shuttles beordert worden, und es klang, als würden sich diese Shuttles zum Start bereit machen. Elektrische Ionentriebwerke hatten nicht dasselbe rollende Donnergrollen wie ältere Raketentreibstoffe, mit denen Rovo in seiner Jugend zu Hause geflogen war, aber sie machten genug Lärm mit ihrer knisternden Energie. Der Klang kam über die Dünen wie ein Schrei im Wind.

Jenseits des Lärms fühlte sich Rovo desorientiert, in

einem so weiten, offenen Raum zu sein. Nach so langer Zeit auf einer Raumstation, in ihren engen Korridoren und dann auf der *Prisa* mit ihren noch engeren Kabinen – besonders Rovos, die er mit Gregor teilte –, machte ihn der Blick, der sich ringsum bis zum Horizont erstreckte, schwindelig.

Bis er das Zentrum der großen Basis sah, eine silbergraue Masse, die sich aus dem Sand erhob. Ihre Lichter, in einem Lila-Gelb-Schema, begannen zu blinken, als das Tageslicht zu schwinden begann, und ließen die Struktur vom Boden aus wie einen kosmischen Schatz schimmern. Darum herum erstreckten sich wie metallene Arme Überlandwege, die zu Orten führten, die Rovo nicht kannte.

Und zur Rechten, weniger beeindruckend, aber dennoch präsent als hässliche Scheibe im Sand, lag die Bucht, die die *Prisa* inmitten ihrer Schrecken beherbergte.

»Wo ist das Kommunikationszentrum?«, fragte Rovo den Agenten.

»Kommunikationszentrum? Warum?«

»Ich muss meiner Mutter sagen, dass ich sie liebe«, erwiderte Rovo scharf. »Es spielt keine Rolle, warum. Zeig's mir.«

»Was, wenn ich nein sage?« Der Agent kicherte.

»Bei all dem wehenden Sand wird es lange dauern, bis jemand deine Leiche findet.«

Der Agent unterdrückte sein Lachen und bewahrte für einen Moment die Fassung, die einem Augenblick gebührte, in dem sein Leben auf dem Spiel stand.

»Es gibt hier drei Kommunikationszentralen«, sagte der Agent. »Wenn du die Hauptzentrale willst, musst du zum großen Gebäude in der Mitte. Wenn du einen Ort mit weniger Aufmerksamkeit suchst, kannst du in diese Richtung gehen.« Der Agent zeigte hinter Rovo, links vom zentralen Gebäude. »Das sind die Baracken. Normalerweise würde ich sagen, du bist erledigt, wenn du dorthin gehst, aber wir sind leer.«

»Kann mir nicht vorstellen, warum«, murmelte Rovo. »Die Baracken klingen nach einem guten Plan. Lass uns gehen.«

»Willst du deine Spuren nicht verwischen?« Der Agent zeigte auf die offene Luke. »Sie werden wissen, wohin du gegangen bist.«

»Sie haben uns weggehen sehen. Sie haben gesehen, wie ich dich gegen eine Wand geschmettert habe. Ich bin sicher, dass man mir folgt.«

Der Agent zögerte und kniete sich über die offene Luke. »Vielleicht, aber da unten ist viel los.« Ein leises Lachen. »Könnte sein, dass sie dich vergessen.«

Rovo verdrehte die Augen. Wenn er diesen Agenten nicht bräuchte, um durch weitere Scanner zu kommen, hätte er den Rookie längst geröstet oder bewusstlos geschlagen.

»Gut, schließ die Luke, wenn du dich dann besser fühlst.«

Der Agent beugte sich vor und griff nach der Luke. Rovo beobachtete ihn, die Hand lässig am Gewehr. Der Agent hatte eine Pistole, aber Rovo ging davon aus, dass er den Mann erschießen könnte, bevor der Agent die Waffe ziehen konnte.

Die Bewegung geschah blitzschnell. Der Agent rutschte auf dem Sand aus, glitt über den Lukenrand und zurück in den Tunnel. Rovo riss sein Gewehr hoch, aber der Agent zog die Luke zu. Das Schloss klickte, schloss und verriegelte sich.

»Irgendwie habe ich bei all unseren Kämpfen vergessen, dass ihr tatsächlich eine Ausbildung habt«, sagte Rovo und stapfte zur Luke.

Für Ausgänge und nicht für Eingänge gedacht, begrüßte ihn eine glatte Oberfläche. Keine offensichtliche Möglichkeit, sie zu öffnen. Rovo war ganz allein auf Aurum Drei, mit einer groben Richtung und sonst nichts, woran er sich orientieren konnte. Seufzend machte sich der Rookie auf den Weg, stampfte durch den Sand und verfluchte seine eigene Dummheit.

Während er ging, kamen die ersten Shuttles in Sicht, neigten ihre Formen in Richtung der Sterne und brachten ihre zum Untergang verurteilte Fracht zu einer ahnungslosen Flotte hinauf.

11

DER LAUF

Man arbeitet sich nicht zur Anführerin einer Truppe wie Sever Squad hoch und stellt sich vor, in einem gekühlten Laborgefrierschrank zu landen. Trotzdem folgte Aurora Gregors Worten und schlüpfte – so gut es in einer Kampfrüstung eben ging – in den vereisten Raum, wobei sie sich zwischen den Regalen voller Kisten, Fläschchen und beschrifteter Dinge zurückzog, die Aurora weder die Zeit noch die Laune hatte zu lesen.

Stattdessen horchte sie. Zuerst explodierte die Granate, die sie den Flur hinuntergeworfen hatte, mit einem gedämpften Knall, der durch die Gefrierschranktüren drang, gefolgt vom stetigen Knirschen zerbrechenden Glases unter sich nähernden Stiefeln.

Als Nächstes drangen Befehle herein, gebrüllte Anweisungen und Widerworte, als Offiziere und Soldaten aus verschiedenen Einheiten versuchten, eine Befehlskette zu finden, wo keine existierte. Marodierende Schützen, die herumliefen und jagten. Aurora lächelte unter ihrem Visier.

Selbst wenn es zum Kampf käme, wäre die Reaktion

zerstreut. Unkoordiniert. Vana konnte diese Bastarde genauso wenig kontrollieren wie Aurora.

Vanas Name ließ das Lächeln verschwinden. Was trieb die Agentin? Sie hatte Aurora und Gregor tief in ihre Basis geführt, fast ohne zu versuchen, sie aufzuhalten – Aurora glaubte keine Sekunde lang, dass der sterbende Mob in der Bucht der *Prisa* auch nur die geringste Chance gehabt hätte, Sever zu töten – also was war das eigentliche Spiel?

Deepaks Theorie, die zur Mission geführt hatte, die Idee, die Sever zu ihrer Erholungsstation und nun hierher gebracht hatte, basierte alles auf der Sprengung von Vanas angeblicher Konferenz. Vana ausschalten oder ihre Experimente zerstören, bevor sie DefenseCorp von deren Wert überzeugen konnte. Dann, wenn nichts mehr übrig wäre und so viel Geld verschwendet worden wäre, um ihre Schiffe und ihr Personal den ganzen Weg hierher zu bringen, würden sich die Oberen gegen Vana wenden, sie erledigen, falls Sever es nicht schon getan hätte, und dem Squad ein Freiticket von der Welt geben.

Und schließlich Severs Namen reinwaschen, damit sie ihren eigenen Weg gehen konnten.

Stattdessen hatten die Anführer von DefenseCorp ihr Blut dort zurückgelassen. Sie würden Sever nicht aus dem Jenseits helfen, und auch keine Stellvertreter, die in einem aufgewühlten Unternehmen ihre eigenen Positionen absteckten und, wenn Aurora richtig lag, nach Sündenböcken suchen würden. Es war immer einfacher, die Opposition zu beschuldigen, als nach innen zu blicken.

Was Aurora wieder zu Vana zurückbrachte. Die Sever-Kommandantin ließ ihren Blick durch das eingefrorene Labor schweifen und versuchte, den Plan der Agentin zu verstehen. All diese Bestellungen, die Ampullen und Kisten trugen Datumsangaben. Aufkleber zeigten, dass sie vor

Jahren hierher verschifft worden waren. Das passte zu Renards langsam angelegtem Plan, zu der ganzen Helix-Operation.

All das geschah, bevor Vana, laut ihren eigenen Worten auf der *Nautilus*, involviert gewesen war. Also hatte Renard diese Basis zurückerobert und Vana danach rekrutiert?

Warum? Und warum würde Vana sich anschließen?

Die Stille störte Auroras Gedanken: kein zerbrechendes Glas, keine Befehle, kein Stampfen bewaffneter Soldaten, die weiter vorrückten. Niemand bemühte sich, den Gefrierraum zu überprüfen. Ein Versäumnis, das jeder normale DefenseCorp-Trupp hätte berücksichtigen müssen, aber dies waren keine normalen Trupps auf normalen Missionen.

Leibwächter, die die zu beschützenden Personen verloren hatten, und nun wollten sie Rache.

Aurora näherte sich dem Ausgang des Gefrierraums, wartete einen weiteren langen Moment und lauschte. Ihr Visier erfasste nichts, was die Sever-Kommandantin übersehen hatte, also entsicherte Aurora mit gezogenem Gewehr die Tür und öffnete sie vorsichtig mit dem Fuß.

Das Labor war verwüstet worden, teils von Gregor und teils von dem durchziehenden Schwarm. Ohne die dämpfende Tür drangen ihre Rufe den Flur hinunter, Schreie, die andeuteten, dass ihre Beute diesen oder jenen Weg genommen hatte. Ein weiterer Ruf erklärte einen zerstörten Raum für durchsucht.

Aurora nickte für sich: Gregor hielt sich an die Grundlagen, selbst während er rannte.

Nach rechts abbiegend, folgte Aurora ihren Schritten zurück zur Bucht. Am Schwellenpunkt angekommen, schaute Aurora um die Ecke und sah mindestens sieben Soldaten, die sich im Zentrum der Bucht aufhielten. Alle schienen Rangabzeichen auf ihrer karmesinroten Rüstung zu tragen, zusammen mit dem jeweiligen Schiffsabzeichen. Die Anführer also. Sie hielten sich zurück, um den Fortschritt ihres Teams zu beurteilen.

Aurora spürte den Abzug ihres Gewehrs an den Fingern. Sie könnte herumwirbeln, ein Blitzfeuer niedergehen lassen und die meisten ausschalten, bevor jemand reagieren könnte. Lasergefüllte Gerechtigkeit austeilen ... aber diese Narren waren nicht aus bösartigen Motiven hier. Sie waren nicht gelandet, um eine Demonstration von Supersoldaten zu sehen oder die nächste Welle der DefenseCorp-Dominanz zu bezeugen. Sie machten einen Job und wurden dafür bezahlt. Aurora hätte mit einer beliebigen Anzahl dieser Leute auf Missionen gehen können, hätte ihren Rücken von ihren Gewehren, ihren Sternjägern gedeckt haben können.

Dies waren keine Agenten, dies waren DefenseCorp-Soldaten, und sie hatten das nicht verdient.

Aurora griff in einen anderen Schlitz ihrer Rüstung und zog ihre letzte Granate heraus. Die kleine silberne Kugel sah hübsch aus im schwindenden Licht, glänzend, als sie das Blau der Deckenbalken der Basis einfing. Das ihr am nächsten stehende Schiff, aus dem die Spezialkräfte geströmt waren, hatte seine Rampe heruntergefahren. Das Cockpit sah frei aus.

Es könnte immer noch Kollateralschäden geben, aber Aurora hatte ihr Bestes getan, um sie zu begrenzen.

Der Sever-Kapitän warf die Granate und ließ sie in einem Bogen in die Bucht fliegen. Der blaue Ball traf das Cockpit des Schiffes mit einem lauten Klirren und prallte ab, um sich bei seinem zweiten Aufprall in den Spalt zwischen dem Cockpit und den mittig montierten Triebwerken des Schiffes zu schmiegen. Aurora konnte die

Gruppe nicht sehen, aber sie hörte ihre Fragen und besorgten Rufe.

»Jetzt geht's los«, sagte Aurora zu sich selbst und vermisste wieder einmal das Squadfunkband, das Sever normalerweise bei einer Mission wie dieser zusammengebracht hätte.

Die Granate explodierte. Der winzige Sprengsatz fand saftige Ziele im Inneren des Schiffsrumpfes, erfasste brennbare Gelegenheiten und entzündete sie zu einer feurigen Kette, die sich über beide Seiten ergoss, als wäre das Fluggerät eine Chrysalide, die in der Mitte aufplatzte, kurz davor, einen wunderschönen neuen Stern anzukündigen.

Splitter regneten herab, und Aurora schaute um die Ecke, um zu sehen, wie die versammelten Soldaten zu ihren eigenen Schiffen rannten oder hinter gestapelten Vorräten, Treibstoff oder Werkzeugen in Deckung gingen. Knallende Geräusche hallten wider, als sich Drähte überhitzten und Sauerstofftaschen verschwanden, während das Schiff auseinanderfiel. Genug Chaos, so musste Aurora annehmen, für einen Versuch.

Mit schweren Schritten um die Ecke stampfend, hob Aurora ihr Gewehr, während sie lief. Sie konnte in der geschäftigen Bucht ihrer Zielgenauigkeit nicht viel Aufmerksamkeit schenken, denn Aurora hatte keine Ahnung, wohin sie lief. Vana war diesen Weg gekommen, durch die Bucht gegangen, also musste der Ausgang irgendwo sein, die Spur musste existieren.

Hoffnung war nichts, worauf sich Aurora gerne verließ, aber heute gab es nicht viele andere Möglichkeiten.

Die angedockten Schiffe standen zehn in einer Reihe, eine beeindruckende Anzahl, obwohl einige mehr als einen VIP von oben herbringen mussten. Auroras Granate hatte das erste in Brand gesetzt und lenkte alle verbliebenen

Augen dorthin, während sein Untergang entlang donnerte. Auf der linken Seite der Bucht bot die Dämmerung dem Schiffsinferno eine hübsche Kulisse, während die rechte Seite der Bucht dazu diente, Ausrüstungscluster, Ladewagen und Vorratslager in grauen Haufen zu halten.

Keine Ausgänge dort.

Aurora schaffte es ein Dutzend Schritte, nahe dem zweiten Schiff, bevor der erste Laser auf sie zukam. Ein orangefarbener Bolzen, der an Auroras Gesicht vorbeizischte und sich in die Wand zu ihrer Rechten bohrte. Der Schuss fühlte sich hastig an, ein Schütze, der die immer schneller werdende Geschwindigkeit seines Ziels kompensierte. Aurora senkte das Gewehr – sie gab die Schießidee auf, nachdem sie zu sprinten begonnen hatte – und die Sever-Kommandantin leitete die gesamte Energie ihres Anzugs in diese Stiefel.

Eine Person in Kampfanzug war nicht gerade jedermanns Vorstellung einer Ballerina, einer geschmeidigen und schlanken Tänzerin. Aber der Anzug war wie ein Zug, der an Geschwindigkeit gewann, während Aurora sich in eine Richtung ausrichtete und den kinetischen Aufprall jedes Schrittes in den nächsten übertrug.

Die Granate und ihr Schaden verschafften Aurora genug Zeit, um in Schwung zu kommen, und während andere Bolzen dem orangefarbenen folgten, gingen die meisten weit am Ziel vorbei. Nur ein paar trafen ins Schwarze, ihre anhaltende Hitze verblasste durch Auroras Rücken. Das Visier zeigte keinen kritischen Schaden an, und Aurora konzentrierte sich weiterhin auf das, was vor ihr lag, jenseits dieser Schiffe.

Das Visier erfasste jedoch eine Sache: draußen zu Auroras Linken, ihre Lichter hell in der Dunkelheit leuchtend. Shuttles mit auflodernden Triebwerken. Immer mehr hoben ab. Transporter? DefenseCorp-Schiffe, die zu ihren Heimatbasen im Orbit zurückkehrten?

Aurora hätte länger über die Idee nachgedacht, wäre ihr Sprint nicht am Ende der Schiffsreihe angekommen. Wenn das Beschleunigen der schwerfälligen Kilos der Kampfrüstung Zeit brauchte, ging das Abbremsen schneller. Die Andockbucht endete in einer dicken Wand, die Aurora in Brei verwandelt hätte, wäre sie weiter darauf zugestürmt. Stattdessen schaltete sie die kinetischen Verstärker ab und stolperte fast, als die Schritte ihren leichten, schwebenden Gang verloren.

Den Atem anhaltend sprang Aurora nach vorn und brachte ihre Füße über die kurze Distanz zusammen. Sie zog die Knie so weit wie möglich an und traf den Boden in einem Winkel, der sie eigentlich kopfüber in einen Zusammenbruch hätte rollen lassen sollen, wo die nachfolgenden Kämpfer sie mit Lasern durchlöchert hätten.

Stattdessen aktivierte Aurora die kinetischen Verstärker, die seit einigen Schritten nicht genutzt worden waren, und katapultierte sich nach oben. Der Aufprall und sein Schwung ließen Aurora sich nach vorne drehen, und sie krümmte sich mit der Schleife, schwang ihre Füße ganz herum, bis diese dicken, gepanzerten Stiefel zuerst in die Wand am Ende der Bucht krachten. Die Metallplatten knirschten, Funken sprühten, als ihre Stiefel sich in der Wand verankerten und Aurora mehrere Meter über dem Boden hängen ließen.

»Ist jemand beeindruckt?«, sagte Aurora und blickte die Bucht entlang, die sie durchlaufen hatte.

Die Antwort kam in Form weiterer Bolzen, die aus der Ferne abgefeuert wurden und ihr Ziel verfehlten. Aurora löste die Verankerungen und ließ sich zu Boden fallen, wobei sie zur Seite rollte, als sie aufschlug. Laser prasselten herein, als Aurora aus der Rolle kam und sich kurz umsah.

Der einzige Ausgang der Andockbucht spiegelte Auroras Eingang zu ihrer Linken wider. Eine große Tür, die wer weiß wohin führte, aber auch Vanas einzige Fluchtmöglichkeit war. Während sie auf die Beine kam und dabei einige Treffer an ihrer Seite und den Beinen einsteckte, die ihre Muskeln versengten und den Schutz des Anzugs wegbrannten, nahm Aurora wieder die Verfolgung auf.

Sie hätte sie alle erschießen können. Hätte die Soldaten erledigen können, als sie anrückten und versuchten, sich von Deckung zu Deckung in der überfüllten Bucht zu bewegen.

»Ihr alle verdankt mir euer Leben«, murmelte Aurora, während sie klirrend zur Tür mit dem blinkenden roten Scanner ging.

Mit einem knappen Befehl ließ Aurora das Visier einen Countdown starten. Dreißig Sekunden, um die Tür zu öffnen, bevor Aurora sich mit der Gruppe auseinandersetzen musste, die auf ihre Position zustürmte. Sie hatte Gregors Hammer nicht, hatte Sais Schwert nicht.

Aber sie hatte eine Waffe. Eine Idee.

Aurora trat gegen die Tür. Hart. Wechselte den Fuß und tat es wieder. Die Einschläge verbeulten die schlichte graue Platte, die nicht dazu gedacht war, mehr als einer unzufriedenen Landecrew standzuhalten. Ein dritter Tritt, und ein vierter.

Das Visier piepte. Jemand hinter ihr rief Aurora zu, sie solle sich ergeben.

»Ich ergebe mich«, sagte Aurora, übertrug die Worte und hob die Hände, während sie in die Hocke ging.

Alles, um eine weitere Sekunde zu gewinnen.

Dieselbe Stimme forderte Aurora auf, den Anzug zu

verlassen. Das eine würde die Sever Squad-Kapitänin nicht tun.

»Ihr solltet besser zurücktreten«, sagte Aurora. »Es geht hier nicht um euch.«

Wer da war, wer ihre Worte hörte, wusste Aurora nicht und es war ihr auch ziemlich egal. Die Verwirrung verschaffte Aurora eine weitere Sekunde, genug Zeit, um die aufgeladenen Verstärker zu aktivieren. Zwischen Auroras Lauf und dem Aufladen durch die Tritte gegen die Tür hatte ihre Kampfrüstung kinetische Energie zu verbrennen.

Mit dem Gefühl, als hätte sie sich in ein startendes Landungsschiff geschnallt, schoss Aurora aus der Hocke und stürmte wie ein menschengroßes Geschoss auf die geschwächte Tür zu. Sie hatte keine Zeit, ihre Schulter zu drehen oder den Kopf einzuziehen. Ihr Helm traf zuerst auf, ein Ruck, der nichts aufhielt. Aurora sah und spürte, wie die Tür auseinandergerissen wurde, als sie hindurchbrach. Die Rüstung zerfetzte das Hindernis, prallte aber von der Decke auf der anderen Seite ab und schickte Aurora in eine taumelnde Rolle.

Eine Rolle, die hart klang und sich steif und schmerzend anfühlte. Als sie zum Stillstand kam, wurde Aurora klar, dass diese Hälfte, dieser Abschnitt nicht mit Teppich ausgelegt und sauber war wie sein gegenüberliegendes Gegenstück. Stattdessen blickte Aurora auf gehärtete Wände, die Zellen umgaben. Zwischen knisternden Energiebarrieren, nur durch ein oder zwei Meter getrennt, schmachteten hilflose Menschen oder Schlimmeres.

Wie die auf Dynas, tief im Helix-Komplex, wirbelten Experimente um Aurora herum. Einige trugen die dunklen Merkmale des Virus, während andere neue Eigenschaften zeigten, wie eine weiße, schuppige Haut oder einen bläulichen Schimmer auf ihren Körpern. Welche Zwecke diese haben mochten, welche zusätzlichen Gebräue die Wissenschaftlerin Anaskya in ihre Mischung werfen mochte, konnte Aurora nicht wissen.

Der Schock verging, als ihre Sinne zurückkehrten. Ihr Körper schmerzte vom Sturz, und nun starrte sie auf einen größeren, bunt zusammengewürfelten Trupp, der aus der Bucht hereinströmte. Bewaffnet und wütend kamen sie Aurora in den Gang gefolgt. Zunächst richteten sich ihre Waffen direkt auf Aurora und ihre Kampfrüstung.

Zunächst.

Es ist schwer, sich zu konzentrieren, wenn man von Dingen umgeben ist, die nicht mit der eigenen Realität übereinstimmen. Die Truppführer, die Kommandeure der Spezialkräfte zögerten, als sie begriffen, dass sie sich nicht in irgendeiner langweiligen Anlage für einen DefenseCorp-Gipfel befanden.

»Was zum Teufel ist das?«, fragte einer, dessen grüne Abzeichen ihn als einen der tödlicheren Spezialisten im Arsenal von DefenseCorp auswiesen.

»Das?«, sagte Aurora und blieb am Boden liegen. Sie sah ihre Chance, und wenn sie plötzliche Bewegungen auf ein Minimum beschränkte, könnte Aurora es vielleicht schaffen. »Das ist die Wahrheit.«

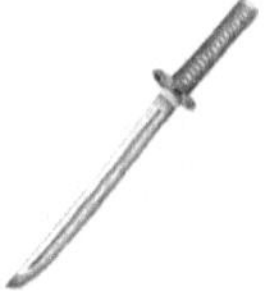

ELEKTRISCHES HERZ

Mit Perros surrender Klinge draußen und Sais Katana verstaut, ignorierten die Agenten und ihre glasigen Soldatenreihen die beiden, als sie zum hinteren Teil der Kammer gingen. Was vorne noch wie ein sauberes Anziehen und Wegschicken aussah, wurde nach hinten hin düsterer. Dort schrumpfte die Reihe zu einer einzigen Schlange, die aus einem breiten Tunnel kam. Agenten flankierten den Eingang, und behelfsmäßige elektrische Barrieren trieben die hoffnungslosen Helix-Opfer in eine gleichmäßige Reihe.

Als jeder den Tunnel verließ, saß dort ein Pflegeroboter, dessen viele Arme sich um einen Koffer mit schwarzen Fläschchen drehten. Der Roboter saugte jede Substanz in eine Spritze, wirbelte herum und stach sie der nächsten Person in den Arm. Die Schlange bewegte sich einen Schritt vorwärts und der Prozess wiederholte sich, wobei jeder Stich sein Ziel im oberen Unterarm traf.

Die Opfer zuckten kaum. Ihre Gesichter waren ausdruckslos, ihre Augen leer.

»Betäubt«, sagte Perro, während sie gingen. »Gruselig,

nicht wahr? Vana sagt, sie werden alle wahnsinnig, wenn man sie ohne das Beruhigungsmittel lässt.«

»Und das ist in diesen Fläschchen? Ein Beruhigungsmittel?«

»Hölle, nein. Das ist die Ursache. Die geheime Soße, die all diese armen Schweine von Anfang an bekommen haben. Soll sie angeblich in Kampfmaschinen verwandeln.«

»Spoiler: Tut es nicht.«

Perro zuckte mit den Schultern, als sie sich näherten. Endlich schien ein Agent zu bemerken, dass Perro und sein auserwählter Gefangener nicht Teil der normalen Ordnung waren. Sie winkte, dass die Injektionen weitergehen sollten, verließ ihren Posten und kam ein paar Meter von der Reihe weg, um Sai in die Augen zu sehen.

»Ist das derjenige, der das Chaos verursacht hat?«, fragte die Agentin.

»Er ist es. Entzug«, antwortete Perro. »Muss ihn nach unten bringen und aus diesem Ding rausholen.«

Die Agentin betrachtete Sai, bemerkte das Schwert und die Pistolen. Die Kampfrüstung selbst.

»Hätte nicht gedacht, dass wir hier solche Modelle haben«, sagte die Agentin. »Das ist DefenseCorp-Standard. Wo hast du das her?«

Sai bewegte sich nicht. Er hielt sich an den einfachen Plan. Perro konnte ihn hier verraten, könnte Sai preisgeben und ihn in eine sehr schwierige Lage bringen. Perro behauptete, er würde das nie tun, mit seiner Ehre.

Für manche Leute würde Sai vielleicht die Ehren-Schiene akzeptieren. Perro allerdings hatte versucht, während er unsichtbar war, einen Schlag anzubringen. Er hatte Sai zu einem Duell auf Wexers Straßen gedrängt und dann einen Hinterhalt gelegt, um aus der Ferne zu schießen. Ehre spielte im Spiel des Schützen keine Rolle.

Also stellte Sai sicher, dass der Söldner bei der Wahrheit blieb.

»Ein paar alte unten«, sprach Perro schnell. »Der Typ hat irgendwie tief gegraben, um sie zu finden. Hat es durch einen anderen Tunnel ganz nach draußen geschafft. Hätte fast die richtig bösen Jungs losgelassen.«

Die Agentin erblasste. »Dann bringst du ihn zur medizinischen Versorgung?«

»Du weißt, was Vana gesagt hat«, nickte Perro, »hol jeden Körper, der halbwegs kämpfen kann, und stell ihn in die Reihe.«

»Heute ist der Tag«, stimmte die Agentin zu. »Bring ihn dann schnell zurück hierher. Wir laden jeden ein, den wir reinkriegen können, und wir lassen keine Reste übrig.«

Auf Anweisung der Agentin öffneten zwei andere eine Lücke in der Helix-Linie und ließen Perro und Sai auf die andere Seite der Kammer durch.

»Medizinische Versorgung?«, sagte Sai. »Ich gehe nicht zur medizinischen Versorgung.«

»Mach dir keine Sorgen«, erwiderte Perro. »Willst du sehen, wo sie die Anzüge bauen? Es ist direkt beim Arzt. Es gibt hier keine echte medizinische Versorgung, Mann.«

Das konnte Sai glauben.

Zu Sais Rechten stampfte die nächste Gruppe in Anzügen. Unsichtbar in ihrer Rüstung, machten sie trotzdem Lärm. Vor ihnen nahmen glühende Shuttles die marschierenden Rekruten auf, volle Schiffe, die in die Luft aufstiegen. Sie würden die Freigaben haben, sie würden an der Flotte im Orbit andocken und durch den Kern von DefenseCorp reißen. Es auseinanderreißen und ein Vakuum an der Spitze des größten und stärksten Unternehmens der Galaxie hinterlassen.

»Sie werden es nie lebend herausschaffen, oder?«, sagte

Sai, als Perro sie nach links über den breiten Shuttle-Lande-platz führte. Auf der linken Seite des Platzes stand etwas, das wie ein Bunker aussah, mit befestigten Wänden und einer einzigen Doppeltür, die sich ihnen öffnete. »Selbst wenn diese Anzüge da oben gewinnen, Vana wird sie nicht holen kommen, oder?«

»Du stellst Fragen, auf die Kumpel wie ich keine Antworten kennen«, sagte Perro, obwohl der selbstgefällige Unterton in seiner Stimme verblasste.

Nutzlos, dieser Kerl.

»Dort gehen wir hin?«, fragte Sai, als Perro ihn zu dem neuen Gebäude marschierte.

»Du wolltest sehen, wo die Anzüge gemacht werden? Dort werden sie gemacht«, sagte Perro.

Wie auf Stichwort öffnete sich die Doppeltür und ein neues Gestell voller hängender Anzüge rollte auf einem weiteren Wagen heraus. Neben Sai raste ein leerer Wagen in die entgegengesetzte Richtung vorbei, seine steuernden Agenten schoben ihn schnell vorwärts. Als er die beiden Agenten sah, die so hart daran arbeiteten, die Anzüge zu bewegen, kam eine andere Frage auf, eine, die Perro viel-leicht tatsächlich beantworten konnte.

»Warum bedienen all diese Agenten die Linien?«, fragte Sai. »Machen die manuelle Arbeit? Gibt es sonst niemanden?«

»Nicht einmal viele von ihnen«, sagte Perro. »Ich weiß nicht warum, aber wir reden von weniger als hundert von Vanas Schatten hier. Vielleicht ist das der Grund, warum sie uns reingeholt haben. Um diese zusätzliche Sicherheit zu bieten.«

»Das hast du definitiv getan.«

»Hey.«

Als sie sich den Doppeltüren näherten, zog Perro Sai

beiseite, während sie auf den nächsten Wagenwechsel warteten. Die Nacht von Aurum Three brach an, und die startenden Shuttles sahen aus wie Sternschnuppen, als sie in Richtung Orbit flogen. Unter anderen Umständen wäre es wunderschön gewesen.

»Also, wenn wir drinnen sind, nimmst du das ab, ja?«, sagte Perro.

»Ich nehme es ab, wenn wir hier fertig sind«, antwortete Sai. »Lass dich einfach nicht in den Oberschenkel schießen, dann wird's schon klappen.«

Beide blickten auf das Bein des Söldners, das sichtbar war, während der Mann die Lichtbrechung des Anzugs ausgeschaltet hatte. Bei genauem Hinsehen konnte man die Wölbung erkennen, wo Sai die Granate platziert hatte, die diesmal so eingestellt war, dass sie durch Sais Kurzstreckensendung ausgelöst wurde. Eine falsche Bewegung, ein falscher Blick, und Perros Anzug würde ihn nicht retten.

Mit einem surrenden Klicken fuhr der frische Wagen heraus. Die Agenten, die ihn schoben, warfen Perro und Sai nur einen flüchtigen Blick zu, ohne anzuhalten, als die beiden hinter ihnen hineinschlüpften und das Produktionszentrum der Anzüge betraten.

»Die Sicherheit scheint lasch zu sein«, sagte Sai, während sie sich bewegten.

»Heute ist der große Tag, und es läuft bereits«, erwiderte Perro. »Du kannst nichts mehr tun, um es zu stoppen, Kumpel. Sie verschiffen schon so viele Anzüge.«

»Das ist deine Meinung.«

Als sie jedoch das Gebäude mit seiner ohrenbetäubenden Geräuschkulisse betraten, drohte Sais Optimismus zu schwinden. Der Eingang öffnete sich zu einer sich windenden, sich schlängelnden Linie, die sich von der Decke des Gebäudes bis zum Boden erstreckte. Rechts schoss eine geschmolzene Pumpe an einem Ende die rohen, heißen Metalle hoch, die durch die lange Sequenz kaskadiert wurden, bis fast zu Sais Füßen das Endprodukt herauskam, das von einem Roboter aufgenommen und an den nächsten Wagen in der Reihe gehängt wurde. Einige Agenten hingen am Ende der Linie herum, bereit, den nächsten Wagen zu verschieben, und wirkten nicht im Geringsten besorgt.

Perro ließ Sai nicht lange zuschauen und lenkte den Schwertkämpfer nach links, wo ein Aufzug mit einem grün blinkenden Scanner wartete.

»Beeindruckend, oder?«, sagte Perro, während sie sich bewegten.

»Vana hat das in den letzten Monaten gebaut?«

»Schneller, Kumpel. Das lief schon, als wir hier ankamen.«

»Dann müssen wir es zerstören.«

»Moment mal.« Perro senkte seine Stimme. »Ich weiß, du hast deinen Todeswunsch und so, aber ich? Ich würde lieber lebend hier rauskommen. Wenn du dieses Ding ausschalten willst, lass uns einen Weg finden, es leise zu tun.«

»Ist das der Grund, warum du mich zum Aufzug bringst?«

»Wenn wir dort stehen geblieben wären, hätte uns jemand gefragt, was zum Teufel wir da machen. Ich kaufe Zeit, aber die wird bald ablaufen, also hoffe ich, dass dir eine bessere Idee einfällt.«

Sai warf noch einen Blick auf die riesige Produktionslinie. Er könnte ein paar Granaten hineinwerfen, Dinge zerstören, aber das würde das ganze Haus zum Einsturz bringen und mehr. Schlimmer noch, es schien jede Möglichkeit zu bestehen, dass Vana jede beschädigte Linie schnell wieder aufbauen könnte. Perro sagte immer wieder, heute sei der Tag, aber morgen könnte es schlimmer sein.

Aurora hatte Sever Squad hierher gebracht, um Vanas Bedrohung zu beenden. Sai schuldete es ihr, seiner eigenen Familie, zu verhindern, dass diese Anzüge zurückkamen.

»Wie tief geht dieser Aufzug?«, fragte Sai.

»Das ist der Ton, den ich hören wollte«, erwiderte Perro. »Und ich habe keine Ahnung, Boss. Wir waren in der Hauptbasis, hier und sonst nirgendwo. Vana hat uns nicht gerade eine Führung gegeben.«

»Dann lass uns das herausfinden.«

Der Scanner nahm Perros Befehl ohne Widerspruch an. Der Lift öffnete sich und bot eine gute Auswahl an Optionen. Ganz unten sah Sai, was er wollte.

Energiemanagement.

Perro pfiff, als Sai die Option wählte.

»Ich beginne zu verstehen, was du vorhast«, sagte Perro, als der Lift sich ruckartig in Bewegung setzte. Das Schütteln irritierte Sai für einen Moment, bis er sich erinnerte, dass dies keine neue Basis war, sondern etwas, das Vana gestohlen und nach ihrem Geschmack umgebaut hatte. »Stell nur sicher, dass du uns genug Zeit gibst.«

»Wir werden Zeit haben«, antwortete Sai, »wenn wir es richtig machen.«

Die Lifttüren öffneten sich und zeigten Sai, was *richtig* wirklich bedeutete. Etwas zu überlasten, sei es die Batterien eines Raumschiffs oder den Anschluss eines Gebäudes an den superheiße Kern seines Planeten, erforderte normalerweise ein Maß an Computerkenntnissen, das Sai nicht besaß. Er würde nicht in irgendein System hacken, Werte ändern und dann mit einem Lächeln zurücklehnen und zusehen, wie die Welt brennt.

Nein, Sai würde die Zerstörung selbst vornehmen, und Vana hatte alles getan, um es ihm leicht zu machen.

Um genug Metall für so viele Anzüge und die Energierüstungen oder was auch immer vorher gekommen war, zu überhitzen, hatte der DefenseCorp-Mastermind, der dieses Ding vor langer Zeit gebaut hatte, in die tiefe Kruste und darunter von Aurum Drei gebohrt. Die Struktur des Bohrers und sein Siphon füllten den Raum, den Sai und Perro betraten. Eine Wand aus Monitoren begrüßte sie zuerst und zeigte, wohin all diese Energie floss, und dahinter das große, geschwärzte Ungetüm mit seinen Konvertern, die Hitze aufsaugten und in Ladung umwandelten.

Ein Blick auf diese Monitore verriet Sai, dass sie nicht zur Energiequelle für die Anzüge gekommen waren, sondern die Energieversorgung für die gesamte Basis gefunden hatten.

»Ich würde es schön nennen, aber dann würde ich mich schlecht fühlen, es zu zerstören«, sagte Perro.

»Tu das nicht«, erwiderte Sai. »Es ist nur eine Maschine, nichts weiter.«

Obwohl unter den Monitoren ein Scanner stand, versuchte Sai nicht, sich einzuloggen. Ein Alarm könnte ausgelöst werden, und das war nicht der Sinn dieser Übung. Stattdessen ging er um die Bildschirme herum, während Perro ihm folgte. Das Ende des Bohrers wölbte sich wie eine Kugel, die von einem riesigen, schwarzen Stahlziegel zerquetscht wurde. Dieser Ziegel, der mehrere Meter über Sais Kopf saß, würde die harte Arbeit leisten, die Hitze in Energie umzuwandeln.

Es wäre auch der verwundbarste Teil dieser ganzen Operation. Störe ihn, und die Basis würde zusammenbrechen.

»Heb mich hoch«, sagte Sai.

»Dich hochheben? Als wären wir Kinder?«

»Das war keine Frage. Tu es.«

»Okay, Mann. Du könntest ein bisschen lachen.«

Sai ballte die Fäuste und warf Perro einen finsteren Blick zu, den das Visier verbarg. »Meine Kameraden kämpfen da draußen um ihr Leben. Meine DefenseCorp-Freunde, die ohne eigenes Verschulden hier sind, werden gleich von mörderischen unsichtbaren Wahnsinnigen getötet. Entschuldige, wenn ich noch nicht grinse.«

Perro hielt ausnahmsweise einmal den Mund und half Sai, sich zu dem metallischen Quader hochzuhieven. Da die Hände des Mannes nicht besonders stabil waren, befestigte Sai seinen Enterhaken an der Seite des Quaders, um etwas Halt zu gewinnen. Sais Hände wanderten als Nächstes zu den kleinen Scheiben an seinem unteren Rücken.

Es war eine Weile her, dass Sai mit seinen Lieblingswaffen hatte spielen können: Minen. Die winzigen Sprengsätze hatten eine enorme Durchschlagskraft, und er hatte während Severs Urlaub auf der Station einen neuen Satz zusammengestellt. Diese hefteten sich mit winzigen Zähnen an die Oberfläche des Quaders und piepsten ihre Bereitschaft zur Detonation.

»Die gehen los, wenn ich es ihnen sage«, erklärte Sai, nachdem Perro ihn wieder heruntergelassen hatte. »Wir gehen nach oben, bringen uns in Sicherheit, und dann legen wir diesen Ort lahm.«

Zumindest war das Sais Plan gewesen. Stattdessen erstarrten sowohl er als auch Perro, als sich die Aufzugtüren in Richtung des Eingangs öffneten. Mehrere Stiefelpaare betraten den Raum.

»Wir wissen, dass ihr hier unten seid!«, rief eine

Stimme, die nicht im Geringsten ängstlich klang. »Wir sind viele, ihr seid zu zweit. Schaltet eure Anzüge aus und ergebt euch, dann ist Vana vielleicht gnädig.«

Ja, sicher doch.

Sai blieb still und wünschte, Perro würde die Handzeichen von Sever verstehen. Er zog sein Katana und bewegte sich in die entgegengesetzte Richtung ihres bisherigen Weges. Die Agenten folgten jedoch nicht exakt ihren Fußspuren, sondern teilten sich auf. Ihre Stimmen, die Befehle riefen, verrieten sie. Sai und Perro rollten ihre Füße ab und dämpften die leisen Geräusche mit dem konstanten Dröhnen des Bohrers.

Als Sai um die Ecke kam, holte er Luft und schwang das Katana, noch bevor er sein Ziel sehen konnte. Der Agent, der erneut bewies, dass Vanas Kämpfer nicht zu unterschätzen waren, wich zurück. Die Klinge des Katanas streifte den Arm des Agenten und hinterließ einen Schnitt, mehr nicht. Der Agent schrie auf und versuchte, ein Gewehr hochzureißen, als Sai angriff und den Versuch im Keim erstickte.

Perro stürmte an Sais rechter Seite vorbei und griff die Agentin dort an, bevor sie einen Pistolenschuss auf Sais Seite abfeuern konnte.

»Zeit zu rennen«, sagte Sai, während er die nächsten beiden Agenten durchbrach, als diese ihre Waffen hoben. »Zu viele für uns!«

Eigentlich nicht, vielleicht, angesichts der engen Räumlichkeiten, aber Sai konnte kein Risiko eingehen. Hier angeschossen zu werden, könnte alles für Sever ruinieren, und diese Minen mussten detonieren. Er schwang das Katana und schnitt in eines der Rohre, durchtrennte es sauber und entfesselte einen zischenden, heißen Schwall. Sais Energierüstung schützte ihn, aber die beiden Agenten wichen zurück und versuchten, sich zu schützen.

Perro folgte Sai, als dieser losrannte. Die beiden umrundeten den Weg zum Aufzug. Sechs weitere Agenten warteten dort mit gezogenen Gewehren, ihre Visiere auf die beiden gepanzerten Soldaten gerichtet. Nicht gut.

»Festhalten!«, rief Sai, packte Perro mit der linken Hand, hielt das Katana in der rechten und aktivierte den Sprungverstärker der Energierüstung.

Gemeinsam flogen die beiden in ein Lasergewitter und darüber hinweg. Sai spürte, wie neue Verbrennungen sich zu den alten gesellten, während sein Visier ein Alarmsignal nach dem anderen anzeigte, aber die Agenten wichen vor den gepanzerten Körpern zurück und ließen die beiden rauchend in den offenen Aufzug rollen.

»Hab euch«, flüsterte Sai, während er mit seinem Katana den Knopf nach oben durchbohrte und gleichzeitig das Signal sendete.

Die Aufzugtüren zitterten, als die Agenten in seine Richtung rannten, während hinter ihnen der schwarze Stahlquader in leuchtendem Feuer aufging.

13

TAKTISCHER RÜCKZUG

Der Hammer schwang, die Stiefel dröhnten auf dem harten Boden, und Gregor polterte durch die Gänge. Hinter und um ihn herum zerbarsten Fenster, sowohl durch seine wilden Schwünge als auch durch gelegentliche gezielte Schüsse. An Kreuzungen wählte er mit selektiver Zufälligkeit Richtungen, die ihn allmählich zurück zum Verbindungsgang zur Bucht der *Prisa* führten. Ein Plan, abgesehen davon, den Feind abzulenken, hatte sich noch nicht geformt, aber wenn die Kräfte, die ihn verfolgten, die Jagd fortsetzten, könnte Severs Schiff ihm zumindest etwas Deckung bieten.

Normalerweise hätte Gregor bei einer Mission einen Hilferuf abgesetzt. Er hätte die DefenseCorp-Funkwellen mit seiner Position und der Information über seine Verfolger überflutet und Luftangriffe oder Verstärkung angefordert. Stattdessen rannte er jetzt schweigend, nur sein eigener Atem leistete ihm auf dieser Reise Gesellschaft.

Wenn man die Labore, Büros und Konferenzräume überhaupt als Reise bezeichnen konnte: Ihre nüchterne

Einrichtung und ihr funktionaler Zweck brachten bei jeder Wendung Wiederholung mit sich, so sehr, dass Gregor schon vor vielen Räumen die Orientierung verloren hätte, wenn sein Visier nicht die allgemeine Richtung der *Prisa* projiziert hätte. Er wich alle paar Wendungen von dem auf dem Boden angezeigten goldenen Pfeil ab, um seine Verfolger im Ungewissen zu lassen, und bisher lebte Gregor noch.

Als er durch die nächste Tür krachte – Gregor lud den Hammer zwischen diesen versiegelten Portalen auf, indem er gegen Wände und Fenster schlug – gelangte der Sever-Soldat in einen vertrauten Raum, wenn auch nicht ganz den gleichen. Klare Betonwände auf beiden Seiten, verstärkt durch Lamellen, die heruntergelassen werden konnten, nichts auf dem Boden und eine weitere Tür am anderen Ende. Kein Fenster hier in die Nacht von Aurum Drei, aber Gregor erkannte ein Spiegelbild, wenn er eines sah.

Der Raum mochte zwar langweilig sein, aber sein einziger Bewohner ließ Gregor schon einen Schritt nach dem Betreten innehalten. Briany stand in ihrem Anzug da, alles andere als unsichtbar mit ihrer riesigen Kanone in beiden Händen. Sie hatte ihren Helm hochgeklappt, ein feuriges Grinsen, das zu ihrem blau getönten Haar passte.

Gregor hatte keinen Platz zum Ausweichen, keine Pistole griffbereit zum Schießen, und er hatte keinen Zweifel daran, dass Brianys Kanone seine Kampfrüstung wie Konfetti zerfetzen würde. Aber zu wissen, dass man sterben würde, und es zuzulassen, waren zwei verschiedene Dinge.

Gregor hob seinen Hammer, bereit, kämpfend unterzugehen, und ging vorwärts.

»Geh aus dem Weg«, sagte Briany und nickte nach rechts.

Nicht einer, der Befehle in solch einem Moment in Frage stellte, tat Gregor wie geheißen und sprang zur Seite, als Briany mit der Kanone loslegte. Anstatt Gregor zu Asche zu verwandeln, feuerten Brianys Laser hinter Gregors Rücken den Gang hinunter, den er gerade verwüstet hatte. Panische Schreie hallten zurück, riefen zum Rückzug auf, um einen anderen Weg zu finden.

Während er sie beim Schießen beobachtete und sich selbst fing, sah Gregor das grelle Licht, das Brianys Gesicht ausbleichte, sah die Brandflecken auf ihren Handschuhen dunkler werden, als die Kanone schreckliche Temperaturen erreichte. Sie hielt sich stabil, behielt das Ziel im Visier, während die Akkupacks auf ihrem Rücken Energie über ihre Schultern in die große Waffe schickten.

Ein verdammt schöner Anblick.

Gregor hasste es, so ein Wunder zu beenden, aber die sich zurückziehenden Kräfte würden bald den anderen Weg finden. Sobald sie Gregor und Briany in die Falle gelockt hätten, würde das Ende schnell kommen, und es würde wehtun.

»Wir müssen gehen«, sagte Gregor, ging zur gegenüberliegenden Tür und schlug sie mit zwei harten Hammerschlägen ein. »Jetzt.«

Briany, die sich rückwärts zu Gregor bewegte, ohne den Laserstrahl zu unterbrechen, stellte das Feuer schließlich bei Gregors zweitem Ruf ein.

»Du willst wegrennen?«, fragte Briany. »Ich dachte nicht, dass du ein Feigling bist.«

»Das Schlachtfeld verändern«, erwiderte Gregor. »Sie werden betrügen.«

Briany setzte zu einer Erwiderung an, aber sie hatten

keine Zeit für Geplänkel, also machte sich Gregor davon. Er stampfte durch die Tür zum Treppenhaus, sprang über das Geländer und stürzte auf die Etage darunter. Als er mit genug Wucht landete, um die Metallfliesen zu zerbrechen, grunzte Gregor, als die Kampfrüstung ihm mitteilte, dass die kinetischen Verstärker des Anzugs nun überladen waren.

Immer gut, eine weitere Waffe im Arsenal zu haben.

Briany kam langsamer, schlurfte in einem unbeholfenen Gang die Treppe hinunter.

»Sie haben meine Kanone nicht dafür gebaut«, sagte Briany, nachdem Gregor sie aufgefordert hatte, schneller zu gehen. »Wenn du mich zurücklassen willst, kannst du das tun. Ich nehm's mit ihnen allen alleine auf.«

Das würde die tausend Fragen, die Gregor hatte, nicht beantworten, angefangen damit, warum zum Teufel Briany zufällig in einem beliebigen Korridor auf einem zufälligen Planeten wie diesem stand. Stattdessen blickte Gregor nach rechts und schleuderte dann seinen Hammer gegen die Decke über der anderen Treppe. Mit aktiviertem Energiestoß traf der Hammer die Deckenlatten, zerschmetterte Lichter und zerbrach die Stützen. Der schwere Knall schleuderte den Hammer zurück, sodass die große Waffe nicht weit von Gregors Füßen landete.

Und die Treppe? Die Treppe hatte jetzt einen riesigen Schutthaufen, der die oberen Stufen blockierte.

»Schöner Wurf«, sagte Briany, als sie unten ankam.

»Kinderleicht«, erwiderte Gregor. »Komm schon.«

Mit Gregor an der Spitze gingen die beiden zurück zum Laufband, das über die lange Strecke zur Bucht der *Prisa* führte. Briany konnte nicht schnell gehen, also trat Gregor beiseite, als sie das Laufband erreichten, und ließ den elektrischen Antrieb sie weitertragen, während Briany sich darauf einstellte, alles zu besprühen, was ihnen folgen würde.

In der nahenden Nacht von Aurum Drei beleuchteten die weißen Lichter, die den zentralen Bogen des Laufbands säumten, die Reise. Draußen flammten hellere Triebwerke auf, als Raumschiffe in Richtung Weltraum aufstiegen. Landeshuttles? Gregor konnte sich nicht sicher sein, aber er vermutete, dass die Starts, was auch immer es war, nichts Gutes bedeuteten.

»Danke«, sagte Gregor, als nach den ersten Sekunden niemand auftauchte.

»Dafür, dass ich deinen Arsch gerettet habe, nachdem du uns auf Wexer zurückgelassen hast?«, entgegnete Briany. »Bedank dich nicht bei mir. Bedank dich bei Tarla. Ich wollte dich rösten, bis sie das Spiel geändert hat.«

»Was?«

»Vana hat uns angeheuert, euch alle zu grillen, falls ihre Leute versagen sollten.« Briany sprach, ohne ihren Blick von der Richtung des Feindes abzuwenden. »Nach dem, was ich da hinten gesehen habe, hattet ihr sie geschlagen. Ich sollte warten und euch daran hindern abzuhauen.«

»Du solltest warten?«

Jetzt zuckte Briany mit den Schultern: »Vana zahlt, sie hat uns die Befehle gegeben. Sobald ihr es in die Basis geschafft habt, sollten wir euch drin behalten oder töten. Ich hatte das Zentrum, Tarla und die anderen hatten den eigentlichen Hauptgewinn.«

»Welchen eigentlichen Hauptgewinn?«

»All diese Lichter da draußen, schätze ich«, sagte Briany. »Irgendwas davon, heute eine menschliche Bombe zu zünden. Wenn wir euch töten mussten, sollten wir das tun. Ansonsten hieß es verzögern, verzögern, verzögern.«

Mehr Fragen, die Gregor nicht mit seinem Hammer wegschlagen konnte.

»Wir haben die Verräter da drin getötet«, sagte Gregor und blickte mit Briany das Laufband hinunter. »Diejenigen, die das wollten. Sie sind weg.«

»Cool«, sagte Briany. »Diese Leute haben den Vertrag nicht mit uns unterschrieben. Vana hat das getan.«

»Du hättest uns da drin angreifen können. Uns aufhalten können.«

»Euch in Stücke reißen? Ja, das hätte ich gekonnt. Vana ließ mich die andere Treppe blockieren, nachdem ihr gelandet seid.« Briany lachte. »Klingt, als hätte sie euch alle an der Nase herumgeführt.«

»Sie wird verlieren.«

»Sieht ganz danach aus, als würde sie gewinnen.« Briany kniff die Augen zusammen. »Spielzeit, Gregor.«

Briany hob ihren Blaster und feuerte eine Salve weißer Energiebolzen den Gang entlang. Gestalten stoben vom Eingang weg und blieben immer weiter zurück. Gregor steckte seinen Hammer in die Halterung und zog seine Pistolen. Zwischen ihnen beiden würde nichts durchkommen-

Der Laufsteg endete abrupt, die Lichter flackerten, als der Boden bebte. Gregor stolperte nach vorne und fing sich am Geländer ab. Briany fiel nach hinten, die Hände am Blaster. Gregor hörte das Knirschen, als ihre Akkupacks den Sturz abfingen, und als er in ihre Richtung blickte, sah er Funken aus ihrer Waffe sprühen.

Die Lichter erloschen. Überall.

Von einer schimmernden Basis, die sich über eine goldene Wüste erstreckte, zu einer schwarzen Weite, die nur vom Nachglühen aufsteigender Shuttletriebwerke erhellt wurde - alles innerhalb einer Sekunde. Und in der darauffolgenden Sekunde durchschnitten Laser die Dunkelheit und strömten vom Eingang des Laufstegs auf Gregor und Briany zu.

»Sie fordern nicht einmal zur Aufgabe auf«, sagte Briany mit schmerzerfüllter Stimme. »Du musst sie wirklich wütend gemacht haben.«

Gregor feuerte zwei kümmerliche Pistolenschüsse in Richtung des ankommenden Beschusses zurück. Das Visier markierte den gesamten Tunnel mit potenziellen Bedrohungen, und seine zwei Schüsse taten nichts, um den Angriff abzuschwächen. Seine Servorüstung wurde getroffen, seine linke Schulter weggebrannt und seine Brustplatte zu wenig mehr als dünnem Plastik geschwächt.

»Wir können nicht hier bleiben«, sagte Gregor.

»Toll, ich kann nicht rennen«, erwiderte Briany. »Der Preis für dieses Ding.«

»Dann werde ich dich tragen.«

Briany begann zu protestieren, aber Gregor duckte sich, als Laser den Raum über ihnen füllten. Er hakte seine Handschuhe unter ihre Schultern, aktivierte seine kinetischen Booster und sprang. Das Tragen von Briany verhinderte, dass Gregor seine übliche Höhe erreichte, aber der Laufsteg war nicht hoch, und der Sever-Kämpfer erinnerte sich an die Glasdecke, als er dagegen krachte.

Vielleicht war der Laufsteg so konstruiert worden, dass er dem ständigen Wind von Aurum Drei standhielt, aber er war sicherlich nicht dafür gemacht, einem hart anstürmenden Servorüstungsanzug zu widerstehen. Gregors Kopf durchbrach die Decke mit einem knochenschütternden Krachen, zersplitterte das Glas und spaltete den zentralen Balken des Laufstegs samt aller nun toten Lichter, die darin eingebettet waren. Als Gregors Sprung nachließ und Briany den ganzen Weg über fluchte, fielen die beiden durch das zerberstende Glas zurück und lösten den totalen Zusammenbruch des Laufstegs aus.

Aurum Drei stürzte in die neue Lücke und blies Sand herein. Der peitschende Wind wirbelte Glassplitter auf und schleuderte sie im Gang hin und her, als die beiden Söldner landeten. Gregors Sprung hatte ihnen ein paar Meter Vorsprung und eine gewaltige Ablenkung verschafft.

Gregor ignorierte Brianys Beschwerden und seine eigenen plötzlichen Kopfschmerzen und zog die Twilight Rangerin zurück. Die Laser hatten aufgehört, und auch wenn Gregor nicht wusste warum, würde er diesen Vorteil verdammt nochmal nicht als selbstverständlich ansehen.

»Die Idioten können uns nicht sehen«, lachte Briany, als Gregor ihr endlich aufhalf. Ihr Rucksack schien sich selbst kurzgeschlossen zu haben, die Funken erstarben, als die Batterien zischten. »Deshalb muss man nah rangehen. So kann man nicht verfehlen.«

»Gib ihnen keine Ideen«, sagte Gregor. »Geh du voran.«

»Du lässt einer Dame den Vortritt? Wie höflich.«

»Hab noch nie eine Dame wie dich gesehen.«

»Und du wirst auch nie wieder eine sehen.«

Briany nahm die angebotene Position ein, drehte dem Feind den Rücken zu und begann einen unbeholfenen Lauf. Das Ende des Laufstegs näherte sich und damit etwas Deckung, als sie in die Bucht hinabstiegen. Rufe zum Vorrücken ertönten nun über die Luft, erhoben sich über den Wind. Die DefenseCorp-Truppe hatte noch nicht aufgegeben.

Noch nie zuvor hatte Gregor sich so erleichtert gefühlt, als er in einen Raum zurückkehrte, der so verstörend, blutig und zerstört war wie die *Prisa*-Bucht. Ohne die Beleuchtung, ohne Strom, musste er seinen Hammer ziehen und die

Tür einschlagen, aber dahinter sah Gregor Hoffnung: Die *Prisa* war noch da, und ihre Positionslichter hatten Strom. Was auch immer die Basis selbst beschädigt hatte, hatte das Sever-Schiff verschont.

»Sie sieht gut aus«, sagte Briany, als sie sich ihren Weg durch den Schutt und um die seltsamen Skulpturen herum bahnten. »Alles andere hier ist echt merkwürdig.«

»Du hast den Spaß verpasst.«

»Das glaube ich.«

Hinter ihnen signalisierten näher kommende Geräusche, dass ihre Verfolger aufgeholt hatten. Instinktiv schaltete Gregor sein Kommunikationsgerät vom Squad-Kanal auf Nahfeldübertragung um. Das Senden des Signals würde sie zwar den Verfolgern verraten, aber wenn jemand auf der *Prisa* war, dann ...

»Gregor, Kumpel, bist du das, der da draußen herumkracht?«, antwortete Eponis süße, freche Stimme zuerst auf seinen Ruf. »Ich würde ja sagen, ich bin schockiert, aber wer sonst würde so viel Lärm machen?«

»Fahr die Rampe runter«, erwiderte Gregor, ohne darauf einzugehen. »Verfolger hinter uns, wir brauchen Deckung.«

»Wird gemacht.« Eponi mochte von Humor durchdrungen sein, aber die Pilotin wusste, wann das Geschäft Vorrang hatte. »Bereit machen zur Vernichtung. Tarla, geh zum Steuerbordgeschütz.«

Tarla?

Der Name verwirrte Gregor fast zu lange, bevor er sich an den zweiten, wichtigen Teil der Anweisung erinnerte.

»Nur erschrecken«, fügte Gregor hinzu, während er mit dem Hammer einen Schutthaufen wegfegte und den Weg für Briany freimachte. »Keine Toten.«

»Warum?«

»Weil er seinen alten Kumpels nicht wehtun will«, mischte sich diesmal Tarla von ihrem Geschütz aus ein. »Ihr seid alle Weicheier.«

»Keine Toten«, wiederholte Gregor.

»Ich hör dich«, sagte Tarla, als die ersten Schüsse über Gregors Schulter pfiffen. »Schützt eure Augen, Leute.«

Die *Prisa* erhellte die schwarze Bucht, feuerte schwach geladene orangefarbene Salven aus ihrem Geschütz über Gregors und Brianys Köpfe hinweg. Schutt und Skulpturen gingen in Flammen auf oder schmolzen dahin, das Zischen und Knallen wich Rufen zum Rückzug, zur Flucht.

»Gregor, warte, bis du hier bist«, sagte Eponi. »Ich habe dir eine verdammt verrückte Geschichte zu erzählen. Aber zuerst muss ich fragen, wo ist Aurora?«

14

FLUCHTPLAN

Gregor und Briany hatten ihr Timing perfekt abgepasst. Nachdem die ganze Basis gebebt hatte und alle Lichter ausgegangen waren, hatten Eponi und Tarla die Minuten damit verbracht, die *Prisa* flugbereit zu machen. Als der Hammermann und die Kanonenfrau, wie Eponi sie nannte, durch den Müll und die blutige Farbe hereingestürmt kamen, hatte Eponi gerade die Energie der *Prisa* auf die Triebwerke umgeleitet.

Der Plan? Ganz nah an den Ausgang heranfliegen und mit der konzentrierten Energie des Schiffes ein Loch hineinschmelzen.

Dann würden sie losziehen, um alle zu finden, die sie konnten, die Squadmitglieder in die Bucht der *Prisa* aufnehmen und durchstarten.

»Du würdest die Mission unvollendet lassen?«, sagte Gregor, als er sich in der Zentralkammer der *Prisa* aus seiner Kampfrüstung befreite. Der Anzug des Mannes wies schwarze Flecken, Löcher und all die schönen Kratzer auf, die von einem gut erledigten Job zeugten. »Du würdest Vana am Leben lassen?«

»Nicht für lange«, sagte Tarla und erwiderte Gregors misstrauischen Blick mit einem Lächeln. »Deine Pilotin hier hat alle Aufzeichnungen, die wir je brauchen könnten, im Schiff. Sobald wir die Umlaufbahn erreichen, können wir sie ausstrahlen. Nicht einmal DefenseCorp kann gegen die gesamte vereinte Galaxie bestehen.«

»Siehst du?«, fügte Eponi hinzu. »Ich bin einfach die Beste.«

»Das bist du, aber das wird zu lange dauern«, entgegnete Gregor. »Vana wird fliehen oder angreifen.«

»Das tut sie bereits«, sagte Briany, während sie Gregor aus ihrem Anzug folgte.

Eponi beäugte die große Kanone am Boden, neben ihren beschädigten Batterien. Wenn das Ding explodierte, könnte das ganze Schiff mit in die Luft fliegen. Was, äh, nicht gut wäre. Vielleicht, wenn Eponi die Kanone in einen Waffenschrank stopfen könnte, würde das die Explosion davon abhalten-

»Dann müssen wir die Shuttles aufhalten«, antwortete Tarla auf etwas, das Briany gesagt hatte. »Ich bin keine Heldin, aber ich will mein Geld und meine Verträge. Diese unsichtbaren Monster werden sie uns nicht wegnehmen.«

»Äh, was?«, fragte Eponi, als sich alle Augen ihr zuwandten.

»Bring das Schiff in Bewegung«, sagte Gregor. »Wir haben Ziele abzuschießen.«

Ah, nun, das konnte Eponi tun.

Die *Prisa* erwachte kurz darauf zum Leben und schwebte in dieser pechschwarzen Bucht, während Gregor und Briany ihre Plätze in den beiden Geschütztürmen einnahmen. Eponi konnte das seltsame Gefühl nicht abschütteln, Tarla auf dem Co-Pilotensitz neben sich zu sehen, wo eigentlich Aurora sitzen sollte. Die beiden Kapitäninnen hätten unterschiedlicher nicht sein können: Aurora wirkte immer, als wäre sie entweder kampfbereit oder bereitete sich auf einen vor, gerade und ernst. Tarla lehnte sich im Sitz zurück, stocherte mit einer Hand in ihren Zähnen und wischte mit der anderen über ihre Konsole.

»Also schießen wir uns den Weg frei?«, fragte Tarla, als die *Prisa* vom Boden abhob.

»Es sei denn, du hast einen Code, der die Tür öffnet?«

»Erst müssen wir den Strom wieder einschalten.« Tarla bemerkte Eponis fragenden Blick – wenn die Kapitänin wirklich einen Code hatte, wäre es vielleicht besser, den Strom wieder einzuschalten. »Tut mir leid, Vana hat nicht all ihre Geheimnisse preisgegeben.«

»Und du hast sie dir nicht genommen?«

»Dachte nicht, dass ich sie brauchen würde, um euch alle zu schlagen.«

Eponi vermutete, dass Tarlas Twilight Rangers noch keinen einzigen Sever erledigt hatten, aber die Pilotin beschloss, Tarlas Zorn nicht zu schüren, solange sie ihre Hände am Steuerknüppel der *Prisa* brauchte. Als das Schiff über den Trümmern und der noch brennenden Schlacke, die von den Überresten des Virus übrig geblieben war, aufstieg, ließ Eponi die Lichter hell aufleuchten und fixierte die graue Metalllinie, die die Bucht von Aurum Threes sternenklarer Nacht trennte.

»Willst du da durchschießen?«, kam Gregors Stimme klar und deutlich über die Sprechanlage. »Dafür haben wir keine Zeit.«

»Nein«, sagte Eponi. »Wir nehmen einen anderen Weg.«

DefenseCorp hatte die Bucht in Aurum Threes sandige Landschaft gebaut, ein dickes Tor eingesetzt und die ganze

Plattform mit Metall umgeben. Während das Tor standardmäßig dick und stark war, vermutete Eponi, dass die anderen Bereiche der Bucht nicht die gleiche Behandlung erfahren hatten. Im Licht der *Prisa* zeigten sich deutlich die von den gefangenen Seelen in die Wände der Bucht geritzten Rillen, die klarmachten, dass das Fundament nicht dafür ausgelegt war, einem Angriff standzuhalten.

Denn wer würde schon DefenseCorp angreifen, das gefährlichste Unternehmen der Galaxis?

»Um uns herum ist alles Sand, richtig?«, sagte Eponi in die Stille, die auf ihren letzten Kommentar folgte. »Das ist kein stabiles Fundament. Wenn wir die Stützen unter dem Tor wegschießen, wird alles abrutschen und uns eine Öffnung bieten.«

Wieder Stille. Lang genug, dass Eponi sich zu fragen begann, ob sie etwas Offensichtliches übersehen hatte. Tarla sah sie an, als wäre Eponi verrückt geworden.

»Ich bin ja für Mut«, sagte Tarla, als sie Eponis Blick bemerkte, »aber eine Bucht über unseren Köpfen zum Einsturz zu bringen, scheint mir keine gute Idee zu sein, selbst für dich nicht.«

»Das wird sie auch nicht«, schoss Eponi zurück. »Wir werden die anderen Seiten nicht berühren. Sie werden das Dach lange genug halten, damit wir hinausfliegen können.«

»Dann hoffe ich, du hast ein perfektes Timing«, fügte Briany aus ihrem Geschützturm hinzu. »Das wird verdammt knapp.«

»Ich habe schon Knapperes erlebt«, sagte Eponi.

Das stimmte auch. Mindestens ein Dutzend Kart-Rennen, bei denen ein Zentimeter den Unterschied zwischen einem erfolgreichen Zieleinlauf und einer katastrophalen Kollision ausgemacht hatte.

»Na gut.« Tarla schüttelte den Kopf. »Ich habe keine

bessere Idee, und wenn ihr beiden Hohlköpfe nicht noch was in euren Birnen versteckt habt, denke ich, wir sollten unserer Pilotin vertrauen und anfangen zu schießen. Mit jeder Sekunde, die wir hier vertrödeln, heben mehr Shuttles ab.«

Gregor und Briany brachten keine weiteren Einwände vor, also steuerte Eponi die *Prisa* vorwärts, bis sie zwei Schiffslängen hinter dem Tor schwebte. Mit ihrer Pilotenkonsole markierte Eponi die Abschnitte, die sie beschossen haben wollte, und gab den beiden Geschütztürmen und ihrer Zentralkanone Optionen. Eponi reduzierte die Energie für die Schilde und Triebwerke des Schiffs und maximierte die Schlagkraft.

»Bereit?«, fragte Eponi.

»Bereit«, antworteten Gregor und Briany gleichzeitig.

»Dann los«, sagte Tarla.

Eponi drückte den Abzug, und die Bucht wurde zu einer spastischen Lichtshow, als die Waffen der *Prisa* hart in die Wand der Bucht einschlugen. Das Metall unter dem Tor nahm die Treffer auf und glühte immer oranger, während das Sperrfeuer weiterging. Die drei Zentren wurden vor Hitze weiß, die Metallkanten rollten sich unter dem Angriff auf, bevor sie als Asche zu Boden fielen.

Gregor und Briany arbeiteten von außen nach innen, während Eponi ihre Zentralkanone mit begrenzter Reichweite nutzte, um ein größeres Loch direkt unter der Mitte des Tores aufzulösen. Die Zerstörung verlief leise, die Laser gaben ein Heulen von sich, das Metall ächzte und knackte, aber keine Explosionen erschütterten die Bucht, keine Schreie von Feinden, die ihr Letztes gaben.

Eponi hätte es als Meditation bezeichnet, wäre in Trance gefallen, wenn Tarla nicht wie ein kleines Mädchen zu zeigen und zu schreien begonnen hätte.

»Da ist der Sand! Er kommt durch!« Tarla setzte sich auf und zeigte unter Eponis brennendes Loch. »Ich kann nicht glauben, dass dein dämlicher Plan funktioniert!«

»Dämlich? Du fandest ihn dämlich?«

»Er ist immer noch dämlich!«, lachte Tarla. »Ich werde das so lange sagen, bis wir hier lebend rauskommen, aber das ist verdammt noch mal Sand da drüben. Unglaublich.«

Tarlas Begeisterung erwies sich als ansteckend, und Eponi konnte nicht anders, als mit der Twilight-Ranger-Kapitänin mitzulachen, während die drei Laser sich zusammenarbeiteten. Aurum Dreis Sandkörner sickerten nun an mehreren Stellen durch und stürmten gegen das schwächer werdende Fundament. Der Erfolg brachte jedoch seine eigenen Komplikationen mit sich, als Eponi die Laserleistung zurückdrehte, insbesondere für ihre Zentralkanone, damit die *Prisa* genug Energie hätte, um im entscheidenden Moment nach vorne zu schießen.

»Das Tor zittert«, sagte Briany. »Schaut euch an, wie das Ding wackelt.«

Die Klammern, die die Seiten des Tores hielten, die das Ding von oben hielten, hatten von unten keine echte Unterstützung mehr. Sand strömte weiter herein, die Kraft brach Metall an den Rändern weg, die durch das Laserfeuer bereits geschwächt waren.

»Wenn es passiert, wird es schnell gehen«, sagte Gregor. »Seid bereit.«

»Ach weißt du, ich schaue gerade einen Film«, erwiderte Eponi. »Lass mich nur schnell die Szene zu Ende sehen, dann bin ich gleich wieder da.«

Zumindest Tarla kicherte.

Der Bruch kam mit einer reißenden Warnung. Mit einem schneidenden Kreischen, das alle in der *Prisa* hören konnten, brachen die seitlichen Stützen des Tores weg. Die massive Tür fiel in den darunter fließenden Sand und riss ihre oberen Befestigungen mit sich. Metall brach, splitterte, zerschellte und regnete um die *Prisa* herum, als Eponi die Düsen aufheulen ließ.

Vor ihnen bot die ehemalige Stelle des Tores einen freien Blick auf den Nachthimmel. Nun ja, nicht ganz frei. Vereinzelte Drähte, Träger und Platten hingen im Weg. Gregor und Briany schossen auf alles, was sie konnten, und verbrannten Trümmer, während Eponi die *Prisa* mit ein paar zähneknirschen Kratzern und Schlägen in die freie Luft steuerte.

Sie hätte vielleicht die Faust geballt. Vielleicht gejubelt.

Die *Prisa* erhob sich in den Nachthimmel wie ein Vogel in eine Sommerbrise, schwebte über die stockdunkle Basis, während Eponi das Schiff herumlenkte, um einen besseren Blick auf die lange Reihe von Shuttles zu werfen, die sich in Richtung Orbit erhoben.

»Wir fliegen also in all das hinein?«, sagte Eponi. »Anstatt nach Aurora, Rovo und Sai zu suchen?«

»Aurora ist beschäftigt«, erwiderte Gregor.

»Sai und Rovo werden von den anderen Rangers betreut«, sagte Tarla. »Wir kommen später zur Abholung zurück. Los geht's.«

Allerdings passierte nichts, nur weil sie die Worte aussprach. Eponi musste immer noch ein Ziel auswählen. Sie konnten die bereits in der Luft befindlichen Shuttles abschreiben und versuchen, neue am Start zu hindern, oder Eponi konnte die *Prisa* in Richtung der Flotte steuern und versuchen, so viele wie möglich am Andocken zu hindern ...

Vana konnte nur gewinnen, indem sie die Ziellinie überquerte.

»Anschnallen«, sagte Eponi, gab den Triebwerken der *Prisa* Schub und schoss das Schiff in Richtung der Sterne.

Eponis Flugbahn glich der Seite eines Dreiecks, die in einem Aufstieg verbrannte, der die Shuttles kurz vor ihrem Austritt aus der Atmosphäre abfangen würde. Ihre Ziele stiegen mit der gleichmäßigen Gelassenheit automatisierter Piloten auf. Keines reagierte, als sich die *Prisa* näherte, keines bemühte sich um Ausweichmanöver. Jedes hielt seinen Kurs bei, direkt auf seine Ziele zu.

»Okay, Kinder«, sagte Tarla. »Lasst uns die Dinger in Brand setzen.«

Es gab keinen Grund zu warten, bis sie die Spitze der Reihe erreicht hatten. Während Eponi weiter an den Shuttles vorbeiflog, eröffneten Gregor und Briany das Feuer mit ihren Geschütztürmen und feuerten sengende Salven ab. Die Schilde absorbierten einige Treffer, während andere durchbrachen und Panzerplatten wegsprengten oder Löcher rissen. Solche Landungsshuttles waren zwar dafür ausgelegt, eine Bruchlandung unter Beschuss zu überleben, aber einem konzentrierten Angriff ohne Deckung?

Sie würden schnell zu Boden gehen.

Die Windschutzscheibe der *Prisa* blitzte für einen harten Moment weiß auf, gefolgt von einem schrillen Alarm. Eponi wischte den Ton weg, während sie die *Prisa* in einen Korkenzieher warf. Weitere Schüsse folgten, ihre Laser füllten die Luft um das Sever-Schiff.

»Diese Shuttles haben Zähne«, sagte Tarla und starrte auf ihre Konsole. »Keine besonders guten Zähne, aber immerhin Zähne.«

»Sie automatisieren alles«, sagte Eponi. »Ich werde tanzen, ihr bleibt an den Lasern.«

Sie musste den Geschütztürmen etwas mehr Energie entziehen, um der *Prisa* einige Schilde zu geben, die die unvermeidlichen Treffer absorbieren würden, aber Eponi würde ihr Flugkönnen jederzeit gegen die Geschütze eines

Computers einsetzen. Als Eponi jedoch zur aufsteigenden Shuttle-Reihe zurückkehrte und die vier Geschütztürme pro Shuttle sah, die ihre Schüsse auf sie abgaben, spürte sie ein mulmiges Flattern in ihrem Magen.

»Holt sie schnell runter«, sagte Eponi und richtete die *Prisa* so aus, dass alle drei Geschütze ein Ziel finden konnten, »denn wenn ihr das nicht tut, sind wir die Nächsten.«

»Ich habe dieses Schiff gerade erst bekommen«, fügte Tarla hinzu. »Ich möchte nicht, dass es beschädigt wird.«

Wenn nicht gerade eintreffende Laser Eponis Windschutzscheibe füllten, hätte sie etwas gesagt. So lehnte sich die Pilotin nach vorne, umklammerte den Steuerknüppel und versuchte, sie alle am Leben zu erhalten.

15

BOTSCHAFTEN

Eine ohnehin schon schwierige Suche nach dem Kommunikationszentrum wurde zu einer unmöglichen Mission, als die Lichter ausgingen. Rovo, der so schnell wie möglich in seiner Kampfrüstung durch den Sand stapfte - was angesichts des rutschigen Untergrunds alles andere als zügig war -, hatte das beleuchtete, gedrungene Ziel angepeilt, auf das seine ehemalige Geisel ihn hingewiesen hatte.

Dann bebte der Boden, die Dünen erzitterten, und alles wurde dunkel.

Na ja, nicht alles: Die Triebwerke der Shuttles leuchteten hell beim Start, und DefenseCorp's riesige Flotte sah am Himmel aus wie ein verdichtetes Sternbild. Zusammen tauchten sie die Dünen in ein geisterhaftes Licht, als wäre Rovo in einen Albtraum gefallen.

»Das würde passen«, murmelte Rovo, während er nahe eines Dünenkamms stand und in die Dunkelheit blickte.

Er war gar nicht so weit von den Baracken entfernt, aber wenn die Türen keinen Strom hätten, müsste Rovo sie einrammen. Möglich, vielleicht, mit der Kampfrüstung und ihren Boostern, aber die Idee gewann keine Dynamik, als sein Blick zu all den startenden Shuttles zurückkehrte. Einige würden bald die DefenseCorp-Flotte erreichen, wahrscheinlich mitten in ihren Andockmanövern.

Wenn eine Nachricht überhaupt eine Wirkung haben sollte, müsste der Rekrut sie jetzt abschicken. Oder besser noch, vor ein paar Minuten.

Blitze am Himmel hielten Rovos Blick nach oben gerichtet. Ein heller Triebwerksschein, ein größeres Schiff als diese Abwurfshuttles, schien zwischen Vanas Angriff hindurchzumanövrieren. Gelbe und orange Blitze zuckten sowohl von den Shuttles als auch von dem sich windenden Schiff, die von Rovos weit entferntem Standpunkt aus wie Funken aussahen. Vielleicht hatte eines der DefenseCorp-Schiffe die Wahrheit erkannt und jemanden hinuntergeschickt, um die Shuttles zu stoppen.

Ein Schiff allein würde gegen all diese aufsteigenden Flugkörper aber nicht ausreichen. Die stockende, koordinierte Reaktion der Shuttles verriet, dass ihre Bordcomputer das Feuer steuerten, doch die schiere Menge an grünlich flackernden Blitzen umgab das kämpfende Schiff. Dennoch entlockte die Art und Weise, wie das Schiff sich drehte, tauchte und zurückschnitt, während es die Feuerlinie seines Geschützturms aufrechterhielt, dem Neuling einen anerkennenden Pfiff.

»Eponi, du solltest dir das mal ansehen«, sagte Rovo und übertrug es auf dem Squadkanal, ohne zu erwarten, dass die Nachricht irgendwohin ging. »Da draußen ist ein Schiff, das fliegt wie du.«

»Das liegt daran, dass sie es ist, du Idiot«, kam Tarlas Stimme über den Kanal zurück, und Rovo wäre fast in den Sand gefallen. »Sie ist da oben und rettet deinen dummen Arsch. Wo bist du? Irgendwo Nutzloses am Tun?«

Rovo beschloss, Tarlas Frage nicht zu berücksichtigen.

»Wie seid ihr auf-«, begann Rovo, nur um von Tarla erneut unterbrochen zu werden.

»Wir sind in der *Prisa* und tun, was getan werden muss«, sagte Tarla. »Vielleicht solltest du die Klappe halten und diesen Kanal für wichtige Informationen freimachen.«

Rovo hielt tatsächlich die Klappe, wenn auch nur, weil er sich das durch die Laserstrahlen tanzende Schiff genauer ansah. Die Punkte begannen sich von selbst zu verbinden: Er konnte Übertragungen senden, weil der Strom der Basis aus irgendeinem Grund ausgefallen war und ihre Signale jetzt nicht mehr gestört wurden. Eponi musste die *Prisa* herausgeholt haben, bevor das passierte, in irgendeiner Abmachung mit Tarla.

Tarla, die jetzt beschlossen hatte, die Seiten zu wechseln?

Diese Mission wurde immer seltsamer und seltsamer.

Über ihm glitt die *Prisa* in einen weiteren Anflug. Orangefarbene Blitze zuckten in Richtung eines Shuttles, das Funken sprühte und dann in offene Flammen ausbrach. Wie eine aufblühende Blume wuchs die Wunde des Shuttles, als das Schiff sich neigte und dann in einem lodernden Sturzflug zurück zur Oberfläche von Aurum Drei wendete. Rovo beobachtete, wie der Wind mit seinem Gefolge aus Sand um ihn herum peitschte, wie das fallende Shuttle immer größer und größer wurde.

Einen langen Moment lang dachte Rovo, das abstürzende Schiff würde ihn treffen, aber die Triebwerke des Dings stotterten gerade noch genug, um seinen Sturz in einen sinkenden Gleitflug zu verwandeln. Das brennende Schiff flog über Rovos Kopf hinweg und brachte Hitze und eine Schrapnellwelle mit sich, die von der Energierüstung des Sever-Kämpfers abprallten, als wäre er mit kleinen Steinen beworfen worden.

Rovo drehte sich um und beobachtete, wie das Shuttle in die nächste Düne krachte und sie durchbrach, um nicht allzu weit entfernt zum Stillstand zu kommen. Es war knapp gewesen, aber es könnte auch eine Gelegenheit darstellen.

Landungsshuttles hatten nicht viel zu bieten, aber sie konnten sprechen.

Mit langen Schritten rannte Rovo halb, halb taumelte er seine Düne hinunter und die nächste hinauf. Er war schon immer dankbar gewesen, dass Energierüstungen mit Vakuum umgehen konnten, aber jetzt applaudierte Rovo den Ingenieuren für diese luftdichte Versiegelung und ihre Fähigkeit, den ganzen verdammten Sand draußen zu halten. Gegen einen finsteren Agenten und ihre unsichtbaren Anzüge zu kämpfen war schon schlimm genug, es mit überall eindringendem Sand zu tun, wäre das Schlimmste gewesen.

Als Rovo den nächsten Dünenkamm erklomm, blickte er auf das zerstörte Shuttle hinab und bestätigte seine Hoffnungen: Das Cockpit des Gefährts schien zwar verbeult, aber ansonsten intakt zu sein. Der hintere Teil des Shuttles, wo sich all die unter Drogen stehenden Truppen befanden, sah erbärmlich aus. Die Triebwerke glühten noch, aber mit so wenig Licht und Schub, dass sie ihr Schiff nicht gegen den Widerstand bewegen konnten.

Rovo hatte schon lange nichts mehr so Schönes gesehen.

»Zeig, wie nutzlos du bist«, murmelte Rovo, während er die Düne hinunter zu seiner Beute stapfte.

Aus der Nähe betrachtet sah das brennende Shuttle wirklich wie die Hölle aus. Da Rovo schon früher auf solchen Schiffen gewesen war, konnte er ein wenig Kummer über das Ding nicht unterdrücken. Es hatte nicht darum gebeten, für einen bösen Plan rekrutiert zu werden. Das Landungsshuttle hätte für einen großen Überfall auf irgendeine arme Bevölkerung eingesetzt werden sollen, die von wohlhabenderen, mächtigen Gruppen ins Visier genommen wurde, die sich die Preise von DefenseCorp leisten konnten.

Vielleicht war es gut, dass Sever aus den Reihen von DefenseCorp ausgestiegen war. Rovos Seele ging es dadurch möglicherweise besser.

Rovo verschaffte sich Zugang zum Cockpit des Shuttles auf die einzige ihm offenstehende Weise: Er zerschmetterte die Windschutzscheibe mit einem kräftigen, kinetisch verstärkten Tritt. Als er über das Glas in den engen Raum kletterte, fand Rovo die Pilotenkonsole noch funktionsfähig vor. Er schaltete den panischen Autopiloten aus und wischte – eine knifflige Geste mit dicken, behandschuhten Fingern – zum Übertragungsprogramm des Shuttles.

Ein paar weitere Tippen öffneten eine simultane Übertragung auf allen DefenseCorp-Kanälen, was mehr oder weniger sicherstellte, dass jedes Schiff mit offenen Ohren hören würde, was er zu sagen hatte. Rovo räusperte sich, griff nach dem Schalter, um seine Leitung zu öffnen, und spürte eine Hand auf seiner Schulter.

Die Hand packte zu und zog, riss Rovo von seiner Übertragung weg und schleuderte ihn an seinem Angreifer vorbei in Richtung der brennenden Hälfte des Landungsshuttles. Hitze durchdrang den Anzug, das Knistern und Knacken eines brennenden Schiffes erfüllte Rovos Ohren, aber nichts davon bedeutete etwas im Vergleich zu dem, was er sah.

Über ihm ragte wie ein zusammengeflickter Schrecken

einer von Vanas Horrorshows auf. Geschützt durch seinen unsichtbaren Anzug hatte der Mann den Laserangriff mit intaktem Körper überstanden, obwohl die Rüstung fehlende Teile aufwies und die darunterliegende billige Uniform weggebrannt war. Der abgebrochene Helm des Mannes offenbarte ein ascheverschmiertes Gesicht, einen Mund in permanenter Grimasse und Augen, so rot wie Rovo sie noch nie gesehen hatte.

»Hey, Kumpel«, sagte Rovo, aber der Mann schien die Worte nicht zu hören.

Stattdessen stieß er etwas zwischen einem Knurren und einem Schrei aus und riss ein hitzeverbogenes Messer aus einem Anzugsholster, um es auf Rovos Brust zu richten. Der Neuling wehrte ab, griff quer hinüber und packte das behandschuhte Handgelenk des Mannes, bevor er treffen konnte. Mit der Servorüstung hätte Rovo in der Lage sein sollen, den Mann wie eine Stoffpuppe herumzuwerfen.

Stattdessen drückte der Mann weiter, während Rovos Visier einen Alarm auslöste. Das Messer kam näher.

»Das sollte nicht möglich sein«, sagte Rovo und zog mit der rechten Hand eine Pistole. »Beeindruckend, aber ich werde nicht zulassen, dass du mich erstichst.«

Rovo riss die Pistole hoch und schoss dem Mann in die Brust. Vanas Soldat taumelte einen Meter zurück gegen die Seite des Shuttles, sodass Rovo sich aufrichten konnte. Mit dem gewonnenen Abstand hob Rovo die Pistole, den Finger am Abzug, um ein paar weitere tödliche Antworten auf die Frage zu geben, ob der Soldat den Absturz überleben würde.

Ein anderer Körper rammte ihn von hinten und warf Rovo nach vorne. Der Neuling hatte kaum Zeit sich umzudrehen, bevor eine weitere arme Seele, diese in Flammen stehend, heulend durchrannte und Rovo durch die Überreste des Cockpits in den Sand dahinter tackelte. Als er auf dem Boden aufschlug, versuchte Rovo seine Arme hochzubekommen, versuchte seine Pistole in eine Position zum Feuern zu bringen, aber sein ursprünglicher Feind kehrte zurück, packte die Waffe und riss sie weg.

Das brennende, verbrannte und völlig geröstete Trio stürzte sich auf Rovo, schlug auf seine Kampfpanzerung ein, griff nach ihren Messern und stach auf seine Arme, seine Brust, seine Beine ein. Der Neuling schlug, trat, wehrte ab, aber jedes Mal, wenn er eines der Monster wegstieß, sprangen sie sofort wieder an, schmerzunempfindlich.

Zum ersten Mal seit Gillane Vier glaubte Rovo, dass er sterben würde.

Die Angst überfiel den Neuling genauso sehr wie die Soldaten, seine Bewegungen wurden panisch. Nichts in DefenseCorp's Training hatte einen solch selbstmörderischen Angriff abgedeckt, nichts hatte fehlgeschlagene wissenschaftliche Experimente behandelt, die mit mörderischer Absicht auf einen zukamen.

Nichts hatte Rovo darauf vorbereitet, so vollkommen allein zu sein.

»Würdest du bitte mit dem Geschrei aufhören, Mann?« Die Worte kamen heiß und laut, und Rovo wurde klar, dass er tatsächlich schrie. »Ich bin fast bei dir, aber ich kann nicht denken, wenn du so rumbrüllst, weißt du?«

Rovo blinzelte, spürte einen scharfen Stich, als einer der Soldaten eine Klinge in seine Schulter stieß. Kaum hatte das Monster den Angriff zurückgezogen, um einen weiteren zu starten, flog ein langes Kabel heraus, wickelte sich um den Hals des Soldaten und riss das Ding von Rovo weg. Der nächste bekam einen Pistolenschuss in sein verwirrtes

Gesicht, und Rovo selbst erledigte den dritten mit einem ungehinderten Schwung.

Der Neuling wollte in den Sand zurücksinken, aber wenn es eine Sache gab, auf die ihn sein Training vorbereitet hatte, dann war es die verdammte Mission zu beenden, egal was passierte.

Als Rovo sich aufrappelte, sah er seinen Retter den letzten Soldaten erledigen. Oder besser gesagt, er sah das Ergebnis. Javelins Anzug funktionierte einwandfrei und hielt den Mann fast unsichtbar.

»Danke für die Rettung«, sagte Rovo, während er zurück ins Cockpit des Landeshuttles kletterte und bestätigte, dass die Kommunikationsanlage noch funktionierte. »Ich hätte sie aber gehabt. Noch eine Minute.«

»Ach wirklich?«, erwiderte Javelin von irgendwoher - Rovo fand es schwierig, ein Gespräch mit jemandem zu führen, wenn man nicht wusste, wo er sich befand. »So wie ich das sehe, habe ich dir den Arsch gerettet, Neuling.«

Jetzt nannten die Twilight Rangers Rovo auch schon Neuling?

»Sieh es, wie du willst«, antwortete Rovo und schaltete sich wieder in die Übertragung ein. »Halt mal kurz die Klappe. Ich muss einen Haufen Leute, die mich tot sehen wollen, von einer Invasion überzeugen.«

Sobald er jedoch zu sprechen begann, flossen die Worte aus Rovo heraus, wie es für gewöhnlich der Fall war. Er eröffnete mit einer Notfallerklärung und teilte all jenen Schiffen dort oben mit, dass die ankommenden Shuttles nichts als den Tod an Bord hätten. Um sein Argument zu untermauern, forderte Rovo die DefenseCorp-Schiffe auf, selbst Kontakt mit den Shuttles aufzunehmen und zu sehen, was diese zu sagen hätten.

»Ihr werdet feststellen, dass sie nicht antworten

werden, selbst wenn sie euch die richtigen Andockcodes senden«, sagte Rovo und kam zu einem Schluss. »Lasst sie nicht auf eurem Schiff landen. Wenn ihr das tut, werdet ihr es verlieren. Und wenn ihr einen oder zwei Jäger habt, schickt sie raus, um uns dabei zu helfen, diese Bastarde abzufackeln.«

Javelin hatte seinen Helm abgenommen und beobachtete Rovo von außerhalb des Shuttles, während der Neuling seine Ansprache beendete.

»Eine wahrlich epochale Rede, Mann«, sagte Javelin. »Hätte fast eine Träne verdrückt.«

Rovo hätte mit den Augen gerollt, hätte etwas Freches erwidert, aber das Landeshuttle erzeugte plötzlich ein neues Geräusch, das klang, als würden seine Batterien überladen.

Also rannten die beiden Kämpfer stattdessen in den Sand.

16

DIE ZELLEN

F alls Aurora ihr Überleben dadurch erkauft hatte, dass sie die DefenseCorp-Wachen in das Labor hinter sich gelockt hatte, so verspielte sie es wieder, als der Strom ausfiel. Die Zellen, durch laserverstärkte Tore blockiert, wurden zusammen mit dem Flur dunkel und stürzten alle in tiefste Finsternis. Flüche ertönten aus einigen Kehlen, während andere versuchten, die uneinige Gruppe in eine halbwegs geordnete Formation zu bringen.

Aurora richtete sich auf, während ihr Visier eine hübsche Liste von Problemen anzeigte, die ihre Kampfrüstung während des Sprints und des darauffolgenden Aufpralls davongetragen hatte. Das Skelett des Anzugs hatte Risse, Auroras linkes Knie war ausgekugelt, und wenn sie nicht vorsichtig war, würde die Fähigkeit der Rüstung, ihr bei der Bewegung der schweren Glieder zu helfen, zusammenbrechen.

Letzteres würde die Sever-Kapitänin zu nichts weiter als einer sitzenden, verwundbaren Statue machen.

Das Visier passte sich jedoch dem Lichtmangel an. Als Aurora auf das Infrarotspektrum umschaltete, konnte sie das verwirrte Durcheinander sehen, das sie verfolgt hatte, während sie sich neu orientierten. Einige richteten ihre Waffen - bläuliche Schemen aufgrund ihrer kalten Temperatur - auf Aurora, während andere auf die Zellen zielten.

Die Atmosphäre war zum Zerreißen gespannt.

»Bitte nicht schießen«, versuchte Aurora es, wobei der Anzug ihre Stimme so weit verstärkte, dass sie alle anderen übertönte. »Die Dinge hier drin könnten gefährlich sein, und wir sind alle auf derselben Seite.«

»Dieselbe Seite?«, erwiderte der Mann, der den Ansturm angeführt hatte. »Du bist eine Mörderin und eine Verräterin.«

»Ich versuche, euch zu retten«, antwortete Aurora und trat dennoch einen Schritt zurück. Je mehr Abstand sie jetzt schaffte, desto einfacher würde ihre eventuelle Drehung und Flucht sein. »Vana versucht, euch in diese Dinge zu verwandeln.«

Gemurmel ging durch die Menge. Mehr Waffen richteten sich auf sie, aber niemand hatte geschossen. Noch nicht.

»Ach ja?«, sagte derselbe Mann, offenbar der selbsternannte Anführer des Augenblicks. »Und was zum Teufel *sind* diese Dinge überhaupt?«

»Experimente«, sagte Aurora. »Ich habe jetzt keine Zeit für Erklärungen, aber wenn ihr zu euren Schiffen zurückkehrt, recherchiert über Dynas. Helix. Vielleicht findet ihr nichts, aber grabt weiter. Alles wird dort sein, einschließlich der Gründe, warum eure Bosse heute gestorben sind.«

»Das wird nicht funktionieren-«

Die Antwort wurde unterbrochen, als eine Glaszelle links krachte. Aurora sah die längliche rot-orange Gestalt, die sich wie eine lauernde Katze in ihrem Käfig bewegte.

Sie hatte das Tor getestet und festgestellt, dass die elektrische Barriere fehlte. Keine Stromschläge. Und sie schrie.

Aurora erschauderte, als der vibrierende Zisch-Schrei durch die Halle hallte, ein Geräusch wie eine aufgeschlitzte Kehle, die alle Luft herausstieß, die sie aufbringen konnte. Wie ein schreckliches Rudel stimmten die Kreaturen in den anderen Zellen in den Schrei ein und ließen die gleichen gequälten Töne erklingen.

Vielleicht war dies ein weiteres Experiment, eines, das die bereits verdrehten Soldaten in Jagdgruppen verwandelte, anstatt in blutrünstige Einzelgänger.

So oder so, es war Zeit für Aurora zu gehen.

»Wenn ich du wäre«, sagte Aurora, während sie weiter zurückwich, »würde ich zu euren Schiffen gehen und verschwinden. Hier wird nichts Gutes passieren.«

Sie wirbelte herum, als die Stimmen Aurora aufforderten anzuhalten, mehr Informationen und Erklärungen zu liefern. Aurora ignorierte sie, selbst als sie hörte, wie die Zellentüren weiter krachten und das erste Glas zu brechen begann. Sie musste Vana finden und dann von diesem Albtraumplaneten verschwinden.

Die Flurwände präsentierten sich in sanften Blautönen, ihre gespeicherte Wärme gab Aurora genug Anhaltspunkte, um zu wissen, wo sie laufen musste. Die kalte Ansicht verriet Aurora jedoch nicht, wohin Vana gegangen war, und hinterließ ein frustrierendes Labyrinth zur Interpretation.

Dieses Labyrinth bestand jedoch nicht nur aus Wänden.

Während Aurora sich knirschend von den Kämpfen hinter ihr entfernte, schlugen und zerbrachen die Zellen jenseits, als ihre Insassen die gleiche Freiheit suchten, die ihre Brüder errungen hatten. Aurora zog ihr Gewehr und beschleunigte ihren Schritt, während sie versuchte, sich nicht von den seltsamen Schreien ablenken zu lassen, die meisten nah genug an einem menschlichen Schrei.

Es war jedoch schwer, es zu ignorieren, als eine Zelle direkt vor ihr zerbrach und ihr Glas über den Flur verstreute. Aurora hatte ihr Gewehr erhoben und bereit, als das Ding frei herausstolperte. Mit geschwollenen, unregelmäßigen Muskeln, die von fehlgeschlagenen genetischen Experimenten zeugten, blickte die Person, die nichts als ein dünnes, zerrissenes Gewand trug, in Auroras Richtung mit dem gleichen wild-chaotischen Blick, den die Sever-Kommandantin vom Geschützturm der *Prisa* gesehen hatte, als Sever hier gelandet war.

»Tut mir leid«, sagte Aurora, und meinte es ernst.

Muskeln hin oder her, das Gewehr tat seine Arbeit und schickte das Opfer rauchend zu Boden. Aurora stieg über den Körper hinweg und drang weiter vor. Drei weitere Zellen zerbrachen, als sie weiterging, jede spuckte ein weiteres Experiment aus, das es zu eliminieren galt. So verstörend die Kreaturen auch waren, sie hatten zumindest wenig Sinn für Taktik und wählten blinde Angriffe anstelle von wirklich gefährlichen Manövern.

Solange Auroras Gewehr Energie hatte, konnte sie weiter suchen.

Gregor hatte Fußabdrücke im Teppich benutzt, um Vana von ihrer ersten Begegnung bis zur Bucht zu verfolgen, aber die harten Böden hier boten keine so einfachen Antworten. Stattdessen versuchte Aurora, Wege durch Intuition und Möglichkeiten auszuschließen. Bei dem anhaltenden Stromausfall würden sich Türen mit Scannern nicht öffnen. Aurora könnte sie mit der Zeit einschlagen, aber anstatt jede Option einzutreten, versuchte sie zu erraten, wohin Vana unterwegs sein könnte.

Die Bucht wäre eine offensichtliche Wahl gewesen. Da

die meisten ihrer Rivalen um die Kontrolle von Defense-Corp durch Auroras und Gregors Hände beseitigt worden waren, hätte Vana sich zu einem Schiff zurückziehen und damit zur Flotte aufbrechen können. Dort hätte sie ihre Kontrolle erklären und sich vielleicht an der Spitze eines riesigen Konzerns wiederfinden können, bereit, die Galaxie zu erobern.

Stattdessen war Vana weitergerannt. Zumindest musste Aurora das annehmen. Sie vermutete, dass die Agentin sich in eines dieser Schiffe hätte schleichen und dort sitzen bleiben können, aber die aggressive Sicherheit deutete auf etwas anderes hin. Was blieb also als Frage: Warum hierher zurückfliehen, zu diesen Experimenten?

Vielleicht um Aurora durch weitere Monster zu zerren, die sie ausschalten könnten.

Vielleicht um Aurora im Zellenlabyrinth zu verlieren.

Aber es gab Schilder, schwer zu lesen im Infrarotspektrum, aber dennoch vorhanden, an den Wänden, die Richtungen anzeigten. Diese Abzweigung würde Aurora zu einem Eindämmungslabor führen, was auch immer das war, während eine andere sie zur zentralen Versorgung bringen würde. Keines davon schien ein wahrscheinliches Ziel für eine verfolgte Agentin zu sein, eine Agentin, die eine brutale Übernahme durchführte.

Die Verwaltung hingegen? Das war eine plausiblere Option. Sobald Aurora das Schild mit der richtigen Richtung entdeckt hatte, verfiel sie in einen Trab. Ihre Servorüstung protestierte, geschwächte Gelenke und kaputte Motoren ließen Auroras Lauf nach rechts kippen, was gelegentliche Rucke nach links nötig machte.

Ärgerlich? Sehr.

Auf der langen Liste der Schlachtfeldprobleme, mit denen Aurora sich auseinandergesetzt hatte? Ganz unten.

Der Eingang zur Verwaltung sah genauso aus wie alle anderen: toter Scanner, schwere Klappe, die überstürzte Einbrüche entmutigte. Er hatte auch einen entscheidenden Unterschied: einen helleren Blauton als die anderen Türen, an denen Aurora vorbeigekommen war. Das bedeutete eines: Wärme, möglicherweise von einigen lebenden Körpern auf der anderen Seite.

Aurora runzelte für einen langen Atemzug die Stirn vor der Tür, aber kein Wunder zeigte sich. Ein leiser Eintritt würde einfach nicht passieren. Als sie näher kam, pflanzte Aurora ihren linken Fuß auf und schwang ihren rechten. Ihr Stiefel knallte einmal, zweimal, dreimal gegen die Tür. Jeder Schlag erhöhte die Kraft im kinetischen Verstärker ein wenig mehr, und das Visier piepste, als Aurora das Maximum erreichte.

Für den großen Tritt zielte Aurora tief. Sie setzte alle Kraft ein, die sie aufbringen konnte, und der Schlag hallte krachend durch den Flur. Ihr tiefer Tritt riss die Tür aus den Angeln und schleuderte sie sich überschlagend in den Raum, anstatt sie zu Boden zu werfen. Blitze begrüßten die Tür, Laser trafen auf das Metall, anstatt weiterzufliegen und Aurora zu treffen.

Aurora brachte ihr Gewehr an die Schulter und folgte der Tür, als diese krachend zu Boden fiel. Zwei Agenten standen ihr gegenüber, hinter einem mit Arbeitsplätzen bestückten Schreibtisch in Deckung. Der ganze Raum glich ihrer gewählten Position: Schreibtische und breite Bildschirme, jetzt dunkel. Keine Lichter, und die Agenten bewiesen ihren Nachteil, indem sie ihre Schüsse dorthin richteten, wo Aurora gewesen war, nicht dorthin, wohin ihre Schritte sie trugen.

Sie konnten Aurora nicht klar sehen. Konnten keinen sauberen Schuss abgeben, während Aurora durch den

Raum stürmte. Sie nutzte die Schreibtische und deren Inhalt als Deckung, bückte sich und warf mit der Schulter die Möbel um, sodass Komponenten durch die Luft flogen und ihre Schritte durch klappernden Müll maskiert wurden. Sie konnte die Agenten sehen, deren orangefarbene Umrisse sie verrieten, als diese begannen, sich in Richtung eines anderen Ausgangs zu bewegen, der als Notausgang gekennzeichnet war.

»Halt!«, rief Aurora, als die beiden Agenten ihre wahrscheinliche Niederlage erkannten und losrannten. »Ihr schafft es nicht!«

Es gab Bewegungen, die Aurora machte, ohne zu erwarten, dass sie Erfolg haben würden, Gesten in Richtung eines moralischen Universums oder eines reinen Gewissens, als ob sie sagen könnte, wenn eine schicksalhafte Person fragte, dass sie versucht hatte, einen friedlichen Ausweg zu finden.

Diese Bewegungen funktionierten nie wirklich. Sie boten die Deckung für die Schüsse, die als Nächstes kamen.

Außer dass die Agenten diesmal tatsächlich anhielten. Ihre Hände gingen hoch, und die scharfen Schläge, als ihre Pistolen auf den Boden fielen, überraschten Aurora so sehr, dass sie nichts zu ihren neuen Gefangenen sagte.

»Töte uns nicht«, sagte der Agent rechts, der in dem einzigen offenen Bereich in der Raummitte stand. »Wir ergeben uns.«

»Ob ich das akzeptiere oder nicht, hängt davon ab, was ihr mir sagen könnt«, sagte Aurora und fand ihre Stimme wieder. Ein paar knirschende Schritte brachten sie zu dem stillen Paar. »Wo ist Vana?«

»Sie ist weitergegangen«, sagte die andere, eine Frau und dazu noch eine ältere, mit einer von Zeit und Stress rauen Stimme. »Wir sollten jeden aufhalten, der ihr folgt. Es sei denn, wir hätten das Glück, dich zu töten.«

»Aufhalten wofür?«

»Wissen wir nicht«, sagte der Mann, »aber sie ist auf dem Weg zu ihrem Schiff. Wir sollten sie dort treffen.«

Also versuchte Vana zu fliehen, nur auf ihre eigene Art. Vielleicht vertraute sie all den Leuten nicht, die für die Gruppe gearbeitet hatten, die Aurora und Gregor hingerichtet hatten. Wahrscheinlich ein kluger Zug.

»Dann habe ich nicht viel Zeit«, sagte Aurora und nahm sich einen Moment, um auf die Pistolen der Agenten zu treten und sie zu zerstören. Sie knackten und qualmten unter ihren Stiefeln. »Wie wäre es, wenn ihr zwei den anderen Weg zurückgeht. Da sind ein paar DefenseCorp-Leute, die euch vielleicht eine Mitfahrgelegenheit geben, wenn ihr nett fragt.«

»Durch die Zellen?«, lachte die Frau. »Wir würden es nie schaffen.«

»Eure Entscheidung«, sagte Aurora, ohne anzuhalten, als sie auf den Ausgang zuging. »Wenn ich euch erwische, wie ihr mir folgt, werde ich schießen.«

Die Sever-Kapitänin sah nicht zurück. Das Visier würde Aurora warnen, wenn sie ihr folgten.

»Warte!«, rief der Mann, als Aurora die Ausgangstür erreichte. »Du bist von Sever, richtig? Die Gruppe, von der Vana sagte, dass sie uns angreift?«

»Was spielt das für eine Rolle?«

»Weil es da etwas gibt, das du haben solltest.« Aurora drehte sich um, als der Agent etwas Kleines aus seiner Tasche fischte. »Ich kann nicht wirklich sehen, wohin ich es werfen soll?«

»Auf das Notausgangsschild.«

Als das Objekt die Hand des Agenten verließ, war es

heiß genug, um wie ein sanfter grüner, dann blauer Lichtpunkt auszusehen. Aurora ließ ihr Gewehr in der linken Hand schussbereit und fing das Objekt aus der Luft. Sie betrachtete es genau. Ein Datenträger, wie der, den Vana Sai auf der *Nautilus* gegeben hatte.

»Was ist darauf?«, fragte Aurora.

»Weiß nicht genau«, antwortete der Mann. »Vana meinte, wenn wir dich nicht töten, sollten wir dir stattdessen das hier geben.«

»Wie nett von ihr.« Aurora steckte den Datenträger in eine Tasche an ihrem rechten Bein. »Verschwindet.«

Die beiden Agenten boten nichts weiter an, aber Aurora wartete auch nicht ab, um zu sehen, wie sie sich entscheiden würden. Ob sie lebten oder starben, war nicht Auroras Problem.

Der Notausgang führte zu einem isolierten Treppenhaus, das nach oben und unten ging. Orangefarbene Dioden säumten die Stufen. Aurora musste raten und entschied, dass eine plötzliche Fluchtklappe eher unten als oben zu finden wäre. Jegliche orbitalen Angriffe würden von oben kommen, was einen Fluchtweg nach unten wahrscheinlicher machte.

Mit ihrer schwankenden, zerschlagenen Rüstung sprang Aurora von einem Treppenabsatz zum nächsten, jeder Aufprall brachte sie näher und näher. Endlich war Vana der Platz zum Verstecken ausgegangen.

[17]

DER UNTERGRUND

Der Knopfdruck im Aufzug hätte die Türen schließen, die Feuer blocken, die Explosion aufhalten sollen. Aber der Knopfdruck bewirkte nichts, denn in dem Moment, als Sai mit seinem Katana zuschlug, hörte die Basis auf, Strom zu ziehen. Die Minen explodierten, zerstörten das Batteriegehäuse, und bevor Sai wirklich begriff, wie tief er in der Klemme saß, gingen alle Lichter aus. Die einzige Beleuchtung kam nun von dem sich ausbreitenden orange-roten Glühen.

Hitze und die sie begleitenden Flammen überrollten Sai und Perro. Letzterer schrie, was er wohl für seine letzten Worte hielt. Auch Sais Kampfanzug kreischte und teilte ihm mit, was die Lecks in seinem beschädigten Anzug schon durch Berührung verrieten: Noch ein paar Sekunden und er wäre genauso gegrillt wie die Agenten draußen.

Dem verzweifelten Instinkt folgend, der Hitze zu entkommen, drehte Sai das Katana um und schnitt in den Boden des Aufzugs. Der Schlag des Katanas fügte dem Feuer Funken hinzu, von denen einer Perros Anzug als leckeren Happen fand. Der Mann sah aus wie eine Kerze, als er mit den Armen wedelte, während die Flammen ihn einhüllten.

Ein zweiter Schnitt, dann ein dritter. Sais Augen tränten, seine Beine brannten. Er roch, wie seine eigenen Haare anfingen zu kokeln.

Ein vierter Schnitt und der Boden gab nach. Ein halber Quadratmeter, der noch größer wurde, als Sai ein weiteres Stück wegtrat.

»Los!«, brüllte der Schwertkämpfer, obwohl seine Worte im Brüllen des Feuers untergingen, das wie ein konstantes Motorengeräusch den Sauerstoff verschlang.

Ob Perro Sais Ruf gehört hatte oder nicht, der brennende Mann und sein schlanker Anzug traten durch das Loch und fielen hindurch, während Sai erneut trat und versuchte, die Öffnung groß genug für seine Rüstung zu machen. Nicht dass es eine Rolle spielen würde, wenn der Sturz viele Meter tief ginge, aber ein Fall versprach einen besseren Tod als das Feuer. Noch ein Tritt, noch ein kleines Stück.

Sein Visier kreischte lauter. Die Rüstung selbst wurde jetzt heiß, ihre eigene Kühlung konnte mit dem anhaltenden heißen Schwall aus dem aufgesprengten Ofen nicht mithalten.

Die Antwort kam, als das Visier eine Frage stellte und fragte, ob Sai seine beschädigte Rüstung evakuieren wolle. Sai machte einen letzten Schritt über sein improvisiertes Loch und ließ sein Katana fallen, das in die Dunkelheit unter ihm verschwand. Die Klinge könnte Perro durchbohren, aber wenn Sai zwischen dem Leben des Söldners und dem Schwert seiner Familie wählen müsste, nun, er hatte seine Wahl bereits getroffen.

Über dem Loch stehend, befahl Sai der Rüstung, ihn hinauszuwerfen. Zahnräder mahlten gegen geschmolzene

Halterungen, aber die Kampfrüstung schaffte einen letzten Befehl. Für einen Moment spürte Sai erstickende Hitze. Seine geschlossenen Augen brannten. Sein kurzes Haar verwandelte sich endgültig in loderndes Feuer.

Sais Magen sackte ab, als er durch das Loch fiel. Die plötzliche Geschwindigkeit und die kühlere Luft erstickten das Feuer in dem kurzen Moment zwischen dem Fall und einer hüpfenden, knochenerschütternden Kollision mit etwas, das sich wie ein festes Kissen anfühlte. Sai rollte sich ab und kam auf dem Rücken zum Liegen, den Blick auf das orangefarbene Glühen über ihm gerichtet.

»Du solltest dich besser bewegen, falls der Aufzug runterfällt«, sagte Perro, seine Stimme mehr ein Krächzen als menschliche Worte. »Danke, dass du mich fast mit diesem verdammten Schwert getötet hast.«

Sai wollte aufstehen. Wollte sehen, wie Perro selbst noch am Leben war. Gerade jetzt schien sein Körper jedoch zufrieden damit, in seinem eigenen Ruin zu schwelgen. Sai war schon früher verbrannt worden, bei verschiedenen Missionen und von verschiedenen Lasern, aber kein Inferno kam diesem gleich. Der Hautanzug, den er unter der Kampfrüstung getragen hatte, bedeckte seinen Körper von Kopf bis Fuß, bis hoch zum Hals, und er schien seine Aufgabe erfüllt zu haben: Sai tat weh, aber er hatte keine Gliedmaßen verloren.

Sein Gesicht jedoch kribbelte mit einem anderen Schmerz. Ein Griff nach oben bestätigte, dass Sais Augenbrauen verschwunden waren, ebenso wie seine Haare. Ein schockiertes, taubes Gefühl kribbelte bei seiner Berührung, eines, von dem Sai annahm, dass es sich in nicht allzu langer Zeit in Qualen verwandeln würde, wenn er nichts dagegen unternahm.

»Komm schon«, sagte Perro, und Sai sah, wie die Hand

des Mannes sich ausstreckte. »Du siehst aus wie die Hölle. Lass uns sehen, ob irgendetwas in meinem Anzug überlebt hat.«

»Du hast überlebt«, erwiderte Sai, ergriff die Hand und kam unsicher auf die Beine.

Am Boden des Schachts schien kein Licht, aber das Glühen von oben gab genug Beleuchtung, um Sai die Polsterung für einen durchgegangenen Aufzug zu zeigen. Zum Glück hielt DefenseCorp seine Sicherheitsvorschriften auf dem neuesten Stand. Das Katana ragte wie eine Fahne aus dem Polster, und Sai zog, wobei jede Bewegung seine verbrannte Haut dehnte, die Klinge heraus.

Perro hatte sich in seinen Momenten allein zu einer Nische an der Seite geschleppt. Sai erwartete einen Wartungsschrank oder einen kleinen Platz für eine Arbeitsstation zur Überwachung des Aufzugsstatus. Stattdessen sah Perros Plattform so aus, als würde sie sich zu einer anderen Etage öffnen, die nicht auf dem Bedienfeld des Aufzugs aufgeführt war. Eine Tür, komplett mit einem stromlosen Scanner, stand unmarkiert und wartend da.

»Seltsam, hier unten eine Tür zu finden, oder?«, fragte Perro, als Sai sich neben ihm auf den Landeplatz setzte. Der Söldner begann, in den verkohlten Überresten seines alten Anzugs herumzuwühlen. »Andererseits, wenn man diesen Ort kennt, ist es vielleicht gar nicht so seltsam.«

»Ich bezweifle, dass uns gefallen wird, was auf der anderen Seite ist«, sagte Sai.

Sein Hautanzug hatte Stellen, an denen der Stoff weggebrannt war, und Perros sah auch nicht besser aus. Keiner von beiden hatte noch andere Waffen außer den Schwertern – Sais Katana und Perros rote, summende Klinge. Dass ihre Pistolen nicht explodiert, sondern nur geschmolzen waren, war ein Glücksfall und zeugte von solidem Design, wer auch immer die Dinger hergestellt hatte.

»Hier«, sagte Perro und reichte ihm eine zerknitterte Tube ohne Deckel. »Ich glaube, sie ist bei der Explosion geplatzt. Wir können uns das teilen.«

Die Salbe reichte nicht einmal für die Hälfte von Sais Verbrennungen, aber er verteilte sie so dünn wie möglich. Wenn nichts anderes, würde die kühlende Lotion Sai davor bewahren, vor den kommenden Schmerzen ohnmächtig zu werden. Perro machte sich an seine Anwendung, und gemeinsam saßen die beiden auf dem Treppenabsatz und beobachteten das orange Glühen über ihnen.

»Wir hätten da drin sterben sollen«, sagte Perro schließlich. »Kann nicht glauben, wie du mit diesem Schwert umgegangen bist. Ich hab einfach-«

»Ich hab's gesehen«, unterbrach Sai. »Ich dachte, du wüsstest, wie man in einer Krise einen kühlen Kopf bewahrt?«

»Oh, weil wir ja alle Erfahrung damit haben, in die Luft gesprengt zu werden, oder was?«

»Es sind nicht die Einzelheiten, die zählen«, erwiderte Sai.

»Falls du denkst, ich würde mich über das aufregen, was du andeutest – das tu ich nicht«, schnaubte Perro. »Ich kann Kritik vertragen, ohne gleich die Fassung zu verlieren.«

»Offensichtlich.« Sai stand auf und ließ seine Muskeln ihm mitteilen, wie sehr sie diese Idee hassten. »Wenn die Minen funktioniert haben, dann gibt es in dieser Basis keinen Strom mehr. Wir müssen einen anderen Weg nach oben finden.«

»Du willst immer noch kämpfen, nicht wahr?«

»Bis ich herausfinde, dass wir die Mission erfüllt haben, ja.«

Perro lachte und schüttelte den Kopf. »Das ist es, was ich an euren Typen nicht verstehe. Die Mission ist egal, wenn du dabei draufgehst, Mann. Was wird dir dafür bezahlt? Wer hat dich angeheuert?«

»Nichts und niemand.« Sai drehte sich um, um die Tür zu betrachten. Er nahm sein Katana am Griff und hob es. »Bei dieser hier geht's nicht ums Geld.«

»Dann Rache?«

Könnte sein. Sai hätte dieses Argument gekauft, wenn Aurora es so dargestellt hätte. Er schuldete Vana definitiv eine Vergeltung für die Nacht auf Gillane Vier, die Sai am Boden eines Ozeanspikes damit verbracht hatte, verprügelt zu werden.

»Die Zukunft«, antwortete Sai. »Nicht meine, sondern die meiner Familie.«

Jetzt lachte Perro schallend, ein ungläubiges Lachen, das Sai dazu brachte, seinen Griff um den Katana-Griff zu verstärken. Das brachte ihn dazu, seine Füße ganz leicht zu drehen, bereit, dem Söldner ein Ende zu bereiten.

»Ein Familienmensch so weit draußen hier? Wo sind sie denn?« Perro setzte einen entsetzten Blick auf. »Sag bloß nicht, du hast sie da oben gelassen?«

»Hör auf«, erwiderte Sai. »Bitte, um deiner selbst willen, hör auf, oder ich mache dir hier und jetzt den Garaus.«

»Den Garaus machen?«, fragte Perro, alles Lachen, alles Spielerische war verschwunden. »Warum gehst du nicht einfach vor und machst das? Ich bin völlig verbrannt, stecke am Boden eines Aufzugs fest, während oben eine Bombe hochgegangen ist. Mein Team ist verschwunden, und die einzigen anderen Leute auf diesem Planeten wollen mich töten, also ja. Tu es. Ich werde dir nicht im Weg stehen.«

Bleib lange genug im Kampf, und du wirst jemanden am Rand sehen, nur einen Schubs davon entfernt durchzudrehen. Um so jemanden zu retten, musstest du ihm einen anderen Weg zeigen.

Sai schlug mit dem Katana zu, ein langer Schnitt in die Tür. Der Hieb durchdrang die schmutzige Oberfläche der Tür und schnitt direkt zur anderen Seite durch. Eine dünne Barriere also. Perfekt für ein paar verwundete Kämpfer, um hindurchzukommen.

»Komm schon«, sagte Sai. »Du kannst dich bemitleiden, so viel du willst, wenn wir hier raus sind.«

»Das ist ja mal eine Motivation«, erwiderte Perro, aber der Mann stand auf.

Er hielt seine rote Klinge, als ob er sie benutzen wollte.

Zwei weitere Schnitte räumten die Tür frei und öffneten ein dunkles Nichts dahinter. Sai hätte das Visier mit seinen verschiedenen Spektren nutzen können, aber diesmal musste er sich auf das verlassen, was die Natur ihm gab. Und was die Natur ihm gab, war ein grau-schwarzer Tunnel, der in der Ferne verschwand. Anders als die polierten Gänge oben, wirkte dieser wie der Ausschuss der Basis, seine fleckigen Wände und der Boden deuteten auf eine schnelle Erweiterung hin, bei der kein Wert auf Aussehen gelegt wurde.

»Fühlt sich an, als hätten wir hier unten eine andere Welt entdeckt«, sagte Perro.

»Vielleicht haben wir das«, antwortete Sai. »Sei vorsichtig. Es sind vielleicht keine Agenten hier unten, aber dieser Ort existiert aus einem Grund.«

»Denkst du, wir gehen nur mit den Armbändern als Licht weiter?«

»Das ist alles, was wir haben«, sagte Sai. »Scheint, als müssten wir sie benutzen.«

Sai ging voran und machte seine ersten Schritte in den Tunnel. Der kalte Boden passte zur kühleren Luft, während jeder Schritt Sai weiter vom offenen Ofen wegbrachte. Ein süßlicher Geruch kam hinzu, fast steril und klebrig. Wie Reinigungschemikalien.

Hinter Sai setzte auch Perro seinen Fuß hinein und folgte in respektvollem Abstand. Gut. Das bedeutete, dass der Söldner sich nicht völlig vergessen hatte und den nötigen Platz zum Schwingen dieser Klinge in engen Räumen berücksichtigte. Sai hielt sein eigenes Katana vor sich, bereit nach links oder rechts zu parieren, bereit mit kurzen Schnitten nach vorne anzugreifen. Ein Schlag von oben würde das Schwert in der Decke stecken lassen, und jeder Seitwärtshieb würde die Wände treffen.

Das orange Leuchten, das ihren Weg erhellte, verschwand nach wenigen Schritten und ließ Sai aus Notwendigkeit seine eigenen Worte beherzigen. Mit seinen Verbrennungen, die sich bemerkbar machten, hob Sai seinen linken Arm und aktivierte ein Taschenlampenprogramm. Die Batterie des Armbands würde nicht lange durchhalten, wenn sie weißes Licht ausstrahlte, aber eine leere Batterie wäre egal, wenn, nun ja, Sai sterben würde, weil er in etwas hineinlief, das er nicht sehen konnte.

Gemeinsam gingen die beiden vorwärts, ihre hautanzugbedeckten Füße tappten über den harten Boden. Sai erwartete Kreuzungen, ein standardmäßiges Gitter, aber stattdessen ging der Gang einfach weiter, ein einzelner Korridor, der sich fortsetzte. Die Wände waren nicht dekoriert, nur gelegentliche grobe Schilder forderten jeden, der vorbeikam, auf, wachsam nach Flüchtlingen Ausschau zu halten.

»Na, das ist ja lustig«, sagte Perro, als sie auf die erste Mitteilung stießen. »Frag mich, wen sie hier unten gefangen gehalten haben?«

»Ich hab da so eine Ahnung«, murmelte Sai. »Lass uns weitergehen.«

Das Ende kam plötzlich, ohne Tür oder andere Markierung. Der Tunnel weitete sich zu einer höhlenartigen Kammer, die Decke stieg hoch und außerhalb der Reichweite von Sais Armbandlicht. Nicht dass er es bemerkte, nicht dass es ihn interessierte. Sai hatte seine Augen auf etwas anderes gerichtet.

Über die Mitte des Raums verteilt standen Glaspodeste in Reihen, einige zerschmettert und andere umgestürzt. Röhren lagen verstreut zu ihren Füßen, viele führten zurück zu einem langen Bündel, das in der Dunkelheit auf der gegenüberliegenden Seite des Raums verschwand.

»Das ist echt seltsam. Wir sollten nicht hier sein«, sagte Perro.

»Nein, das ist genau der Ort, an dem wir sein müssen«, erwiderte Sai. »Wenn Vana der Kopf dieses Wahnsinns ist, dann haben wir das Herz gefunden.«

FREUNDE IN NOT

Sie erklommen die Todesleiter in den Weltraum. Jeder Meter loderte im spuckenden Feuer eines Lasers, bis die Oberfläche von Aurum Drei unter Wolken und wirbelndem Sand verschwand und Gregor aus dem Fenster seines Turms nur noch Shuttles sah. Immer mehr Landungsshuttles, vollgepackt mit Soldaten in Raumanzügen, die zu Gregors ehemaligen Freunden aufstiegen.

Die *Prisa* fing Rovos Nachricht auf, als sie kam, eine kurze Warnung, die Eponi ohne zu zögern so weit wie möglich mit dem Sender von Severs Schiff ausstrahlte. Die Worte des Neulings besagten, dass die ankommenden Shuttles nur Zerstörung bringen würden, und Gregor schöpfte Hoffnung, dass die Flotte zuhören würde. Dass sich Jäger Severs Kampf gegen die automatisierten Schiffe anschließen und aus einem harten Kampf einen Sieg für die Guten machen würden.

Gregor hoffte, aber er glaubte nicht daran.

»Diese Mistkerle nennen uns Lügner«, kamen Eponis Worte über das Intercom, während sie die *Prisa* in einen magenzerfetzenden Sturzflug zwang und das Schiff nach oben und weg von einem weiteren Shuttle-Cluster und ihren ständigen, nervigen Lasern steuerte. »Wir sind entweder Verräter oder Idioten oder beides, wenn man ihnen zuhört.«

Nach Gregors Zählung hatten sie bisher drei Shuttles abgeschossen. Drei brennende Wracks, die auf die Oberfläche stürzten, von mindestens zwanzig, wenn nicht mehr. So viele Shuttles hier zu sehen, sagte Gregor, dass die zusammengewürfelte Flotte nicht nur eine Machtdemonstration für Vana und die anderen DefenseCorp-Oberen war, die vorbeikamen, sondern eine Versorgungsmission. Dies war nicht nur eine Demonstration, sondern eine Lieferung. Die eigenen Shuttles der Flotte würden den Tod direkt vor ihre Tür bringen.

»Ich glaube langsam, die wollen unsere Hilfe gar nicht«, sagte Tarla. »Wer stimmt dafür, sie ihrem eigenen Schwachsinn zu überlassen?«

Ein jüngerer Gregor hätte Tarla vielleicht zugestimmt. Er hatte genug machthungrige, ahnungslose Leute und Organisationen gesehen, die zu hart nach dem Sieg strebten und dabei alles verloren. Diejenigen, die überlebten, lernten in der Regel aus einer Krise, und die Schiffe, die diesen Angriff überstehen würden, könnten das auch.

Draußen durchbrach die *Prisa* die Atmosphäre und brachte den dunklen Weltraum in voller Pracht zum Vorschein, zusammen mit den funkelnden Umrissen der Flotte. Positionslichter leuchteten auf, wobei die kleineren Schiffe wie Sternschnuppen wirkten, die zwischen riesigen Kreuzern und Fregatten tanzten. So viel Geld, so viele Leben, die in das investiert wurden, was außerhalb von Gregors Geschütztürmen lag, und die meisten dieser Leben hatten keine Ahnung, was auf sie zukam.

»Das war nicht ihre Entscheidung«, sagte Gregor,

während Eponi die *Prisa* aus der Reichweite der Geschütze in eine neutrale Zone zwischen Angriff und Rückzug flog, um die Schilde des Schiffes aufladen zu lassen. »Sie befolgen Befehle, ohne die Konsequenzen zu kennen.«

»Die Galaxis ist ein hartes Pflaster«, erwiderte Tarla schlagfertig. »Es ist nicht unser Job, sie vor ihren Fehlern zu schützen, besonders wenn es mich Kohle kostet.«

»Ich dachte, wir wollten nicht, dass sich diese Monster ausbreiten?«, fragte Eponi.

»Also halten wir uns am Rand. Wenn irgendwelche Shuttles versuchen, durchzukommen, nehmen wir sie aus. Wollen dich nicht all diese Leute sowieso tot sehen? Lass deine Feinde kämpfen. Das ist eine großartige Taktik.«

»Und macht Spaß zuzusehen«, fügte Briany hinzu.

»Das werden wir nicht tun«, sagte Gregor. »Die Menschen auf diesen Schiffen sind unschuldig.«

Tarla lachte: »Unschuldig? Klingt, als wärst du das vielleicht, Großer. Niemand, der für DefenseCorp arbeitet, glaubt, er sei der Gute, es sei denn, er ist zu blöd, um zu sehen, was los ist. Eponi, du hast mich gehört. Beweg dich, lass sie mit ihrem Spielzeug spielen.«

Gregor lehnte sich in seinem Sitz zurück. Der starre Geschützturm-Aufbau gab ihm nicht viel Spielraum: Die enge Passform sorgte dafür, dass sich der Turm bei jeder seiner Bewegungen straff mitbewegte. Ein Design, das auf ein Ziel ausgerichtet war. Gregor könnte argumentieren, dass er genauso war. Ein Kämpfer, der für nichts anderes bestimmt war.

Und er würde bei diesem Kampf nicht tatenlos zusehen.

Auf dem Scanner, der auf dem Konsolenbildschirm in Reichweite seiner Fingerspitzen leuchtete, wimmelte es von Punkten, als sich die Shuttles den größeren Schiffsquadraten näherten. Die versprochenen Starfighter der Flotte tauchten ebenfalls auf, Striche, die eine träge Wand zwischen der *Prisa* und den herannahenden Shuttles bildeten. Schon bald würden die Piloten entscheiden müssen, ob sie angreifen sollten, und sobald diese Schüsse abgefeuert waren, würde es noch schwieriger werden, die Meinung zu ändern.

Am Rand der Flotte, nahe der Atmosphärengrenze und dem Jägerschirm, näherte sich ein Shuttle einer wartenden leichten Fregatte, der *Volucris*. Die kleine Fregatte, die für den Umgang mit Starfightern und fliehenden Transportschiffen konzipiert war, würde nicht viel Besatzung haben. Sie würden von den Soldaten in Raumanzügen zerstört werden. In Stücke gerissen.

Ein Beispiel.

»-deshalb sage ich, wir gehen wieder runter«, sprach Tarla. »Wir holen jetzt alle ab, während Vanas kleine Mörderfreunde sich noch durch die Flotte kämpfen. Dann machen wir einfach sauber.«

»Steuert die *Volucris* an«, sagte Gregor. »Lasst mich raus, wenn ihr wollt. Ich werde sie nicht dem Tod überlassen.«

»Das ist auf der anderen Seite der Jägerlinie«, warnte Eponi.

»Hast du Angst?«

»Sie ist schlau«, erwiderte Tarla. »Aber wenn Gregor sich umbringen lassen will, Eponi, dann sehe ich keinen Grund, warum wir ihn nicht lassen sollten. Ein Anteil weniger auszuzahlen.«

Ob sie es nun für Tarla oder Gregor tat, Eponi begann, die *Prisa* in eine flache Kehrtwende zu bringen, und streifte dabei den Rand der Atmosphäre zurück in Richtung der Shuttle-Linie und der *Volucris*. DefenseCorps Sternjäger begannen ihr eigenes Manöver und bewegten sich, um die *Prisa* abzufangen.

»Oh, sieh an«, sagte Tarla. »Sieht so aus, als würden deine Freunde ihre Drohung wahr machen. Sollen wir sie auf dem Weg zerstören, Gregor?«

»Tarla«, unterbrach Eponi, bevor Gregor antworten konnte. »Bitte, halt einfach mal für eine Minute die Klappe, damit ich fliegen kann? Wir fliegen zu dieser verdammten Fregatte, und wir werden all diese Idioten vor sich selbst retten.«

Gregor ließ sich von diesen Worten aus seinem Geschützturm zurück in die Zentralkammer der *Prisa* tragen, wobei er die Schwerelosigkeit und ihre Fähigkeit, die Bewegung in einem sich windenden, ausweichenden Schiff so viel einfacher zu machen, ausnutzte. Ein schneller Befehl öffnete seine Kampfrüstung, deren surrende Arme und Beine sich ausdehnten, um ihn einzulassen. Das Visier klemmte sich über sein Gesicht, und wieder sah Gregor seine Vitalwerte und die Statistiken seines Anzugs vor seinen Augen ausgebreitet.

Briany gesellte sich zu diesen Zahlen und ihrem gesunden, grünen Leuchten. Die Twilight Rangerin stieß sich in die Mitte zu Gregor. Ihre große Kanone funktionierte nicht mit den kaputten Batterien, aber sie hatte ein Ersatzgewehr aufgetrieben, um es mit Pistolen zu kombinieren.

»Dachtest du, du könntest Spaß haben, ohne mich einzuladen?«, sagte Briany, als Gregor in ihre Richtung blickte.

»Offensichtlich nicht.«

Briany sah aus, als hätte sie noch etwas zu sagen, aber Eponi übertönte ihre Worte mit einem scharfen Ruf, sich zur Luke der *Prisa* zu begeben. Das Ausweichen vor Jägern bedeutete, dass dies kein ruhiges, sanftes Andocken sein würde, sondern ein Katapultstart.

Briany hatte keine eigene Kampfrüstung, also musste sie einen flexiblen Evakuierungsanzug anziehen. Leuchtend gelb, um Rettungsversuche zu unterstützen, bot der Evakuierungsanzug die Flexibilität zur Bewegung, aber nur den Schutz von dünnem Papier. Anstelle von Holstern musste Briany ihre Pistolen durch Schlaufen schieben, die für Rettungsgreifer gedacht waren. Sie warf sich das Gewehr um die Schultern, wo es schwebte, als wäre es besessen.

»Wag es ja nicht zu lachen«, sagte Briany, als sie den schlabbrigen, stolpernden Tanz beendet hatte, um den Anzug anzuziehen. »Ich habe schon für weniger getötet.«

»Daran zweifle ich nicht.« Gregor lachte trotzdem, kurz, aber laut genug, dass sie es hören konnte.

Das Wissen, dass er kurz vor einem guten Kampf stand, tat Wunder für die Stimmung des Mannes.

Die beiden positionierten sich an der unteren Luke der *Prisa*. Ein surrendes Klicken versiegelte den Rest des Schiffes, als Eponi sich dem Startpunkt näherte. Briany und Gregor, die kopfüber standen, um ihre Beine für zusätzlichen Schub zu nutzen, warteten.

»Fast da«, sagte Tarla und übernahm, damit Eponi sich darauf konzentrieren konnte, die *Prisa*, die bereits von Treffern auf ihre Schilde vibrierte, am Leben zu erhalten. »Ich hoffe, ihr beide wisst, was ihr tut. Das Shuttle ist schon angedockt. Ihr kommt zu spät zur Party.«

»Lieber zu spät als zu früh«, sagte Briany, ihre Stimme blechern in der billigen Kommunikationsausrüstung des Evakuierungsanzugs.

»Mehr Ziele auf diese Weise«, fügte Gregor hinzu.

»Ihr seid beide verrückt, und ich liebe es«, sagte Tarla.

»Macht euch bereit für's Vakuum. Wartet eine Sekunde, dann los.«

Die Luke glitt auf und die Luft saugte an Briany und Gregor. Tarla rief »Los!« und die beiden lösten ihre Arme von den Seiten der Luke, Gregor kurz vor Briany. Ohne Widerstand und mit Eponi, die die *Prisa* hart gegen ihren Schwung zog, schoss Gregor durch die Luke in den schwarzen Weltraum.

Wie eine Rakete, die durch die Leere schneidet, überquerte Gregor den interstellaren Abgrund zwischen der *Prisa* und der Fregatte, ein Raum durchflutet von Laserglühen der Jäger, der Fregatte und der *Prisa*. Gelbe, orangefarbene und blaue Schüsse blitzten über Gregors Visier, alle wichen einer breiteren weißen Aura, als der Sever-Kämpfer sich seinem Ziel näherte.

Der Durchgang durch das Magnetfeld, das die Andockbucht der *Volucris* umhüllte, fühlte sich an, als würde man mit kaltem Wasser übergossen. Die Fregatte hatte genug Masse für etwas Schwerkraft, und die plötzliche Rückkehr in sauerstoffhaltige Luft bremste Gregors Schwung abrupt ab, ließ ihn in eine langsame Rolle über den Boden der Bucht geraten. Breit genug für das Landungsshuttle und mehrere abgeflogene Jäger, bot die Bucht Gregor ausreichend Platz, um ohne Aufprall zu taumeln.

Obwohl sich die Welt außerhalb seines Visiers wie ein böser Traum drehte, timed Gregor einen doppelten Handflächen-Druck, um sich neu zu orientieren und seinen Körper zu drehen, sodass seine Füße in der optimalen Position waren, um die Innenwand der Fregatte zu treffen. Als er auf das Metall krachte, hörte Gregor den lieblichen Klang seiner kinetischen Verstärker. Er nutzte die Energie sofort, sprang zurück in Richtung eines bestimmten gelben Streifens, der leicht rechts von seiner Position folgte.

Aufgewachsen in einer Bergbaukolonie im Weltraum bedeutete für Gregor, dass solch alltägliche Zeitvertreibe wie Fangen spielen nie stattfanden. Er hatte nie einen Nachmittag damit verbracht, den Rausch zu genießen, der damit einhergeht, einen Ball in einem Handschuh oder in seinen Armen zu fangen.

Alle verpassten Momente verschwanden, als Gregor Brianys heranrasende Gestalt auffing. Sein verstärkter Schwung neutralisierte Brianys eigenen nicht ganz, und Gregors Kampfanzug war nicht gerade ein Kissen, aber die beiden fielen dennoch in einer langsamen, hüpfenden Landung in der Bucht der Fregatte zusammen.

»Hey, wir leben noch«, sagte Briany und löste ihre Gliedmaßen von Gregor. »Schöner Fang.«

»Gern geschehen«, erwiderte Gregor, dann schob er Briany beiseite und zog seine Pistole, um zwei Frachter-dockarbeiter und ihre erhobenen Waffen zu begrüßen. »Und ihr zwei müsst laufen.«

In DefenseCorp-Rot gekleidet und mit eigenen Gewehren ausgerüstet, paarten die beiden Soldaten, die das Landungsshuttle begrüßten, hochmütige Ablehnung mit mehr als nur ein wenig Furcht, als sie Gregors Pistole betrachteten. Beiden musste klar sein, dass die Kampfrüstung ihre Waffen bei weitem übertraf, selbst wenn die zwei es schaffen sollten, einen Schuss abzufeuern, bevor Gregor auf die Beine kam.

»Ihr seid hoffnungslos in der Unterzahl«, sagte der Linke und entschied sich für Prahlerei statt Mut. »In einer Sekunde öffnet sich das Shuttle und ihr werdet überrannt. Gebt jetzt auf und wir sagen ihnen, dass sie es euch leicht machen sollen.«

»Sie werden-« Gregor hielt inne, als Briany einen einzelnen Finger hob.

»Ihr habt eine Sekunde«, sagte Briany, »bevor er euch erschießt. Dann werde ich euch erschießen. Und dann werden wir eure Leichen nach draußen kicken, damit jeder die zwei neuesten Monde dieses dämlichen Felsens sehen kann.«

Der Linke grinste über die Drohung und öffnete erneut den Mund, kam aber nicht weit, bevor Briany trotz ihres schlampigen Anzugs ihr Gewehr hochriss und einen Schuss abfeuerte. Der Laser schnitt durch das Gewehr des Linken und ließ den Lauf rauchend zurück, während er eine schwarze Markierung an der Decke der Bucht hinterließ.

»Lauft, Kleinen«, wiederholte Gregor.

Diesmal taten die beiden Soldaten, wie ihnen geheißen. Sie sprinteten aus der Bucht, während Briany ihnen nach-rief und den Feiglingen befahl, die Tür hinter sich zu schlie-ßen. Die seitlichen Klappen des Landungsshuttles hatten begonnen, sich mit einem quälenden Knirschen zu öffnen, und Gregor wollte seine Beute dort behalten, wo er sie finden konnte.

Gregor griff über seine Schulter und zog seinen Hammer hervor. Spürte den Schaft in seinen Händen. Er hatte die Waffe heute schon oft gegen schwache Gegner geschwungen. Der Hammer verdiente einen Wettkampf, und-

»Hey«, sagte Briany. »Pass auf, Killer. Du zeigst mir, wo sie sich verstecken, und ich schieße. Kapiert?«

Gregor klopfte mit dem Hammerkopf auf den Boden der Andockbucht, als die ersten klackernden Geräusche die Bucht erfüllten. Stiefel, die den Boden berührten, unsicht-bare Anzüge, die sich in ihre Richtung wandten.

»Verstanden«, sagte Gregor, und der Hammermann machte sich an die Arbeit.

19

KUNSTVOLLES FLIEGEN

Eponi wusste, dass Gregor und Briany den Sprung geschafft hatten, als Tarla beeindruckt fluchte. Die Pilotin hätte am liebsten zugeschaut, aber die *Prisa* hatte, wie ein Kartfahrer, der in eine Menschenmenge gerät, eine Meute im Schlepptau, die ihr auf Schritt und Tritt folgte. Sternenjäger drängten sich für Angriffe, ihr Schwarm war das Einzige, was die Korvetten davon abhielt, Raketen abzufeuern, aus Angst, diese verdammten Geschosse könnten ihre eigene Seite treffen. Die Jäger hätten sich zurückziehen können, aber sie hatten ihre eigenen Gründe, sich an Laser statt an die härteren Waffen zu halten:

Profit. Raketen kosteten viel mehr Kohle als ein paar Energiestrahlen, und DefenseCorp kannte die Bilanz.

»Kann nicht glauben, dass sie das geschafft haben«, sagte Tarla. »Ich dachte, sie würden das Ziel verfehlen und in der Atmosphäre verglühen.«

Eponi ließ die *Prisa* einen Looping fliegen und tauchte abrupt nach unten ab, um die Laser der Fregatte in die Flugbahn der verfolgenden Jäger zu werfen. Der Raum über Aurum Drei hatte sich mit Shuttles gefüllt, die auf ihre ausgewählten Ziele zusteuerten. Und DefenseCorp begrüßte die Killer mit offenen Armen.

»Du hast sie trotzdem gehen lassen?«, fragte Eponi und zuckte zusammen, als die Schilde einen weiteren direkten Treffer absorbierten.

Die *Prisa* würde nicht mehr viele davon aushalten. Dann müsste Tarla vielleicht ihren eigenen Weltraumsprung versuchen.

Eponi? Sie würde mit ihrem Schiff untergehen.

Ihrem wunderschönen Schiff.

»Glaubst du, ich kann Briany aufhalten, wenn sie eine Idee hat?«, lachte Tarla. Es war erstaunlich, wie sorglos ihre Stimme klang, als wären sie nicht von all dieser Gefahr umgeben. Eponi sollte diese Fähigkeit lernen, wenn man bedenkt, wie oft Sever sie nur einen Laserschuss vom Tod entfernt brachte. »Das Beste, was ich tun kann, ist zu versuchen, sie denken zu lassen, dass das, was ich will, das ist, was sie will.«

»Wette, das ist für dich nicht so schwer.«

Eponi musste eine Entscheidung treffen. Sie konnte nicht lange in diesem engen Weltraumabschnitt herumtanzen. Die Sternenjäger bildeten mit den Korvetten ein Netz und sperrten sie ein, wo die Fregatte oder ein anderer Turm-Blaster sie zu Nichts verbrennen würde. Sie konnte zurück zur Atmosphäre fliegen, die Shuttle-Leiter umkehren und versuchen, die Oberfläche zu erreichen. Oder die *Prisa* könnte Tarlas ursprünglichen Vorschlag annehmen und in den tiefen Weltraum fliegen, um die Kämpfe abzuwarten.

Beides würde Gregor und Briany dem Tod überlassen.

»Glaubst du, ich manipuliere die Rangers so sehr?«,

sagte Tarla. »Als wäre ich ein Superhirn, das alle Fäden für meine Crew zieht.«

»Ja, das trifft's so ziemlich.«

Nun, solange Eponi keine Richtung hatte, würde sie nicht kampflos aufgeben. Gregor wollte vielleicht keine DefenseCorp-Jäger vom Himmel blasen, aber Eponi konnte ihnen immer noch eine Glatze verpassen. Sie drehte die *Prisa* vom Planeten weg und steuerte auf eine Korvette mit ihrem Sternenjäger-Duo zu. Eponi beobachtete, wie sich sechs weitere Jäger an ihren Raketen formierten und ihre Laser ausrichteten.

»Ich führe keinen Kult, Eponi«, sagte Tarla. »Wir verdienen Kohle und haben Spaß dabei. Sogar Sanje, der sein ganzes Leben lang Dünger geflogen hat, ist an Bord gekommen. Das ist so ziemlich der gemütlichste Job, den du in dieser kaputten Galaxie kriegen kannst.«

Eponi wusste nicht, wie gemütlich Düngerfliegen sein konnte, vielleicht weil die Vorstellung davon sie leicht zum Kotzen brachte. Oder vielleicht waren es die Energieanzeigen, als die Schilde der *Prisa* einen weiteren Treffer einsteckten und kritisch wurden.

»Das hat sie also hierher gebracht, hm? Du hast ihnen erzählt, sie würden Kohle machen, wenn sie gegen uns kämpfen?«, sagte Eponi, während sie den Abzug drückte und Feuer aus der Kanonen-und-Turm-Kombination der *Prisa* spuckte. Ohne Schützen in den Sitzen folgten die Seitenkanonen der *Prisa* ihren Befehlen und schleuderten ihr Licht in Richtung der Korvette. »Was für ein Deal.«

»Es war ein verdammt guter Deal. Vana hat uns mehr Kohle angeboten als jeder andere. Viel mehr«, zögerte Tarla, als Laser nach vorne flogen. »Willst du uns umbringen, Eponi?«

»Versuche, es nicht zu tun.«

Eponis Feuer brachte die Korvette zum Blinzeln. Das Schiff geriet in Panik und feuerte eine Raketensalve auf die *Prisa* ab, aber die hastige Salve war dumm abgefeuert, eine Standardtaktik, um ein angreifendes Schiff zum Kurswechsel zu zwingen. Niemand überlebte ein Dutzend Raketen, die einen frontal trafen, obwohl die Korvette wahrscheinlich erwartete, ein paar zu verlieren, wenn Eponi verzweifelte Versuche unternehmen würde, sie vom Himmel zu schießen.

Doch Eponi nahm die Hand vom Abzug, sobald die weißen Rauchschwaden erschienen, sobald die Konsole vor ihr heulte, dass ihr Tod nahte, und zwar schnell.

Sie drückte den Steuerknüppel nach vorne, leitete ihre Laserenergie zu den Triebwerken um und gab der *Prisa* einen Schub, der sie in einen flacheren Sturzflug brachte. Die Raketen rasten direkt über sie hinweg und zogen Ionenschweife wie Sternschnuppen, die auf das Jägerrudel zusteuerten, das dicht am Heck der *Prisa* klebte. Da die *Prisa* die Sicht versperrte und die Raketen nicht auf sie gerichtet waren, hatten die Jäger nur einen Sekundenbruchteil, um zu begreifen, wie am Arsch sie waren.

Tarla pfiff, als die Explosionen das Vakuum hinter ihnen verbogen und die Jäger wild herumwirbelten oder ineinander krachten in verzweifelten Überlebensversuchen. Das Begleitpaar der Korvette, das einen frontalen Angriff erwartet hatte, überschoss Eponis Manöver und flog direkt in das Chaos hinein. Ihre Punkte verschwanden von Eponis Scanner, als Trümmer sie aus dem Kampf warfen.

Die *Prisa* flog unterdessen auf einen leeren Punkt im Weltraum zu. Eponi war vielleicht nicht in der Nähe von Briany und Gregor, wenn sie eine Mitfahrgelegenheit brauchten, aber sie war am Leben, und vorerst musste das genügen.

»Das war, glaube ich, der beste Zug, den ich je gesehen habe«, sagte Tarla. »Du hast sie alle ausgeschaltet.«

Das Lob kam nicht an. Es prallte an Eponis Ohren ab, so schnell, dass die Pilotin die Worte kaum registrierte. Sie hatte ihre Augen auf die Scanner geheftet und hoffte, dass einige Punkte zurückkommen würden, hoffte auf-

»Schalte die Kommunikation ein, Standard-Rettungsfrequenz«, sagte Eponi.

»Was?«

»Du hast mich gehört. Mach es, Tarla.«

»Sie haben so viele Schiffe«, sagte Tarla. »Sei nicht die Heldin, die bei etwas Dummem stirbt.«

Eponi wischte die Konsole vom Scanner weg - gefährlich für eine Pilotin, blind zu fliegen, aber egal - und öffnete den Kanal. Worte strömten herein, undeutlich, sich überlappende Bitten um Abholung, um medizinische Hilfe. Ein Kreuzer kündigte an, dass er ein Rettungsshuttle losschickte, aber es würde Minuten dauern.

Zu viele Minuten.

Während Tarla neben ihr Flüche murmelte, drehte Eponi die *Prisa* um. Sie nahm das volle Ergebnis ihrer Bemühungen auf. Wie Sternenlicht durch einen Schneesturm zeigte die Trümmerwolke Schmutz und Überreste. Sternenjägerteile drehten sich, prallten aufeinander und zerbrachen in kleinere Schwärme. Auswurfkapseln trieben hindurch, und Eponi sah mindestens drei frei schwebende Körper in ihren Anzügen.

Obwohl es aussah, als würden sie sich auf der Stelle drehen, bewegte sich alles in der Mischung mit hoher Geschwindigkeit, unbehindert von Schwerkraft und Reibung. Jeder Aufprall schleuderte mehr scharfe Speere ins Spiel, zackige Kanten, die einen Piloten töten konnten.

»Zieh einen Anzug an und geh runter«, sagte Eponi. »Du hast dreißig Sekunden.«

»Deshalb bist du hier, oder?«, sagte Tarla, während sie sich aus dem Sitz erhob. »Dein verdammter Trupp hat sich nie zu diesem Leben bekannt. Niemals.«

»Tick Tack«, erwiderte Eponi und zielte auf den nächstgelegenen Körper, während sie den Kommunikationskanal öffnete. »An alle Idioten da draußen, hier spricht die *Prisa*. Obwohl ihr auf mich geschossen und euch selbst in die Luft gejagt habt, kommen wir, um euch zu holen. Haltet durch und wir sammeln euch einen nach dem anderen ein.«

Eponis Worte trafen auf Stille, dann kam Protest, ein Sturm, der Eponis Handlungen aus allen Ecken anprangerte. Die Piloten selbst boten ausgewählte Worte, die Eponis Flugkünste, das Aussehen der *Prisa* und was Eponi mit ihrer Rettung machen könne, beschrieben. Die größeren Schiffe, die zu lange brauchten, um jemanden auszusenden, befahlen Eponi, sich fernzuhalten, oder sie würden mehr Jäger schicken.

»Danke für die freundlichen Worte«, sagte Eponi, nachdem das Geplapper nachgelassen hatte und die Beleidigungen verebbten, als die sich drehenden Piloten zu begreifen begannen, wie verdammt sie waren. »Ich werde sie mir merken, während wir euch einsammeln.« Sie schaltete das Signal stumm und wechselte zum Bordintercom. »Bist du bereit, Schätzchen?«

»Nennst du mich Schätzchen?«

»Ich versuche nur, dir zu netten Gedanken zu verhelfen, während du diese Piloten für mich einfängst.« Eponi runzelte die Stirn, als sie sich dem ersten näherten. Sie machte die Rettung, und die DefenseCorp-Piloten benahmen sich wie solche Arschlöcher. »Wenn ich's mir recht überlege, ignorier das. Behandle sie wie die undankbaren Idioten, die sie sind.«

»Viel besser.«

Als Eponi sich wieder der Rettungsband zuwandte, erwartete sie mehr Gegenwind. Stattdessen bemerkte sie Besorgnis. Die Piloten schwatzten nicht mehr über die *Prisa*, sondern versuchten, ihre Heimatschiffe zu erreichen. Sie versuchten es und bekamen Stille statt Zeitpläne für Rettungsshuttles.

Eponi wechselte zurück zum Scanner und betrachtete den Shuttlestrom. Mehr hatten an allen nächstgelegenen Fregatten und ein paar leichten Kreuzern angedockt. DefenseCorp hielt die größeren Schiffe weiter entfernt, aber die Landungsshuttles bewegten sich auch auf sie zu, in einer stetigen Linie.

Die Invasion ging weiter, während Eponi und Tarla einen Piloten nach dem anderen aufnahmen. Jeder von ihnen hörte schnell mit den Beschimpfungen auf, als ihnen klar wurde, dass keine Rettung von zu Hause kommen würde. Besonders als neue Nachrichten über das Rettungsband kamen, von denselben Fregatten und Kreuzern, die so vehement darauf bestanden hatten, die *Prisa* abzuschießen.

Eponi hörte zu und flog von Körper zu Körper, während die Rufe sich überschlugen. Ein Landungsshuttle hatte angedockt, und nun reagierte die Garnison einer Fregatte nicht mehr. Versiegelte Brückentüren wurden aufgebrochen. Angebotene Kapitulationen wurden ignoriert, und einige Übertragungen endeten nur mit panischen Rufen. Schreien.

Wie betäubt zählte Eponi die Shuttles auf dem Scanner. Erst sechs hatten an ihren Zielen angedockt, und schon war das Chaos ausgebrochen. Andere Schiffe mischten sich ein, stellten Fragen und bekamen bei all dem Durcheinander, all den verstreuten Informationen, nur eine klare Antwort:

Niemand konnte sehen, was sie angriff. Menschen starben, und niemand wusste warum.

Die Shuttles kamen näher, und Eponi umarmte sich selbst. Sie schloss die Augen und versuchte, woanders zu sein, wo Sever nicht versagt hatte. Wo alles, was sie tun musste, darin bestand, ein Schiff zu landen, ihr Geld einzusammeln und den Tag in irgendeiner Bar zu vertrinken. Keine Laser, keine Explosionen, kein Tod.

»Hey«, Tarla tippte ihr auf die Schulter und Eponi öffnete die Augen. »Sie sind alle an Bord. Ein paar leichte Verletzungen.«

»Wie viele haben es nicht geschafft?«, fragte Eponi.

Tarla verzog das Gesicht und wollte gerade etwas sagen, als Eponis Konsole piepste. Ein eingehender Ruf. Eponi schüttelte ihre vorherige Frage ab. Selbstverteidigung. Sie wollte es nicht wissen, musste nicht wissen, was es gekostet hatte. Stattdessen tippte Eponi auf eine andere Geschichte.

»*Prisa*, ich hätte nicht erwartet, dich in der Luft zu sehen«, erklang Deepaks Stimme, sein unscharfes Bild erschien auf der Konsole. »Wir sind jetzt im System und nähern uns schnell. Kannst du mir sagen, was los ist?«

Manchmal kam die Gelegenheit nicht am Ende eines Rennens oder mit dem Blitz eines Lasers. Manchmal musste man einfach die Worte sagen.

»Admiral, Sie müssen das Kommando übernehmen«, sagte Eponi. »Es ist niemand mehr da, um die Flotte zu führen, und Vanas Soldaten docken jetzt an. Sie werden nicht auf mich hören. Sie müssen ihnen befehlen, die Landungsshuttles zu zerstören, sonst-«

Deepak unterbrach die Verbindung, bevor Eponi zu Ende gesprochen hatte. Sie schaltete zurück zum Rettungsband, wartete und hörte dann, wie Deepaks Stimme die Panik übertönte.

»Dies ist euer neuer kommandierender Offizier«, sagte Deepak und fügte seinen Namen, Rang und die *Nautilus* zur Sicherheit hinzu. »Die eintreffenden Landungsshuttles sind feindlich. Zerstört sie mit allem, was ihr habt. Wenn sie bereits angedockt haben, verschließt eure Buchten und eure Brücken. Sendet eure Koordinaten an unsere Kreuzer, und wir werden Einsatztrupps entsenden, um euch zu retten.«

Eponi lehnte sich zurück und hörte zu, wie Deepak weiter die neue Zielsetzung umriss.

»Hey«, sagte Tarla erneut, und Eponi sah zu ihr hinüber. »Hast du etwa Feierabend gemacht oder was? Da draußen gibt's 'ne ganze Menge Shuttles, die gesprengt werden müssen, und du hast Piloten in deinen Geschütztürmen, die auf Rache aus sind. Was meinst du, sollen wir uns ein bisschen vergnügen?«

20

GESPRÄCH IM MONDLICHT

Die einsetzende Dunkelheit auf dem Stützpunkt hielt die Shuttles nicht auf. Die offene Ladezone blieb geschäftig, während Agenten mit Hilfe von Armbändern die betäubten Phalangen in ihre Todeskisten lotsten. Rovo und Javelin, die sich in ihren Anzügen beeilten, machten einen weiten Bogen und kamen hinter einem Gebäude heraus, das aussah, als wäre es von innen heraus explodiert. Javelin hatte denselben Fluchtweg nehmen wollen, den er für den Hinweg benutzt hatte, aber Rovo hatte diesen Vorschlag abgeschmettert.

Er war in diesen Tunneln schon oft genug in die Enge getrieben worden, danke schön.

»Fast geschafft«, sagte Javelin und lachte leise. »Sieht so aus, als würden wir beide Aufträge bekommen.«

»Beide Aufträge?«

»Vana hat uns bezahlt, damit wir das hier am Laufen halten, und jetzt sorgt Tarla dafür, dass wir dafür bezahlt werden, dich rauszuholen.« Javelins Grinsen glänzte im Licht der Sterne und Triebwerke von oben. »Sie weiß, wie man das Spiel spielt.«

»Glück für dich.«

Die beiden drückten sich eng an die Trümmer des ausgebrannten Gebäudes und beobachteten, wie sich die Klappen des letzten Shuttles schlossen. Sekunden später flammten die Triebwerke auf, und das Shuttle nahm denselben Kurs wie seine Vorgänger in Richtung der Flotte am Himmel. Obwohl Severs Missionsziele völlig über den Haufen geworfen worden waren – das Ziel war es gewesen, Vana aufzuhalten, wobei niemand wusste, ob die Agentin überhaupt noch lebte –, juckte es Rovo in den Fingern, hinauszustürmen und auf das Shuttle zu schießen, um es aufzuhalten.

Und er hätte es vielleicht getan, wäre da nicht der stechende Schmerz in seinem Arm gewesen, wo ihn Vanas unsichtbare Monster verletzt hatten. Seine Brust schmerzte von den gebrochenen Rippen, die ihn zwangen, sich hinzulegen, und ein verstauchter Knöchel, den er sich dank einer Düne und eines falschen Schritts zugezogen hatte, quälte ihn als letzte Demütigung. Alles in allem sagte Rovos Körper ihm, dass ein Frontalangriff auf einen feindlichen Trupp ziemlich übel ausgehen würde.

»Da gehen sie hin«, murmelte Javelin. »Hab mich schon gefragt, wie lange sie noch bleiben und spielen würden.«

Die Agenten, die Vanas Soldaten dirigiert hatten, schwärmten wie Bienen mit einer kritischen Anweisung aus. Sie ließen die Karren und sogar einige Ersatzanzüge, die daran hingen, zurück und stürmten zu fünf Schiffen am Rand des Landeplatzes. Rovo erkannte sie an ihren Formen: schlanke, scharfkantige Rechtecke mit verspiegelter Verkleidung. Die Schiffe dominierten die heimlichere Seite von DefenseCorp, entworfen, um Scanner zu täuschen und gleichzeitig die Geschwindigkeit sowohl in der Atmosphäre als auch im Weltraum zu maximieren.

Einstiegsrampen senkten sich, als die Agenten sich näherten. Einige griffen nach Taschen mit persönlichen Gegenständen, die bereits in Reihen am Boden lagen. Die Agenten blitzten mit ihren Armbändern auf die Taschen, als sie sich näherten, wodurch Namen und Nummernbezeichnungen aufleuchteten. Rovo konnte die Worte aus der Entfernung nicht lesen, aber die Agenten brauchten nur Sekunden, um die richtigen auszuwählen.

»Sieht aus, als würde Vana nicht lange bleiben«, sagte Rovo. »Ich verstehe das nicht. Sie hatte hier alles, was sie brauchte, um weiterhin die Anzüge herzustellen?«

»Nicht mehr«, Javelin nickte in Richtung des gesprengten Gebäudes. »Vielleicht geben sie auf?«

»Zu schnell. Sie hätten keine Zeit gehabt, alle ihre Sachen zusammenzupacken«, sagte Rovo. »Das war geplant.«

»Du denkst, sie haben das Gebäude gesprengt?«

»Wer weiß, wozu Vana bereit ist. Sie ist diejenige, die einen Haufen Zivilisten in infizierte Killer verwandelt hat, erinnerst du dich? Verdammt, sie hat dich angeheuert.«

»Hey, jetzt mal langsam.«

So sehr Rovo es auch genoss, Javelin aufzuziehen, sie konnten nicht ewig im Schatten des Wracks sitzen bleiben. Eponi und die *Prisa* waren oben verschwunden, außerhalb der Reichweite von Rovos anzugbasiertem Kommunikationsarray. Der Neuling könnte sich aus der Affäre ziehen, eine nette Düne finden, um die Nacht abzuwarten in der Hoffnung, dass Sever überlebt.

Aber das wäre die Wahl eines Feiglings.

Rovo überprüfte erneut das Squadband und sendete eine weitere Anfrage, erhielt aber nur Stille zurück. Javelin tat dasselbe. Selbst ohne die Störsignale waren die verbliebenen Sever- oder Twilight Rangers, falls es welche auf dem Planeten gab, tief genug in der Basis, um Signale zu blockieren. Wenn Informationen beschafft werden sollten, müsste Rovo es auf die altmodische Art tun.

»Warum setzt du dieses Kabel nicht sinnvoll ein?«, sagte Rovo und zeigte auf den stetigen Strom von Agenten, die aus allen Richtungen zum Landeplatz strömten. »Denkst du, wir können einen für ein Gespräch schnappen?«

»Du willst einen neuen Kampf anfangen?«

»Hast du ein Problem damit?«

»Könnte sein«, sagte Javelin und beobachtete, wie Rovo eine Hand zur Sense an der Hüfte des Neulings bewegte. »Ich sehe diese Hand. Besser, du bewegst sie nicht weiter.«

»Nicht für dich«, Rovo winkte erneut in Richtung der Agenten. In diesem Moment erwachte das erste Tarnschiff zum Leben, seine Rampe hob sich zusammen mit dem Schiff. »Für sie.«

Anstatt den Shuttles zur Flotte zu folgen, stieg das Tarnschiff über die Basis auf und schoss dann über die Oberfläche von Aurum Drei, wobei es niedrig flog, bis es am Horizont verschwand. Definitiv auf der Flucht, definitiv nicht darauf aus, erwischt zu werden.

»Na gut«, sagte Javelin. »Wenn du uns in Schwierigkeiten bringst, sage ich, du hättest mich als Geisel genommen.«

»Das bedeutet, du hast gegen einen Neuling verloren, weißt du das?«

»Denkst du, ich hätte Stolz?«

Nachdem Javelin seinen Punkt klargemacht hatte, stieß er sich von ihrer Position ab, schloss das Visier seines Anzugs und verschwand in einem Schleier. Die Vorteile entlockten dem Neuling einen leisen Seufzer. Wie viele Missionen würden so viel einfacher ablaufen, wenn die Ziele einen nicht kommen sehen könnten? Wenn man mit dem Saft, den Vana aus Kaias Blut herstellte, überall hindurchlaufen und stark genug sein könnte, um fast alles auszuhalten?

Anhand der Agentin, die entlang ging und auf ihr Armband schaute, während sie sich in Richtung des wahrscheinlich sicheren Fluchtwegs bewegte, war das Ergebnis verdammt beängstigend. In einem Moment schritt sie über glatten Sand auf ein Schiff zu, und im nächsten hatte Javelin ihren Mund bedeckt, ein Messer in ihren Bauch gedrückt und zog sie zurück in die Schatten.

Falls die anderen Agenten es sahen, wichen sie nicht von ihren Plänen ab. Rovo, das Gewehr bereit für den Fall, dass Javelins Aktion Ärger bringen würde, musste nicht abdrücken. Auroras Stimme schwebte vorbei und sprach über den Moment der Mission hinweg. Vanas Agenten mussten fliehen, bevor sie alle starben oder gefangen genommen würden. Ein fehlendes Mitglied war das Risiko nicht wert.

»Mach es schnell«, sagte Rovo, als er sich der Agentin näherte, »und wir lassen dich rechtzeitig gehen, um dein Schiff zu erwischen.«

Javelin hatte sie in den zerstörten Eingang gezogen, einen Ort, der wie ein Tunnel aussah, der in das gesprengte Gebäude führte. Die Tür hing an der Seite und lehnte nach außen, wodurch die Sicht von den Tarnungsschiffen blockiert wurde. Schatten durchschnitten das silberne Licht um sie herum, das Geräusch eine Mischung aus wirbelndem Wind und rennenden Schritten.

Alles in allem ein gutes Setup für ein Verhör.

Javelin nahm seine Hand weg, behielt aber sein Messer, und blieb hinter der Agentin, die einen Blick aufsetzte, der sagte, dass sie von all dem sehr, sehr genug hatte.

»Was soll schnell gemacht werden?«, sagte die Agentin.

»Seid ihr und dein Freund weitere, die eine Dosis übersprungen haben? Wie viele alte Kampfanzüge haben wir auf dieser verdammten Basis?«

»Was?«, sagte Rovo. »Noch mehr?«

»Noch einer wie ihr«, antwortete die Agentin. »Ich kann euch mehr erzählen, wenn ihr mich gehen lasst.«

»Ich bin nicht hier, um dich zu töten«, sagte Rovo. »Sag mir. Wer war der andere?«

»Dann soll dein Kumpel sein Messer wegstecken und ich werde reden.«

Rovo nickte über die Schulter der Agentin. Javelin nahm die Messerschneide von der Uniform der Frau, gönnte ihr einen Zentimeter zum Atmen, aber auch nur das.

»Er sah aus wie ihr. Kampfanzug. Andere Farbe. Hatte auch ein Schwert statt«, die Agentin zögerte und blickte auf die Sense, »was auch immer das sein soll.«

»Wohin ist er gegangen?«

»Er hatte noch jemanden bei sich, der hat mir von der übersprungenen Dosis erzählt. Sie wollten zur Krankenstation.«

»Und die ist?«

Die Agentin kniff die Augen zusammen und starrte Rovo mit offenem Mund verwirrt an. »Wie könnt ihr das nicht wissen? Ihr seid seit Monaten hier.«

Seit Monaten? Was dachte diese Agentin, was hier vor sich ging? Rovo verwarf diesen Gedanken, sobald die Frage aufkam. Keine Zeit, die Theorien der Agentin zu korrigieren. Es klang, als hätte sie Sai gesehen, und wenn Sai hier vorbeigekommen war, war er wahrscheinlich nicht auf der *Prisa*. Und wenn der Schwertkämpfer nicht auf offene Anfragen im Truppenfunk antwortete, dann könnte Sai in Schwierigkeiten stecken.

Rovo würde, egal was Tarla sagte, nicht nutzlos sein.

»Gedächtnisverlust. Es ist eine Nebenwirkung«, improvisierte Rovo. »Jetzt, wo?«

»Du hättest vor der Explosion einen Aufzug nehmen können«, sagte die Agentin. »Jetzt könntest du vielleicht auf der anderen Seite reinkommen?« Die Agentin zeigte quer über die Landeplattform, entlang des weit offenen Tors in Richtung der Reihen, die mit Anzügen ausgestattet worden waren. »Ohne Strom weiß man allerdings nicht.«

»Letzte Frage.« Rovo hatte seinen Weg, jetzt brauchte er Verständnis. »Wo geht ihr alle hin? Was passiert hier?«

»Das ist mehr als eine Frage«, schnappte die Agentin zurück, aber die Irritation verblasste, als sie antwortete. »Ehrlich gesagt, wissen wir es nicht. Vana hat uns gesagt, wir sollen die Shuttles verabschieden und dann zu unseren Schiffen gehen und abhauen. Wir verteilen uns in der ganzen Galaxis. Ich weiß nicht, was als Nächstes kommt.«

Rovo wartete, aber die Agentin bot nichts weiter an. Vielleicht sagte sie die Wahrheit. Es könnte sein, dass Vana ihre Truppe auflöste oder sie ausschickte, um auf ihren nächsten großen Zug zu warten. Es nervte, wenn eine beantwortete Frage nur mehr Fragen aufwarf, aber Rovos Stiefel juckten danach, Sai zu verfolgen.

»Okay, geh.« Rovo machte eine Handbewegung zu Javelin, der die Agentin losließ. Die Frau schenkte Rovo keinen zweiten Blick, sondern sprintete los.

»Sie wird ihren Freunden von uns erzählen«, sagte Javelin. »Hätte sie erledigen sollen.«

»Ihre Freunde scheren sich einen Dreck um dich und mich«, erwiderte Rovo und um seine eigenen Worte zu unterstreichen, rannte er los über die Landeplattform.

Es waren nicht mehr so viele Agenten, die noch die Schiffe bestiegen. Nur zwei waren noch übrig, und von den

Agenten, die ihre Taschen schnappten, bemerkte Rovo ein paar, die in seine Richtung blickten, bevor sie zu ihrer Flucht zurückkehrten. Sie hatten ihre Mission, Rovo hatte seine, und keiner kümmerte sich mehr um den anderen.

Die Anweisungen der Agentin erwiesen sich als genau und führten sie zu einer abfallenden Struktur, die zwischen den Dünen leicht zu übersehen war. Wie ein Keil, der auf der Seite lag, ragte das Gebäude eingeschossig aus dem Boden und schien im Vergleich zu den anderen Orten, an denen Rovo hier gewesen war, älter als alles andere zu sein. Die Tür, ein einzelnes, dickes und etwas verrostetes Ding, hatte einen aufgeklebten Scanner mit sichtbaren Metallbändern, die ihn an der Tür befestigten. Ein Schild, ebenfalls angebracht, saß über der Tür und erklärte das Gebäude in fetten roten Buchstaben für gesperrt.

»Das Gebäude ist gesperrt und hat keinen Namen?«, sagte Javelin, als sie sich näherten. »Hier geht etwas Schlimmes vor sich.«

»Ich vermute, das war nicht Teil deiner Tour?«

»Tour? Vana hat uns die Küche, das Bad gezeigt und uns unsere Anzüge gegeben. Das war alles.«

»Und trotzdem hast du angefangen, für sie zu arbeiten.«

»Kohle ist Kohle, mein Freund.«

Rovo richtete sein Gewehr, drehte die Hitze auf das Maximum und feuerte zwei Schüsse auf die Verriegelungsbänder ab. Der Laser schmolz hindurch und hinterließ glühendes Orange. Das Gewehr konnte nicht zu viele Schüsse bei den hohen Temperaturen aushalten, aber die zwei reichten aus: Ein kräftiger Tritt und die Tür brach auf.

Kalte Metallstufen lagen dahinter und führten nach unten. Keine Lichter, natürlich. Staub fing den silbernen Schein auf und entwich nach draußen. In der relativen Stille – die Agenten und ihre Schiffe waren alle weg, nur

das abnehmende Geräusch der Shuttles war noch zu hören
– nahm Rovo etwas Neues wahr, etwas, das ihn vorwärts
trieb, selbst als Javelin zurücktrat.

Der Rookie war lange genug um Sai gewesen, um das
klingende Aufeinandertreffen eines Katanas zu erkennen,
wenn er es hörte.

Rovo aktivierte sein Handgelenklicht, um sich etwas
Beleuchtung zu verschaffen, und stürmte die Treppe hinun-
ter. Jedes Klirren trieb Tarlas *nutzlos* weiter aus seinem
Bewusstsein.

[21]

GRÜNDE

Der Notausgang ergab keinen Sinn, es sei denn, man kannte den Zweck der Basis. Aurora sprang die Treppe hinunter und akzeptierte dessen Platzierung neben dem Verwaltungsraum als Zugeständnis an die möglichen Katastrophen, die beim Experimentieren mit Menschen entstehen konnten. Wenn Aurora richtig geraten hatte und die Basis wirklich die ursprüngliche Heimat des Raider-Programms war, dann machte ein schneller Ausgang ohne hungrige Zellen dazwischen durchaus Sinn.

Es machte die Erschaffer auch zu Feiglingen, die nicht bereit waren, sich den Konsequenzen zu stellen, die sie sich mit ihren rücksichtslosen Experimenten selbst eingebrockt hatten.

Nach ein paar Treppenabsätzen erreichte Aurora das Ende des Treppenhauses und eine offene Tür, deren Scanner grün leuchtete. Über ihr prangte wieder das Wort "Notfall" in rot-weißer Ankündigung. Darunter und dahinter zeigte sich kein Gang. Stattdessen erstreckte sich eine breite Kammer nach unten und weg vom Eingang und bildete genug Platz für ein Schiff.

Eines, das Aurora erkannte.

Jegliche Deckenbeleuchtung blieb tot, aber der Kammer angemessen, verliefen Dioden entlang des Bodens und zeichneten einen Pfad zum geparkten Schiff. Renards altes Gefährt – jetzt Vanas – stand auf seinen Stützen, die Einstiegsrampe heruntergelassen, bereit zum Aufbruch.

Jeder Instinkt sagte Aurora, dass es eine schreckliche Idee wäre, diese Kammer zu betreten und sich dem Schiff zu nähern. Die Seiten des Türrahmens verhinderten, dass Aurora oder ihr Visier etwas sehen konnten, das auf einen Schritt hinein wartete, während potenzielle Bedrohungen die Rampe herunterkommen oder um das Schiff herumkommen könnten, sodass Aurora ohne jegliche Deckung gefangen wäre.

Jeder Instinkt sagte, dass ein Rückzug nach oben, eine mögliche Allianz mit den DefenseCorp-Soldaten oder eine Wiedervereinigung mit Sever eine bessere Alternative darstellen würde. DefenseCorp's eigene Logik diktierte ebenso, vorsichtige Angriffe – und die zusätzlichen Abrechnungen – mit großen Zahlen gegenüber individuellem Heldentum zu bevorzugen.

Aber Aurora war nicht wegen DefenseCorp hier, und sie war verdammt nochmal auch nicht wegen des Geldes hier.

Aurora hob ihr Gewehr, zwang ihre Kampfpanzerung noch ein bisschen länger durchzuhalten und machte den ersten Schritt über die Schwelle. Mit einem Blick nach links und rechts bestätigte die Sever-Kapitänin, dass zu beiden Seiten nur schwindende Dunkelheit herrschte. Während die Dioden ihr Licht nicht in die Ecken brachten, schaltete Aurora auf das Infrarotspektrum um und bestätigte mit tiefer blauer Schattierung, dass nichts lauerte.

Die Leere setzte sich fort, als Aurora zum Schiff hinabstieg. Bei jedem Schritt dachte Aurora, ein Angriff würde kommen. Bei jedem Schritt geschah nichts.

Das Schiff regte sich und zog Auroras Aufmerksamkeit auf sich. Das erwachende Heulen eines Triebwerks hallte durch die Kammer. Aurora konnte nicht sehen und nicht erkennen, wo der Ausgang des Schiffs sein würde oder wie man ihn bedienen könnte, wenn die Basis keinen Strom hatte. Vielleicht hatte Vana irgendeinen Plan, sich den Weg frei zu sprengen.

Oder das war alles nur ein weiteres Täuschungsmanöver.

»So, du bist mir also den ganzen Weg hierher gefolgt«, erklang Vanas Stimme ganz nah. Direkt an Auroras Ohr.

Aurora drehte sich in Richtung des Geräusches. Sie schaute und sah nichts in den Schatten. Sie lauschte und versuchte, das gedämpfte Aufsetzen von Füßen auf dem Boden zu hören. Aurora schaltete erneut auf Infrarot um und sah nichts. Ihr Visier zeigte keinerlei Bedrohung an.

»Du wirst mich nicht finden«, fuhr Vana fort, obwohl ihre Stimme nun durch den Raum zu hallen schien. »Wir haben einige Verbesserungen vorgenommen, weißt du. Renard war wirklich ein Genie.«

»Er war ein Monster.«

Da es nirgendwo sonst hinging, beschloss Aurora, weiter auf das Schiff zuzugehen. Wenn sie Vana nicht sehen konnte, musste Aurora deren Möglichkeiten einschränken. Im Inneren des Schiffs würde die Agentin keinen Platz zum Verstecken haben. Sie würde nicht in der Lage sein, zu verschwinden und wieder aufzutauchen.

»Das sind sie alle«, sagte Vana, zunächst mit Leidenschaft, dann kühl werdend. »Oder besser gesagt, sie waren es. Danke dafür. Du hast der Galaxis einen großen Dienst erwiesen.«

»Freut mich, dass ich helfen konnte.«

Als Aurora die mittlere Plattform erreichte, sah sie genau, wie das Schiff entkommen könnte. Die Dioden überstrahlten das Licht, aber oben führte ein klarer Tunnel hinauf und hinaus in den Nachthimmel von Aurum Drei. Kies unterbrach die Sicht, fließender Sand bewies, dass der Tunnel nicht weit offen, sondern mit Glas versiegelt war. Es wäre jedoch einfacher, das zu zerbrechen, als sich durch Sand und Felsen zu graben.

»Das hast du«, sagte Vana aufrichtig und scheinbar in keiner Eile, Auroras Vormarsch zu stoppen. »Alles, was ich wollte, hast du mir gegeben.«

»Das bezweifle ich.« Aurora setzte einen Fuß auf die Rampe und wartete. »Wo bist du?«

»Hier«, antwortete Vana, wieder so nah klingend. »Keine Sorge, du wirst mich bald sehen.«

»Hör auf, Spielchen zu spielen.«

Ein Lachen. »Spielchen? Tut mir leid, wenn ich nicht so direkt bin wie du, Aurora. Meine Ziele lassen sich nicht einfach mit einem Gewehr lösen. Du hast das Laufwerk, ja?«

»Deine Freunde haben es mir gegeben«, sagte Aurora und machte einen weiteren Schritt die Rampe hinauf.

Sie hatte noch kein Anzeichen von Vana in der Kammer gesehen. Die abfallenden Wände des Raums machten es möglich, dass ein Echo oder vielleicht eine direkte Übertragung Vanas Stimme so klingen ließ, wie sie es getan hatte, aber das anhaltende Verschwindespiel der Agentin begann, Aurora auf die Nerven zu gehen.

Zeit, Vana in die Enge zu treiben.

Aurora drehte sich um und rannte die Rampe hinauf,

wobei sie Energie in ihre beschädigten Booster pumpte, um diesen Extra-Schub zu bekommen. Falls Vana drinnen wartete und einen Hinterhalt plante, würde der plötzliche Ausbruch die Überraschung zunichtemachen. Mit drei langen Schritten gelangte Aurora in den Mittelraum des Schiffes, wo sich eine vertraute Couch an einer Wand befand – gesehen, als Rovo eine Geisel war, beschrieben während Sais, Eponis und Gregors Sabotagemission – und sonst nichts. Nachdem sie ihre Karte ausgespielt hatte, ging Aurora nach rechts in Richtung Cockpit.

Vana musste das Schiff schützen. Seine Tarnfähigkeiten waren für sie der sicherste Weg, den Planeten zu verlassen.

Doch das Cockpit erwies sich als genauso leer wie alles andere. Zwischen den Konsolen blinkte jedoch ein Licht. Ein eingehender Ruf. Mit einem bereits mulmigen Gefühl, als ob etwas gründlich schiefgelaufen wäre, ging Aurora nach vorne und tippte darauf, um den Anruf anzunehmen.

Vanas Gesicht erschien, der Hintergrund hinter ihr in Bewegung. Die Agentin bewegte sich, während die Kamera ihres Armbands die Bewegung einfing. Aurora erhaschte die Dunkelheit, die Dioden und sah dann genau dieselbe Treppe, die sie gerade hinuntergegangen war. Aurora wollte sich gerade umdrehen, als ein anderes Geräusch ertönte.

Die Einstiegsrampe, die sich nach oben schloss, und die Schiffstür, die krachend darauf traf.

»Tut mir leid, Aurora«, sagte Vana. »Ich weiß, wie sehr du einen Kampf wolltest. Das bin ich aber einfach nicht.«

Aurora hätte wütend sein und sich ihren Weg nach draußen bahnen sollen. Stattdessen öffnete sie ihr Visier und blickte aus dem Cockpit des Schiffes, um Vana draußen stehen zu sehen. Oder besser gesagt, Vanas Gesicht, das über einem verschwommenen Umriss zu schweben schien. Die Agentin hatte ihren Anzug gefunden, aber warum entschied sie sich dafür, sich hier zurückzulassen?

»Ich verstehe das nicht«, fragte Aurora, ihre Neugier unterdrückte ihre Frustration.

»Ich versuche sicherzustellen, dass die Galaxis es *wirklich* versteht«, antwortete Vana. »Du und dieser Antrieb sind ein Teil. Meine Agenten sind ein anderer. Die Zerstörung über uns ein dritter, und noch viele mehr. Du hast alles getan, worum ich dich und dein Sever Squad hätte bitten können. Also danke ich dir jetzt und wünsche dir eine sichere Reise.«

»Du wirst mir gar nichts wünschen«, sagte Aurora und wischte über die Konsole, um einen Weg zu finden, das Schiff zu stoppen.

Seine Triebwerke liefen weiter hoch, die Manövrierdüsen erwachten ratternd zum Leben und hoben das Schiff vom Boden ab.

»Das ist nichts, was du entscheiden kannst«, sagte Vana. »Du bist eine Soldatin. Befolge Befehle, wie du es so gut kannst.« Vana zeigte ein kleines Lächeln. »Du wirst nie wieder von mir hören, genauso wie ich mich darauf freue, dich nie wiederzusehen. Leb wohl, Aurora.«

Die Übertragung brach ab, und damit setzte Renards Schiff, im Griff des Autopiloten, einen vorprogrammierten Kurs. Mit den feuernden Düsen begann sich das Schiff nach oben zu drehen. Eine automatisierte Stimme forderte alle auf, Startpositionen einzunehmen. Auroras Kampfanzug verriegelte auf ihre Anweisung hin die Stiefel am Boden und verhinderte so, dass sie wegrutschte.

Die ganze Bewegung hinderte Aurora daran, sich in Vanas Worte zu vertiefen. Wenn man zu viele gefährliche Missionen durchführt, trifft man auf jede Menge Leute, die mit ihren letzten Verkündigungen kryptisch werden wollen. Besser, man kümmert sich um das Problem und sortiert den Müll später.

Aurora zielte mit ihrem Gewehr und schoss auf das Cockpitglas, das zwar versengt, aber nicht zerbrach. Vielleicht zu dick, um von einem Schuss durchbohrt zu werden, aber die Arbeit des Gewehrs sollte kein Loch sprengen. Das kam jetzt, als das Schiff sich seinem vertikalen Start näherte. Mit ihren Stiefeln abstoßend und die Booster aktivierend, die durch die Sprünge die Treppe hinunter aufgeladen worden waren, feuerte Aurora noch mehr, als sie gegen die Windschutzscheibe rammte.

Das Schiff gab Aurora nicht leicht auf, das Glas splitterte, bevor es brach, zerrte und schnitt in ihre Rüstung. Dennoch brachte Auroras Schwung sie hindurch, wenn auch weniger mit einem glamourösen Sprung in die Freiheit und mehr mit einer langsamen, taumelnden Rolle von der Nase des Schiffs zum Boden. Aurora landete hart auf ihrem Rücken, die Luft entwich aus ihren Lungen, während ihre Augen die hektisch blinkende Warnung im Visier wahrnahmen.

Ein Raumschiff stand kurz vor dem Start, und Aurora lag direkt unter seinen Triebwerken.

Mit einem stummen Fluch und einem Ruck versuchte Aurora, sich wegzurollen. Versuchte es und stellte fest, dass ihre Energierüstung Funken sprühte und sich nicht bewegen wollte. Über ihr wurden die Triebwerke heller. Die Hitze nahm zu. Sich zu bewegen fühlte sich an, als müsste sie eine Million Kilo verschieben.

Einem Problem entkommen, nur um in ein anderes zu geraten, und dieses hatte keine offensichtliche Lösung.

Bis etwas Aurora wegzerrte, über den Boden schabend. Als wäre sie an ein schnelles Fahrzeug angehängt, rutschte

Aurora auf ihrem Rücken über die zentrale Plattform, hinunter auf die glatte, abfallende Seite. Das Sternenschiff zündete, flammte auf, als Renards altes Gefährt startete. Die Wärme drang durch Auroras Anzug, erhitzte ihre Beine, ihre Brust, ihren Kopf.

Dann verschwanden die Triebwerke und abgesehen von dem zerberstenden Glas oben, das in großen Brocken in die Kammer regnete, lag der Raum still und kühl da.

»Aussteigen«, sagte Vana und stieß ein Messer unter Auroras Visier an ihren Hals. »Aussteigen, oder ich töte dich jetzt.«

Auroras Visier erkannte endlich die Bedrohung und hob Vanas Gestalt hervor. So hilfreich.

»Warum hast du mich gerettet?«, zögerte Aurora und überlegte, ob sie entkommen oder vielleicht eine Pistole ziehen könnte. Mit ihrer kaputten Rüstung schien jedoch keine der beiden Optionen gut. Aber es gab eine dritte. »Keine Chance, dass ich die Triebwerke überlebt hätte.«

»Das Laufwerk, du Idiotin«, zischte Vana, und nun bewegte sich der Kopf der Agentin in Auroras Blickfeld. »Wenn das nicht rauskommt, könnte das alles umsonst gewesen sein.«

»Welches 'alles'?«

Das Messer wackelte, fand den kleinsten Spielraum, »Hast du es noch nicht begriffen?«

»Wie du sagtest, ich bin nur eine Soldatin.«

»Und mir läuft die Zeit davon«, sagte Vana. »Steig aus, bitte. Ich möchte das Laufwerk nicht beschädigen, wenn ich dir das Leben nehme.«

»Das ist mal eine Motivation«, erwiderte Aurora und schob ihre linke Hand in die Nähe des Schlitzes an der Rüstung, wo sie das Gerät eingesteckt hatte. »Was ist auf dem Laufwerk, Vana?«

»Alles über diese Basis und was Renard damit zu tun versuchte, was ich tatsächlich tat. Eine Geschichte, die geteilt werden muss.« Vana verstärkte ihren Griff um das Messer. »Ich weiß, wie Energierüstungen funktionieren, Aurora. Ich gebe dir fünf Sekunden.«

Aurora ballte ihre linke Hand zur Faust und hob sie. »Du willst das Laufwerk? Hier ist das Laufwerk.«

Vanas ausgestreckte Finger schienen verschwommen, aber Aurora spürte sie dennoch, als sie ihre geschlossene Hand berührten und daran zogen. Wie eine zuschlagende Spinne öffnete Aurora ihre Faust und packte Vanas Hand. Gleichzeitig streckte Aurora sich nach oben und legte ihre rechte Handfläche auf Vanas Arm.

Und aktivierte den Shock-Jock.

Entwickelt, um einen Soldaten wieder ins Leben zurückzuholen, schoss die Notfallfunktion der Kampfrüstung genug Strom durch Auroras Hand, um Vana wegzuschleudern und das Messer zu lösen, als die Agentin zurückfiel. Aurora folgte dem Schock mit einem zweiten Befehl, der die Kampfrüstung löste. Die Rüstung sprengte ihre eigenen Gelenke und zerfiel um Aurora herum, als sie sich erhob und nach der Pistole griff, die noch immer an der Hüfte der Rüstung befestigt war.

»Ein schmutziger Trick, selbst für dich«, sagte Vana, als Aurora die Pistole fand.

Die Sever-Kapitänin riss ihre Waffe hoch und zielte dorthin, wo sie die Stimme gehört hatte. Vana stand da, ihr unsichtbarer Anzug von schwarzen Linien überzogen, wo der Shock-Jock die reflektierenden Schaltkreise durchgebrannt hatte. Der Helm der Agentin qualmte, und Vana riss ihn ab und warf ihn weg.

»Ich dachte, du wüsstest«, sagte Aurora, »im Kampf ist alles erlaubt.«

»Ist das wirklich dein Wunsch?«, fragte Vana, diesmal ohne Lächeln in den Worten. »Du bist den ganzen Weg gekommen, hast all diesen Schaden angerichtet, für einen Kampf?«

Aurora richtete die Pistole auf den ungeschützten Kopf der Agentin. »Darauf kannst du wetten.«

DER TANZ

Von den vielen Wahrheiten, die Sai während seiner Zeit bei DefenseCorp angenommen hatte, war das Verständnis, dass er nie die Chance bekommen würde, seine Fehler zu korrigieren, eine Grundregel gewesen. Eine schief gelaufene Mission, ein Schuss, der sein Ziel verfehlt, oder ein schlecht ausgearbeiteter Plan, all das würde passieren und für immer in der Geschichte festsitzen, kristallisiert in ihrem Irrtum.

Diese Wahrheit zerbrach in der Dunkelheit zwischen den Podien. Sie zerbrach, als kratzende, schmatzende Geräusche aus den Ecken des Raums kamen. Sie zerbrach, als das erste Ding auf Sai und Perro zustürzte, eine blubbernde, brackige Masse mit einem einzigen Ziel: zu verschlingen.

Sai hatte diese Dinge schon einmal gesehen, damals auf Dynas. Damals waren sie auf den Schwertkämpfer als eine Art Test losgelassen worden, obwohl Sai nie erfuhr, ob das Ziel darin bestand zu beweisen, dass die Monster ungeachtet ihrer Chancen angreifen würden, oder dass Sai selbst es wert war, als Versuchsobjekt behalten zu werden.

Unmöglich zu vergessen war jedoch, was danach kam. Die Injektionen, das brennende Fieber, das Gefühl, dass sein Inneres sich in einem wahnsinnigen Ansturm selbst verschlingen würde ... Sai würde keiner verdammten Seele erzählen, in wie vielen Nächten er schweißgebadet aufwachte und sich genauso fühlte. Schwer zu sagen, ob das Auslöschen dieser Plage aus der Galaxis diese Albträume verschwinden lassen würde, aber es schien einen Versuch wert.

Also schwang Sai sein Katana, um das Ding zu treffen, und zerteilte dessen schäumende Masse in zwei Hälften. Der Schleim teilte sich um Sai, als wäre er eine Art High-tech-Prophet, und machte drei weiteren Kreaturen Platz, die hinter ihm herankrochen.

»Kommt schon!«, rief Sai, während er dem Ansturm entgegentrat, seine Klinge schwarz gefärbt.

Als Schlachtruf ließ sich das noch verbessern, aber Sai verfiel in die Bewegungen. Ein Querschnitt von links nach rechts traf die mittlere Bestie und ließ Sai einen Schritt nach links machen, was ihm einen halben Meter Abstand verschaffte, während er den Querschnitt herumdrehte. Die Welle streifte die Kreatur von rechts und verlangsamte sie gerade genug, damit Sai die Drehung vollenden, nach links schneiden und zurück kommen konnte, um die Zerstörung des Trios abzuschließen.

Die Bewegungen fühlten sich an wie in einem Film, nur machbar, weil diese Dinge kaum am Leben, kaum zusammengehalten waren. Gegen bewaffnete oder gepanzerte Feinde würde sich das Katana in ihren Knochen, ihren Barrieren verfangen. Hier konnte Sai fließen.

Ohne die Servorüstung erreichte der Schwertkämpfer eine fieberhafte Geschwindigkeit und erwischte jede herannahende Kreatur auf seinem Weg. Zurückgreifend auf all die Abende mit seiner Mutter und seinem Vater, kehrte Sai zu dem Tanz zurück, den er in seinen Knochen kannte. Die Kreaturen, diese verblassten, vergessenen Dinge, stürzten sich ohne Rücksicht auf ihr Leben auf ihn. Sie stürmten von der Seite, von hinten auf Sai zu und fielen von oben herab.

Alle fanden ihre Erlösung an seiner Klinge, und Sai in ihrem Ende.

Zumindest bis sein Fuß, nackt, auf dem glatten Boden ausrutschte. Als er versuchte, das Gleichgewicht zu halten, der Bann gebrochen, wurde Sai klar, dass er in einem brodelnden Teich stand. Ein lebender Mensch könnte durch einen Stich oder einen Querschnitt getötet werden, aber ein Virus wie dieser respektierte solche Präzision nicht. Stolpernd, fallend, landete Sai auf dem Rücken in der Krankheit.

Und hörte Perro rufen, schreien. Nicht die selbstsicheren Laute von jemandem, der zu seiner Rettung kommen könnte. Sai, der seinen Griff um das Katana behielt, rollte sich über die Schulter und versuchte, sich hochzustemmen. Was glatt gewesen war, gerann nun um eine neue Gelegenheit herum. Das Virus saugte an Sais Füßen, seinen Beinen, seinen Händen. Ein Kribbeln verwandelte sich schnell in ein eisiges Brennen, ein betäubendes Ziehen.

Das Monster, das Sai einmal besiegt hatte, kam ein zweites Mal auf ihn zu.

Er würde es nicht gewinnen lassen.

Sai zog das Katana in seiner rechten Hand hoch und rammte es in den Boden. Die Diamantklinge des Schwertes biss sich in den Grund und gab Sai einen Hebel. Er drückte, kämpfte gegen die Kälte an, die an seinen Gliedern zerrte, und kam auf die Füße. Mit dem Katana versuchte Sai erneut einen Sprung und stieß sich beim Losspringen nach oben ab. Der Boden verriet seinen Halt wieder, und Sais vermeintlicher Sprung aus der Pfütze wurde zu einem fallenden, wild um sich schlagenden Stolpern.

Der Mann schaffte es. Das Schwert nicht.

Auf gesegnet sauberem Boden aufschlagend, rollte sich Sai durch und kam auf die Füße. Als er zurückblickte, beleuchtete das Silber seines Armbands die brodelnde virale Grube, deren Tentakel das Katana verschlangen. Ob das Virus dem Schwert tatsächlich schaden konnte, war egal: Ohne Waffe würde Sai nicht lange genug leben, um sich darum zu kümmern.

Stattdessen wandte er sich Perros gebrochenen Schreien zu. Der Twilight Ranger hatte sich in eine Ecke gedrängt und war unter einer infizierten Lawine kaum noch zu sehen. Mit seiner Servorüstung wäre Sai hineingegangen und hätte gekämpft, um Perro zu befreien. Ohne sie würde er nur in seinen eigenen Tod springen.

»Willst du ihn nicht retten?« Die Worte kamen wässrig, zerfallen, aber erkennbar.

Sai blickte nach rechts und sah eine Frau, die er nie wieder sehen wollte, die aber dennoch etwas Hoffnung brachte: Wenn Sai in diesem verdammten Verlies sterben sollte, könnte er wenigstens die richtige Person mit sich nehmen.

Anaskya ähnelte kaum noch der Frau, die Sever auf Wexer im Stich gelassen hatte, nachdem sie den Trupp benutzt hatte und von ihm benutzt worden war, um einer zum Scheitern verurteilten Existenz auf Dynas zu entkommen. Sie war eine erstklassige Wissenschaftlerin mit einem Geschmack für die feineren Dinge gewesen, eine Eigenschaft, die hier nicht erfüllt zu sein schien, wo Anaskya aussah, als hätte sie ein paar Mal zu oft das falsche Ende ihrer eigenen Impfungen abbekommen.

Aber Sai würde dieses Gesicht nie vergessen, egal wie sehr es von Krankheit gezeichnet oder von ihren eigenen Fehlschlägen entstellt war.

Man verliert diejenige nicht aus den Augen, die einen beinahe von seiner Familie getrennt hätte.

»Ich würde dich lieber töten«, sagte Sai und suchte nach einer Möglichkeit, genau das zu tun.

Anaskya schien jedoch nicht mehr zu ihrem alten Körper zu gehören. Wie die Kreaturen, die Sai zerschnitten hatte, sahen Anaskyas Arme und Beine größtenteils dunkel und sich windend aus, wobei nur ein Fleck, der um ihre Brust begann und sich bis zu ihrem Kopf fortsetzte, noch erkennbar blieb. Sai konnte einen kräftigen Schlag landen, könnte versuchen, ihr das Genick zu brechen, aber würde irgendetwas davon sie wirklich aufhalten?

»Das wirst du nicht müssen«, erwiderte Anaskya. »Ich werde bald tot sein, genau wie alle anderen, die hier geblieben sind. Dann wird dieses Virus den Planeten bedecken. Mein Leben wird sein Vermächtnis in der Erschaffung eines anderen haben. Was kann man sich mehr wünschen?«

»Ein bisschen Vernunft vielleicht?« Sai wandte sich wieder Perro zu, der immer noch kämpfte. »Kannst du ihnen sagen, dass sie ihn in Ruhe lassen sollen?«

»Warum sollten sie auf mich hören?« Anaskya lachte, ein ausgehöhlter Klang, wie ein Fisch, der nach Luft schnappt. »Ihre einzigen Gedanken sind Hunger.«

»Ist das, was mit all den Anzugträgern in den Shuttles passieren wird?«

»Vana hat ihren Kreuzzug begonnen?« sagte Anaskya. »Dann ja, irgendwann. Sobald ihre unterdrückenden Dosen nachlassen.«

»Aber warum? Was ist der Sinn darin, all deine Soldaten zu töten?«

»Das musst du Vana fragen«, Anaskya runzelte die Stirn. »Sie ist diejenige, die mich angewiesen hat, das Virus zurückzuentwickeln. Mit dem Blut des Mädchens hätten sie unbesiegbar sein können. Stattdessen wollte sie, dass sie in Bomben verwandelt werden.«

»Und du hast es ohne zu zögern getan.«

»Ich habe es mit vielen Zweifeln getan, die ich Vana oft mitgeteilt habe, nachdem ihre Agenten mich mitgenommen hatten«, sagte Anaskya. »Sie ignorierte sie. Sie zwang mich, dies zu erschaffen. Diese.«

»Warum hast du es getan? Wenn du wusstest, dass du sowieso sterben würdest?«

»Du bist doch Vater, oder?« fragte Anaskya. »Dies sind meine Kinder. Sie mögen nicht so sein, wie ich es erhofft hatte, aber zumindest habe ich sie leben sehen. Ohne Vana hätte ich nichts gehabt. Meine Arbeit wäre umsonst gewesen.«

Eine seltsame Ruhe überkam den Schwertkämpfer. Vielleicht dieselbe Ruhe, die Anaskya zu haben schien. Sie waren beide dem Untergang geweiht, dazu bestimmt, Futter für diese Dinger zu werden, sobald sie mit Perro fertig waren. Zu wissen, dass Anaskya ihm ins Jenseits folgen würde, ließ ein letztes Gespräch fast normal erscheinen, es schien das Einzige zu sein, was Sai tun konnte.

Für einen kurzen Moment erwog Sai die Flucht. Er könnte in die Dunkelheit sprinten, sich mit dem Armband durch zufällige Wendungen leiten lassen und hoffen, einen Ausgang zu finden, bevor die Monster ihn fänden.

Und doch.

»Zwei Möglichkeiten«, sagte Sai. Weitere Kreaturen waren in den Raum gekommen, zweifellos der Bodensatz von Anaskyas Versuchsvorrat. Perro war verstummt, obwohl der Mob den Mann immer noch umzingelte. Die übrigen hielten respektvoll Abstand zur Wissenschaftlerin, wie eine Familie zu ihrem Elternteil. »Ich kann dir jetzt einen schnellen Tod geben, oder du lässt dich von diesen Dingern verschlingen.«

»So wie sie dich verschlingen werden, wenn ich weg bin. Warum gönnst du mir das bessere Ende?«

»Weil es das Letzte sein wird, was mir Genugtuung verschafft.«

»Hasst du mich wirklich so sehr? Bin ich so schrecklich?«

»Ja.« Sai stellte sich in Position. Bereit loszulegen. »Wähle.«

Anaskya blickte an sich herab und schüttelte dann den Kopf. »Es tut mir leid, Sai. Wenn ich sterben soll, dann durch meine eigenen Schöpfungen.«

Perfekt. Es war viel befriedigender, einen Gegner zu besiegen, der sich wehrte, als einen, der einfach aufgab.

Sai holte zum Schlag aus. Ein gerader Hieb aus dem Nichts, der Anaskya ausschalten sollte, bevor sie sich verteidigen konnte.

Seine Faust traf nie ihr Ziel. Eine andere Kreatur, die Sai nicht hinter sich hatte kommen sehen, riss den Schwertkämpfer zu Boden. Anaskya lachte feucht, als die Kreatur sich auf Sai stürzte, ihre schleimige, sich windende Masse drückte ihn zu Boden.

Die Kreatur hatte jedoch immer noch einen Körper, und Sai hatte noch immer seine Kraft. Er stemmte sich mit den Armen hoch, rollte sich mit der Kreatur auf den

Rücken und rammte seinen Ellbogen in ihr Gesicht. Es fühlte sich an, als würde er auf ein mit Steak gefülltes Kissen einschlagen, aber der Schlag betäubte das Ding lange genug, damit Sai aufstehen und sich mit seinem Armband umdrehen konnte, nur um festzustellen, dass Anaskya verschwunden war.

Sai drehte sich weiter, um herauszufinden, welchen Weg Anaskya genommen haben könnte. Er bewegte sich, während er suchte, und wich greifenden Armen aus. Er weigerte sich, der Verzweiflung nachzugeben, dass Anaskya verschwunden war, dass Sai nicht die letzte Genugtuung der Rache bekommen würde. Dieser Weg führte in eine Dunkelheit, die tiefer war als alles, was er hier unten finden konnte.

Das Armband fing einen scharlachroten Schimmer auf, und Sai konzentrierte sich auf Perros Klinge. Das summende Schwert musste dem Mann aus der Hand gefallen sein, seine Spitze ragte hinter dem Kreaturentrio hervor, das den Söldner umzingelte.

Wenn Sai Anaskya nicht erwischen konnte, könnte er genauso gut sterben, während er etwas Richtiges tat.

Der Schwertkämpfer stürzte sich mit einem rechten Haken auf sie, zerschmetterte die schleimigen Fasern der mittleren Kreatur und schleuderte sie gegen die linke. Das schmatzende Geräusch, als sich die klebrigen Tentakel der Kreatur von Perro lösten, ließ Sai die Nase rümpfen, fast so sehr wie der faulige Gestank, der den Raum erfüllte, aber der Schlag verschaffte ihm genug Platz, um nach unten zu greifen und das Schwert aus seinem schwarzen Sumpf zu ziehen.

Die Kreatur zu Sais Rechten bemerkte, dass ihr Festmahl unterbrochen worden war, und wankte auf Sai zu, mit einer mahlenden Tentakelmasse anstelle eines Gesichts. So wechselhaft, amorph und krank diese Dinge auch sein mochten, schnell waren sie nicht gerade.

Sai hob das Schwert und stieß damit nach vorne. Während die Katana mit einer feinen Klinge schnitt, arbeitete Perros Klinge wie eine heiße Säge, die gleichermaßen kochte und schnitt, wobei ihre Zähne mit einer für das Auge zu schnellen Geschwindigkeit hin und her arbeiteten. Der verschwommene Schlag brannte durch die Bedrohung und ließ sie in zwei zischenden Haufen am Boden zurück.

Schleimige Hände packten Sais Schultern und zerrten an seinem Hautanzug, während andere sich um seine Füße schlängelten. Sai drehte seinen Griff um den Knauf und stieß die Klinge rückwärts entlang seiner Seite, wobei er die Kreatur hinter ihm aufspießte. Ihr wütendes Heulen zauberte ein letztes Lächeln auf Sais Gesicht, das selbst dann blieb, als weitere infizierte, triefende Hände seine Füße wegrissen.

Fallend landete Sai neben Perro. Im Licht seines Armbands sah der Söldner übel aus, mit blutigen Flecken überall und schwarzen Flecken, die sich über die Haut und Kleidung des Mannes ausbreiteten. Trotz alledem, als Sai das Schwert in einem Bogen schwang und durch die nächste anrückende Kreatur schnitt, bemerkte er, wie sich Perros Brust hob und senkte.

»Ach, verdammt«, sagte Sai, während er weitere Hände von zerschnittenen Kreaturen wegtrat, die nach seinen Füßen griffen. »Ich kann doch nicht einfach sterben, während du noch am Leben bist, oder?«

Perro antwortete, wie erwartet, nicht. Die Kreaturen, immer mehr von ihnen, heulten.

»Na schön dann«, sagte Sai, griff hinter sich und stemmte sich hoch. Mit einem Hieb des Schwertes nach unten räumte er die Überreste weg, die ihn von unten bedrängten. »Kommt schon, ihr Mistkerle. Wir sind noch nicht fertig.«

Wenn Sais Herausforderung die Kreaturen erschreckte, zeigten sie keine Angst im silbernen Licht seines Armbands, dessen jeder Strahl ein weiteres Monster einfing, das aus der Dunkelheit heranstürmte.

23

ANZÜGE

Gregors Visier bestätigte, was seine Ohren wahrnahmen, als Stiefel im Hangar auf den Boden trafen. Die beiden Seiten des Landungsshuttles öffneten sich, ihre Flügel ragten hoch auf und spuckten die zwölf Insassen aus. Gregor, seinen Hammer in der Hand, übernahm die Führung und stürmte direkt auf das zu, was er nicht sehen konnte, in der Hoffnung, dass sie ihn sehen würden.

Ein Schwarm wäre für Briany ein Leichtes, niederzumähen.

Auch für Gregor schwieriger zu verfehlen, wenn alle schön eng zusammengepackt waren. Ein Kampfhammer wie seiner war nicht für Präzision gedacht.

Zerstörung konnte er allerdings verdammt gut anrichten.

»Feuer rechts«, sagte Briany, ihre Stimme dicht an Gregors Ohr.

Der Befehl ließ Gregors ersten Schwung nach links gehen, ein weiter Bogen, der die roten Bedrohungen einsammeln sollte, die Gregors Visier ihm anzeigte. Er erwartete die Unholde in der blutigen Bucht der *Prisa*, die hirnlosen Ghule, die darauf warteten, zerstört zu werden.

Stattdessen traf sein Hieb ins Leere. Klickgeräusche ertönten, als Stiefel vom Boden des Hangars in die Luft sprangen, und Gregor verlor das Gleichgewicht, als der Hammer auf null Widerstand traf. Er geriet ins Trudeln, während Brianys Bolzen rechts von ihm blau aufblitzten. Sie hatte mehr Glück: Gregors unbeabsichtigte Akrobatik brachte ein Ziel in Brianys Schusslinie, sodass die Schützin zwei solide Treffer landen konnte.

Das Ziel strauchelte nicht, lief einfach an Gregor vorbei, ganz anders, als es ein blinder Jäger getan hätte.

Verdammt.

»Sie sind nicht-«, beendete Gregor seinen Satz mit einem Schrei, als ihn etwas hart traf, ihn von den Füßen riss und über den Boden der Bucht rollen ließ.

Gregor benutzte den Hammer zur Stabilisierung, indem er dessen Kopf um einige Versorgungskisten hakte, und kam gerade rechtzeitig auf die Füße, um einen weiteren Schlag einzustecken. Dieser gepanzerte Hieb gegen das Visier ließ Gregors Rüstung gegen seine Stirn krachen, vernebelte seine Sicht und ließ ihn über die Kisten stolpern, bis er auf dem Rücken landete.

Kein besonders guter Start.

Rechts erfüllte ein anderes Geräusch die Bucht. Ein Knirschen, das Kreischen von Metall, als Schneidlaser auf Widerstand trafen. Weitere Anzeichen dafür, dass dies keine dummen Bomben waren, sondern berechnende, trainierte Dämonen mit den Mitteln und Methoden, ihr Ziel zu erreichen.

»Hilfst du mit?«, durchbrach Brianys Stimme den Schwindel. »Denn wenn ich nicht bald diesen Hammer schwingen sehe, werde ich echt sauer.«

Gregors Visier, als würde es Brianys Worten folgen, gab einen weiteren harten Alarm. Direkt vor ihm. Noch immer auf dem Rücken liegend, ließ Gregor den Hammer los und kreuzte seine Fäuste, als ein Messer, schimmernd im lichtbrechenden Anzug des Soldaten, direkt auf ihn zustieß. Gregors Unterarme lenkten die Klinge ab, die neben Gregors Kopf in den Boden fuhr. Sobald die Spitze den Boden berührte, hatte sein Angreifer sie schon wieder zurückgezogen und holte zu einem weiteren Stich aus.

Gregor hob sein Knie hart an und spürte, wie es auf eine Unschärfe traf, die er nicht sehen konnte. Er sah, wie der zweite Stich des Mannes daneben ging, als das Ding das Gleichgewicht verlor. Gregor griff nach oben, packte den Messerarm und zog ihn herunter. Er nutzte den Schwung, um sich auf seinen Angreifer zu rollen, als der Soldat im Anzug zu Boden ging.

Das Messer, frei von seiner Scheide, konnte sich nicht so gut verstecken wie der Anzug. Gregor nutzte die Waffe als Anhaltspunkt und schlug mit dem Griff gegen den Boden – wobei er Schläge gegen seine Brust und Beine ignorierte –, bis der Mann seinen Griff lockerte und das Messer auf den Boden fiel. Nach einem betäubenden Schlag gegen den Kopf des Mannes, den verschwommenen Linien folgend, die sonst wie saubere blau-schwarze Fliesen aussahen, schnappte sich Gregor das Messer und beendete den Kampf endgültig.

»Gregor!«, rief Briany, die jetzt nicht mehr so überheblich klang.

Gregor griff seinen Hammer und stand auf. Er sah, wie Briany einen Rückzugskampf führte. Ein rauchender Anzug lag auf dem Boden der Bucht, aber es sah so aus, als hätten mindestens zwei weitere Briany an die Seite der Bucht gedrängt. Anstatt zu schießen, hielt die Twilight

Rangerin ihr Gewehr wie ein Schwert und benutzte es, um in einer hektischen Verteidigung Messerstiche abzuwehren.

Eine Verteidigung, die kein anderes Ende als den Tod versprach.

Mit dem Hammer in einer Hand zog Gregor eine Pistole, während er loslief. Er zielte dorthin, wo Briany ihr Gewehr schwang, wo bei jedem Aufprall einer Klinge auf ihren Lauf Funken sprühten. Die orangefarbenen Bolzen, die genau die richtige Balance zwischen stark genug, um Rüstungen zu durchdringen, und schwach genug, um den Energiespeicher zu schonen, hielten, tauchten in die Anzüge ein und hinterließen verkohlte Spuren auf ihren Trägern.

Wenn es sie überhaupt kümmerte, konnte Gregor es nicht erkennen.

Briany bemerkte Gregors Annäherung und änderte ihre Taktik. Sie stoppte den Rückzug und hielt die Anzüge mit einer wütenden Fegbewegung dort fest, um die unsichtbaren Monster ein paar Schritte zurückzudrängen. Der erste Schwung mit dem Gewehr traf Luft – ein Erfolg –, aber der Rückschwung wurde hart gestoppt. Briany verzog hinter dem Bildschirm ihres Helms das Gesicht, was für Gregor sichtbar war, als er seinen eigenen Schwung begann. Sie ließ das Gewehr fallen und versuchte stattdessen, denjenigen zu schlagen, der ihre Waffe gepackt hatte.

Die Faust kam nie an.

Ein Messer schnitt ein und traf Brianys Brust, drang in die Rüstung ein und drängte sie zurück. Die Klinge stecken lassend, musste der Angreifer wohl einen großartigen zweiten Plan gehabt haben. Gregor wusste es nicht, weil er nicht sehen konnte, was der Mann tat.

Aber Gregors Visier zeigte ihm genau, wo der Mann stand.

Gregors Hammer traf mit einer Wucht, die er lange nicht mehr eingesetzt hatte. Wut überflutete ihn wegen Brianys Verletzung, weil er selbst fast aufgespießt worden wäre. Eine Rage darüber, wie diese Dinger mit ihrer Tarnung die Regeln brachen, wie die neuen Geräusche hinter ihnen deutlich machten, dass die anderen Angreifer über die Bucht hinaus in die Fregatte strömten.

Kurz gesagt, Gregor hatte viele Gründe, wütend zu sein, und er ließ sie an dem Idioten aus, der sich keine Zeit zum Ausweichen nahm.

Der Treffer zerbrach die reflektierende Beschichtung des Anzugs und schickte einen verbogenen Splitter quer durch die Bucht und aus dem offenen magnetischen Schild der Fregatte. Gregor drehte seinen Griff und nutzte den Schwung des Treffers, um den Hammer in die andere Richtung zu schwingen, nur um Brianys Gewehr zu treffen, als dessen neuer Besitzer es benutzte, um den Schlag zu blocken.

Das zerknitterte Gewehr fallen lassend, wiederholte der Anzug seine Strategie, griff nach Gregors Hammer und hielt ihn fest. Der verschwommene Umriss passte sich Gregor an, zerrte an der Waffe und zog sie eng zusammen. Den Griff aufzugeben, um einen Schlag zu landen, könnte bedeuten, den Hammer zu verlieren, und da diese Dinger sehr schnell zuschlagen konnten, wollte Gregor das nicht riskieren.

Stattdessen zog er. Der Anzug zog auch, ihre Griffe wanden sich um den Schaft des Hammers wie zwei Götter, die in einem unsterblichen Kampf gefangen waren.

Gefangen, bis Gregor eine rot-schwarze Verbrennung bemerkte, die durch die Stelle verlief, wo der Kopf des Anzugs gewesen war. Der Griff des Dings erschlaffte und fiel weg, und dahinter stand Briany mit gezogener Pistole.

»Viel einfacher, wenn sie stillstehen«, sagte Briany. »Bist du am Leben?«

»Bist du es?«

»Hab 'nen guten Schnitt unter dieser Rüstung«, erwiderte Briany und wackelte mit dem befreiten Messer, das jetzt in ihrer linken Hand war. »Diese Dinger sind scharf.«

»Ja.« Gregor blickte zurück zu den Toren der Bucht. »Es sind noch mehr da.«

»Worauf warten wir dann?«

»Die Chancen stehen nicht gut«, antwortete Gregor. »Wir könnten das Shuttle nehmen und abhauen.«

Briany lachte: »Du, Angst kriegen? Hätte nicht gedacht, dass das dein Ding ist.«

»Du bist verletzt.«

»Und die Mission ist noch nicht vorbei«, erwiderte Briany. »Lass uns gehen, großer Junge. Ich langweile mich langsam, hier rumzustehen.«

Nachdem er den Bedenken ihren Tribut gezollt hatte, verschwendete Gregor keine Zeit mehr damit, über Briany zu lamentieren. Gemeinsam gingen sie am Landeshuttle vorbei und durch die aufgeschnittenen Hangartore, die nun ein noch rauchendes ovales Loch in ihrer Mitte von oben bis unten aufwiesen. Dahinter teilte sich der zentrale Gang des Fregattenkorridors nach links und rechts.

Jede einfache Entscheidung starb, als die beiden in beide Richtungen den langen Flur hinunterblickten. Standardmäßige DefenseCorp-Poster, sowohl belehrender als auch propagandistischer Art, klebten in Fetzen an den Wänden, einige brannten aktiv, wo Laserfeuer seine Spuren hinterlassen hatte. Auch Leichen übersäten den Boden, wo das Sicherheitspersonal der Fregatte und zufällige Passanten ein schnelles Ende gefunden hatten.

Diese Leichen verteilten sich ebenfalls in beide Richtungen, was darauf hindeutete, dass die eindringende Kraft weniger darauf aus war, das Schiff zu übernehmen, als es zu säubern. Wieder verhärtete sich Gregors Magen zusammen mit seinem Herzen, sein Kiefer spannte sich angesichts des effizienten Gemetzels an.

Diese armen Seelen wussten nicht, gegen was sie kämpften. Hatten keine Chance.

»Brücke oder Maschinenraum?«, fragte Briany, die überhebliche Attitüde angesichts, nun ja, allem verschwunden.

»Brücke«, sagte Gregor. »Sie sind hinter Menschen her, nicht Maschinen.«

Er musste auch darauf wetten, dass die Monster nicht wüssten, wie man die Motoren deaktiviert oder beeinflusst, falls die Kreaturen so weit kommen würden. Soweit Gregor sich erinnerte, war das Raider-Programm nicht für die Intelligenz seiner Soldaten bekannt.

»Glaubst du, es wird Überlebende geben?«, fragte Briany, als sie nach links gingen.

»Wir werden sehen«, antwortete Gregor. »Wenn nicht, dann werden wir dafür sorgen, dass sie gerächt werden.«

Als sie die Bucht hinter sich ließen, zogen die Quartiere des Schiffes rechts an ihnen vorbei, die Tür fest verschlossen. Das zumindest gab Gregor ein gewisses Maß an Zuversicht. Jemand war schlau genug gewesen, den Bereich abzuriegeln, und die Monster hatten sich nicht darum gekümmert, ihn aufzubrechen.

Noch nicht.

»Du bist voll und ganz dabei, diesen Leuten zu helfen, oder?«, fragte Briany.

»Ich war einmal einer von ihnen«, sagte Gregor. »Du vergisst nicht, wie es ist, benutzt zu werden.«

»Sagt jemand, der wie viele Jahre genau das getan hat?«

»Nicht so. Nicht getäuscht und zum Sterben zurückgelassen.«

Briany erwiderte darauf nichts, und Gregor war ganz für die Stille. Nicht dass das Schiff nicht genug Geräusche von sich gab. Alarme heulten jetzt, ihre schrillen Töne ein Ruf an die Soldaten, ihre Posten zu finden, an alle anderen, eine Waffe zu finden. Niemand jedoch stürmte in den Korridor, um die Eindringlinge zu bekämpfen. Entweder hatten intelligentere Befehle die Oberhand gewonnen, oder jeder mit einem Funken Mut war bereits tot.

Die Brücke bewies, dass beide Gedanken falsch waren.

Die Brücke, durch einen weiteren, dickeren Eingang versperrt, blieb unbezwungen, als Gregor und Briany von hinten aufschlossen. Gregors Visier ortete die unsichtbaren Anzüge, und er zählte vier, die mit demselben Schneidegerät, das sie für die Bucht benutzt hatten, die Tür angriffen. Bei ihrer Annäherung – der gerade Korridor bot wenig Gelegenheit zur Heimlichkeit – drehten sich zwei Anzüge zu Gregor und Briany um.

Im Gegensatz zu denen, die das Landungsshuttle verließen, hatten diese beiden Gewehre. Die Waffen standen im Kontrast zu der unsichtbaren Rüstung und stachen in ihrem Schwarz hervor. Noch auffälliger war die DefenseCorp-Färbung auf den Waffen.

Die Anzüge waren nicht mit diesen Gewehren gekommen. Sie hatten die Toten geplündert.

»Los«, sagte Briany, hob ihr eigenes erbeutetes Gewehr und eröffnete das Feuer.

Mit erhobenem Hammer stürmte Gregor los. Er blieb in der Mitte des Korridors und ließ Briany um ihn herum feuern. Die beiden Anzüge konzentrierten ihre Schüsse auf Gregor und wählten den anstürmenden Verrückten als leichtestes Ziel. Gregors Energierüstung nahm das eingehende Feuer alarmiert auf, aber die Schüsse trafen Gregors Brust, den stärksten Teil, die einzige Platte, die möglicherweise lange genug halten würde, damit er in Hammerschlagweite kam.

Brianys Deckungsfeuer machte sich nach der ersten Salve bemerkbar und schickte beide gewehrtragenden Truppen in Deckung. Ihr Selbsterhaltungstrieb besiegelte nur ihr Schicksal, als Gregor scharf nach rechts abbog, den Schaft festzog und kinetische Energie durch den Hammerkopf schickte. Der Mann versuchte, mit dem Gewehr zu blocken und fing den Hammer hoch in seinem Bogen ab.

Das Gewehr zerbrach in zwei Teile, sein rotes Gas zischte, als Gregors Hammer sein Ziel traf. Die kinetische Energie ließ Gregors Waffe abprallen, selbst als sie den Mann ruinierte und ihn zu Boden schmetterte. Gregor drehte sich mit dem Rückprall des Hammers, nutzte den Schwung, um quer durch den Gang auf den Partner des Mannes zuzustürzen.

Ein roter Blitz traf Gregors Augen, und das Visier schmolz, nahm den Treffer auf und ließ Gregor eine sirupartige Sicht auf die Welt. Eine Sicht, die immer noch ein klares Ziel bot: Briany hatte die Rüstung mit Einschlagspuren übersät und das Ding bereitete gerade einen weiteren Schuss vor.

Gregor spürte die Wärme in seinem Bauch, als das Gewehr feuerte, spürte das Spritzen in seinem Gesicht, als sein Hammer diesen letzten Schuss zum Finale des Dings machte.

Als er sich zu dem Paar umdrehte, das die Brückentür aufschnitt, sah Gregor zwei rauchende Leichen, jede von Brianys Gewehrfeuer durchsiebt.

»Sie schnitten weiter, selbst als du angestürmt bist«,

sagte Briany, als sie Gregor einholte. »Sie mögen zwar hart im Kampf sein, aber sie sind immer noch engstirnig.«

Gregor grunzte zustimmend und legte den Hammer beiseite, um den Rest seines Visierglas herauszureißen. Dieses warme Glühen in seinem Bauch war nicht verschwunden. Tatsächlich fühlte es sich jetzt, da er darauf achtete, eher wie ein heißes Bluten an. Er schaute nach unten und sah, wo seine Rüstung gewesen war, saß jetzt nichts mehr als Haut, und davon auch nicht viel.

»Oh, das ist gar nicht gut«, sagte Briany und schob Gregors Hand weg. »Setz dich hin, du Idiot.« Briany drückte Gregor fast zu Boden, als sie sich zur Brücke umdrehte. »Hey, ist da jemand? Die Leute, die euch gerade den Arsch gerettet haben, brauchen einen Sanitäter! Sofort!«

Gregor blinzelte. Versuchte, die zunehmende Taubheit abzuschütteln. Ein seltsames Gefühl, das. Heiß und lähmend zugleich. Als ob seine Seele versuchte, einen Weg durch das Loch nach draußen zu finden. Er war schon oft angeschossen worden, aber nicht hier, nicht in den Bauch.

Vielleicht war das der Grund, warum er die ganze Zeit über seinen verdammten Mut behalten hatte: Gregor war nie an der richtigen Stelle getroffen worden.

Briany ging näher zur Brückentür und schrie weiter. Eine andere Stimme antwortete, aber Gregor verstand die Antwort nicht ganz. Seine Ohren, obwohl sie klingelten, hatten ein wichtigeres Geräusch aufgefangen. Ein klapperndes, rasselndes Geräusch, das vom Ende des Ganges kam. Es näherte sich.

»Briany«, sagte Gregor und würgte fast an ihrem Namen. »Da kommen noch mehr.«

»Was?«, fragte Briany und warf einen kurzen Blick zurück. »Sei still, Mann. Spar deinen Atem.«

Dafür würde später noch Zeit sein. Die gab es immer.

Gregor packte seinen Hammer, zog sich auf die Füße und schaute in Richtung des näher kommenden Geräusches. Bei der Verteidigung einer unschuldigen Brücke zu sterben?

Ja, das konnte Gregor tun.

24

DER GAMBIT DES RENNFAHRERS

Das Shuttle leuchtete hell auf, als die *Prisa* es angriff, ihre Geschütztürme oben und unten von flankierenden Jägern unterstützt, während die DefenseCorp-Flotte zur Besinnung kam. Wie ein Körper, der eine Krankheit bekämpft, suchten die Korvetten, Jäger und größeren Schiffe die Shuttles und brannten sie auseinander. Eponis Angriffswellen kamen jetzt mit einem größeren Trupp, der die automatischen Geschütze zwischen den Zielen aufteilte.

»Und deshalb haben wir immer noch Menschen an den Kontrollen«, sagte Tarla, als die *Prisa* vereinzelte Treffer einsteckte, nicht genug, um die Schilde zu durchdringen. »Diese dummen Dinger könnten nicht mal einen Frachter zerstören.«

»Sie hätten uns beinahe umgebracht«, erwiderte Eponi.

Tarla winkte die Worte ab, während Eponi den Jägern zum nächsten zu zerstörenden Shuttle folgte. »Es war nie so knapp.«

Nach den Daten der *Prisa* zu urteilen, würde Eponi dem widersprechen. Ihr Schiff hatte einige harte Brandstellen auf der Hülle, und ein paar Teile müssten beim nächsten Landen ersetzt werden. Eine weitere Salve der Jäger hätte durchbrechen und die *Prisa* samt Besatzung ins Vakuum schleudern können.

Andererseits gehörten knappe Situationen zum Spiel.

»Sever, seid ihr frei für einen Auftrag?«, kam Deepaks Stimme über ihre offene Leitung. »Wir haben den Kontakt zu einem der Kreuzer verloren. Ich brauche euch, um an ihrer Brücke vorbeizufliegen und zu sehen, ob noch jemand da drin ist.«

»Ein Kreuzer? Du meinst einen von den großen Jungs?«, fragte Eponi.

»Ich glaube, Sie haben Erfahrung darin, sich der Brücke eines Schiffes zu nähern und seine Offiziere zu erschrecken«, sagte Deepak. »Ich schicke Ihnen die Koordinaten.«

Auf der großen Windschutzscheibe erschien eine neue Linie, die die *Prisa* zurück in Richtung Aurum Drei lenkte. Deepaks Ziel war zufällig der Kreuzer, der dem Planeten selbst am nächsten war. Keine große Überraschung – die Shuttles hätten diesen zuerst getroffen.

»Was will er, dass wir jetzt tun?«, fragte Tarla.

»Wir sollen aus nächster Nähe Hallo sagen«, antwortete Eponi. »Er hofft, dass nur ihre Kommunikationssysteme ausgefallen sind und sonst nichts.«

»Also in der Nähe eines riesigen Schiffs voller Geschütze fliegen, das vielleicht nicht auf unserer Seite ist? Ohne Belohnung?«

»Gleicher Deal wie vorher, Tarla.«

»Wenn sie die Bedingungen ändern, kannst du das auch«, sagte die Kapitänin der Twilight Rangers und lehnte sich in ihrem Sitz zurück, den Kopf schüttelnd. »Du hast noch viel zu lernen, wenn du dieses Spiel spielen willst.«

Eponi ignorierte Tarlas Worte und konzentrierte sich

stattdessen auf den Anflugvektor der *Prisa*. Der Kreuzer war nicht ganz so groß wie die *Nautilus*, und seinem rundlichen Rumpf fehlte die felsige Integration mit einem Asteroiden, aber das Schiff hatte trotzdem noch reichlich Platz. Es hing wie ein abtrünniger Mond über Aurum Drei, die Heckdüsen abgeschaltet, sodass das Schiff trieb.

Soweit Eponi feststellen konnte, hatten die Shuttles eine Ein-Schiff-pro-Ziel-Strategie verfolgt, was sie leicht zu zerstören machte, als sie sich von ihren Gruppen trennten. Trotzdem hatten viele ihr Ziel erreicht, bevor DefenseCorp zur Vernunft kam, und eines musste hier angedockt haben. Die Vorstellung, dass ein einzelnes Landungsshuttle einen ganzen Kreuzer mit Hunderten von Besatzungsmitgliedern, Truppen und Waffen an Bord übernehmen könnte, erschien wahnsinnig.

Aber eine konzentrierte, tödliche Gruppe unsichtbarer Plünderer könnte in der Lage sein, eine Brücke zu stürmen.

Eponi steuerte die *Prisa* so, dass sie über die linke Seite des Kreuzers kam, und leitete Energie von den Waffen ihres Schiffes in die Schilde um. Obwohl die Geschütztürme des Kreuzers noch nicht feuerten, könnten ihre Anzahl und Feuerkraft ein ahnungsloses Schiff wie die *Prisa* im Nu rösten. Die Piloten in den Geschütztürmen der *Prisa* protestierten, aber eine kurze Erinnerung daran, wer sie vor dem eiskalten Vakuumtod gerettet hatte, beendete das Gejammer.

Tarla verbrachte die Sekunden damit, Anfragen sowohl über Sever- als auch über Twilight-Ranger-Frequenzen zu senden, um jemanden an der Oberfläche zu erreichen. Niemand antwortete, und zum ersten Mal bemerkte Eponi Sorge in Tarlas Gesicht.

»Also kümmerst du dich doch«, sagte Eponi, nachdem Tarlas letzte Botschaft unbeantwortet blieb.

»Ohne Team ist es schwer, Kohle zu machen.«

Eponi seufzte und schüttelte den Kopf. Vielleicht würde Tarla eines Tages einen Riss in ihrer selbstgefälligen Rüstung zeigen. Es musste doch mehr in der Kapitänin stecken als nur Sprüche und Geld.

Draußen tauchte die Brücke des Kreuzers zum ersten Mal auf. Die gebogene Glasfläche überspannte den mehrstöckigen Raum der Brücke, wo eigentlich ein Haufen Offiziere mit den Schiffssystemen beschäftigt sein sollte. Vom Weltraum aus musste Eponi an Aurum Drei's grellem Stern vorbeischauen, der ein weiß-blaues Leuchten warf.

Sich in einer Galaxie, in der Schiffe von einem Planeten zum anderen flogen, auf bloßes Augenlicht zu verlassen, erschien Eponi etwas absurd, aber sie beugte sich trotzdem vor und versuchte, Leben zu entdecken. Sie näherten sich vorsichtig, schalteten die Triebwerke der *Prisa* ab und kamen dem Glas näher.

Tarla fluchte, als Eponi scharf die Luft einsog. Sie konnte, wollte von nichts überrascht sein, was diese Kreaturen tun konnten, nicht nachdem sie gesehen hatte, wie sie in dieser blutigen Bucht auf die *Prisa* zugerast waren, und doch ...

Selbst als der grausige Anblick zu ihr durchdrang, bewegte sich der Kreuzer. Seine Geschwindigkeit nahm zu, und Eponi beeilte sich, die Triebwerke der *Prisa* einzuschalten und das kleinere Schiff wegzustoßen, während der Kreuzer sich in eine höhere Umlaufbahn hob.

»Du hast dort keinen Piloten gesehen, oder?«, fragte Eponi, als der Kreuzer unter der *Prisa* hindurchglitt.

»Ich habe niemanden gesehen«, sagte Tarla. »Ich weiß, ich sagte, wir würden alle Flüchtlinge hier halten, Eponi, aber ich glaube, wir können diesen Kreuzer nicht aufhalten.«

»Er verlässt uns nicht«, sagte Eponi und blickte auf ihre Konsole, die die wahrscheinliche Richtung des Kreuzers anzeigte. »Wenn überhaupt, sieht es so aus, als würde er direkt durch das Zentrum der Flotte fliegen wollen.«

»Warum?«

Eponi warf einen Blick auf Tarla, und beiden wurde im selben Moment die Bedeutung klar.

»Vana hat sie wirklich zu Monstern gemacht«, murmelte Tarla, während Eponi den Kanal zu Deepak wieder öffnete. Der Mann nahm schnell ab, sein körniges Gesicht erschien auf der Konsole.

»Admiral«, sagte Eponi. »Die Brücke dieses Kreuzers ist kompromittiert, und ich glaube nicht, dass Ihnen gefallen wird, wohin er fliegt.«

Das Gesicht des Admirals zeigte den ganzen Stress, aber keine Überraschung über Eponis Worte: »Dann müssen Sie ihn zerstören. Wir konnten Überlebende auf dem Schiff erreichen, und sie kontrollieren noch die Notfallbrücke. Wenn Sie den vorderen Teil ausschalten können, können wir das Schiff vielleicht noch retten.«

»Sie wollen, dass ich allein gegen einen Kreuzer kämpfe?«

Deepak verzog das Gesicht: »Ich will es nicht, aber wir haben keine Wahl. Ich werde den Hilferuf aussenden, aber obwohl Ihr Kreuzer unser größtes Problem ist, ist er nicht unser einziges. Andere Fregatten fallen, und es gibt noch mehr Shuttles abzuschießen.«

Eponi musste wieder einen Seufzer unterdrücken – das hatte sie in letzter Zeit zu oft getan. Kart-Rennfahrer mussten daran glauben, dass sie gewinnen würden, und das bedeutete, negative Emotionen fernzuhalten. Stattdessen drehte sie die Motoren hoch und begann, Energie von den Schilden zu den Geschütztürmen umzuleiten.

»Wenn das alles vorbei ist, können Sie vielleicht denen, die noch übrig sind, sagen, dass sie aufpassen sollen, wenn Sever einen Rat gibt, okay?«, sagte Eponi.

»Sie haben mein Wort darauf, Eponi«, erwiderte Deepak. »Kümmern Sie sich um den Kreuzer. Viel Glück.«

Das Gesicht verschwand, als die *Prisa* begann, über den Rumpf des Kreuzers zu kriechen und sich zurück zur Brücke vorzuarbeiten. Beim ersten Anflug sah Eponi kein Leben in den Waffen des Kreuzers. Die Geschütztürme blieben still, weich und ruhig. Genau so, wie sie ihre Feinde am liebsten hatte.

Jetzt begannen sich dieselben Speere, die ins All ragten, zu drehen. Aus dieser Nähe sah Eponi, wie sich die Waffen bewegten, und schlimmer noch, wie sie sich im Einklang bewegten. Kein Weg, dass findige Soldaten diese Türme so reibungslos bewegen würden.

»Du siehst das auch, oder?«, fragte Eponi Tarla.

»Ich versuche nur, es nicht zu glauben«, antwortete Tarla. »Ich hatte gehofft, diese Dinger wären nicht schlau genug, um große Manöver zu machen.«

»Sie müssen nicht viel wissen«, sagte Eponi, »bring ihnen bei, wie man ein Ziel festlegt, schalte den Autopiloten ein. Das reicht, um diese Flotte zu ruinieren.«

»Dieser Auftrag wird immer schlimmer und schlimmer.«

»Wenn du willst, dass es besser wird, sag den Piloten, sie sollen sich bereit machen«, sagte Eponi. »Ich wette, dieser Kreuzer wird es nicht mögen, wenn wir anfangen zu schießen.«

Dass der Kreuzer nicht sofort das Feuer eröffnet hatte, bedeutete, dass die Eindringlinge doch nicht so schlau waren. Ein Ziel festlegen und den Autopiloten einschalten, automatische Verteidigung aktivieren? Das waren so ziemlich die einfachsten Optionen, die ein Kreuzer wie dieser hatte, sodass ein großes Schiff, das für tausend Mann ausgelegt war, auch mit nur ein paar übrig gebliebenen Leuten dahinsiechen konnte.

Die *Prisa* und jedes andere Schiff neben dem Kreuzer würden als neutral, vielleicht sogar als freundlich angezeigt werden. Sobald Eponi jedoch ein paar Laser in die Brücke pumpte, würde sich das ändern. Die Kart-Rennfahrerin konnte zwar fancy fliegen, aber die *Prisa* war nicht klein genug, um dem Feuer eines ganzen Kreuzers auszuweichen.

»*Prisa?*«, der Ruf drang in Eponis Cockpit. »Hier spricht Blade Wing. Deepak hat uns zu Ihnen geschickt, sagte, Sie könnten etwas Hilfe gebrauchen, um diesen großen Jungen außer Gefecht zu setzen?«

Eponi blinzelte und schaute auf den Scanner. Sie sah vier Blips, die sich ihrer Position näherten. Bei Weitem nicht genug, um einen Kreuzer herauszufordern.

»Sagt mir, dass ihr viel größer seid, als ihr ausseht, Blade Wing«, sagte Eponi.

»Zwei Jäger, zwei Korvetten«, antwortete der Blade Wing Kommandant, keineswegs entmutigt von ihren Aussichten. »DefenseCorp Standard, zu Ihren Diensten.«

Tarla verbarg ihr Gesicht in ihren Händen, während der Kreuzer draußen seine Wende vollendete. Das große Schiff hatte sich nun von der Umlaufbahn abgewandt und der Flotte zugewandt. Der anhaltende Laserkampf zwischen gekaperten Schiffen, Shuttles und den Guten sah, wenn Eponi die Augen zusammenkniff, wie eine Ziellinie aus.

»So sieht die Lage aus«, sagte Eponi. »Wir müssen die Brücke dieses Kreuzers ausschalten, aber seine Schilde sind aktiviert. Sobald er uns für die Bösen hält, wird er alles, was er hat, auf uns abfeuern.«

»Wir sind nicht für diese Art von Feuerkraft ausgerüstet.«

»Ach, meinst du?«

Der Geschwaderführer sagte nichts, und Eponi fühlte sich fast schlecht wegen des Seitenhiebs. Fast. Stattdessen versuchte Eponi, eine andere Option zu finden, als die *Prisa* zum zweiten Mal über die Brücke glitt und in ihr scheinbar leeres Zentrum blickte.

»Sag mir, was ihr habt«, forderte Eponi das Blade-Geschwader auf.

»Raketen und Laser, Sever. Das ist unsere Ausrüstung.«

»Raketen und Laser«, murmelte Eponi und wog die Optionen ab. Sie brauchte einen Schachzug, der den fünf kampflustigen Schiffen eine Chance gegen ein riesiges Monster geben würde. Nun, ein Monster, das im Moment nicht wusste, dass diese fünf Schiffe der Feind waren. »Moment mal, könnt ihr an mir vorbeiziehen? Ein paar Kilometer hinter meinen Triebwerken Formation fliegen?«

»Können wir machen.«

Eponi passte die Geschwindigkeit der *Prisa* dem Kreuzer an, schob sie über die Brücke und hinunter vor die riesige Scheibe. Sie drehte das Schiff so, dass ihre Windschutzscheibe direkt auf das Ziel blickte.

»Du willst es rammen?«, fragte Tarla. »Denn ich habe dir keine Erlaubnis gegeben, mich zu töten oder mein Schiff zu zerstören.«

»Ich arbeite nicht für dich«, erwiderte Eponi.

Tarla zog schneller eine Pistole, als Eponi es für möglich gehalten hätte. Die Kapitänin der Twilight Rangers zielte damit direkt auf Eponis Kopf.

»Bring uns hier raus«, sagte Tarla. »Ich entscheide, dass diese DefenseCorp-Schiffe es nicht wert sind.«

»Ist mir egal, was du denkst«, sagte Eponi und öffnete

den Kanal zurück zum Blade-Geschwader. »Visiert mich mit euren Raketen an. Alle von jedem. Wir werden nur eine Chance dafür bekommen.«

»Auf dich?«, fragte der Kommandant des Blade-Geschwaders in jenem besorgten Ton, den Eponi oft genug von Aurora hörte.

»Es ist ein Befehl«, sagte Eponi. »Wenn ich es sage, feuert ihr.«

Tarla runzelte nun die Stirn, immer noch ihre Pistole haltend, »Eponi, dieses Spiel gefällt mir nicht.«

Eponi antwortete nicht. Sie musste die *Prisa* nah heranbekommen. Mit den Manövrierdüsen des Schiffes verringerte sie die Geschwindigkeit stückchenweise und zog die *Prisa* Zentimeter für Zentimeter näher an die Brücke heran. Alarme begannen zu klingeln, als das Blade-Geschwader sein Versprechen erfüllte, sich formierte und ihre Raketen auf die *Prisa* ausrichtete.

Die Anzahl der Zielerfassungen und der erwarteten Raketen stieg weiter an, weit über die Zahl hinaus, die Eponi und alle an Bord zu Asche reduzieren würde.

»Antworte mir, Eponi«, sagte Tarla. »Oder ich schieße.«

»Wenn du diesen Abzug betätigst, sind wir beide tot«, schoss Eponi zurück. »So ist das Leben mit mir, Tarla. Du nimmst es an, du lässt es, aber für den Moment halt bitte die Klappe.«

Und zum ersten Mal tat Tarla es.

Als sich die Zielerfassungen stabilisiert hatten, als die Brücke des Kreuzers so nah kam, dass Eponi das Gefühl hatte, sie könnte die Hand ausstrecken und das Glas berühren, gab sie den Befehl.

»Feuer, ihr wunderbaren Bastarde«, sagte Eponi. »Feuert alles ab.«

Dutzende von Raketen wurden abgefeuert und rasten auf die *Prisa* zu, während Eponi die Triebwerksleistung hochfuhr.

Zeit, das Rennen zu gewinnen oder bei dem Versuch zu sterben.

25

IN DIE DUNKELHEIT

Was sich unter der Landezone befand, wurde lange bevor Rovo den Boden erreichte klar. Schwarze Flecken, Pfützen, die immer noch vor lebendigem Material zitterten, sagten Rovo alles, was er wissen musste. Alpträume, hervorgerufen durch Felix und seine kranken Kreationen, suchten Rovos Schlaf heim, und hier waren sie wieder.

»Geh wieder nach oben«, sagte Rovo zu Javelin, der dem Neuling ein paar Schritte hinterher war.

»Zurückgehen, warum?«

»Weil ich hier unten kein Signal bekomme und wir Hilfe brauchen werden«, sagte Rovo. »Wenn ich richtig rate, ist das, was hier unten ist, verdammt übel.«

»Das sind wir auch, Alter.«

»Alter?« Rovo warf einen Blick über seine Schulter auf den Söldner. »Und nein, nicht so. Wir brauchen Verstärkung. Mehr Feuerkraft.«

»Aber du gehst trotzdem einfach weiter?«

»Wenn Sai hier unten ist, dann steckt er in Schwierigkeiten. Du und ich sind die Einzigen, die das wissen. Wenn wir beide sterben, wer kommt uns dann holen?«

»Wenn wir tot sind, Alter, warum sollte uns das kümmern?«

Rovo schloss die Augen, atmete ein und aus in der richtigen Reihenfolge: »Javelin, bitte geh jetzt. Bevor ich dich erschieße, um mir selbst Kopfschmerzen zu ersparen.«

Kichernd tat Javelin endlich, worum Rovo ihn gebeten hatte, und machte sich auf den Weg nach oben. Vielleicht konnte der Söldner Kontakt zu Tarla und Eponi aufnehmen und sie dazu bringen, die *Prisa* hier runter zu bringen, falls sie mit den Abwurfshuttles da oben fertig waren.

Oder Gregor und seinen Hammer holen.

Als der Neuling jedoch von der letzten Metallstufe auf einen rauen Boden trat, entfachte die plötzliche Einsamkeit ein anderes Feuer in seinen Knochen. Das letzte Mal, als Rovo Felix allein in die dunkleren, verseuchten Ecken gefolgt war, war Rovo gefangen genommen und beinahe verschlungen worden. Diesmal hatte der Neuling eine zweite Chance zu beweisen, dass er es drauf hatte. Dass er kein leichtes Opfer war.

Das zu denken und es zu beweisen, erforderte das Überqueren einer wachsenden Kluft, als Rovo tiefer in das unterirdische Labyrinth vordrang. Sein Armband erfasste spärliche Beschilderungen, die alle neuen Subjekte in die eine Richtung und Betreuer in eine andere wiesen. Gezwungen, zwischen den beiden zu wählen, entschied sich Rovo für die Subjekte.

Zurück auf Gillane Vier, inmitten der Ozeane, hatte Vana Kaias Blut genommen, um ihre Agenten in eine unbesiegbare Kampftruppe zu verwandeln. Rovo hatte damals gedacht, eine heimliche Truppe, die in jeder Umgebung auftauchen und ohne einen Kratzer davonkommen könnte, wäre das Schlimmste, was passieren könnte. Jetzt? Vana hatte es noch weiter getrieben und beschlossen, ihre erfahrenen Agenten gegen zufällige, unglückliche Zivilisten auszutauschen.

Hunderte waren in diese Shuttles gesteckt worden, aber wenn der Angriff auf die *Prisa*-Bucht offenbarte, was mit den Menschen geschah, die Sever auf Dynas zurückgelassen hatte, dann könnten hier Tausende mehr sein. Zivilisten, sogar Familien, gefangen in diesen Höhlen und wartend auf das Virus, das sie in hirnlose Monster verwandeln würde.

Rovo hatte diese Leute nicht mit den Agenten bei der Evakuierung mitgehen sehen. Wo sie sein könnten, was mit ihnen passiert sein könnte, darüber versuchte der Neuling nicht zu spekulieren. Besonders, als die Wände um ihn herum dunkler und dunkler wurden, mit viralen Flecken übersät. Die Luft wurde dick und feucht, ganz anders als Aurum Dreis trockener Zustand oben. Durch das Visier kroch ein fauliger Gestank in Rovos Anzug und löste Husten aus, bis der Neuling die Energierüstung anwies, ihn herauszufiltern.

Neue Geräusche erhoben sich, als Rovo tiefer vordrang, einen zögernden Schritt nach dem anderen. Ein ständiges, nasses Tropfen und Schlängeln, als ob sumpfdurchtränkte Schlangen mit Rovo durch die Tiefen krochen. Hinter ihnen, lauter werdend, ertönten gelegentliche Klackgeräusche, als ob zwei harte Gegenstände aufeinandertrafen. Was eine Maschine hätte sein können, hielt Rovos Aufmerksamkeit, als die Schläge in zufälligen Abständen ertönten, als ob jemand mit einem Gegenstand schwang.

Wie ein Schwert.

Rovo hatte Sais Katana gehört, während er die Stufen

hinabstieg, aber die Klinge war verstummt. Jetzt dieses, ein ähnliches Geräusch? Vielleicht kämpfte Sai noch immer tief in diesen Katakomben.

Rovo verfluchte seine eigenen umherschweifenden Gedanken – über das Schicksal der Bürger von Dynas zu spekulieren, während er nach einem Freund suchte – und begann zu rennen, traf zufällige Entscheidungen und sprintete durch größere Räume voller umgestürzter Schreibtische, zerstörter Laborausrüstung und leerer, gesprungener Bildschirme auf seinem Weg zum Geräusch. Jede Wahl folgte dem Klang und Rovo beschleunigte, nutzte die kinetischen Verstärker der Rüstung für lange Sprünge, während diese Schläge langsamer und langsamer wurden.

Von den Wänden abprallend, schwarze Spritzer um sich verbreitend während er rannte, stürmte Rovo in den bisher größten Raum, vollgepackt mit umgestürzten Podien und durchtränkt von waberndem, dunklem Schmutz. Mit den Lichtern seiner Rüstung, die von seinen Schultern strahlten, drehte sich Rovo nach rechts in Richtung des Geräuschs.

Sai stand mit dem Rücken zur Wand und begünstigte seinen linken Arm. Rovo konnte nicht mehr von dem Mann sehen, da dunkle Gestalten immer wieder auf Sais Schwert zustürmten und zurückgeworfen wurden. Ein Schwert, das irgendwie nicht Sais Katana war.

Nicht dass die Waffe jetzt eine Rolle spielte.

Rovo hob das Gewehr und feuerte Schüsse auf Sais linke Seite ab, verbrannte ein Paar, das sich der blinden Seite des Schwertkämpfers näherte. Sich drehend, fuhr Rovo mit Lasern die Linie entlang und übersprang jeden Schlag, der Sai direkt hätte treffen können.

»Halt!«, rief Sai, die ersten Worte, die er zu Rovo sprach. »Perro ist zu meiner Rechten.«

Zu seiner Rechten? Rovo schaute und sah nichts als weitere schwärmende Gestalten. Durch ihre greifenden Arme und sich biegenden Glieder hindurch sah Rovo jedoch Schatten, einen Raum, den Sai mit weiten Schwüngen freihielt.

Also musste Rovo präzise sein. Das konnte er schaffen.

Rovo zielte seine Schüsse und erledigte die Kreaturen, als sie auf Sai und nun auch auf ihn zukamen. Jeder blauweiße Strahl hinterließ eine orangefarbene Flamme auf dem Ziel, ein Feuer, das sich ausbreitete, als die Kreaturen übereinander herfielen. Der Anblick verblüffte Rovo, bis er sich daran erinnerte, wie genau Gregor die Dinger auf Dynas erledigt hatte: indem er ein Rohr zerbrach und die Kreaturen zu Asche verbrannte.

Hier gab es keine Rohre, die Rovo sehen konnte, aber das Gewehr schien der Aufgabe gewachsen zu sein.

»Willst du uns ausräuchern?«, hallte Sais Ruf durch den Raum.

Der Mann hatte recht. Rovos Arbeit ließ pechschwarzen Rauch durch den Raum kriechen. Die Powerrüstung des Neulings hielt den Qualm von seinen Augen fern und hinderte den gefilterten Schutt daran, in seine Lungen zu gelangen. Sai – in einer Erkenntnis, die Rovo wie ein anspringender Tiger traf – schien seine Rüstung nicht mehr zu haben. Wenn sich das Feuer ausbreitete, wäre er genauso dem Tod geweiht wie die Kreaturen.

»Ich komme!«, rief Rovo zurück und rannte los in Richtung des Schwertkämpfers.

Der mächtige Sprint begann und endete mit einem einzigen Schritt in den feurigen Schleim, der den Boden bedeckte. Wie in einer Komödie fanden Rovos schwere Stiefel keinen Halt und rutschten unter dem Neuling weg, sodass Rovo samt Powerrüstung ins Rutschen geriet. Flammende Schauer sprühten auf, als Rovos Rücken auf den Boden schlug, und mehr als eine Kreatur sah ihre Chance zum Angriff gekommen.

Zurück im abgestürzten Landungsshuttle hatten die drei Mordlustigen auf Rovo eingeschlagen, eine Faust und ein Messer nach dem anderen. Ihre Anzüge, gepaart mit dem Drogencocktail, den Vana ihnen verabreicht hatte, gaben diesen Teufeln genug Kraft, um Rovos Rüstung zu knacken und ihre Messer durch seinen Schutz zu treiben.

Diese Kreaturen hatten keine dieser Vorteile. Ihre schleimigen Hände und zerbrochenen Zähne versuchten vergeblich, die Verteidigung der Powerrüstung zu durchdringen. Rovo hätte lachen können, hätte gelacht, wenn er nicht dasselbe gefühlt hätte, was den Neuling damals auf Dynas erwischt hatte: ein langsames, saugendes Gefühl, als sich der Virus an seine Arme, Beine und seinen Rücken heftete.

Es würde die verdammte Krankheit vielleicht lange dauern, aber sie würde Rovo genauso verschlingen.

Der Neuling versuchte sich aufzusetzen, aber die Kreaturen nutzten ihr Gewicht, um ihn nach unten zu drücken. Er konnte auch das Gewehr nicht heben, da andere Kreaturen darauf kletterten und die Waffe im Morast festhielten.

»Wo bist du?«, rief Sai, die Worte drangen durch eine Klanglandschaft, die von Schmatzen und heiseren Schreien dominiert wurde.

»Bin böse gestürzt«, antwortete Rovo, während er seine Optionen durchging und keine fand, die ihm gefiel.

Aber er fand eine, die er nutzen konnte.

»Bring dich so weit weg wie möglich«, sagte Rovo. »Fünf Sekunden!«

Er ließ das Gewehr los, eine Aktion, die die Waffe

nirgendwohin in dem Schlammtümpel beförderte, der jetzt bis zur Hälfte seiner Seite reichte. Rovo schwamm mit der Hand durch den Schleim zu seinem Gürtel, wo zwei Granaten bereit lagen. Es dauerte ein paar unbeholfene Sekunden, seine Finger um die geriffelte Kugel zu bekommen, während schmutzige Fäuste auf sein Gesicht und seine Brust einschlugen, was Sai seine fünf Sekunden und mehr gab.

Dann aktivierte Rovo die Bombe. Zählte bis drei.

Rovo riss seinen Arm frei und warf die Granate mit aller Kraft. Er konnte sie nicht fliegen sehen, da ihn jetzt all die Kreaturen bedeckten, die sich zu einer formlosen Masse vermischten, die an seiner Rüstung fraß. Er hörte jedoch das leichteste Klirren, als die Bombe die Decke traf.

Rovo hörte definitiv den Knall, als die Granate explodierte.

Wie bei einem plötzlichen Sonnenaufgang verschwanden die krabbelnden Kreaturen in einem feurigen Schwall. Rovos eigene Rüstung zeigte Warnmeldungen auf seinem Visier an, die besagten, dass die Powerrüstung nicht mehr viel Integrität besaß. Sie im Weltraum oder unter Wasser zu benutzen, wäre eine schnelle Reise zu einem langsamen Tod. Hitze spritzte durch die leichtesten Stellen der Rüstung an den Gelenken und versengte Rovo durch seinen Hautanzug.

Beschädigte Rüstung hin oder her, der Neuling stemmte sich hoch und drückte sich mit den Armen nach oben, während virale Materie um ihn herum brannte. Steine prasselten von der Decke, wo ein ordentliches Stück herausgesprengt worden war und seine Überreste einen Steinregen im Raum erzeugten. Zuerst überprüfte Rovo, wo Sai gestanden hatte, und sah nichts. Dann, als sein Visier eine Bedrohung zu seinen Füßen meldete, rannte er los.

Mit zwei langen Sprüngen, bei denen Rovos Rüstung funkensprühend mit der Bewegung kämpfte, erreichte Rovo Sais früheren Standort. Er fing sich an der Steinmauer ab, die von Kratzern übersät war, wo Sais weite Schwünge die Barriere gestreift hatten, und Rovo erspähte Sais besten Ausweg rechts, einen parallelen Korridor zu dem, den Rovo genommen hatte.

Er erspähte ihn, verlor dann aber jede Sicht, als die brennenden Trümmer Rovos verwundbares Gewehr erreichten. Das Gas im Energiemagazin der Waffe entzündete sich in einem gleißenden Blitz, durchlief die Farben und sandte eine zweite heiße Serie durch Rovos Gelenke.

Er würde nach dieser Aktion ein langes Salben-Bad brauchen.

Der Gedanke, als Rovos Augen wieder fokussierten, zauberte ein Lächeln auf sein Gesicht. Da war er nun, in einem zerstörten Raum, umgeben von einer tödlichen Krankheit und den hirnlosen Monstern, die sie erschuf, und dachte an ein schönes Bad.

Aurora sagte immer, Sever müsse sein Selbstvertrauen bewahren. Warum jetzt damit aufhören?

»Sai?«, rief Rovo den Weg hinunter. »Bist du hier unten?«

»Lebst du noch, Frischling?«, antwortete Sai.

»Das ist doch nichts!«, sagte Rovo und machte sich auf den Weg zum Schwertkämpfer. »Ein bisschen Feuer hat noch niemandem geschadet.«

Sai, der den Korridor hinunter wartete, mit Perro auf seiner Schulter hängend, schüttelte den Kopf, als Rovo sich näherte. Die Energierüstung des Frischlings hatte noch ein funktionierendes Licht, und Sai hielt eine Hand hoch, um seine eigenen Augen abzuschirmen, als Rovo näher kam.

»Ich will nie wieder Feuer sehen, solange ich lebe«, sagte Sai. »Wie hast du uns gefunden?«

»Bin dem Gemetzel gefolgt?«

Außerhalb des brennenden Raumes waren die Wände wieder mit schwarzem Schleim überzogen. Teile davon saugten an Rovos Stiefeln vom Boden, was jede Lust auf ein nettes Gespräch mit Sai zunichtemachte. Es gab eine Zeit und einen Ort, um Geschichten auszutauschen, und das wäre bei einem Bier auf einer Welt, die sehr, sehr weit von dieser hier entfernt war.

»Stört es dich, wenn wir weitergehen?«, fragte Rovo, als Sai keine Anstalten machte, den Korridor weiterzugehen. Stattdessen blickte der Schwertkämpfer an Rovo vorbei zum Feuer, das sich bereits selbst zu löschen begann. »Oder übersehe ich etwas?«

»Mein Schwert«, antwortete Sai. »Ich gehe hier nicht ohne es weg.«

»Und dein Schwert ist?«

»Irgendwo unter all dem.« Sai nickte zurück in Richtung des Raumes.

»Und wenn ich es hole, können wir gehen?«

Etwas in Sais Blick, in der Art, wie der Mann trotz seiner Wunden, trotz des halb zerfetzten Hautanzugs, eine feste Haltung einnahm, sagte, dass es hier nicht nur um das Katana ging. Ein Gefühl, das sich bestätigte, als Sai den Kopf schüttelte.

»Sie ist noch hier«, sagte Sai. »Ich gehe nicht, bis wir sie gefunden haben.«

»Aurora?«, schlug Rovo vor.

»Anaskya«, erwiderte Sai. »Unsere Mission hier ist nicht vorbei, bis sie weg ist. Bis das Letzte davon zerstört ist. Wir haben sie nach Dynas entkommen lassen. Diesmal nicht.«

Rovo blickte auf seine Rüstung. Ramponiert und verbrannt, die einzigen Waffen des Frischlings waren die zwei Pistolen an seinem Gürtel. Zwei Pistolen und zwei Fäuste.

Es würde reichen.

»Ein Katana«, sagte Rovo, »kommt sofort.«

26

SPAZIERGANG UND GESPRÄCH

Vana warf ihre beschädigte Rüstung ab und wandte sich Aurora zu. Beide standen in ihren Hautanzügen da, Aurora hielt die Pistole auf Vana gerichtet und glaubte kein Wort von dem, was die Agentin ihr erzählte. Eine Lüge nach der anderen. Während Vana sprach, trat Aurora einen Schritt zurück, dann noch einen, um genug Abstand zu halten und Vana von überraschenden Griffen abzuhalten.

Die Sever-Kapitänin musste den nächsten Zug machen, denn was Vana sagte, ergab gleichzeitig zu viel und zu wenig Sinn. Die Agentin sprach von einem lang geplanten Vorhaben, begünstigt durch Renards blinden Ehrgeiz und die übermäßige Gier derer, die es hätten besser wissen müssen. Ihrer Erzählung nach hatte Vana verhindert, dass ein Schrecken entfesselt wurde, und war diejenige gewesen, die die Zukunft sabotiert hatte, die Aurora und Sever zu verhindern versuchten.

Kurz gesagt, Vana war die ganze Zeit über Severs größte Verbündete gewesen.

»Bullshit«, sagte Aurora zum dritten Mal, als Vana ein

weiteres Kapitel abschloss und erklärte, wie sie Sever immer weiter hingehalten hatte, um Renard unter Kontrolle zu halten, wohl wissend, dass sie sich möglicherweise auf das Team verlassen musste, falls die Dinge zu weit und zu schnell gingen. »Du hast alles auf Gillane Vier dirigiert. Du hast das alles zusammengebracht. Das sind deine Shuttles, die zu den DefenseCorp-Schiffen hochfliegen.«

»Das sind DefenseCorp-Shuttles, die zu DefenseCorp-Schiffen hochfliegen«, sagte Vana und blieb bei ihrer ärgerlichen Ruhe. »Sie bringen das Produkt, das Renard wollte, das Produkt, das all die Leute, die du abgeschlachtet hast, mehr als alles andere begehrten. Sie werden ihren Fehler aus nächster Nähe sehen und lernen-«

»Sie werden einen Scheißdreck lernen, weil sie bereits tot sind«, konterte Aurora. »Alle auf diesen Schiffen versuchen nur, Geld zu verdienen, genau wie du und ich. Sie wissen nicht, was auf sie zukommt.«

»Du versuchst also, Geld zu verdienen, indem du eine schreckliche Galaxis ausbeutest«, Vanas Stimme wurde eisig. »Du weißt, was DefenseCorp den Welten antut, denen es ›dient‹. Du weißt, wer verliert, wenn deine Admiräle ihre Verträge unterzeichnen, und wer gewinnt.«

Aurora wollte mit den Augen rollen, hielt sich aber zurück. Alles, was Vana sagte, könnte eine Ablenkung sein, ein Versuch, ihre Aufmerksamkeit abzulenken. Trotzdem hatte Aurora Variationen dieses moralischen Arguments schon unzählige Male gehört. Ja, es gab Verlierer. Ja, DefenseCorp war kein Retter, der immer den weniger Glücklichen half. Die Realität war nicht freundlich.

Aber abgedroschene Motivationen würden Aurora und Deepak nicht dabei helfen, das zu stoppen, was Vana in diese Shuttles gesteckt hatte. Sie brauchte echte Antworten mit echten Lösungen.

»Und deine Antwort darauf ist es, diese Dinger in die Galaxis zu schießen, wo sie unzählige Unschuldige töten werden?«, fragte Aurora. »Was passiert, wenn sie ein Schiff von Aurum Drei wegbringen und auf einer echten Welt landen?«

»Sie werden es nie schaffen«, erwiderte Vana mit einem selbstgefälligen Grinsen. »Jede dieser armen Seelen wird innerhalb weniger Tage zerfallen. Genau das Virus, das sie am Leben erhält, wird sie zerstören und die Schiffe, die sie entführen, als verseuchte Friedhöfe zurücklassen. Ewige Beispiele dafür, welchen Fehler DefenseCorp gemacht hat.«

»Wie?« Aurora war keine Genetik-Ingenieurin, aber Vana war es auch nicht. Jede Bombe, die in diese Dinger eingebaut wurde, konnte nicht Vanas Werk gewesen sein. »Einer von Renards Wissenschaftlern?«

»Oh nein. Sie hatten keine Ahnung«, Vana schüttelte den Kopf. »Wie die von Dynas arbeiteten und arbeiteten sie, bis sie ihre Injektion bekamen und ihr eigenes Schicksal erfuhren. Zu sehr auf ihre Ziele fixiert, um die Veränderung zu bemerken, die von jemandem eingeschleust wurde, der noch besessener war als sie selbst.« Vana hob eine Hand, als Aurora zu einer weiteren Frage ansetzte. »Wir verschwenden Zeit, Aurora. Dieser Datenträger enthält alles, was du wissen willst, alles, was der Galaxis zeigen kann, was hier schiefgelaufen ist und warum DefenseCorp zerschlagen werden sollte.«

Vana trat einen Schritt zurück und blickte zum Ausgang der Kammer. »Nun, ich habe noch ein letztes Chaos zu beseitigen, bevor du mich tötest. Kannst du deinen Mordtrieb noch ein kleines Weilchen im Zaum halten?«

Es ging nie gut aus, wenn man die Geisel die Show

leiten ließ, aber Aurora ertappte sich dabei, wie sie Vana trotzdem zunickte, weiterzumachen. Aurora brauchte eine Minute, um Vanas Worte noch einmal durchzugehen und herauszufinden, was sie tatsächlich bedeuteten. Beim ersten Zuhören klang es, als ob Vanas ganzer Plan überhaupt nicht von galaktischer Vorherrschaft gehandelt hatte, sondern vom Gegenteil, durch eine blutige, schreckliche Demonstration.

Als Aurora Vana aus der Kammer folgte, die gleichen Notdioden hinauf und zurück ins Treppenhaus, setzte die Sever-Kapitänin Vanas Puzzleteile dort ein, wo sie am besten passten. Die Agentin könnte alles, was sie gesagt hatte, aus den von ihr genannten Gründen getan haben – eine systematische Untergrabung von Renards Plan, gepaart mit einem reinigenden Meisterstreich, um alle zu vernichten, die Renards Bemühungen unterstützt hatten.

Und möglicherweise genug Aufzeichnungen, um die Galaxis so zu erschüttern, dass niemand es je wieder versuchen würde.

Kühn, dreist und mehr als ein wenig schrecklich, so viele Hunderte, ja Tausende in den Tod zu schicken, um einen Punkt zu beweisen.

Während sie hinaufstiegen, blieb Vana den ganzen Weg über still, als wüsste sie, dass Aurora ihre Arbeit zu erledigen hatte. Der fehlende Schlüssel zur ganzen Erklärung lag bei Vana selbst. Die Motivation. Die meisten Sever-Missionen hatten einen eindeutigen Bösewicht, sei es ein Pöbel, der für Rechte kämpfte, oder ein anderes Unternehmen, das seine Grenzen überschritt. Diese Bösewichte hatten Ziele: Freiheit, ein wertvoller Asteroid.

Vana wollte DefenseCorp niederbrennen, aber warum?

»Spielt keine Rolle«, sagte Vana, als sie den immer noch dunklen Verwaltungsraum betraten. Die Agentin hatte ihr

Armband hochgehalten und es leuchtete. Die anderen beiden Agenten waren verschwunden. »Ich habe meine Gründe und ich werde sie für mich behalten.«

»Es fällt mir schwer, dir zu glauben, wenn ich nicht weiß, warum du das tust.«

»Das ist dein Problem.«

»Ich habe die Pistole.«

»Dann erschieß mich, wenn du willst«, Vana blickte zurück und wirkte fast gelangweilt. »Wenn du nicht abdrücken willst, dann hör auf mit den Drohungen und lass mich lauschen.«

Aurora ließ ihren Finger vom Abzug gleiten, tat, was Vana sagte, und ließ ihre Ohren auf Wanderschaft gehen. Jenseits des Verwaltungsraums lagen all diese Zellen, Labore und andere Schrecken, durch die Aurora bewaffnet und gepanzert gesprintet war. Da der Strom immer noch ausgefallen war, erwartete Aurora zu hören, wie diese Kreaturen sich gegenseitig und möglicherweise auch die DefenseCorp-Wachen in Stücke rissen.

Stattdessen herrschte Stille. Eine tote, vollkommene Stille, die Aurora fast unbekannt war, die so viel von ihrem Leben auf dröhnenden Schiffen, Raumstationen und anderen technischen Hochburgen verbracht hatte. Die Stille komprimierte den Raum und faltete die Welt um Aurora zusammen, bis sie nur noch aus ihrer Pistole, ihrem Armband mit seinem silbernen Licht und Vana bestand, die durch den zerstörten Ausgang des Raumes blickte.

»Gute Arbeit«, sagte Vana und durchbrach den Moment, während sie auf die Tür deutete. »Ich sehe diese immer gerne kaputt gehen. Sie sind alle gleich, ist dir das aufgefallen? All diese Basen, all die Schiffe, alle Türen sehen gleich aus.«

»Richtig... Bist du zufrieden? Wo ist dieses Ding, nach dem du suchst?«

»Ich befürchte, wir haben möglicherweise bessere Arbeit geleistet, als ich wollte«, sagte Vana, als sie losgingen. »Es ist schwer, brillante Wissenschaftler davon abzuhalten, Fortschritte zu machen. Diese Zellen waren die nächste Stufe. Menschen, Tiere, Außerirdische. Alles mögliche Ergänzungen für das Raider-Arsenal.«

Mit ihren Schritten, die die Stille unterbrachen, folgte Aurora Vana, als sie durch die Gänge und ihre zerstörten Räume gingen. Die Reise verlief zügig, Vana zögerte nicht, als sie jede Richtung wählte. Ihr einziger Halt kam, als sie zwei aufeinandergestapelte Leichen inmitten umgestürzter Tische und zerschlagenen Glases fanden. Aurora erkannte sie, noch während Vana seufzte.

»Sie sollten auf mich warten«, sagte Vana und kniete nieder, um ihren Puls zu prüfen. »Du hättest auf dem Schiff bleiben sollen. Dann wollten wir drei es gemeinsam zu Ende bringen.«

»Was zu Ende bringen?«

»Du wirst schon sehen«, funkelte Vana Aurora an. »Jetzt trägst du die Verantwortung.«

»Ich trage gar nichts«, erwiderte Aurora. »Das geht auf deine Kappe.«

Vana begegnete Auroras Härte mit ihrer eigenen: »Das geht auf unser beider Kappen, Aurora. Du hattest jede Chance, das auf Dynas zu beenden. Du hättest der Galaxis mitteilen können, was du gesehen hast, aber das hast du nicht getan. Dein Trupp ist weggelaufen und hat sich versteckt. Wenn du dir diesen überheblichen Ton verdienen willst, den du so schnell anschlägst, dann hilf mir und mach ihr Opfer sinnvoll.«

Kurz darauf stießen sie auf die Dinge, die die beiden

Agenten getötet hatten. Die Monster wiesen Spuren von Laserfeuer auf, und in ihren Zähnen und Klauen steckten zerrissene Kleidungsfetzen. Vana murmelte etwas über Hunde, und Aurora konnte die Ähnlichkeit erkennen. Was die Mörder der Kreaturen betraf?

Die DefenseCorp-Wachen hatten sich zu einer geschlossenen Einheit formiert und durchkämmten die Labore, um alles auszulöschen, was sie fanden. Vana und Aurora wären selbst erschossen worden, hätte ihr Streit darüber, wer schrecklicher sei als der andere, nicht eher Neugier als Waffenfeuer hervorgerufen. Eine Neugier, die von intensiv zu extrem wurde, als sie erkannten, wer Vana war.

»Halt«, sagte Vana und schnitt damit eine Lawine von Fragen des Trios ab, das die etwa zehn in der Gegend umherlaufenden Kämpfer anführte. »Ihr fragt mich, was hier passiert ist? Sie hat einen Datenträger mit all euren Antworten. Nehmt ihn und verschwindet.«

Die Gewehrlichter schwenkten zu Aurora.

»Weißt du, wovon sie spricht?«, fragte ein grimmiger Mann, dessen Gesicht Aurora nicht sehen konnte. »Und bitte lass die Pistole unten. Wir sind gerade ziemlich nervös. Die letzten Stunden waren nicht gerade vergnüglich.«

Dem konnte Aurora zustimmen. Sie kramte in einer der dünnen Taschen des Hautanzugs, die für Ausweise und andere winzige Utensilien gedacht waren. Sie zog den Datenträger heraus und bot ihn an.

»Wie viele habt ihr verloren?«, fragte Aurora.

»Einige Verwundete«, sagte der Mann. »Die Leute, die hier eingebrochen sind, haben einigen Schaden angerichtet, bevor sie geflohen sind. Die Bestien hier drinnen haben uns nicht erwischt, aber wir haben ein paar gefunden, die es nicht geschafft haben.«

»Gut«, erwiderte Aurora. »Ihr solltet tun, was sie gesagt hat, und verschwinden.«

»Glaub nicht, dass du uns Befehle geben kannst«, entgegnete der Mann. »Tatsächlich-«

»Aber ich kann das«, unterbrach ihn Vana. »Ihr habt gute Arbeit geleistet, ihr alle, und jetzt müsst ihr nach Hause gehen.«

»Die Leute, die unsere Kommandeure getötet haben, sind immer noch da draußen«, protestierte der Mann.

»Sie sind nicht mehr hier«, erwiderte Vana. »Wenn ihr sie finden wollt, geht zurück zu euren Schiffen und fangt dort an. Das ist ein Befehl, Hauptmann. Einer, dem ihr folgen solltet, um eurer eigenen Leute willen.«

Dieser letzte Satz schien angesichts allem, was um sie herum geschehen war, Eindruck zu machen. Der Anführer holte tief Luft, seufzte und gab den Befehl zum Rückzug. Als die schlurfenden Schritte zurück in Richtung Hangar begannen, bot der Mann ihnen eine Eskorte an.

»Das«, sagte Vana, »könnten wir gebrauchen.«

Auf dem Rückweg zur Bucht fragte sich Aurora, wie verdammt glücklich sie war, dass die Wachen sie nicht erkannt hatten. Ohne ihre Kampfrüstung sah Aurora kaum aus wie die kampfbereite Kriegerin, die sich ihren Weg durch die Basis bahnte. Trotzdem hätten Auroras Gesicht und Name auf allen Deserteurlisten von DefenseCorp stehen müssen.

Andererseits, wer würde in einer Zeit und an einem Ort wie diesem an Deserteure denken?

Zurück in der Bucht beluden die Wachen ihre Schiffe, ein Vorgang, der sich beschleunigte, sobald die Piloten in ihre Cockpits zurückkehrten, ihre Kommunikationsgeräte öffneten und von den Angriffen über ihnen hörten. Alle diese Einheiten hier repräsentierten das Beste, was jede

DefenseCorp-Gruppe zu bieten hatte, spezialisierte Leibwächter, die nun nicht in der Lage waren, ihre Schiffe zu verteidigen.

»Ein weiterer Teil deines Plans?«, fragte Aurora Vana, als die Shuttles abflogen, alle überrascht, dass die beiden die Passage ablehnten. »Die besten Verteidiger von zu Hause fernhalten?«

»Du wirst mir vielleicht nicht glauben, aber nein«, sagte Vana. »Es ist nicht die Menge der Toten, die zählt, sondern nur das Visuelle. Das ist alles, was wir brauchen, um die Galaxis davon zu überzeugen, dass DefenseCorp nicht vertrauenswürdig ist.«

»Ich bin sicher, das wird ein überzeugendes Argument während deiner Anhörung sein.«

Vana lachte: »Meine Anhörung? Es gibt nur zwei Möglichkeiten, wie ich diesen Planeten verlasse, Aurora. Keine davon wird in Betäubungsfesseln sein.«

Bevor Aurora antworten konnte, ging Vana zur weiten Öffnung der Bucht, die auf die breite Landeplattform hinunterblickte, die die Shuttles benutzt hatten. Was einst eine überfüllte, flache Weite gewesen war, kräuselte sich jetzt, als ob ein lokalisiertes Beben unter der Oberfläche stattfände. Gruben erschienen, eine nach der anderen, und sanken hinab.

»Sie bewegt sich schneller, als ich dachte«, sagte Vana.

»Anaskya?«

Vana nickte: »Sie wollte ihre Kreationen zum Leben erwecken. Ich sagte ihr, dass sie nicht überleben würden, aber vielleicht hat Anaskya einen Weg gefunden.«

»Dann, Agentin, wirst du mir helfen, sie aufzuhalten«, sagte Aurora und hielt die Pistole noch fester.

»Warum, Aurora, ich dachte, du würdest nie fragen.«

KRANKHEITSTRÄUME

Selbst durch das Visier konnte Sai Rovos Frustration spüren. Der Schwertkämpfer ignorierte es, während er mit einem Fetzen seines zerstörten Hautanzugs das Katana säuberte. Rovo könnte selbst eine Reinigung gebrauchen: Der schwarze Schmutz bedeckte seine Rüstung nach der Suche nach der Klinge.

»Er braucht Hilfe, und die wird er hier unten nicht bekommen«, wiederholte Sai. »Du sagtest, Javelin sei oben? Dann bring Perro rauf und komm zurück.«

»Als ob du warten würdest.«

Jetzt verfiel Sai in seine Vaterrolle und warf Rovo den strengsten Blick zu, den er aufbringen konnte. Verantwortung strahlte aus diesem Blick, traf den Neuling hart und zwang Rovos eigene Augen zu Perro, der in der Nähe am Boden flach atmete.

»Wir können nicht riskieren, dass Anaskya entkommt«, erwiderte Sai. »Ohne Perro kann ich mich schnell bewegen.«

»Ohne Rüstung wirst du auch schnell sterben.«

»Viele Leute haben schon versucht, mich umzubringen, Rovo. Anaskya auch. Keinem ist es gelungen.«

»Ja, weil ich deinen Arsch gerettet habe.«

Sai grinste schief: »Dann beeil dich, und vielleicht kriegst du noch mal die Chance dazu.«

Der Neuling schlug mit der Faust gegen eine Wand und verspritzte dabei den schwarzen Schleim überall.

»Ich weiß, dass du nicht warten wirst«, sagte Rovo. »Also sei vorsichtig. Mach keine Dummheiten. Ich bin so schnell wie möglich zurück.«

Sai nickte und der Neuling zögerte keine Sekunde länger, hob Perro auf und stapfte in die Tiefe. Ohne das Licht der Kampfrüstung spendete Sais Armband nur einen schwachen weißen Schein. Die dunklen Wände schienen endlos zu sein, als ob Sai in einer ewigen Nacht wanderte. Das ständige Kratzen, Schaben und Schlürfen von Anaskyas Kreaturen verhinderte, dass die Vorstellung friedlich war.

Zunächst folgte Sai Rovos Gepolter und Gestampfe und ließ den Podiumsraum mit seinen brennenden Seuchentümpeln hinter sich. Anaskya war bereits gegangen, bevor Sai zu Perro gestoßen war, und nichts deutete darauf hin, dass sie zurückgekehrt war. Was den Ort betraf, an den die Wissenschaftlerin geflohen sein könnte, hatte Sai nur einen einzigen Anhaltspunkt.

Anaskya hatte gesagt, sie wolle durch die Hand ihrer eigenen Schöpfung sterben. Obwohl das bedeuten könnte, sich hinzulegen und Frieden mit dem ersten Monster zu finden, das über sie stolperte, hatte Anaskya das bereits aufgegeben, als sie den Podiumsraum verließ. Sie musste ein anderes Ziel im Sinn haben, und in diesem Labyrinth gab es, abgesehen von den Käfigen und den Injektionsräumen, den Ort, an dem Anaskya tatsächlich experimentierte,

Hypothesen in Produkte verwandelte. Wenn Sai wetten müsste, wohin Anaskya gegangen wäre, wäre es der Ort, an dem sie ihre Albträume zum Leben erweckte.

Das verdammte Labyrinth gab Sai allerdings wenig Orientierung, wo sich ein solcher Ort befinden könnte.

Der Schwertkämpfer ging und zeichnete in Gedanken eine Karte, während er die Räume erkundete. Sai verortete den Liftschacht, durch den er und Perro gefallen waren, auf der einen Seite des Labors, mit der Treppe, die Rovo hinabgestiegen war, auf der gegenüberliegenden Seite. Wenn der Podiumsraum als Knotenpunkt des Labors diente, mit leichtem Zugang zum Lift für die Versuchsobjekte, um nach oben zu kommen und ausgerüstet zu werden, dann müssten Anaskyas eigene Räume weiter hinten liegen. Am äußersten Ende des Labors.

Ein perfekter Ort, um eine Wissenschaftlerin mit schwindendem Realitätssinn zu halten.

Sais Sammlung von Fragen wuchs weiter an. Er hatte nicht erwartet – niemand in Sever hatte das – dass diese Mission ein geradliniger Angriff sein würde, aber mit jeder Minute schienen die Dinge seltsamer zu werden. Vana hatte nicht nur eine wahnsinnige, infizierte Armee zusammengestellt, sondern auch die verlassene Stadt auf Dynas eingenommen und als Quelle für menschliches Kapital genutzt. Außerdem erforderte ein Labor dieser Größe mehr als einen Wissenschaftler, um es zu betreiben, aber Sai hatte hier keine einzige andere Laborratte gesehen.

Obwohl es nicht weit hergeholt wäre, diese Zahl zu Anaskyas Opfern hinzuzufügen.

Aber warum würde Vana zulassen, dass ihre menschliche Mine zerfällt? Was würde die Agentin davon haben, DefenseCorp all dieses Potenzial zu zeigen, nur um es dann um sie herum zerfallen zu lassen?

Vielleicht hatten Aurora oder Gregor einige Antworten gefunden, denn Sai hatte sicher keine.

Und er würde noch eine Weile im Dunkeln tappen müssen.

Rovos Schritte verschwanden, als der virale Schlamm dicker wurde. Sai spürte seinen saugenden Griff bei jedem Schritt, seine nackten Füße patschten durch den Schleim. Seine Schnittwunden brannten, als die Krankheit zweifellos in Sais Wunden eindrang und sein Blut für ihre eigenen Zwecke vereinnahmte. Selbst wenn Sai es lebend nach oben schaffen würde, bräuchte er erstklassige medizinische Behandlung, um nicht in die gleichen Monster verwandelt zu werden, die er gerade zerhackt hatte.

Umso mehr Grund zur Eile.

Als die Gänge sich in geschwärzte Tunnel verwandelten, der schimmlige Bewuchs sich über die Ecken erstreckte und sich zu zuckenden Haufen am Boden aufbaute, kam Sai zu dem, was eine Tür gewesen sein musste. Der Scanner, nur als Ausbuchtung unter seiner schwarzen Beschichtung erkennbar, saß so reglos wie alles andere. Wo das Metalltor hätte stehen sollen, befand sich stattdessen eine dicke Schlammwand. Sai hielt sein Schwert ruhig und schlug zweimal quer über die Oberseite, wodurch er die Stütze des Schleims durchtrennte und ihn platschend zu Boden fallen ließ.

Auf der anderen Seite befand sich das, wonach Sai gesucht hatte: Obwohl sein Armband nicht gerade hell war, sah Sai die einzige Arbeitsstation und die von Deckenarmen herabhängenden Monitore, die auf ihn herabstarrten. Anaskya, die in der Mitte des Raumes arbeitete, würde Bildschirme über und um sich herum haben, zusammen mit Steuerungen zur Bedienung robotischer Assistenten.

Diese maschinellen Partner standen im Raum verteilt,

ihre Gliedmaßen mit demselben Dreck überzogen wie alles andere. Sie hätten ihre eigenen Batterien haben sollen, hätten funktionieren sollen, aber sie standen so tot da wie der Rest der Basis.

Im Gegensatz zum Rest der Basis hatte der Raum jedoch eine weitere Lichtquelle. Ein sonniges gelbes Leuchten kam von rechts. Sai trat durch die Tür und erwartete einen Hinterhalt, der ausblieb. Als er sich dem Licht zuwandte, sah Sai einen vertrauten Rücken mit schulterlangem Haar, das verfilzt war, da sich Schleim durch die Strähnen zog.

Anaskya stand über dem einzigen sauberen Platz des Labors, einem langen Tisch, der sich von Ecke zu Ecke erstreckte. Sais Armband zeigte zusammen mit dem gelben Licht gestapelte Zellnahrung in Behältern sowie Ständer mit Ampullen und Spritzen. Anaskya versperrte jedoch jeglichen Blick auf das Licht und dessen Objekt.

»Hab dich gefunden«, sagte Sai. Sich durch den Schlamm zu bewegen, würde ohnehin zu viel Lärm für einen Überraschungsangriff machen. Er konnte genauso gut sehen, ob Anaskya eine Überraschung parat hatte. »Netter Ort, den du hier hast.«

»Immer noch machst du Witze. Nach allem, was du gesehen hast?«, fragte Anaskya, ohne sich umzudrehen. »Wie?«

»Sever hat mich gelehrt, mich nicht zu verlieren, bis ich aufgebe«, sagte Sai und machte einen ersten platschenden Schritt auf die Wissenschaftlerin zu. Der Schlamm wurde hier dicker, kräuselte sich bei Sais Berührung. Er saugte an seiner Haut wie starkes Klebeband, das sich bei jeder Bewegung abschälte. »Und ich habe noch nicht aufgegeben.«

»Das ist sehr schön für dich«, erwiderte Anaskya, und

jetzt bewegte sich ihr Arm und nahm etwas aus dem Behälter. »In gewisser Weise habe ich das wohl auch nicht.«

»Es ist schwer zu sehen, wie du noch mehr Schaden anrichten könntest.«

Drei lange Schritte würden Sai in Schlagdistanz bringen, aber er hielt seine Bewegungen kurz. Nachdem er gefallen war und Rovo dasselbe passiert war, würde jeder aggressive Lauf in diesem Dreck wahrscheinlich damit enden, dass Sai auf dem Rücken lag und würgte, während der Schlamm seinen Mund flutete.

Nein danke.

»Vana und ich haben einen Deal gemacht. Genau wie einer deiner Verträge.« Anaskyas Hand kam in Sicht, sie hielt eine Spritze gefüllt mit etwas Rotem, einer kirschroten Farbe. »Sie würde ihre Show bekommen und all den Tod, der damit einhergeht, und ich würde mein Labor und eine Chance bekommen, meine Kinder zu erschaffen.«

»Gut zu wissen, dass ich einen Grund mehr habe, diesen Agenten nicht zu mögen«, erwiderte Sai. Noch zwei Schritte. »Was ist da drin?«

»Das Blut des kleinen Mädchens enthielt einen Vektor, den Vana mich benutzen ließ. Eine saubere Option, um ihren Opfern Kraft zu verleihen und gleichzeitig ein schnelles Ende zu bereiten«, seufzte Anaskya, als sie geendet hatte. »Sie sah den Schatz des Kindes als Mittel zu einem Zweck, und ich sah ihn als etwas anderes.«

»Ist das eine fiese Überraschung, die du da hältst, Anaskya?«, fragte Sai und versuchte, die Wissenschaftlerin zum Reden zu bringen. Noch ein Schritt. »Was bewirkt es?«

»Schau zu.«

Sai hatte die einsilbige Antwort nicht erwartet und verpasste die Chance anzugreifen, als Anaskya sich selbst injizierte und die Spritze in ihre Schulter stach. Die Flüssigkeit lief hinein, als Sai zum Schlag ausholte, um der Wissenschaftlerin ein sauberes Ende zu bereiten. Sie sackte in den Schlamm, ihre Hand hielt immer noch die Spritze, als beide in der Dunkelheit verschwanden.

Auf dem Tisch, unter einer an eine Batterie angeschlossenen Lampe, stand ein topfgroßer Behälter. Mehr kirschrote Flüssigkeit befand sich darin, reglos. Sai beobachtete sie eine Minute lang, suchte nach einer Antwort, einer Erklärung, und fand keine. Anaskya hatte tausend Versionen verpfuscht, bevor Sai ihr auf Dynas begegnet war. Vielleicht hatte sie auch diese verpfuscht.

Ein Leben bei einem gescheiterten Experiment zu beenden. Es wäre traurig, wenn es nicht Anaskyas eigene Wahl gewesen wäre.

Sai beäugte den Behälter. Er hielt keine Antworten bereit, und der Sever-Schwertkämpfer wusste nicht, was er damit tun sollte. Das Gebräu zurückzulassen schien eine schlechte Idee zu sein, denn wer auch immer es als Nächstes fände, könnte auf die schreckliche Formel stoßen, die Anaskya entwickelt hatte. Es in den lebenden Schlamm zu kippen, erschien ebenfalls verdächtig: Sai hatte die Filme gesehen, er wusste, was tendenziell passierte, wenn man zwei schreckliche Dinge mischte.

Aber die Verbindung von Elektrizität und Flüssigkeit neigte dazu, Leben gänzlich zu zerstören. Sai hatte lange Zeit damit verbracht, die besten Wege herauszufinden, um Computer und die Schaltkreise, auf denen sie liefen, kurzzuschließen, und Wasser dafür zu opfern, funktionierte tendenziell besser als viele kompliziertere Methoden. Praktisch also, dass Anaskya ihre Lampe mit einer funktionierenden Batterie gleich hier gelassen hatte.

Mit seiner linken Hand stieß Sai die heiße Lampe in

den Behälter. Er drückte hart genug, um die Glühbirne der Lampe in der kirschroten Flüssigkeit zu zerbrechen, was einen Funken, etwas Rauch und eine schnelle Verdunkelung im Behälter auslöste, als der Strom der Lampe seine Wirkung tat. Was auch immer darin lebte, sollte einen heftigen Schlag erhalten haben.

»Und bleib tot«, murmelte Sai, während er sich wieder zum Ausgang wandte. Erneut diente sein Armband Sai als einsamer Führer. »Siehst du, Rovo? Du hattest keinen Grund zur Sorge.«

Langsam watend bahnte sich Sai seinen Weg zum Ausgang des Labors. Mit einem letzten Blick zurück beleuchtete er Anaskyas halb verschlungenen Körper mit seinem Armband und beobachtete für einen langen Atemzug, wartend auf ein Zeichen, dass ihr letztes Experiment nicht gescheitert war.

Nichts.

Als Sai sich wieder dem Flur zuwandte, kam er gerade fünf Sekunden weit, bevor ein Geräusch ihn stoppte. Wie eine Maschine, die ein Getränk aufschäumt, ließ das stetige Gurgeln Sai für einen kurzen, resignierten Atemzug die Augen schließen. Natürlich wäre es zu schön gewesen, den Kämpfer, der bereits blutig, geschlagen und wahrscheinlich mit etwas Schrecklichem infiziert war, einfach gehen zu lassen.

Mit erhobenem Katana, aber auf Abstand bleibend – Sai ging davon aus, dass der Flur im Vergleich zu einem blinden Zurückstürmen etwas Schutz bot – lauschte der Schwertkämpfer, wie das Geräusch anschwoll. Zuvor waren Anaskyas Kreaturen herumgefloppt und -getropft, klangen wie tödliche undichte Wasserhähne. Dies hörte sich eher wie ein brodelndes Brüllen an, wie ein Schlauch auf voller Leistung.

Der Schlamm stieg an Sais Füßen hoch, über seine Knöchel. Im Licht des Armbands begann sich die Farbe des Schleims zu verändern, als hätte jemand einen roten Stift in das Zeug getaucht. Eine karmesinrote Wolke blutete aus Anaskyas Labor, schäumte und breitete sich über das Schwarz aus, während sie näher kam.

Sai sah nichts, was er schneiden konnte, sah keine Kreatur, die auf ihn zustürmte, um sie niederzumetzeln.

Also drehte sich Sai um und rannte, denn er wusste, wie jede Geschichte, jeder Film es ihm je erzählt hatte: das Rote zu berühren bedeutete den Tod.

28

HÄMMER UND MESSER

Die Kampfanzüge von DefenseCorp verwandelten ihre Soldaten in lebende Waffen. Für Gregor wurde das *Leben* zum entscheidenden Teil, als der Kampfanzug seine sinkenden Vitalwerte registrierte und handelte. Der Anzug umschloss seine Haut, seine Knochen und verabreichte Gregors Blut eine glorreiche Kombination, während er hinter den Brückentüren wartete. Eigentlich hätte der Laserbrand durch seinen Bauch Gregor zu Boden werfen müssen, aber genau der Strahl, der ihn tötete, kauterisierte die Wunde und verlangsamte den Schaden gerade genug, damit der Kampfanzug ihn zu einem letzten Gefecht tragen konnte.

Und er würde nicht allein hineingehen.

Mit Brianys Hilfe hatte es der Kämpfer auf die Brücke geschafft, wo sich ein Dutzend Offiziere und panische Besatzungsmitglieder zusammenkauerten und auf ein Wunder hofften. Einige hatten Pistolen, und ein paar hatten die Gewehre aufgehoben, die von den nun toten Anzügen gehalten wurden. Keiner sah aus, als wolle er einen Kampf.

Hinter der Besatzung bot das Panoramafenster der Brücke einen herrlichen geteilten Blick auf die goldenen Sande von Aurum Drei auf der rechten Seite und den laserdurchzogenen Weltraum auf der linken. Mit Arbeitsplätzen übersät, die jetzt als Deckung dienten, wirkte die Brücke ansonsten wie ein makelloser Ort. Schade, die Köter, die den Korridor hochkamen, würden sie ruinieren.

»Wie lange noch?«, fragte der Kapitän, der Mann hatte genug Nerven, um in der Mitte zu stehen.

»Sie sind jetzt geduldig«, sagte Gregor. »Die Überraschung hat ihre Wirkung getan.«

Gregor hatte eine elektromagnetische Granate weit den Korridor hinuntergeworfen. Die blau-silberne Kugel versprach ein schnelles Ende für alle Schaltkreise in ihrer Nähe. Das anstürmende, unsichtbare Quartett muss klug genug gewesen sein, die Granate zu erkennen, denn sie beendeten ihren lärmenden Ansturm, sobald die Bombe aufprallte.

Der Halt verschaffte Gregor und Briany Zeit, hineinzukommen, und der Brückenbesatzung Zeit, zu plündern, was sie konnte. Sehr zum Ärger des Kapitäns bestand Gregor darauf, den Laserschneider im Korridor zu lassen.

»Ich brauche mein Schiff zurück«, klagte der Kapitän. »Da draußen herrscht Chaos, und wir stehen an vorderster Front zur Verteidigung.«

»Du hast das Shuttle landen lassen«, sagte Gregor.

»Wie hätten wir das wissen können?«

»Kann ich ihn erschießen?«, fragte Briany Gregor, laut genug, dass es jeder hören konnte. »Du stirbst, ich bin verletzt, und er jammert über seine eigenen Fehler. Wir verdienen Besseres.«

Gregor konnte dem nicht widersprechen, schüttelte aber trotzdem den Kopf. »Spar deine Kraft für die Anzüge.«

Der Kapitän verstand den Ton, sah vielleicht Brianys Finger fest an ihren zwei Pistolen, und entschied sich klugerweise, den Mund zu halten. Gregor lehnte seinen Kopf zurück an die Tür und genoss das kühle Metall auf seiner Haut, während er die Augen schloss. Das Warten würde nicht lange dauern. Bis dahin konnte er sich auf den Schmerz konzentrieren und darauf, wie er ihn bekämpfen konnte.

»Wirst du es schaffen, Kumpel?«, sagte Briany, diesmal leise.

»Darüber werde ich mir Sorgen machen, wenn die Anzüge tot sind.«

»Könnte ein Problem sein, wenn du zuerst stirbst.«

»Dann, wenn du so nett wärst, erschieß sie schnell?«

Briany kicherte, ein Lachen, das erstarb, als hinter ihnen durch die Tür ein neues Geräusch zu hören war. Die vorsichtigen Erschütterungen, als die Anzüge den Laserschneider aufhoben und sich bereit machten, ans Werk zu gehen. Gregor fing den Blick des Kapitäns auf und nickte. Der Mann erwiderte die Geste, wenn auch mit einem tiefen Schlucken.

»Es war mir eine verdammte Freude«, sagte Briany zu Gregor. »Wenn wir das hier überstehen, solltest du mit uns kommen. Wir könnten das die ganze Zeit machen.«

Gregor schenkte Briany das kleinste Lächeln. Er war ein Sever und würde immer ein Sever bleiben, bis entweder er oder Sever Squad aufhörten zu existieren. Egal wie viel Spaß es auch sein mochte, mit Tarlas Truppe durch die Galaxie zu ziehen, Gregors Loyalitäten waren festgelegt.

Seine Hand umklammerte den Schaft des Hammers fester, die Waffe fühlte sich gut und stabil in seinem Griff an, auch wenn Gregor selbst das Gefühl hatte, einen tausendjährigen Schlaf zu brauchen. Nicht jetzt.

Noch nicht.

Der Kapitän hob einen einzelnen Finger mit einer Hand und seine Pistole mit der anderen. Gregor, der sich auf seine Kampfrüstung verließ, stand auf und hob den Hammer. Etwas abseits der Türmitte brachte er die Waffe über seinen Kopf, während Briany gegenüber stand und ihre Pistolen gegen die Diamantmesser austauschte, die sie den gefallenen Anzügen abgenommen hatte.

Bereit.

Die Tür verschwamm, das *Surren* ertönte und Gregor schwang zu, bevor er sein Ziel sah. Zwei Anzüge hielten den großen Schneidbrenner, dessen schwerer Strahl zum Leben erwachte, als die Türen aufschwangen. Die kurze, weiß-blaue Flamme schoss einen Meter zwischen Gregor und Briany hindurch, wie eine göttliche Linie, die das Paar trennte. Mit ihren Händen am Schneidbrenner hatten die Anzüge keine Verteidigung außer ihrer verschwommenen Rüstung.

Gregor brauchte sein Ziel nicht zu sehen, um es zu zerschmettern. Der Hammer krachte in die Schulter des Anzugs und trieb den Gegner zu Boden, begleitet vom kombinierten Krachen brechender Knochen und Barriere. Sobald der Anzug den Abzug des Schneidbrenners losließ, erlosch dessen Strahl und wurde durch hellere, farbige Funken ersetzt, als der Kapitän und seine Offiziere auf die anderen beiden Anzüge feuerten.

Während Gregor den Hammer ein zweites Mal hob und niedersausen ließ, wobei die zerstörte Rüstung seines Ziels wie zerbrochenes Glas auf dem Boden aussah, blitzten Laser um ihn herum. Die beiden schießenden Anzüge blieben nicht stehen, sondern nutzten ihre lichtbeugende Rüstung, um den eingehenden Schüssen auszuweichen und gleichzeitig mit gestohlenen Gewehren zurückzufeuern. Jemand schrie auf der Brücke auf, gefolgt von einem weiteren, als die Anzüge Gregor und Briany ignorierten und sich leichteren Zielen zuwandten.

Apropos – Gregor blickte nach rechts und sah Briany über ihrem eigenen Opfer knien, wie sie mit den Messern arbeitete, als würde Gregor früher einen Gesteinshammer benutzen. Gerade Stöße hinein und heraus, das Ziel zu Staub zermalmend. Sie schien in Ordnung zu sein, mehr als in Ordnung. Gregor hob seinen Hammer und versuchte, einen Punkt zu finden, auf den er sich konzentrieren konnte.

Diese Dinge zu finden, war ohne ein Visier, das sie markierte, viel schwieriger. Zum Glück war es aus dieser Nähe verdammt schwer, danebenzuschlagen.

Das Feuer von der Brücke hörte auf. Gregor wusste nicht, ob die Truppe des Kapitäns alle tot war oder ob die Anzüge sie in Schach hielten. So oder so, ohne das eingehende Feuer ließen die Anzüge ihre Gewehre fallen und wechselten zu diesen Diamantmessern. Schwerer zu sehen, tödlicher im Nahkampf.

»Du nimmst rechts?«, sagte Briany, als sie vorwärts gingen.

»Ja.«

Rovo oder Eponi hätten vielleicht einen cleveren Spruch für die Gelegenheit parat gehabt, aber Gregor hatte nie das Mundwerk dafür. Fühlte sich auch nicht danach, schon gar nicht mit seinem Magen, der von diesem Laserstrahl kochte.

Gregor las die Linien, als er über die Trümmer seines ersten Opfers stieg. Auf den ersten Blick boten die Anzüge fast totale Unsichtbarkeit, fingen das Licht dahinter ein und ahmten es vorne nach. Gregor hatte die technischen Details, wie die verdammten Dinger funktionierten, nicht gelesen, aber Sai hatte Sever während der langweiligen Tage auf der Randstation einen Überblick gegeben. Kurz gesagt, um die Anzüge zu sehen, musste man die Ränder finden.

Dort kam die Reflexion nicht perfekt durch. Die Naht zwischen dem Anzug und allem anderen verschwamm, wie die Luft über heißem Asphalt. Schwer aus der Ferne zu sehen, leichter aus der Nähe und mit der Konzentration des nahenden Todes.

Das Messer verriet den Anzug. Ein Ausfall, der auf Gregors Kehle zielte, um den Kampf mit einem Schlag zu beenden. Ein vorauseilendes Flimmern ließ Gregor nach vorne ausweichen, sodass der Stich die dicke Platte über seiner Brust traf. Das Messer biss sich hinein, sprühte Funken und erzeugte ein ohrenbetäubendes Kreischen, doch die Spitze drang nicht durch. Der Angriff kostete Gregor die Chance für einen Hammerschlag und zwang den Sever-Kämpfer, mit der Schulter voranzugehen.

Als Gregor zuschlug, entlud er die verbliebene Energie in seinen kinetischen Verstärkern und schleuderte sich mit solcher Wucht gegen den Anzug, dass der Mann wegflog. Gregor konnte den Anzug im Flug nicht sehen, aber er hörte den Mann landen und sah die Funken, wo die Messer den Boden trafen. Ohne nachzulassen nutzte Gregor den Schwung für einen folgenden Sprung, erhob sich mit dem Hammer und schlug dort zu, wo die Unschärfe den Mann zeigte.

Der Anzug wartete nicht auf den Treffer. Als Gregors Hammer herabkrachte, rollte sich der Anzug weg, die Unschärfe bewegte sich gerade außerhalb der Reichweite des Hammers. Der Boden der Halle beulte sich ein, wo Gregor traf, und er drehte seinen Griff mit dem Aufprall, rotierte den Hammer und ließ ihn in einem Schwung folgen, der schnell genug war, um den Stich des Anzugs abzufangen, ihn weit abzulenken und Abstand zwischen den beiden zu schaffen.

Ein lauter Fluch lenkte Gregors Aufmerksamkeit zurück zur Brücke, wo Briany eine glänzende rote Linie quer über einem Arm trug, ihr Raumanzug in Fetzen, während sie Messerstiche mit ihrem Ziel austauschte. Ihr unsichtbarer Feind war nun sehr sichtbar mit roten Schlitzen auf und ab der Rüstung. Beide ließen nicht locker und entschieden sich lieber dafür, Treffer einzustecken als auszuweichen.

Gregor würde auf Briany wetten, dass sie diesen Kampf gegen jeden vernünftigen Gegner gewinnen würde. Aber gegen diese Dinger?

Sein eigenes Ziel nutzte das Zögern als Gelegenheit, um näher zu kommen. Diese Messer hatten nicht die Reichweite des Hammers, also begegnete Gregor dem Vorrücken des Anzugs mit einem Schritt zurück und führte einen weiteren Querschlag mit dem Hammer aus, um den Anzug auf Abstand zu halten. Nach Gregors Schulterangriff wies die makellose Spiegelung des Anzugs an einigen Stellen Risse auf, die wie zerbrochenes Glas aussahen.

Leicht zu sehen, immer noch schwer zu treffen.

Der Anzug täuschte einen Ausfall vor und drängte Gregor zu einem weiteren Abwehrschlag. Die Beweglichkeit des Anzugs nutzend, sprang der Mann hoch, stieß sich von der nahen Wand ab, um Gregors Querschlag zu überwinden und einen Stich auf das Gesicht des Sever-Kämpfers zu versuchen.

Ein kühner, gefährlicher Zug.

Sobald sich der Anzug zum Sprung entschieden hatte, verlor er jede Möglichkeit, seinen Kurs zu ändern. Gregor ließ den Hammer los, zu langsam, um ihn zurückzubringen, und fing stattdessen den springenden Angriff ab. Das Messer ritzte Gregors Wange, ein unbedeutender Schlag im Vergleich zu dem, was Gregor bereits erlitten hatte. Zu dem, was der Feind erlebte, als Gregor den Anzug gegen die Wand schleuderte. Der Anzug versuchte, das Messer zurückzuziehen, aber Gregor schlug den Mann wieder und wieder, beim dritten Schlag löste sich der Griff des Anzugs von der Klinge.

Der vierte Schlag, verstärkt durch die Kraft der Servorüstung, ließ den Anzug erschlaffen. Gregor fügte zur Sicherheit einen fünften hinzu und warf dann den Körper weg.

Brianys Flüche gingen weiter, und Gregor sah, dass sich beide Kämpfer in einem schlechteren Zustand als zuvor befanden. Der Kapitän und seine Brückenbesatzung hinter ihnen hatten ihre Pistolen gezogen, schienen aber nicht sicher zu sein, in das enge Handgemenge zu schießen.

Sie würden es nicht müssen.

Gregor bückte sich und hob das fallengelassene Messer auf. Er zielte sorgfältig, und nachdem Briany sich von einem weiteren schneidenden Stich zurückgezogen hatte, warf Gregor die Klinge. Ein Pfeil, bereit aufzuspießen und den Kampf zu beenden.

Bis der Messergriff vom Kopf des Anzugs abprallte und die scharfe Klinge harmlos zu Boden fiel. Der Anzug zögerte, und Briany nutzte die Gelegenheit. Diesmal traf ihr Schlag ins Schwarze und schnitt ihrem Gegner die Luft ab. Der Anzug brach zusammen und ließ Briany blutend und erschöpft zurück.

»Schöner Wurf«, sagte Briany. »Beim nächsten Mal versuch's mit dem anderen Ende.«

»Ich bin nicht gut mit scharfen Gegenständen«, erwiderte Gregor und beugte sich vor, um den Hammer aufzuheben.

Er beugte sich vor und fiel um. Die Diagnose vom Korridorboden aus war nicht schwer: Die Anstrengungen seiner Servorüstung plus Gregors Adrenalin hatten ihn auf den Beinen gehalten. Als der Kampf vorbei war, ließen diese Methoden nach und hinterließen ihn verletzt, schwindelig und nach Luft schnappend.

»Hey«, sagte Briany, als die Besatzung des Kapitäns aus der Brücke strömte, um die Toten zu bestätigen. »Bleib bei mir, großer Junge. Ich hab mich nicht abstechen lassen, nur damit du mir jetzt wegstribst.«

»Ich sterbe nicht auf dir«, sagte Gregor und blickte zu dem Twilight Ranger auf. »Ich liege auf dem Boden.«

Briany verdrehte die Augen, beugte sich hinunter, legte Gregors Arm über ihre Schulter und zog ihn auf die Füße.

»Kapitän, sagen Sie mir, dass Sie auf diesem Schrotthaufen eine Krankenstation haben?«, fragte Briany.

»Den Weg zurück, den ihr gekommen seid«, antwortete der Kapitän, der zu verwirrt aussah, um sich beleidigt zu fühlen. »Wenn sie noch steht, gibt es dort einen Bot, der ihm helfen kann.«

Briany wartete nicht, sondern drehte Gregor herum und machte sich auf den Weg. Jeder Schritt schien Gregors Welt auf und ab hüpfen zu lassen. Jeder Ton kam hohl, als Echo. Seine Beine waren in einem tauben Vakuum verschwunden. Probleme, ja, aber welche, die er überwinden konnte. Die Medikamentenvorräte seiner Servorüstung auffüllen, und Gregor könnte weitermachen.

»Wir müssen Sever helfen«, sagte Gregor. »Die Mission ist noch nicht vorbei.«

»Für uns, Kumpel, ist sie definitiv vorbei«, erwiderte Briany. »Wir werden dir ein schönes Bett besorgen und ein paar nette Drogen dazu. Und ich hole mir eine Salbe, damit ich nicht zu viele Narben bekomme.«

Gregor wollte protestieren, aber wie bei allem anderen wollte sein Mund nicht mitspielen. Seine Augen flatterten, seine Zunge schmeckte etwas Nasses, Metallisches. Gregor hörte Briany fluchen, und dann hörte er gar nichts mehr.

29

GANZ NAH DRAN

Wenn ein Trick einmal funktioniert, versuch ihn noch mal. Diese Maxime mag langfristig nicht halten – Kart-Rennfahrer, die sich immer wieder auf denselben Zug verlassen, werden oft plattgemacht –, aber Eponi ging davon aus, dass Vanas infizierte Monster ihren Flug nicht allzu genau beobachtet hatten.

Die Raketen, die sich auf die *Prisa* fixiert hatten, rasten heran, während Eponi alle verfügbare Energie in die Triebwerke des Schiffs pumpte. Die *Prisa* schoss an der Brücke vorbei nach vorn, als die Raketen aufholten und auf einen Kreuzer zurasten, dessen Sensoren, ohne die erwarteten Zielerfassungen, ahnungslos blieben. Gegen echte Beobachtung hätte dieser Trick keine Chance gehabt, gegen Leute, die den Köder hätten hängen sehen und ihn mit Geschützen hätten vertreiben können.

Aber gegen Feinde mit Scheuklappen, die, selbst wenn sie Eponis Manöver sahen, nicht wussten, was sie dagegen tun sollten?

Perfekt.

Die Raketen konnten ihre Flugbahn nicht präzise anpassen. Nicht im Weltraum. Sie versuchten abzudrehen, als die *Prisa* nach vorne schoss, über die Oberseite der Brücke und den Kreuzer hinweg. Sie versuchten es, aber ihr Schwung trug die ballistischen Bomben direkt in die Brückenschilde und darüber hinaus. Durch ihre Konsole beobachtend sah Eponi das grüne Aufflackern, als die Energiebarriere des Kreuzers versuchte, die Raketen zu neutralisieren, sah, wie sie die ersten zwei, drei, vier Treffer in schneller Folge absorbierte.

Der Zusammenbruch des Schildes kam ohne Vorwarnung. Die Barriere hörte einfach auf zu existieren und verschwand rechtzeitig, damit die nächsten fünf Raketen hindurchrasen und auf das dicke Glas prallen konnten, das die Brücke schützte. Dieses Glas absorbierte wie der Schild die ersten Einschläge, wobei sich Risse über die Panzerung ausbreiteten, die der Besatzung dahinter eine Chance zur Evakuierung geben sollte.

Diesmal gab es keine Chance, denn die Raketen trafen weiter. Tarla pfiff, als die Brücke zusammenbrach und ihre gläserne Windschutzscheibe zersplitterte. Drei weitere Raketen flogen durch das Loch nach oben und versuchten, einen Weg zur *Prisa* durch das Innere des Kreuzers zu finden. Ihre Novablüten ergossen für einen heißen Moment Feuer ins All.

Die Explosion hätte das Ende markieren sollen, hätte die Alarme der *Prisa* abstellen sollen, aber das Schiff beschwerte sich weiterhin über eine Raketenerfassung. Eponi fand die Übeltäter, zwei heranrasende Bomben, auf dem Scanner.

»Ein Jäger hat spät gefeuert.« Eponi fluchte, überlastete ihre Schilde, um die *Prisa* auf Höchstgeschwindigkeit zu bringen.

Und sparte ein bisschen für die Zwillingstürme.

»Macht eure Kanonen scharf«, sagte Tarla durch das Bordinterkom und übernahm, während Eponi die *Prisa* so nah an den Kreuzer heranzog, wie sie es wagte. »Zwei im Anflug, und wenn ihr eine davon mein Schiff treffen lasst, werfe ich euch aus der Luftschleuse.«

Die *Prisa* war nicht klein genug, um zwischen den Türmen und hervorstehenden Modulen des Kreuzers hin und her zu tänzeln – ein Tanz, der die Raketen in eine zufällige Wand hätte rammen lassen können und unschuldige Leben im Inneren riskiert hätte –, also streifte Eponi stattdessen die Oberfläche. Das Auf und Ab des Schiffes versetzte die Raketen und ihre vorausschauende Verfolgung in ein wellenartiges Stottern, wobei jeder Sturzflug die Bomben potenziell am Kreuzer zerschmettern konnte.

»Etwas Hilfe wäre nett«, sagte Eponi und beobachtete, wie die Distanz schwand, während die Raketen nicht versagten.

Hinter der *Prisa*, in den Sog hineinschießend, feuerten die beiden Türme des Schiffes ihr Gegenfeuer ab. Mit der Streuschuss-Technik sprühten die Türme schwach geladenes Licht in die Lücke. Die Raketen mochten Eponis Tricks ausgewichen sein, aber gegen die Laserwellen hatten sie keine Antwort. Beide Bomben explodierten in schneller Folge, blaue und grüne Wolken brachen aus und starben schnell.

»Danke«, atmete Eponi auf und begann, sich in ihrem Stuhl zurückzulehnen.

»Ihr zwei habt euch gerade eure Rettung verdient«, sagte Tarla durch das Interkom. »Schöner Schuss. Habt ihr schon mal über einen Berufswechsel nachgedacht, sagen wir, zu einem kleinen Unternehmen?«

Jede Antwort auf Tarlas Frage verstummte, als Eponi

sich nach vorne beugte und die Bewegung auf der Oberfläche des Kreuzers sah und zu verstehen versuchte. All diese großen Geschütze, die die ganze Zeit über passiv gewesen waren, drehten sich und richteten sich auf die *Prisa* aus.

»Kreuzer«, sagte Eponi und schaltete auf ein offenes Nahfeldband um. »Bitte sagt mir, dass all diese Türme mich nicht gleich in Weltraumstaub verwandeln werden?«

»Was?«, fragte Tarla, so angepisst, wie Eponi es gerne gewesen wäre. »Warum beschießen die uns?«

Der Kreuzer antwortete nicht, ein Problem, das zur Krise wurde, als der erste Laser über den Bug der *Prisa* feuerte. Eponi glich die Schilde mit den Triebwerken aus – sie konnten dem Kreuzer oder seiner Geschützreichweite nicht entkommen – und schwenkte nach rechts, in Richtung der Andockbuchten des Kreuzers. Sie müssten über das Oberdeck des Schiffes und an seiner Seite hinunter, aber Eponis spontane Berechnung bot keine andere Option.

»Die Streuschüsse«, beantwortete Tarla ihre eigene Frage und würzte sie mit ein paar weiteren ausgewählten Worten, als sie die Gegensprechanlage wieder öffnete. »Einer von euch Idioten hat den Kreuzer getroffen. Betrachtet mein Angebot als zurückgezogen, und jeglicher Schaden an diesem Schiff-«

»Tarla«, sagte Eponi. »Bitte halt die Klappe, damit ich uns am Leben erhalten kann!«

Die Strahlen kamen jetzt heiß und schnell, zwangen Eponi zu einem zackigen Tanz. Mit der rechten Hand am Steuerknüppel, die *Prisa* hoch und runter lenkend, dicht am Kreuzer bleibend, um die Anzahl der Geschütze mit Schusslinie zu minimieren, tippte Eponi mit der linken Hand auf der Konsole herum. Jede Fingerberührung leitete Energie zu einem Manövrierdüse, schickte den Körper der

Prisa nach rechts und links, vertikal oder horizontal. Wie bei den Raketen sagte die KI den Geschützen, wohin sie feuern sollten, also solange Eponi unberechenbar blieb, konnten sie-

Die Konsole explodierte. Ihr Bildschirm schmolz, als die Deckenbeleuchtung der *Prisa* erlosch. Das Schiff selbst erzitterte, als ein weiterer Laser traf, ein Alarm kreischte und verstummte, während das Schiff versuchte, Energie zu kritischen Systemen umzuleiten. Tarla fluchte weiter, und Eponi, außerstande, Energie umzuleiten oder die Düsen auszulösen, tat das Einzige, was sie konnte.

»Tut mir leid«, flüsterte Eponi, als sie den Steuerknüppel nach vorne drückte.

Die *Prisa* hüpfte, als sie über die Oberfläche des Kreuzers schlitterte. Die beiden Rümpfe rieben aneinander, während Eponi ihr Schiff im Einklang mit der unregelmäßigen Haut des Kreuzers auf und ab bewegte. Kreischendes Metallgeräusch ließ die Pilotin zusammenzucken und Tarla fragen, was zum Teufel sie da tat.

»Uns am Leben erhalten«, sagte Eponi, die kaum über die Kante streifte, bevor sie an der gegenüberliegenden Seite des Kreuzers hinuntertauchte. Diese Buchten konnten jetzt nicht mehr weit sein. »Wenn wir nah dranbleiben, können uns diese Geschütze nicht treffen.«

»Spielt keine Rolle, wenn wir abstürzen!«

»Werden wir nicht.«

Mit schweißnassen Händen hielt Eponi den Steuerknüppel fest. Sie kämpfte dagegen an, als die *Prisa* bei jedem funkenschlagenden Kratzer zitterte, der Raum über ihnen blitzte jedes Mal auf, wenn ein Geschütz glaubte, eine letzte Chance für einen Schuss zu haben. Links ausweichen, um einem weiteren hervorstehenden Geschütz zu entgehen, rechts, um zwischen zwei blockartigen

Vorsprüngen zurückzufallen. Eponis Augen brannten, aber zu blinzeln bedeutete den Tod.

Unter all dem pochte ihr Herz vor Aufregung. Das war der Nervenkitzel, der Rausch, den sie seit dem Verlassen der Karts vermisst hatte. Klar, eine Schutzblase wäre schön gewesen. Eine jubelnde Menge auch. Aber die engen Platzverhältnisse, ein Spiel von Zentimetern bei hoher Geschwindigkeit?

Hohe Geschwindigkeit!

»Funktioniert deine Konsole noch?«, fragte Eponi. »Sag ja.«

»Tut sie?«, antwortete Tarla.

»Reduziere unsere Geschwindigkeit. Um zwanzig Prozent. Sofort.«

Vor ihnen durchbrach ein sanftes blaues Licht die übliche Leere des Weltraums und schwebte über der grauen Metalloberfläche des Kreuzers. Das unverkennbare Zeichen einer Andockbucht, die die *Prisa* ohne einige drastische Manöver zu schnell passieren würde.

»Erledigt. Warum?«

»Sei still«, sagte Eponi. »Tu einfach, was ich sage.«

Die *Prisa* überquerte die letzte Erhebung vor der Bucht und hinterließ eine flache Spur vor der Öffnung. Der reduzierte Schub der *Prisa* tat nichts, um das Schiff zu verlangsamen, denn Weltraum war Weltraum und Physik war Physik. Keine Reibung, absolute Freiheit.

»Aktiviere die Bugdüsen«, befahl Eponi.

Tarla gehorchte und bewies damit, dass sie die wichtigste Regel für die Leitung eines Teams kannte: Lass die Experten ihre Arbeit machen.

Die *Prisa* überschlug sich, sodass das Cockpit plötzlich in die Richtung zeigte, aus der sie gekommen waren, während der Schwung des Schiffes es weiterhin in Richtung Andockbucht trieb. Der langsame Schub, der nun gegen die alte Flugbahn der *Prisa* wirkte, verringerte die Geschwindigkeit, stoppte das Schiff aber nicht.

Anhalten bedeutete den Tod.

Die Geschütztürme, die den freien Raum um die Andockbucht nutzten, versuchten, die *Prisa* ins Visier zu nehmen. Ihre grellen orangefarbenen Bolzen schossen zu hoch, da Eponi ihr Schiff dicht an der Metallhülle hielt, die sich nun über Eponis Kopf befand, während der Weltraum und Aurum Drei unter ihnen lagen.

»Wir können uns nicht von der Hülle entfernen, sonst werden wir abgeschossen«, sagte Eponi. »Wenn ich es sage, aktivierst du die Bugdüsen erneut. Diesmal mit fünfzig Prozent.«

Mit einer Wischbewegung nahm Tarla die Einstellung vor. Das blaue Licht der Andockbucht wurde heller. Die Geschwindigkeit der *Prisa* nahm ab.

Eponi hatte ihre Kart-Rennkarriere mit solch verrückten Manövern verloren. All das waren damals Angebereien gewesen, aufgeführt für die Menge und Preisgelder. Diesmal nicht.

»Jetzt!«, rief Eponi, als die Öffnung der Andockbucht in Sicht kam.

Tarla drückte auf die Konsole und die *Prisa* überschlug sich erneut, wobei die Hülle des Kreuzers durch das hell erleuchtete Innere der Andockbucht ersetzt wurde. Der zwanzigprozentige Schub der *Prisa* holte die Geschwindigkeit des Schiffes ein, als die Drehung begann, die *Prisa* vom Kreuzer wegzudrücken und direkt in die Zielzone der Geschütztürme. Für eine lange Sekunde konnte Eponi ihre Rettung sehen, während sie sich von ihnen entfernte.

»Backborddüse, volle Kraft!«, rief Eponi. »Zehn Prozent Hauptschub.«

Der Kapitän des Twilight Rangers schlug erneut zu und aktivierte den linken Düsenantrieb, um die *Prisa* wieder aufzurichten. Mit dem Schub, der den Rest ihres Schwungs beendete, glitt die *Prisa* in die Andockbucht, während das orangefarbene Geschützfeuer nur noch ihren Triebwerksstrahl beleuchtete und sonst nichts mehr traf.

»Bring uns zum Stillstand, Tarla«, sagte Eponi, als die Hitze des Moments in kalten Schweiß umschlug. »Fahr die Landestützen aus.«

»Mit absoluter Freude«, erwiderte Tarla und lachte dann einmal erleichtert auf. »Ein verdammt guter Pilot.«

Eponi lehnte sich zurück und blieb so sitzen, während sie nach vorne starrte, als die *Prisa* in ihre Andockposition einfuhr. Die Ersatzbrücke würde ihre Entschuldigungen haben, und der Blade-Wing-Jäger, der seine Raketen zu spät abgefeuert hatte, würde sich entschuldigen. Tarla würde dafür sorgen, dass DefenseCorp die Reparaturrechnung plus die Gebühr für die Rettung ihrer Piloten bezahlen würde.

All das konnte geregelt werden, aber als Eponi von ihrem Adrenalinhoch herunterkam, begann sie, die Kommunikationskanäle zu scannen, um herauszufinden, was mit dem Rest ihres Trupps passiert war.

30

HEBEL

Rovo landete auf der dunklen Oberfläche von Aurum Drei, Perro über seiner Schulter, auf der Suche nach Javelin, aber er fand niemanden. Die weite Landezone lag verlassen da, obwohl ihre Oberfläche nun von tiefen Löchern übersät war. Neue Mulden bildeten sich, ein stetiges Beben kam aus dem unterirdischen Labor, das Rovo zurückgelassen hatte. Sais Mission dort unten vertrug sich nicht gut mit dem Fundament.

Vielleicht hatte Sai beschlossen, Anaskya und ihr Virus zu begraben?

Der Gedanke ließ Rovo sich zur Tür und der absteigenden Treppe umdrehen. Er könnte hinunterspringen, zu Sai gelangen und-

Perro sterben lassen?

Rovo hatte gesehen, wie sich das Virus ausbreitete. Selbst wenn Sai Felsen darauf fallen ließe, könnte das Zeug weiter wachsen, könnte sich durch die Mikroben fressen, die im Sand lebten, um den Planeten zu bedecken. Rovo musste eine Mitfahrgelegenheit nach oben finden, einige kräftige Orbitallaser davon überzeugen, Anaskyas

Überreste aus sicherer Entfernung zu rösten und dem Twilight Ranger echte medizinische Hilfe zukommen lassen.

Als ob sie seine Gedanken beantworten würden, dröhnten Raumschiffmotoren und ihr Knistern und Grollen durch die peitschende Luft. Rovo beobachtete, wie ein Schiff nach dem anderen aus der zentralen Struktur der Basis hervorbrach und in den Himmel schoss. Wer flog sie? Rovo hatte keine Ahnung, aber da Javelin nirgends zu sehen war, musste Rovo es versuchen.

»Rufe um Hilfe unten auf dem Landeplatz«, sagte Rovo und sendete auf DefenseCorp's Standard-Notfallfrequenz. »Wir sitzen an einem gefährlichen Ort fest und brauchen eine Abholung.«

Die ausgesendete Übertragung hätte von den fliehenden Schiffen aufgefangen werden sollen. Rovo beobachtete, wie diese Düsenjäger ohne zu zögern und ohne eine einzige Antwort nach oben in den Himmel schossen. Das Kommunikationsgerät der Powerrüstung würde kein Signal bis in den Weltraum senden können, also hatte Rovo keine Hoffnung, dass die *Prisa* ihn hören würde, und er glaubte auch nicht, dass die DefenseCorp-Flotte zu seiner Rettung kommen würde, selbst wenn sie seinen Ruf empfangen hätten.

»Idioten«, murmelte Rovo und zeigte den fliehenden Schiffen eine bestimmte Geste mit seiner gepanzerten Hand.

Während sich neue Pläne formten und einer nach dem anderen scheiterte, ertönte ein summendes Signal in Rovos Ohr. Ein eingehender Anruf auf der Frequenz von DefenseCorp.

»Hey, Mann«, kam Javelins Stimme leise und undeutlich herein. »Hab deine Übertragung aufgefangen. Du willst eine Mitfahrgelegenheit, die haben wir, aber wir könnten etwas Hilfe gebrauchen.«

»Wo seid ihr?«, Rovo drehte sich auf dem Sand um, konnte aber keine Anzeichen erkennen.

»Ostseite«, antwortete Javelin. »Folge dem Signal, du wirst uns finden.«

»Uns?«, fragte Rovo, aber Javelin beendete den Anruf.

Rovo versuchte, den Mann erneut zu erreichen, indem er den Ruf auf derselben Frequenz erwiderte. Keine Antwort. Javelins Signal war schwach gewesen, vielleicht war der Mann zu weit außer Reichweite geraten. Das war die wahrscheinliche Antwort. Nicht, dass irgendwelche anderen tödlichen Dinge in diesem Höllenloch herumliefen.

Rovo rief seinen mittelmäßigen Orientierungssinn auf und richtete sich nach der zentralen Struktur der Basis. Auf ihrer Westseite lag die blutige Bucht der *Prisa*, was bedeutete, dass die sandige Weite im Osten der Ort war, wo Javelin hingewiesen hatte. Ohne Orientierungspunkte und mit wenig Licht, außer dem, was die Sterne boten, setzte Rovo seine Powerrüstung in Bewegung und achtete darauf, dass Perro sicher auf seiner Schulter saß.

Trotz all der Zeit, die er damit verbracht hatte, durch die Galaxis zu reisen, hatte Rovo sehr wenig davon gesehen. Die meisten Raumschiffe boten, sowohl zum Schutz vor kosmischer Strahlung als auch um ihre Hüllen dick zu halten, wenig Gelegenheit, während der Reisen nach draußen zu schauen. Raumstationen machten es genauso und hielten die Aussichtsplattformen begrenzt, was den Besuch zu einem Wettbewerb mit Rovos anderen Bedürfnissen machte, wie einen Drink zu bekommen oder einen weiteren schlechten Actionfilm zu sehen. Kurz gesagt, der

Kosmos blieb auf Distanz, etwas, das nur auf dem Bildschirm oder in seiner Vorstellung eingefangen wurde.

Bis jetzt, bis seine gepanzerten Stiefel durch den Sand einer dunklen und toten Basis stampften. Oben schien das Sternenlicht ungehindert durch, silberne Lanzen, die die Dünen um Rovo herum überschütteten. Ein violett-blauer Streifen durchzog auch den Himmel darüber, diffus, aber dennoch wunderschön: die Galaxis, die Rovo durchquert hatte, lag in ihrer ganzen Pracht vor ihm.

Zwischen den Punkten huschten winzige Blitze in Orange und Blau und machten deutlich, dass dort oben nicht alles friedlich war. Laser fuhren fort, Zerstörung zu bringen, ihre Bedeutung und die Leben, einschließlich die von Eponi und Gregor, die in Gefahr waren, raubten dem Moment etwas von seiner Magie.

Aber nur etwas.

Rovos Abenteuerlust, dieses kühne Feuer, das ihn an jenem Morgen, als Sever Squad nach Dynas aufbrach, aus seiner Koje in seine Kampfrüstung trieb, hatte sich in den letzten Monaten zu etwas Schärferem, Fokussierterem geschmiedet. Während der Sand bei jedem Schritt aufstob, wurde Rovo klar, dass er nicht mehr den Drang verspürte, sich wieder in Anaskyas Seuchenhölle zu stürzen oder sich nur um des Kampfes willen mit einem weiteren Monster anzulegen.

Zumindest nicht, wenn es nicht jemandem half, der Rovo am Herzen lag.

»Klischee«, schnaufte Rovo vor sich hin, als er eine weitere Düne erklomm und auf einen gedrungenen Ableger hinabblickte. »Natürlich will der Held Menschen helfen.«

Ähnlich wie die Bucht der *Prisa*, aber ohne das felsige Zuhause, vereinte die Struktur die harte Basis eines Rechtecks mit den glatten, geschwungenen Seiten einer Kuppel. Gebaut, um einem Sandsturm zu trotzen, vermutete Rovo, dass sich das Gebäude, falls dies Javelins Ziel war, wie eine Blume öffnen würde. Die Seiten würden an massiven Scharnieren aufschwingen und den ein- und ausfahrenden Schiffen Schutz bieten.

Ohne Strom würde sich die Bucht allerdings für niemanden öffnen.

»Scheint, als müsste der Held ihnen wohl aus der Patsche helfen«, murmelte Rovo grinsend.

Als Rovo die Düne hinunterpolterte, wurde die Größe der Struktur im Vergleich zu ihm immer deutlicher. Die Bucht ragte über den Sever-Kämpfer hinaus, groß genug, um ganze Truppentransporter oder massive Frachter aufzunehmen. Offenbar erwartete DefenseCorp, dass dieser Ort ganze Divisionen hervorbringen würde, bereit, die Galaxie mit ihrer mörderischen Wut zu überfluten.

Ein herrliches Bild, das.

Jegliche Bedenken bezüglich eines Eingangs zerstreuten sich, als Rovo die bereits aufgesprengten Haupttüren entdeckte. Jemand mit einem Gewehr oder einer schwereren Waffe hatte die Portale zerstört und sie verkohlt zur Seite gelassen. Dahinter lag die Eingangshalle dunkel da, nur von einem orangefarbenen Licht am hinteren Ende erhellt, wo die Halle auf die eigentliche Bucht traf. Die ganze Szene wirkte so rau, dass Rovo Perro nahm und ihn außerhalb der Türen mit dem Rücken zur Wand absetzte.

»Versuch am Leben zu bleiben, okay, Kumpel?«, sagte Rovo, während er das Medikit vom Rücken der Kampfrüstung abnahm, etwas Salbe auftrug und Perro ein Antiinfektions-Cocktail injizierte. Ob es einen Unterschied machen würde, konnte Rovo nicht wissen, aber beim Anblick des blutigen, bewusstlosen Mannes dachte er, dass es zumindest nicht schaden könnte. »Ich, äh, bin gleich wieder da.«

Rovo löste seine Sense vom Gürtel und klappte sie zu ihrer großen, ausladenden Form zusammen. Die Halle und die Bucht dahinter boten genug Platz zum Schwingen, und gewisse Geräusche deuteten darauf hin, dass Javelins Ruf nach Rovos Unterstützung nicht leichtfertig erfolgt war.

Als die *Prisa* andockte und Gregor und Sai zu ihrem Gemetzel aufbrachen, war Rovo in einem Geschützturm gewesen. Er hatte das Knurren, das Brüllen und die erstickten Schreie der Infizierten gehört, als sie ihren aussichtslosen Angriff starteten. Die gleichen Geräusche kamen nun zurück, drangen durch die zerstörten Türen und verloren sich in den nächtlichen Wirbelwinden von Aurum Three. Dazwischen mischte sich das zischende Heulen brennender Energiezellen und das schmatzende Ploppen explodierender Granaten.

Der Hauptunterschied zwischen den Hangars?

Hier waren das Knurren, Gerangel und die Schreie viel lauter. Sie füllten den Gang, als Rovo eintrat, die Geräusche prallten im Hangar ab und hallten zurück. So viele, dass die Laute zu einem konstanten Dröhnen verschmolzen.

»Javelin?«, funkte Rovo den Namen des Mannes. »Sag mir bitte, dass du nur schlechte Musik spielst.«

»Schlimmer, Kumpel. Wir haben die falsche Party gestartet. Beweg deinen Hintern in die Mitte, und zwar flott.«

Etwas flackerte über das orangefarbene Licht in der Ferne. Ein wachsender Schatten, gefolgt von schweren Schritten auf dem Boden.

»Halt!«, schrie Rovo, ein Test, den die herannahende

Gestalt kläglich verfehlte, als sie weder anhielt noch langsamer wurde.

Rovos alter Beruf, seine ursprüngliche Rolle bei Sever, drehte sich um Kommunikation. Das Team näher an ihre Ziele zu bringen ohne Konflikte oder Wege zu finden, Feinde und Verbündete zu erreichen. Manchmal bedeutete das Worte.

Manchmal bedeutete es auch, den Punkt mit einer Spitze zu verdeutlichen.

Rovo stellte sich breitbeinig hin und schwang die Sense im Einklang mit dem heranstürmenden Schatten. Gleichzeitig aktivierte er die Lichter seiner Energierüstung und blendete die Kreatur mit hellem weißem Licht. Der plötzliche Blitz betäubte das Ding, halb Mensch, halb modernde Krankheit, lange genug, damit Rovos Schwung es erwischte und das Monster wie einen besonders hässlichen Weizenhalm zerschnitt.

Held: eins. Monster: null.

Rovo hatte kaum Zeit, sich in seinem Sieg zu sonnen: Sobald die Teile seines Opfers den Boden berührten, strahlte das Licht von Rovos Rüstung den ganzen Gang entlang und in den Hangar dahinter. Was Rovo für gestapelte Kisten gehalten hatte, vielleicht Haufen von verrostetem Metall wie die Statuen im ursprünglichen Hangar der *Prisa*, stellte sich als oh so viel schlimmer heraus.

Wie ein Konzertpublikum, das jeden Zentimeter füllte, drehten sich die zusammengepferchten Kreaturen zur neuen Vorstellung um. Ihre Arme, Beine und Körper schälten und lösten sich voneinander, als die Menge auf Rovo zustolperte. Neue Knurr-, Zisch- und Ruflaute erhoben sich, als die Dinger ihrer Beute nachsetzten.

Der Neuling hatte sich gefragt, wo Dynas' andere Leute hingegangen waren, was Vana und Anaskya mit den

Wracks gemacht hatten, die nicht gut genug für den Soldatendienst waren.

Tja, Rovo hatte heute wohl eine Frage beantwortet.

Eine Frage, die der Neuling jedoch nicht beantworten wollte, war, wie lange er unter dem Druck von tausend Körpern standhalten würde. Rovo verlagerte die Sense in seine rechte Hand, zog blitzschnell seine Pistole aus dem linken Hüftholster, zielte nach oben und feuerte an die Decke der Eingangshalle. Die Schüsse sausten empor und brannten sich in die weichen Paneele, die dadurch zerbrachen. Darüber befanden sich die spärlichen Büros für Frachtlader und Verkehrskontrolle, wie es für solche Hangars üblich war und angesichts der miesen Geschichte dieser Basis wahrscheinlich nie genutzt wurden.

Der Ansturm näherte sich, als Rovo nach oben blickte, all die in seinen kinetischen Verstärkern gespeicherte Energie aktivierte und sich auf den Sprung seines Lebens vorbereitete. Er steckte die Pistole zurück ins Holster, winkte der anstürmenden Horde kurz zu, hob die Sense über seine Schulter und sprang.

Mit einem Schwung der Sense stieß Rovo deren Spitze durch das Loch, das seine Pistole geöffnet hatte. Der Schlag riss mehr von der Decke weg und schwächte sie so weit, dass Rovo, als sein behelmter Kopf in die Paneele krachte und seine Hände den Schaft der Sense hochglitten, nicht direkt wieder in die wartenden Klauen seiner nächsten, hungrigsten Freunde zurückprallte.

Mit der sich festkrallenden Sense schlug Rovo seine linke Hand durch den Boden und zog sich hoch, während die geschwächten Fliesen unter ihm wegbrachen. Er krabbelte vom Loch weg und fand sich genau dort wieder, wo er es vermutet hatte: auf einer leeren, offenen Büroetage mit breiten Fenstern, die in den Hangar blickten. Dort, inmitten einer wimmelnden Horde, die mal aus Individuen zu bestehen schien und im nächsten Moment zu einer einzigen kranken Masse verschmolz, stand ein bauchiges Schiff, das Rovo erkannte.

Die Twilight Rangers flogen in etwas, das man am besten als Kürbis mit Waffen beschreiben konnte. Orange Positionslichter zogen sich um das Ding herum und zeigten ein belagertes Schiff. Bei geschlossenem Hangar konnte das Schiff ohnehin nicht starten, und Javelin war sowieso kein Pilot, also ...

»Hey«, sagte Rovo und kniff die Augen zusammen, während er das Schiff betrachtete. »Du kannst nicht fliegen. Ich bin auch kein richtiger Pilot. Was ist also der Plan hier?«

»Sanje ist drinnen«, erwiderte Javelin prompt. »Er ist startbereit, aber wir können nicht abheben, solange der Hangar geschlossen ist. Ich hatte gehofft, du hättest eine Idee dafür.«

»Die Tore aufsprengen?«

»Haben wir versucht«, antwortete Javelin. »Zu stark. Oder diese Geschütze brauchen mehr Durchschlagskraft. Benutze dein Sever-Gehirn, Mann, und finde uns einen Ausweg.«

Sein Sever-Gehirn?

Rovo sah sich im Raum um und suchte nach einer Lösung. Der kahle Boden vermischte sich mit ein paar halbfertigen Schreibtischen, als ob die Leute, die diesen Raum einrichten sollten, mitten in der Schicht weggerufen worden wären. Es gab keine Arbeitsstationen, keine großen Knöpfe, die eine Notstromquelle anzeigten. Die Hangartore hatten eine manuelle Steuerung, einen Hebel, der dunkel gegen die Fenster ruhte. Rovo ging hin und versuchte ihn zu ziehen, aber der Hebel bewegte sich nicht.

So viel zu dieser Idee.

Zurück in der Bucht innovierten die Kreaturen: Sie kletterten übereinander, ihre Gliedmaßen verschmolzen hier und da zu einer Art schimmelbedecktem Geflecht, und die ehemaligen Bürger von Dynas krochen auf das Schiff der Twilight Ranger. Mit ihren Fäusten auf den Rumpf schlagend, stellten die kletternden Wesen wahrscheinlich keine große Gefahr für das Fahrzeug dar.

Aber sie konnten das Schiff begraben. Rovo erinnerte sich an den Stich, als der Schleim durch die Schlitze seiner Rüstung gedrungen war, wie schwer es gewesen war, seinen Arm aus dem Sumpf im unterirdischen Labor zu befreien. Es würde viele Körper brauchen, um ein Schiff zu fesseln, aber da unten gab es viele Körper. Sie würden irgendwann in das Schiff eindringen oder Javelin und Sanje so tief begraben, dass die beiden nie herauskommen würden.

Rovo betrachtete den Hebel genauer. Er musste mit Zahnrädern verbunden sein, irgendeinem Schalter, der die Buchtüren einfahren würde. Ohne Strom würde diese Verbindung möglicherweise nicht funktionieren. Alles kam auf den verdammten Strom zurück.

Es sei denn.

Der Hebel saß an der Wand, auf einem Ständer, wo jeder einen guten Griff bekommen und ziehen konnte. Rovo teilte die Sense und ging in die Hocke, wobei er den freigewordenen Haken benutzte, um eine Linie in den grauen Block unter dem Hebel zu schnitzen. Ein Strich, zwei und drei, gefolgt von einem Schlag, und Rovo hatte einen Blick ins Innere. Mit den Lichtern seines Anzugs präsentierte sich das Problem in schiere, verblüffende Klarheit.

Diese Nebenandockbucht war nie von DefenseCorp freigegeben worden. Ihr Kontrollzentrum war nicht ausgestattet worden. Vana hätte sie mit einem elektrischen Impuls von ihrem Armband öffnen können, also warum sich mit all den kleinen Dingen für den Vollzeitbetrieb abmühen?

Der manuelle Hebel war einsatzbereit, außer dass sich niemand die Mühe gemacht hatte, ihn für den Gebrauch vorzubereiten. Die Stahlklammer hing an der Freigabe und verhinderte, dass der Hebel die Kaskade zum Öffnen der Türen in Gang setzte. Jede normale Basis hätte dies entfernt, die manuelle Freigabe einsatzbereit.

Rovo lachte, zog seine Pistole und zielte.

Vielleicht hatte er doch ein Sever-Gehirn.

Zwei Schüsse mit niedriger Leistung schnitten die Klammer ab, und mit seiner ausgestreckten Hand stieß Rovo das Schloss weg.

»Lasst eure Motoren anlaufen«, sagte Rovo, während er aufstand. »Diese Tür wird sich gleich schnell öffnen.«

Javelin begann zu antworten, aber Rovo beendete den Anruf. Beendete ihn, weil er etwas in den Fenstern reflektiert sah, einen Schatten im orangefarbenen Licht, das vom Schiff der Twilight Ranger geworfen wurde. Die Kreaturen unten hatten gelernt, sich aufzustapeln, um auf das Schiff zu gelangen.

Sie hatten dasselbe getan, um in Rovos Büro zu gelangen.

Rovo griff nach der Sense vom Boden, schwang sie und traf die erste Kreatur quer über die Brust, schleuderte sie zur Seite. Zwei weitere folgten, kreischend, als sie auf ihn zukamen. Mit seiner linken Hand löste Rovo die untere Hälfte der Sense und formte einen kreisförmigen Schild. Er stieß ihn wie einen Schlag vor und verschaffte sich eine Sekunde Zeit, um die Sense zu holstern und nach dem Hebel zu greifen.

Diesmal glitt es mit einem schweren *Rums*. Diesmal folgten dem Ziehen mahlende Zahnräder. Diesmal begannen die Buchtentüren knarrend auseinanderzugehen.

Und diesmal spürte Rovo, wie greifende Hände ihm seinen Sensenschild entrissen. Als sie die Waffe hinter sich warfen, hörte Rovo das Klirren, als die Sense durch das Loch zum Boden darunter verschwand.

Nicht, dass der Verlust der Waffe eine Rolle spielte. Er hatte sowieso keinen Platz zum Schwingen.

Mit dem Rücken gegen die Fenster gedrückt, konnte Rovo nichts anderes sehen als weitere Kreaturen, die auf ihn zustürmten und über ihre Artgenossen kletterten, um näher zu kommen, wie eine sich aufbauende Welle.

Sie zerrten an seinen Armen, zupften zwischen seinen Platten, bissen an Rovos Visier, während das Gedränge ihn gegen das Glas drückte. Rovo versuchte sich zu bewegen, seinen stotternden Anzug zum Schlagen oder Schieben zu bringen, aber er hatte seine kinetische Energie beim Aufstieg hierher verbraucht. Die Servorüstung, abgenutzt von einer langen Mission, hatte wenig übrig.

Genauso wenig wie die Fenster.

Als immer mehr Körper nachdrängten, als Rovo versuchte, einen Ausweg zwischen all den knirschenden Zähnen und kratzenden Händen zu finden, riss und zersplitterte das Glas in seinem Rücken. Mit der Welle fallend, schrie Rovo mit all den anderen, als er in ein wütendes, verzweifeltes und sterbendes Meer stürzte.

Zumindest sah Rovo über all der Hölle um ihn herum die Sterne.

31

KÖDER UND BRAND

Als Aurora und Vana die Landeplattform erreichten, ihre Hautanzüge mit Sand bedeckt, bemerkten beide die sich zurückziehende Gestalt. Ein klumpiger Schatten, der durch das silberne Licht in Richtung einer großen Düne sprintete. Sowohl die Agentin als auch die Soldatin versuchten, die Form zu erfassen.

»Es läuft zum anderen Hangar«, sagte Vana. »Dem, wo deine Söldnerfreunde untergebracht sind.«

»Welche Söldnerfreunde?«

»Ihre Anführerin ist ein Hitzkopf. Die Twilight-Irgendwas?«, grübelte Vana. »Sie sagten, sie würden dich kennen und allem entgegenwirken können, was du dir ausdenkst. Ich brauchte eine Ablenkung für den Fall, dass du auftauchst, und sie waren billig. Ich schätze, du hast dir einen Feind gemacht?«

Tarla. Natürlich würde sie hier sein. Das könnte der Grund sein, warum Aurora nichts mehr von ihrem restlichen Team gehört oder gesehen hatte, seit diese Mission begonnen hatte. Mit der Hand fest am Griff ihrer Pistole, erwog Aurora erneut, Vana an Ort und Stelle zu rösten.

Aber die Agentin könnte noch nützlich sein.

»Ich dachte, du wolltest, dass wir überleben?«, fragte Aurora. »Eine andere Gruppe anzuheuern, um uns zu töten, passt da nicht so recht ins Bild.«

»Nicht töten. Aufhalten, ablenken, in die Irre führen. Meine Soldaten mussten entkommen, und das haben sie getan.« Vana deutete auf die fernen Blitze. »Diese Flotte? Sie werden ihre Zerstörung mit offenen Armen akzeptieren. Ganze Kreuzer, verloren durch DefenseCorp's eigenen Stolz. Die Galaxis wird das nicht hinnehmen.«

Aurora wollte sagen, dass das nicht passieren würde. Dass Deepak und Sever sie aufhalten würden. Sie konnte die Worte nicht herausbringen, weil, verdammt, es sah aus, als hätte Vana sie alle ausmanövriert. Die Flotte da oben würde zerstört werden, und die Galaxis würde erfahren, was hier geschehen war.

Vana hatte jedoch noch einen Fehler in ihrem Plan. Sie wollte einen sauberen Tod oder ein Entkommen hier am Ende. Keines von beidem würde geschehen. DefenseCorp würde für seine Verbrechen bezahlen. Genauso wie die Agentin.

»Du hast uns hierher gebracht«, sagte Aurora und betrachtete die zernarbte Landeplattform. Als ihre Augen über die Oberfläche glitten, bewegten sich Sandkörner, und ein leichtes Beben durchfuhr ihre Füße. »Warum?«

»Anaskyas Labor liegt unter uns«, erwiderte Vana. »Es gibt nur zwei Ein- und Ausgänge, die Anaskya benutzen kann, und wenn man bedenkt, was deine Freunde bereits mit unserem Kraftwerk angestellt haben, wird sie diesen Weg nehmen.«

»Und wenn wir die Wissenschaftlerin losgeworden sind?«

»Dann sind nur noch du und ich übrig, Aurora. Genau wie du es wolltest.«

Sie näherten sich dem kleinen, kastenförmigen Gebäude, dessen Tür aufgesprengt war. Vana runzelte die Stirn beim Anblick der Öffnung und zögerte. Aurora gab der Agentin einige Sekunden Zeit, sich etwas zu überlegen, dann deutete sie mit der Pistole auf den Eingang.

»Nicht das, was du erwartet hast?«, fragte Aurora.

»Ich hatte das Labor versiegeln lassen«, antwortete Vana und ging in Gedanken und mit Worten ihre eigenen Pläne durch. »Meine Agenten haben den Aufzug auf der anderen Seite blockiert. Diese Tür verriegelt. Wir hatten die Soldaten sortiert. Alle, die sich nicht qualifizierten, ließen wir unten und öffneten den Trichter.«

»Den Trichter?«

Vana schüttelte den Kopf. »Renard hat damit angefangen, bevor ich involviert wurde. All diese armen Leute aus Dynas. Wir testeten die Injektionen und hielten sie unten fest, warteten darauf, dass sie starben oder stark genug überlebten, um einen Anzug zu bekommen. Die meisten verweilten lange.«

»Du hast meine Frage nicht beantwortet, Vana.«

»Du wirst es schon noch herausfinden.«

Die Agentin machte einen Schritt, bevor Geräusche, die aus dem Gebäude drangen, sie innehalten ließen. Das laute Dröhnen von Füßen, die die Treppe hinaufpolterten, hier und da unterbrochen von einem metallischen Quietschen, als etwas gegen die Wände schlug.

»Geh zurück«, sagte Aurora und beschloss, den Trichter für den Moment beiseite zu lassen. Vana hatte keine Waffe, und die Agentin durfte hier nicht sterben. »Lass mir freie Schussbahn.«

Vana gehorchte und bewegte sich zu Auroras Linken. Sie hob die Hände und ging leicht in die Hocke. Bereit, in irgendeine Kampfhaltung zu springen, als ob das eine der Kreaturen aufhalten könnte. Aurora hätte gelacht, wenn sie nicht ihren Fokus auf den dunklen Türrahmen gerichtet hätte.

Eine blutige, zerrissene Gestalt stürzte heraus, die Klinge sprühte Funken am Türrahmen. Aurora hätte abgedrückt, wäre da nicht das Schwert gewesen, dessen geschwungene Schneide das Sternenlicht einfing. Sie kannte Sais Klinge zu gut, wusste in einem Augenblick, dass die zerfetzte, schmutzbedeckte Gestalt vor ihr der Schwertkämpfer sein musste.

Oder jemand, der sein Schwert gestohlen hatte.

»Sai?«, fragte Aurora und trat einen Schritt zurück, um vorsichtig zu bleiben, während der Mann, schwer atmend, sie anstarrte.

»Aurora?«, erwiderte Sai, bevor er Vana erkannte. Als Sai das Gesicht der Agentin einordnete, hob er das Katana. »Du.«

Vana warf ihr typisches, lockeres Grinsen auf. »Ich sehe, du hast unsere Wissenschaftlerin kennengelernt.«

Sai scherzte nicht, antwortete nicht. Er ging mit einer Entschlossenheit auf Vana zu, die Aurora nur zu gut kannte. In einer Sekunde würde der Kopf der Agentin im Sand liegen.

»Sai, halt«, sagte Aurora, aber der Schwertkämpfer ignorierte sie. Vanas Lächeln verschwand und die Agentin begann zurückzuweichen. »Sie ist nicht gefährlich.«

»Von wegen, ist sie nicht«, knurrte Sai und hob die Klinge für einen beidhändigen Schwung.

Aurora schoss. Der blau-weiße Blitz zischte zwischen dem Agenten und dem Schwertkämpfer hindurch, schnitt mit seiner Hitze durch die Luft und brachte Sai endlich zum Stehen. Der Schwertkämpfer starrte in Auroras Richtung, während Vanas ärgerliches Lächeln zurückkehrte.

»Was tust du da?«, fragte Sai. »Sie ist-«

»Sie ist in unserer Gewalt«, unterbrach Aurora. »Wir brauchen, was sie weiß, und ich werde nicht zulassen, dass sie hier hingerichtet wird. Das wäre ein zu sauberes Ende.«

»Ein zu sauberes Ende?«, erwiderte Sai und richtete das Katana auf die Agentin. »Jede Sekunde, die sie am Leben ist, arbeitet sie an etwas Schlimmerem. Sie ist die Mission, Aurora. Genau hier.«

»Sai, sieh dich an.« Aurora zwang sich zur Ruhe in jedem Wort. »Vana sagte, Anaskya sei da unten. Dass wir sie aufhalten müssten, bevor die Wissenschaftlerin etwas Schlimmeres als diese Soldaten anstellen würde. Hast du sie gesehen?«

Sai schüttelte den Kopf. »Sie gesehen? Anaskya ist erledigt. Ihr verdammtes Virus ist es aber nicht. Es frisst sich durch den ganzen Ort da unten. Ich glaube, die Treppe hat es verlangsamt, weil sie aus Metall ist, aber es kommt, Aurora.« Wieder hob er das Katana, und wieder machte Vana einen Schritt zurück, obwohl ihr Grinsen diesmal nicht verschwand. »Weil Vana hier Anaskya alles gegeben hat, was sie wollte.«

»Nicht alles«, widersprach Vana. »Nur genug, damit die Galaxie sieht, wie-«

»Ruhe«, sagte Aurora. »Öffne deinen Mund nur, wenn ich dich darum bitte. Sai, steck das Schwert weg und sprich mit uns. Du sagst, da unten gibt es mehr davon?«

Sai verbarg den inneren Konflikt nicht, das Katana zitterte in seinen Händen, aber jahrelange Befehlsbefolgung schuf Gewohnheiten, die nicht leicht starben. Mit einem Seufzer ließ er die Klinge in den Staub fallen. Er setzte sich danach, was überraschend war, bis Aurora den Schwertkämpfer genauer betrachtete. Unter dem Schmutz hatte Sai Schnitte und Prellungen entlang seines zerfetzten Hautsuits. Wunden kreuzten sich über seinen Körper und sahen im Sternenlicht wie nässende Narben aus.

»Es ist schlimmer«, sagte Sai. »Anaskya hat es irgendwie modifiziert. Es ist jetzt aggressiver, breitet sich schneller aus. Sie nannte es ihr Kind.«

Während Sai sprach, lief ein weiteres Beben durch die Landeplattform. In der Mitte verschob sich der zerstampfte Sand und sank in eine wachsende Grube. Weitere folgten und öffneten sich über die gesamte Landeplattform wie eine sich ausbreitende ... Krankheit.

Aurora musste diese Vergleiche für eine Weile beiseite schieben.

»Sie hat es also geschafft«, sagte Vana. »Anaskya sprach ständig von einer besseren Formel, die sie verwenden würde, wenn wir ihr mehr Zeit gäben. Das Blut des Mädchens hat sie freigesetzt. Ich sagte nein und versuchte, sie zu beschäftigen.«

»Du hast versagt«, spuckte Sai aus.

»Das habe ich«, erwiderte Vana mit einem Achselzucken. »Aber nachdem es uns getötet hat, was dann? Es wird den Planeten nicht verlassen.«

»Vorerst«, sagte Aurora. »War das Blut nicht dazu gedacht, die Krankheit überall leben zu lassen? Jede Umgebung zu überleben? Könnte es ins Vakuum gelangen?«

»Du fragst die falsche Person«, sagte Vana. »Deshalb wollte ich es jetzt töten.«

Sai murmelte etwas darüber, dass es zu spät sei. Aurora jedoch blickte über die Landeplattform hinweg, jenseits dieser Gruben zu dem, was wie ein großes, zerstörtes Gebäude auf der gegenüberliegenden Seite aussah.

»Vana, ist das die Energiestation?«, fragte Aurora.

»War es«, antwortete Sai. »Ich habe sie in die Luft gejagt.«

Aurora nickte. »Und woher kam die Energie? Ich sehe keine Solarpaneele.«

»Eine Röhre, tief gebohrt«, sagte Sai. »Eine Menge Hitze aus dem Inneren des Planeten. Hat mich gekocht.«

Missionen liefen nie nach Plan. Etwas ging schief, etwas lief zu gut. Man musste sich anpassen, die Umgebung und die eigenen Ressourcen einschätzen und herausfinden, wie man das Ziel erreichen konnte. Im Moment hatte Aurora genug von Anaskyas Krankheit gesehen. Jetzt brauchte sie eine Waffe, die in der Lage war, sie zu zerstören.

»Du sagtest, das Virus hätte dich gejagt?«, fragte Aurora den Schwertkämpfer, während die Gruben immer breiter wurden. Ein rötlicher Schimmer färbte das Licht, das in diese Löcher hinabsank. »Blindlings?«

»Es ist ein Virus, kein Tier«, erwiderte Sai. »Ja, es hat mich blindlings gejagt.«

Wenn Anaskyas molekulares Monster Nahrung wollte, dann, so dachte Aurora, könnte sie das Ding dazu bringen, dafür zu arbeiten.

»Ich mache es«, sagte Vana. »Das Virus zum Feuer führen?«

»Richtige Idee, falsche Person«, antwortete Aurora. »Sai, du behältst Vana im Auge. Wenn sie sich bewegt, tu, was du willst.«

»Kein Grund, dich selbst zu gefährden, Aurora«, sagte Vana. »Ich bin sowieso tot, warum-«

»Du bist nicht tot, und du wirst es auch nicht sein.«

Aurora winkte Vana an Sai vorbei, an den Rand des Landeplatzes und weg von den wachsenden Gruben. »Setz dich hin und warte wie eine brave Gefangene.«

Vana warf ihr einen bösen Blick zu. Aurora ignorierte ihn, beobachtete, wie die Agentin den Befehlen folgte, und wandte sich dann dem Problem zu.

Anaskyas Virus, die lebende Kreatur, was auch immer es war, schien die Grundlagen des Landeplatzes zu zerfressen. Das ständige Grollen ging jetzt mit einem blubbernden Zischen einher, während Rauchschwaden aus den Gruben aufstiegen, in denen Gestein und Sand in einem wahllosen Schlund verschwanden.

»Vorsicht«, sagte Sai, als Aurora näher an den Rand der Grube herantrat und hinunterblickte.

Im Sternenlicht konnte man erkennen, dass die Grube zu einem kleineren Zentrum hin abfiel. Dort, wo sich Anaskyas Kreation aufwühlte, während weiterhin Erde in seinen Pool fiel, war das Virus. Hellrot, klebrig und in ständiger Bewegung sah es eher aus wie ein Haufen Kreaturen, die zusammen schwärmten, mit zusammengeballten Gliedmaßen und von einem kirschroten Film überzogen.

Mit anderen Worten, ziemlich eklig.

An den Rändern des Pools, wo der Sand wegbröckelte und die Decke des Labors mit sich riss, konnte Aurora einen offenen Korridor darunter erkennen. Das Virus schien sich nicht wie Gas oder Wasser auszubreiten: ziellos und überall. Stattdessen trieb sein Schwung es zurück in Richtung Aurora und Sai, unter ihnen hindurch und in Richtung der Treppe, die Sai benutzt hatte, um wieder an die Oberfläche zu gelangen.

»Da ist eine Öffnung«, rief Aurora. »Ich gehe rein.«

»Viel Glück«, erwiderte Sai. »Ich halte sie dir frisch.«

»Ich verlasse mich darauf.«

Aurora lief um den äußeren Rand der Grube herum, in die entgegengesetzte Richtung von Sai und Vana. Sie blickte zurück zum Kraftwerk, schaute in die Grube hinunter und plante einen Weg. Der Gang unten würde Aurora vielleicht nicht direkt dorthin bringen, wo sie hin musste, aber mit einer groben Richtung im Kopf musste die Sever-Kapitänin daran glauben, dass sie es schaffen konnte.

Mit einem letzten Blick auf Sai, der den Salut des Schwertkämpfers mit seiner Klinge erwiderte, sprang Aurora hinein.

Aurora rutschte über den Sand und fiel die letzten paar Meter, ehe sie in den schwarzen Schlamm platschte und mit Händen und Knien aufkam. Jetzt auf gleicher Höhe, blickte sie direkt auf das Virus und erkannte, dass der Eindruck wirbelnder Gliedmaßen nicht falsch war: Genauso wie Felix und seine Monster zu Sklaven der Krankheit wurden, schien es diesem hier ebenso zu ergehen.

Doch trotz all seiner Knochen und Salzlake hatte das Ding Aurora noch nicht bemerkt. Das musste sich ändern.

Aurora hob ihre Pistole, die nun genauso mit Dreck überzogen war wie der Rest von ihr, nahm einen tiefen Atemzug und drückte ab. Der blau-weiße Energiebolzen flammte auf, traf sein Ziel und entfachte ein Feuer im wogenden Rot. Die Kreatur gab keinen Laut von sich, stieß kein schmerzerfülltes Brüllen aus, sie bewegte sich einfach.

Eine wogende rote Welle kam auf Aurora zu, schlug über dem Feuer zusammen, das ihre Pistole entfacht hatte, und erstickte die Flammen mit dem eigenen Körper.

»Scheint funktioniert zu haben«, murmelte Aurora, drehte sich auf dem Absatz um und sprintete los.

Sie hob ihr Armband, damit dessen Licht ihr den Weg weisen konnte, und rannte los, während bei jedem Schritt dunkler Schleim aufspritzte. Die Sever-Kapitänin drückte den Abzug ihrer Pistole, ohne zu zielen, und versuchte so, die Aufmerksamkeit der Kreatur auf sich zu lenken. Das mahlende, schmatzendeGeräusch, das ihren Schritten folgte, schien zu beweisen, dass Aurora Erfolg gehabt hatte.

Hurra.

Der Gang half nicht viel, er endete schnell und zwang Aurora, rechts abzubiegen. Nach einer kurzen Strecke gelangte sie in einen riesigen Raum, der von Virus durchzogen war. Das Armband erfasste eine rote Klinge auf der anderen Seite des Raumes, die neben einigen Felsen verharrte. Ein Rätsel für ein andermal: Der Weg, dem sie folgen musste, lag zu ihrer Linken, und Aurora schlug diese Richtung ein, als die Kreatur hinter ihr hereinwogte.

Bei jedem Schritt rutschte sie hier, was Aurora zwang, sich mit dem Schwung zu bewegen. Sie verlor die Pistole, um nicht zu fallen, ließ sie fallen, als sie um eine Ecke schlitterte und beide Hände benutzte, um sich an den Wänden abzustützen. Sie stieß sich ab und lief weiter, immer lauschend, immer hoffend.

Bis Aurora durch eine kleine Tür in einen quadratischen Raum mit gepolstertem Boden gelangte. Licht kam von oben, ein orangefarbenes Glühen, zusammen mit atemberaubender Hitze. Als sie aufblickte, erkannte Aurora den Schnitt im Boden des Aufzugs und vermutete, dass Sai den Durchbruch gemacht haben musste.

Der Plan hatte bisher funktioniert, aber niemand hatte etwas davon gesagt, einen Schacht hinaufzuklettern. Ohne ihre Energierüstung hatte Aurora keinen Enterhaken. Keine Stiefel, die sie hochkatapultieren konnten. Ohne ihre Pistole hatte die Sever-Kapitänin keine Waffen.

Kopfschüttelnd wich Aurora zur gegenüberliegenden Wand des Raumes zurück. Ein glatt geschnittener Schacht, die Wände boten keine Griffe. Keine Wartungsleitern in diesem halbgaren Ort.

»Hoffen wir mal, du bist so dumm, wie du aussiehst«, sagte Aurora, als die Kreatur sich in den Raum schlängelte.

Die dicke Masse tastete sich auf sie zu, rundliche Tentakel schlängelten sich in ihre Richtung, während das Rot hereinfloss. Aurora machte einen Schritt nach vorne und sprang. Die Tentakel bewegten sich, folgten ihr, streckten sich nach ihr aus. Aurora dankte all den Beweglichkeitskursen, als sie einen Fuß auf einen Tentakel setzte, spürte, wie er nachgab, wie er Knochen berührte. Sie landete mit dem rechten Fuß auf einem anderen Stumpf, stieß sich ab und riss ihre Füße frei, während das Virus in den Aufzugsschacht wogte.

Von ihrem Armband geleitet, bewegte sich Aurora weiter, stieß sich von den Wänden ab und hielt das Virus in Bewegung. Die Tentakel schnellten vor und schufen neue Stützpunkte. Jeder Schritt kostete Aurora etwas Haut, jeder Schritt hinterließ Virus an ihren Beinen und Armen, aber jede Bewegung erkaufte ihr Zeit und brachte sie weiter nach oben, während das Virus in den Schacht strömte.

Mit einem Satz packte Aurora die gezackte, von Sais Schwert aufgeschlitzte Kante. Sie spürte die Schnitte, akzeptierte sie, als sie sich aus dem neuesten Griff der Kreatur befreite. Im Aufzug stehend, schwitzend und blutend, warf Aurora ihren ersten echten Blick auf den Schaden, den Sai angerichtet hatte.

Es war kein direktes Feuer, nicht wirklich. Eher eine blendende, erstickende Hitze, die von der zerstörten Anlage ausging. Flammen erhellten die Luft in Blitzen und verschlangen den wenigen Sauerstoff, der in die Kammer des Rohrs gelangte.

Selbst mit Kaias Blut musste Aurora glauben, dass eine

lange Aussetzung dieser Hitze wirken würde, aber das Virus musste sie erreichen. Es müsste um das Rohr herum schwärmen. Aurora blickte durch den Aufzug nach unten, als das Virus begann, durch Sais Loch zu sickern. Sie könnte sich selbst in die Flammen stürzen, und es würde folgen.

Aurora würde sterben, und die Kreatur würde verbrennen.

Dann blickte sie nach oben, zur Spitze des Aufzugs und der wartenden Ausstiegsluke. Geschlossen, angesengt, aber nutzbar. Aurora würde jedem Plan, der keinen feurigen Opfertod beinhaltete, einen zweiten Blick schenken. Vielleicht sogar einen dritten.

Die Seiten des Aufzugs als Stütze nutzend, stieß sich Aurora zur Luke hoch und zog am Hebel, sodass die Luke aufsprang. Die Federn trugen Aurora mit der sich öffnenden Tür nach oben. Sie war draußen, sie würde frei sein, sie hatte es ge-

Ein Tentakel packte ihr Bein, wickelte sich um ihren Fuß, als Aurora begann, hinauszuklettern. Ein zweiter Tentakel gesellte sich dazu und zog, während das Virus unter ihr in den Aufzug strömte. An der Kante der Luke zerrte Aurora an ihrem linken Bein, versuchte es zu befreien, während das Virus emporkletterte. Sein stechender, beißender Schleim drang in ihre Wunden ein, schwamm in ihr Blut.

Aurora hatte nichts zum Schneiden, sonst hätte sie das Bein glatt abgetrennt und das Risiko des Verblutens in Kauf genommen. Stattdessen zog sie, sie sah zu, wie das Virus über ihr Knie bis zu ihrem Oberschenkel kletterte. Als es ihre Taille erreichte, kroch ein Tentakel zu ihrem Gesicht.

Das Virus erschauderte. Ein Zittern, das Aurora durch seinen Griff spürte. Das Zittern wurde heftiger, und ein

neuer Geruch erfüllte die schwüle Luft, der schreckliche Gestank von verbranntem Fleisch. Rauch kräuselte sich durch die Spalten in der Luke und stieg in den Aufzugsschacht. Hochfrequente Knallgeräusche, sengende Quietschlaute ertönten. Überhitzte Blasen, die platzten.

Mit einem weiteren Ruck befreite Aurora ihr Bein. Das Virus wich zurück, zog sich in den Aufzug zurück. Aurora beugte sich vor und zuckte zurück, als eine Feuerwelle ihr beinahe die Haare versengte. Orangefarbene Flammen füllten die Luke, bevor sie zusammen mit ihrer neu gefundenen Nahrung hinabstiegen. Licht erfüllte den Aufzug, als Aurora sich hinsetzte, den Rücken an die Schachtwand gelehnt, und die Hitze über sich hinwegwaschen ließ.

Sie würde schwitzen, aber sie würde überleben.

Das würde genug sein.

32

AM ABGRUND

Sai beobachtete, wie Aurora in die Grube sprang. Seine Truppführerin ging hinein, während er wartete, den Hintern im Sand. Seine rechte Hand umklammerte den Griff seines Katanas, obwohl auch das Schwert im Dreck lag. Überall an seinem Körper vermischten sich Sand und Schmutz mit Schnitten und Verbrennungen, Wunden, die Salben und Zeit in der Vergangenheit geheilt hatten und die Sai nun erneut heilen musste. Er juckte, sein Hals kratzte vor Durst, und sein Kopf pochte vor erschöpftem Schmerz.

So viele Missionen endeten auf diese Weise, mit Sai, der um eine Runde in der Krankenstation und ein paar lange Tage völligen Nichtstuns bettelte.

»Sie ist eine Mutige«, sagte Vana.

Sai drehte den Kopf und behielt Vana im Blick. Die Agentin, die scheinbar unverletzt war, stand mit verschränkten Armen da und hatte einen neugierigen Blick, als ob sie darauf wartete zu sehen, ob Sai ihre Meinung teilte.

»Wir sind alle mutig«, erwiderte Sai. »Nicht dass ein Agent das verstehen würde.«

»Oh ja. Wir sind alle Feiglinge, weil wir nicht mit gezogenen Waffen reingehen.«

»Nein.« Sai dehnte das Wort in die Länge, zog seine angespannten Muskeln zusammen und überzeugte sie, sich noch einmal aufzurichten. »Ihr seid Feiglinge, weil ihr lieber wegrennt, als zu euren Taten zu stehen.«

»Ist es das, wonach es für dich aussieht, Weglaufen?«

Sai deutete mit seinem Katana auf den zerkraterten Landeplatz hinter ihm. »Vor ein paar Stunden wimmelte es hier von Agenten. Du sagst, ihr wolltet Anaskya aufhalten. Jeder von ihnen hätte es tun können.«

Vana nickte, ließ ihr Lächeln fallen und erinnerte Sai mit den Linien in ihrem Gesicht und dem grauen Haar, das vom Sternenlicht erfasst wurde, daran, dass sie kein Neuling war, der sich einschüchtern ließ.

»Warum sind Aurora und du immer wieder für dich und Rovo zurückgekommen?«, fragte Vana in einem lehrhaften Ton.

Sai war jedoch auch kein Anfänger auf seiner ersten Reise fern der Heimat.

»Du wirst mich nie davon überzeugen, dass du dich so sehr um diese Agenten gesorgt hast, dass du sie retten wolltest«, lachte Sai. »Was hast du auf Gillane Vier gemacht? Ach ja. Du hast dein eigenes Team mit Anaskyas Gift injiziert. Wusstest du, was mit ihnen passieren würde? Wie viele sind gestorben?«

»Das waren Renards Leute, nicht meine«, sagte Vana, als ob das alles entschuldigen würde. »Aurora rettet ihr Squad. Ich rette meine Agenten.«

»Du bist ja eine richtige Heilige.«

»Die Galaxis wird verstehen, warum ich das getan

habe«, erwiderte Vana. »Ich brauche dein Verständnis nicht.«

»Die Galaxis wird dich als das Monster sehen, das du bist.«

Zwischen ihnen wirbelte Sand auf, der Wind peitschte, und vom Landeplatz erhob sich ein grummelndes Geräusch. Auroras Suche nach der Energiestation musste etwas bewirken, denn Sai konnte das rote Leuchten des Virus aus der Grube nicht mehr sehen. Es hatte sich nach ihr zurückgezogen und verfolgte die Squadführerin durch das unterirdische Labor.

Alles nur, weil Vana Anaskya die Gelegenheit dazu gegeben hatte.

»Ist dieses Schwert alles, was du hast?«, fragte Vana.

Misstrauisch sah Sai dem Agenten direkt ins Gesicht, das Katana waagerecht. »Es ist mehr als genug.«

»Du bist verletzt. Müde und schwach.« Vana tippte sich ans Kinn. »Wenn ich losrennen würde, könntest du mich einholen?«

»Versuch's doch und finde es heraus.«

Die Augen des Agenten schweiften umher und schätzten den Raum zu beiden Seiten Sais ab. Hinter Vana erhob sich eine Düne bis zum Fuß des zentralen Gebäudes der Basis. Ein harter Sprint. Wo sonst könnte sie hin? Es gab keine Schiffe mehr auf dem Landeplatz, die sie schnappen könnte, und jeder andere Teil der Basis schien zu weit entfernt für einen direkten Sprint.

Andererseits war sie ein Agent.

Vana machte einen einzelnen Schritt nach links. Sai rührte sich nicht. Sie machte noch einen.

Sai blieb regungslos.

»Gibst du mir einen Vorsprung?«, sagte Vana.

»Da drüben ist nichts.«

»Soweit du weißt.«

»Ich bin zu müde für Spielchen, Vana. Wenn du wegrennen und mir einen Grund geben willst, dein Leben zu verkürzen, dann tu es. Ansonsten setz dich hin und warte, bis Aurora zurück ist.«

Hinter Sai dröhnte die Energiestation mit ihrer Anzug-Produktionsanlage. Sai blickte in diese Richtung und sah schattenhaften Rauch in den Himmel aufsteigen. Und kein Zeichen von Aurora.

»Sie braucht vielleicht Hilfe«, sagte Vana. »Besser, du siehst nach.«

»Dann kommst du mit mir.«

Vana protestierte nicht. Während Sai die Agentin die Führung übernehmen ließ – es war immer sicherer, hinter dem Feind als vor ihm zu sein – schlichen die beiden über die Landeplattform. Vana joggte mit müheloser Leichtigkeit, während Sai sich keuchend durch die Überquerung quälte, was der Agentin die Gelegenheit gab, ihm ein Lachen zuzuwerfen.

»Wirst du es schaffen, Soldat?«, sagte Vana. »Aurora könnte gerade im Sterben liegen.«

Sai verstand den Seitenhieb, konnte aber nicht wirklich widersprechen. Vana könnte schneller zur Energiestation gelangen als er und Aurora Hilfe leisten.

Oder sie ermorden, falls die Sever-Kapitänin verwundet war.

»Bleib dicht bei mir«, sagte Sai. »Sie wird überleben.«

Zum ersten Mal erwiderte Vana nicht mit offener Verachtung. Stattdessen hielt sie einen Moment inne, damit Sai zu ihr aufschließen konnte, und musterte ihn mit einem geraden Blick.

»Jetzt triffst du die richtigen Entscheidungen«, sagte Vana und passte sich Sais Tempo an, der vergeblich versuchte, die Agentin ein zweites Mal dazu zu bringen, die Führung zu übernehmen. »Du darfst mich nicht entkommen lassen, egal was es kostet.«

»Du redest ziemlich viel für eine Agentin, weißt du das?«

Diese Worte brachten Vana zumindest zum Schweigen, bis das Paar die Energiestation und den Tunnel, der hineinführte, erreichte.

Die gesprengten Türen ließen sie eintreten. Vana seufzte, als sie sah, was Sais Minen mit der Anzugmontage angerichtet hatten. Die Förderbänder hingen in Fetzen, die Zahnräder, die sie hätten in Bewegung halten sollen, waren durch den plötzlichen Stopp zerbrochen. Die eingestürzten Abschnitte des Dachs hatten andere Teile plattgedrückt und Trümmer verstreut. Eine schwüle Hitze durchdrang alles, kein Lüftchen war zu spüren.

»Es riecht, als würden Leichen verbrennen«, sagte Vana, als sie am Ende des Tunnels standen und das Chaos betrachteten.

»Ein Geruch, den du kennen würdest«, erwiderte Sai.

»Ich sehe Aurora nicht.« Vana ignorierte Sais Stichelei. »Vielleicht hat sie es doch nicht geschafft.«

»Komm hier rüber.« Sai führte die Agentin zu den geschlossenen Aufzugtüren. »Weißt du, wie man die öffnet?«

»Ohne Strom? Ist das nicht deine Spezialität?«

»Könnte sein. Stell dich da hin.« Sai zeigte nach rechts in eine Ecke.

Vana müsste an Sai vorbeilaufen, um zum Ausgang zu gelangen. Eine kleine zusätzliche Absicherung. Die Agentin verschränkte die Arme, lehnte sich gegen die Wand und beobachtete. Sai sammelte sich, schob alle seine

Probleme beiseite und hob das Katana. Aufzugtüren waren normalerweise nicht besonders dick.

Hoffentlich folgten diese dem Trend.

Ein Schlag erzeugte Funken, hinterließ aber kaum mehr als einen Kratzer auf der Oberfläche. Ein zweiter drang nicht viel tiefer ein.

»Aurora wird an Altersschwäche sterben, bevor du durch diese Tür kommst«, sagte Vana. »Hättest du etwas dagegen, wenn ich einen Blick darauf werfe?«

Sai warf der Agentin einen finsteren Blick zu, aber Stolz konnte nicht im Weg von Ergebnissen stehen. Er trat zurück und ließ Vana an sich vorbei. Sie ging direkt zum Kontrollpanel des Aufzugs und speziell zu einem Abschnitt unter dem Ausweisscanner.

»Schau dir das an«, sagte Vana. »Ein Notfallhebel. Fast so, als ob Aufzüge manchmal mit Menschen darin stecken bleiben könnten?«

Ein frischerer Sai hätte vielleicht über seinen eigenen Fehler gelacht. Sicher, ein Sever zu sein brachte ihn manchmal in eine Einbahnstraßen-Denkweise, wo jede Lösung mit Zerstörung begann und endete. Jetzt? Sai war verletzt, müde und mit einer Agentin gepaart, die er verabscheute.

Logik und Strategie spielten in seiner mentalen Vorstellung nicht gerade die Hauptrolle.

Mit gelöster Verriegelung winkte Vana Sai nach vorne und gemeinsam schoben die beiden die Türen beiseite. Wie beim Öffnen eines Ofens schwappte trockene Hitze über sie hinweg und brachte Sais ohnehin schon schwitzende Haut in Überstunden.

»Und ich dachte, die ganze Zeit hatte die Basis eine Sauna und ich wusste es nicht einmal«, sagte Vana, als sie sich umdrehten, um den Schacht hinunterzublicken.

Ein silbernes Leuchten eines Armbands schimmerte einige Stockwerke tiefer. Sais Augen weiteten sich.

»Aurora?«, rief Sai.

Ein hackender Husten antwortete, der sich schließlich zu einer Bestätigung formte. Sai ließ das Katana an seiner Seite sinken, während er sich nach einer Möglichkeit umsah, dort hinunterzukommen, um Aurora hochzuhelfen. Keine Seile, keine Wartungsleitern, aber-

Der Stoß kam schnell. Ein harter Schubs, und Sai fiel in den Schacht. Reflexartig streckte er die Hände aus, suchte nach etwas zum Festhalten. Die Klinge des Katanas fand die Schachtwand, schnitt in den dünnen Behälter und erhellte den Sturz mit orange-weißen Funken.

Erhellte und verlangsamte.

Sai verstärkte seinen Griff und hielt sich an der Klinge fest. Das Katana traf auf etwas Hartes und schleuderte Sai in einen heftigen Aufprall mit der Seitenwand des Aufzugs, hart genug, um seine Sicht zu verschwimmen und seinen Halt zu lockern. Sai fiel frei, nur um eine Sekunde später auf dem Dach des Aufzugs zu landen, begleitet von einem kräftigen Scheppern, das durch den Schacht hallte.

»Tut mir leid deswegen!«, rief Vana. »Aurora, danke, dass du dich für mich um den Virus gekümmert hast. Es war mir ein echtes Vergnügen, mit dir zu arbeiten.«

Ohne einen weiteren Blick drehte sich die Agentin um und ging. Eine Flucht, die ohne jede Chance, erwischt zu werden, gelang.

»Tolle Rettung«, flüsterte Aurora mit rauer und angespannter Stimme.

Sai setzte sich auf und betrachtete seine Kapitänin. Zusammen bildeten sie das schmutzigste und am stärksten beschädigte Paar, das Sai je gesehen hatte. Beide trugen Hautanzüge, die jetzt mehr Fetzen als Anzüge waren.

Hände und Füße wiesen blutige Kratzer auf, die mit schwarzem Schmutz bedeckt waren, während Schweißstreifen neue Linien über schmutzverkrustete Gesichter zogen.

»Ich hatte schon bessere«, erwiderte Sai.

Das Dach des Aufzugs bot keine offensichtlichen Möglichkeiten zum Herauskommen. Glatte Wände waren allgegenwärtig, und Sais Katana lag außerhalb seiner Reichweite.

»Irgendwelche Ideen?«, fragte der Schwertkämpfer Aurora. »Oder werden wir hier drin schmelzen?«

Aurora zeigte ein schwaches Grinsen, ihre Zähne ein perlweißer Kontrast zum Rest ihrer Körper. »Ich war gerade dabei, den Mut aufzubringen, etwas zu versuchen, bevor du hier reingeknallt bist.«

»Nicht meine beste Leistung, das gebe ich zu.«

Ohne Sais Behauptung zu widersprechen, deutete Aurora auf die Öffnung im Dach des Aufzugs. »Funksignale scheinen hier drin nicht zu funktionieren, also zurück nach unten?«

»Da runter? Ist da nicht das Virus?«

»War es, wenn ich mich nicht schwer irre«, sagte Aurora. »Ich glaube, das Ding hatte eine enge Begegnung mit deiner gesprengten Leitung.«

Sai hatte keine bessere Idee, so sehr er diese auch hasste. Mit einem letzten Blick auf das Katana folgte der Schwertkämpfer Aurora durch das Aufzugdach. Wenn die Hitze oben schon intensiv gewesen war, raubte sie ihnen im Inneren den Atem. Sais Füße bekamen neue Blasen, als er den Aufzug betrat und sie schnell hindurchgingen. Er sah nicht auf das glühende Orange: jeder andere Teil seines Körpers war bereits verbrannt, seine Augen brauchten diese Behandlung nicht.

Der Fall zum untersten Stockwerk brachte sie diesmal nicht auf Kissen. Stattdessen fingen glimmende Aschehaufen ihren Sturz auf, beide Severs reagierten mit ihrer Ausbildung und rollten sich beim Aufprall weg. Gemeinsam, wobei Aurora Sai eine helfende Hand reichte, schafften es die beiden aus dem Schacht des Aufzugs und klopften sich brennende Teile ab.

Sais Armband hatte beim Sturz einen Kurzschluss erlitten, sein Bildschirm war ein geschmolzenes Ding. Auroras funktionierte noch, flackerte aber durch spastische Blitze.

»Der schlimmste Teil ist vorbei«, sagte Aurora.

»Es ist alles das Schlimmste«, erwiderte Sai. »Vana ist entkommen. Ich hätte sie oben erledigen sollen.«

»Wir werden sie finden, Sai. Das ist die Mission.« Aurora ging den Flur hinunter. »Sie kann nicht jedes Mal entkommen.«

»Bist du dir da sicher?«

»Du etwa nicht?«

Sai lachte und schleppte sich in Auroras Kielwasser. Die Kapitänin hatte recht. Solange Sever überlebte, würde die Mission weitergehen.

Und das Squad war bisher noch nie gescheitert.

33

EINGEFANGEN

Ab einem gewissen Punkt, nach genügend Begegnungen mit dem Tod, erwartete Rovo nicht mehr, die Grenze zu überschreiten. Während die Kampfrüstung Prügel einsteckte und der Schwarm ihn umzingelte, hielt Rovo den Blick auf den klaren Himmel über ihm gerichtet und wartete auf das Wunder, das kommen würde.

Zugegebenermaßen hatte er Insider-Informationen.

Javelins fröhliches Geschrei drang durch Rovos Kommunikator, sobald der Neuling auf dem Boden des Hangars landete, Jubelrufe, die von dem Rumpeln des Schiffs der Twilight Rangers begleitet wurden, als es vom Boden abprallte. Das Grollen, gepaart mit den greifenden Händen der Infizierten, gab Rovo eine letzte Massage vor seiner Rettung oder seinem Untergang.

»Hol mich ab?«, erwiderte Rovo und verzog das Gesicht, als eine weitere schmutzverschmierte Faust auf sein Visier einschlug.

»Klar doch«, sagte Javelin. »Wo bist du?«

»Such nach dem Tumult und du wirst mich finden.«

»Mann, das Ganze hier ist ein einziger Tumult. Sei genauer.«

Rovo gab seiner Rüstung den Befehl, die Schulterlichter einzuschalten. Selbst inmitten der wimmelnden Masse schossen die Strahlen in den Himmel. Ihre goldenen Leuchtfeuer verharrten für einen Moment, während Rovo sie Javelin zurief, bevor der Schwarm die Lichter erstickte. Bevor sie auch Rovo erstickten und die Sterne und alles andere auslöschten.

»Hast du einen Griff bereit?«, fragte Javelin.

»Ich kann überhaupt nichts sehen.«

»Ist das ein Nein?«

Das Visier zeigte einen Alarm an. Etwas hatte eine Schulterplatte abgerissen. Andere Finger hakten sich in Rovos Brustplatten und zerrten daran. Diese Dinge schienen nicht besonders schlau zu sein, aber sie hatten herausgefunden, dass das Fleisch in der Schale steckte.

»Ich sage, du musst mich auf die harte Tour rausholen.«

»Du willst die volle Ladung? Dann schließ die Augen.«

Rovo befolgte die Anweisung nicht. Das Visier kompensierte die Blitze, als die Twilight Rangers ihr Schiff in eine Waffe verwandelten. Die Dunkelheit um Rovo herum wurde glühend weiß und orange, gefolgt von Flammen, als die Laser eine Linie um den Kämpfer herum verbrannten. Schleimfetzen und zuckende Viruspfützen klebten an Rovo, als der Neuling sich aufsetzte und den brennenden Kreis um sich herum betrachtete.

»Effektiv«, sagte Rovo.

»Schön, dass du zufrieden bist. Schnapp dir das Kabel und lass uns von hier verschwinden«, antwortete Javelin.

Die Einstiegsluke des Schiffes hing über Rovo offen, während der orangefarbene flaschenförmige Rumpf über der Bucht schwebte. Als Javelin sprach, entrollte sich ein langes Rettungsseil in Rovos Richtung – eine schwarz-stahl-graue Kombination, die sowohl für Rettungsaktionen als auch für Überraschungsangriffe konzipiert war.

»Moment mal«, sagte Rovo. »Ich bin nicht allein hergekommen.«

»Was?«

»Triff mich draußen am Eingang, du wirst froh sein, dass du's getan hast.« Rovo drehte sich um und sah die Masse, die sich um ihn herum zusammenballte. »Und, äh, könntest du einen Weg freimachen?«

Der Winkel war nicht perfekt, aber das Ziel war nicht klein. Sanje oder Javelin – Rovo wusste nicht, wer geschossen hatte – feuerten glühende Bolzen aus den Geschütztürmen ihres Schiffes auf die Masse unter der Eingangshalle. Wie die Kreaturen, die Rovo angriffen, wie Felix damals auf Dynas, trafen die Schüsse die Dinger und entzündeten sie, sodass sie kreischend flohen oder zu Asche verbrannten.

Rovo stürzte durch die feurige Lücke los. Jeder Schritt fiel ihm nun schwerer, Funken sprühten aus den Stiefeln des Neulings, während er sich bewegte. Offenbar konnten diese Kreaturen einigen Schaden anrichten. Ein Schauer überkam ihn bei dem Gedanken, was Rovo ohne Rettung hätte durchmachen müssen.

Nun, er wusste es. Die Beweise bewegten sich um ihn herum, knurrend und zischend und schreiend, während die Kreaturen vor dem Geschützfeuer flohen.

Als Rovo durch die Eingangshalle rannte, sah er einen Blitz. Seine Sense, die von ihrem Haken an der Decken-platte gefallen war, lag auf dem Boden. Ohne zu zögern bückte sich der Neuling und hob sie auf, teilte sie und steckte die Hälften in seine Holster, während er sich weiterbewegte. Sai hatte die Waffe zwar für Rovo auf

Wexer gewonnen, aber der Neuling hatte die Sense liebgewonnen.

Eines Tages würde er vielleicht sogar lernen, sie richtig zu benutzen.

Als Rovo durch die ebenerdigen Türen der Bucht stürmte, sah er Perro genau dort, wo der Neuling ihn zurückgelassen hatte. Sowohl tröstlich als auch beunruhigend – war Perro noch am Leben? – stampfte Rovo hinüber und hob den Mann hoch, wobei er eine Heldenpose einnahm. Hinter ihm rückten die Kreaturen vor, knurrend bahnten sie sich ihren Weg in den Eingang der Bucht, während die Twilight Rangers ihr Schiff über ihnen flogen.

»Wer ist das?«, fragte Javelin, als das Schiff über sie hinwegflog, sich senkte und seine Geschütztürme drehte, um den Eingangsbereich mit heißem Feuer zu überziehen. »Sieht nicht gut aus.«

»Ist er auch nicht«, antwortete Rovo und beobachtete, wie das Seil herabgelassen wurde. »Sag mir, dass du etwas medizinische Ausrüstung auf diesem Tumor hast, den du Schiff nennst.«

»Sei nett zu ihr, sonst lass ich dich vielleicht nicht an Bord.«

Rovo verdrehte die Augen, warf sich Perro über die linke Schulter und griff mit der rechten Hand nach dem Seil. Javelin übernahm die Ehre, das Seil einzuziehen, und nach ein paar wunderbaren Sekunden, in denen sie die Kreaturen hinter sich ließen, hatte Rovo Perro auf dem kalten Deck des Schiffes seiner Truppe.

Javelin und Sanje, die das Schiff schwebend an Ort und Stelle ließen, sprangen in Aktion, als sie ihren Kameraden sahen. Während Rovo sich zur Seite setzte und seine beschädigte Kampfrüstung Stück für Stück auszog – die Auswurfsequenz war von den verdammten Kreaturen beschädigt worden –, schmierten die beiden Rangers Perro mit heilenden Salben ein, flößten dem Mann fast ertränkend mit Medikamenten versetztes Wasser ein und trugen ihn in sein Quartier.

Befreit von seinem Anzug, wagte sich Rovo ins Cockpit des Schiffes, während die anderen beiden Rangers sich um Perro kümmerten. Durch die Windschutzscheibe sah Rovo, wie die Kreaturen aus der Bucht strömten. Einige, die sich noch nicht verheddert hatten, stürzten in zufällige Richtungen und sprinteten über die Dünen auf der Suche nach Nahrung. Andere, die ineinander verstrickt waren, stolperten und taumelten ziellos umher.

Wie lange würden die Dinger überleben, mit nichts als sich selbst und Sand zum Fressen?

Rovo beobachtete den Ausfluss und verteilte dabei gedankenverloren Salbe auf einigen seiner eigenen Schnittwunden. Er würde sich mit Infektionen herumschlagen müssen, aber im Moment genoss der Neuling es, Atemzüge zu nehmen, ohne befürchten zu müssen, dass es seine letzten sein würden. Sie hatten es versucht, all diese Monster. Sie hatten versucht, Rovo zu kriegen, und sie waren gescheitert.

Jetzt rannten sie, verloren und ...

Der Gedanke verblasste, als Rovo blinzelte und genauer hinsah. Anfangs waren die Kreaturen in alle Richtungen gelaufen. Jetzt schienen sie einander zu jagen. Die größeren Massen verfolgten die kleineren, alle in Richtung Osten, zu dem, was wie offene Wüste aussah. Rovo hätte gerne mehr gesehen, aber die Windschutzscheibe des Schiffs bot ihm keine volle Sicht.

Mit einem Blick auf den Steuerknüppel horchte Rovo nach Javelin und Sanje. Keiner schien in der Nähe zu sein, also beugte sich der Neuling vor und gab dem Knüppel einen Stupser. Er war kein Pilot, aber jeder DefenseCorp-Soldat hatte genug Ausbildung, um in einer Krise ein Landungsshuttle zu landen. Der Stupser ließ das Schiff des Rangers nach links drehen und gab Rovo eine bessere Sicht.

Die Kreaturen jagten jemanden, eine rennende Gestalt – die wehenden langen Haare deuteten darauf hin, dass es eine Frau sein könnte –, die über eine Düne kletterte. Sie bewegte sich von der Basis weg, offenbar in die Wüste hinein. Eine selbstmörderische Richtung, angesichts der unermüdlichen Dinge, die ihr nachjagten.

»Sanje!«, rief Rovo. Er hatte den Stupser gemacht, aber jeder Rettungsversuch würde seine Nicht-Fähigkeiten bis an die Grenze strapazieren. »Ich brauche einen Piloten!«

»Wozu brauchst du einen Piloten?«, sagte Sanje, als er zurücklief. »Was machst du mit meinem Schiff?«

»Siehst du sie?«, Rovo zeigte darauf. »Sie ist in Schwierigkeiten.«

Eine der Kreaturen erreichte die Frau auf dem Dünenkamm. In Erwartung eines schnellen Endes rissen sich Rovos Augen auf, als die Frau in eine Kampfhaltung ging und einen schnappenden Tritt ausführte, der die Kreatur den Sand hinuntertaumeln ließ. Ohne auf das Ergebnis zu warten, rannte sie wieder los und verschwand auf der anderen Seite der Düne.

»Sie sieht nicht aus, als wäre sie in Schwierigkeiten«, sagte Sanje.

»Ja, einer weniger, eine Million noch«, erwiderte Rovo. »Lass uns ihr helfen.«

»Wenn sie Hilfe wollte, hätte sie rufen können«, sagte Sanje, ließ sich aber trotzdem auf den Pilotensitz gleiten. »Es ist kein gutes Geschäft, Fremde zu retten. Besonders heute nicht.«

»Betrachte es als einen Gefallen für Perro.«

Sanje argumentierte nicht gegen diese Transaktion. Er schob den fliegenden Kürbis vorwärts, über die Kreaturenparade und den Dünenkamm hinweg. Auf der anderen Seite, wo Rovo eine endlose Sandlandschaft erwartet hatte, befand sich ein gedrungener Hangar, eingebettet zwischen mehreren anderen Dünen. Groß genug für einen Jäger oder einen kleinen Transporter von der Größe der *Prisa*. Die Frau rannte darauf zu, weitere Kreaturen purzelten ihr die Dünen hinab hinterher.

»Dieser Ort hat zu viele Geheimnisse«, murmelte Sanje, als sie auf den Hangar zuschwebten. »Was macht der hier?«

»Wenn du schreckliche Dinge mit Menschen machen würdest, die sich vielleicht rächen wollen«, sagte Rovo, »wäre es vielleicht keine schlechte Idee, einen geheimen Fluchtweg zu haben.«

»Was willst du damit sagen?«

»Ich glaube, ich weiß, wer das sein könnte.«

Rovo wollte nicht darüber nachdenken, was es für Aurora bedeuten könnte, Vana hier draußen zu sehen. Der Sever-Kapitän würde die Agentin niemals gehen lassen, also war Aurora entweder tot, oder etwas hatte sie vom Kurs abgebracht. In jedem Fall hatte Sever eine Mission, und ihr Ziel stampfte direkt unter ihnen durch den Sand.

»Ist das Vana?«, sagte Sanje und lehnte sich an die Windschutzscheibe. »Sie lebt noch?«

»Spreng den Hangar«, sagte Rovo. »Ich weiß nicht, was da drin wartet, aber sie darf nicht dorthin gelangen.«

»Tarla hat gesagt, wir sollen euch allen helfen, sie hat nichts davon gesagt, auf unsere ehemalige Arbeitgeberin zu schießen.«

»Lass es mich so ausdrücken«, sagte Rovo, als Vana endlich richtig Notiz von dem Schiff über ihr nahm und einen verwirrten Blick zu ihnen hochschoss. »DefenseCorp wird nach heute stinksauer sein. Sie werden jemanden brauchen, dem sie das alles in die Schuhe schieben können, und Vana ist diese Person. Rate mal, wen sie dafür bezahlen werden, ihnen ihre Ausrede in die Hände zu liefern?«

»Ich verstehe dich, Kumpel«, nickte Sanje. »Ich verstehe dich.«

Der Ranger hämmerte auf seine Konsole ein, und der Kürbis schoss mit seinen Zwillingsgeschützen los, wobei die Laser sich in den Hangar fraßen. Die Schüsse bissen sich durch die dünne Struktur und trafen alles, was dahinter lag, und zerstörten es in einem wunderschönen Feuerball.

Bei diesem Anblick ging Rovo zurück zur Mitte des Kürbisses und öffnete die Einstiegsluke. Sanje brachte das Schiff tief genug herunter, damit Rovo das Seil abspulen konnte, aber stattdessen blickte er hinaus und hinunter auf die Frau, die ihn viel zu lange als Geisel gehalten hatte.

Vana stand im Sand, der Wind peitschte ihr dunkles Haar über das Gesicht. Die Kreaturen und ihr zischendes Gebrüll kamen immer näher und jagten ihre festsitzende Beute. Die Agentin hatte nur Sekunden, um eine Entscheidung zu treffen, die Rovo nicht einmal aussprechen musste.

»Ich komme nicht mit euch«, rief Vana nach oben. »Sie werden mich sowieso töten. DefenseCorp verdient es zu sterben für das, was sie getan haben.«

Vana den Kreaturen ihrer eigenen Schöpfung zum Fraß vorzuwerfen, klang verdammt verlockend, aber die Agentin wusste vielleicht, wo Aurora gelandet war. Vielleicht wusste sie etwas, das diese Kreaturen aufhalten oder zukünftige Angriffe verhindern konnte. Alle Agenten Vanas waren verstreut, einige hatten möglicherweise das Virus bei sich und warteten darauf, es auf einem ahnungslosen Planeten freizusetzen.

Der Neuling schuldete es der Galaxie, Vana lebend einzufangen, so sehr er die Idee auch hassen mochte.

»Du glaubst, tot zu sein wird sie aufhalten?«, rief Rovo zurück. »DefenseCorp wird dich einfach benutzen, und wenn du tot bist, kannst du dich nicht mehr wehren. Sie werden unterdrücken, was hier passiert ist, und du wirst ein Nichts sein.«

»Dafür habe ich vorgesorgt«, Vana warf einen Blick auf die herannahenden Kreaturen, runzelte die Stirn und zwang sich dann zur Entschlossenheit zurück. »Ich habe Datenträger, ich habe Aufzeichnungen verschickt. Die Galaxie wird die Wahrheit erfahren!«

»Weil du sie erzählen wirst!«

Stattdessen lächelte Vana nur und schloss dann ihre Augen. Rovo erkannte eine Todespose, wenn er eine sah – danke nochmal, Filme – und fluchte.

»Sanje, deck mich!«, schrie Rovo zum Cockpit.

Mit dem Seil in den Händen sprang Rovo aus der Einstiegsluke. Um ihn herum öffnete der Kürbis erneut seine Geschütze und legte eine Feuerlinie. Anders als in der Bucht waren die Kreaturen hier jedoch nicht eingepfercht, und sie verteilten sich und kamen von allen Seiten.

Rovo knallte neben Vana in den Sand und zerstörte ihren friedlichen Moment. Sie drehte sich um und starrte ihn völlig überrascht an, ein Blick, der eine ganz andere Bedeutung bekam, als Rovo ihr ins Gesicht schlug. Der Schlag ließ Vana zusammensacken, Rovo fing den Fall auf. Mit einem weiteren Ruf zu Sanje zog sich das Seil zurück und riss Rovo zum zweiten Mal in zu wenigen Minuten nach oben, während eine virale Flut seine Fußabdrücke im Sand überrollte.

Und Tarla hatte ihn nutzlos genannt.

34

AUF UND DAVON

Aurora und Sai folgten den Glutnestern, ihre Füße saugten die heißen Überreste auf, während das Paar durch das zerstörte unterirdische Labor ging. Asche bedeckte Anaskyas Zuhause, das sich zurückziehende Virus brachte Flammen mit sich, eine Kraft, die noch hungriger war als es selbst und den Schmutz an den Wänden und die Pfützen in den Räumen aufleckte. Das Paar musste mehrmals scharfe Kurven nehmen, da der direkte Weg zurück zur Treppe wegen der noch immer wütenden Feuersbrunst unpassierbar war.

»Kaias Blut war nicht so stark, wie wir dachten«, sinnierte Sai, als sie eine weitere funkenübersäte Kreuzung überquerten, seine Stimme war ausgetrocknet und rau.

»Es hat bei Menschen funktioniert«, erwiderte Aurora und zuckte zusammen, als ihre eigenen Worte beim Herauskommen kratzten. Sie brauchten beide dringend einen schnellen Trip zur Med-Bay und einen langen Aufenthalt dort. »Was auch immer Anaskya erschaffen hat, hat vielleicht nicht die gleiche Zusammensetzung.«

»Oder Aurum Drei ist einfach verdammt heiß.«

»Das auch.«

Als die Flammen nachließen, benutzte Sai sein Armband, um sie weiterzuführen. Nach all den Schlägen und Verbrennungen fühlte sich Aurora, als könnte dieser silbern beleuchtete Spaziergang durch die verkohlten Gänge ihr eigener Weg in ein düsteres Jenseits sein. Ihr Körper ächzte und stöhnte, während der Rest ihres Verstandes darum kämpfte, die Fassung zu bewahren. Ein Gefühl, das oft nach dem Ende einer Mission auftrat, eines, dem Aurora am liebsten mit einem Drink in der Hand und einer langen Schlafphase in Aussicht begegnete.

»Wir können mein Schwert nicht hierlassen«, sagte Sai.

»Es geht nirgendwohin«, antwortete Aurora. »Es ist niemand mehr da, der es mitnehmen könnte.«

»Mir wird gerade klar, wie viel Glück ich hatte, dass ich diese Klinge so lange behalten habe. Wie oft haben wir unsere Kampfanzüge verloren? Unsere Gewehre?«

»Gregor scheint immer irgendwie seinen Hammer zu behalten.«

Sai hatte keine schnelle Antwort parat, was Aurora vermuten ließ, dass der Mann wollte, dass sie einen Dialog über das Katana führte. Ehrlich gesagt war Aurora erstaunt. Sie war erstaunt, dass Sever all diesen Mist überstanden hatte, nicht nur mit einigen von ihnen am Leben, sondern sogar mit intakter Ausrüstung. Wenn das Sprechen sich nicht anfühlen würde, als hätte sie Messer in ihrem Hals stecken, als wären ihre Lungen nicht verkohlt worden, hätte sie Sai vielleicht die Worte gegeben, die er wollte.

Im Moment wollte Severs Kapitänin aber einfach nur laufen.

Sie traten in die tiefe Nacht hinaus, nachdem sie diese Metalltreppe erklommen hatten, Stufen, die wohltuend kühl an ihren verbrannten Füßen waren. Über ihnen schien der mit Sternen übersäte Himmel frei von Lasern zu sein, ein Zeichen dafür, dass entweder die gesamte Flotte von Vanas Eindringlingen übernommen worden war oder ihre DefenseCorp-Freunde überlebt hatten. Sie hatte nicht die Energie, sich für eines der beiden Ergebnisse zu interessieren.

Stattdessen folgte sie Sai, als er sich auf den Weg zurück zum Kraftwerk machte. Gemeinsam tappten sie über das zerfurchte Landedeck und vermieden die Löcher, die der marodierende Virus verursacht hatte.

»Glaubst du, Vana ist entkommen?«, fragte Sai.

»Sie hat versucht, mich mit ihrem alten Schiff ins All zu schießen«, antwortete Aurora.

»Was?«

Aurora erzählte von der Verfolgungsjagd, dem Kampf und dem Laufwerk, das immer noch in ihrer Tasche steckte. Sie tastete nach dem kleinen Stick, dessen kalter Kunststoff und das Metall im Inneren hoffentlich nach der feurigen Begegnung noch funktionsfähig waren.

»Was für ein lächerlicher Plan«, sagte Sai, als sie sich dem Eingang des Kraftwerks näherten. »Wie viele Schritte mussten da richtig laufen?«

»Sie hat es trotzdem geschafft. Und ist entkommen.«

»Wir werden sie finden, wie du gesagt hast«, erwiderte Sai. »Beim nächsten Mal wird sie nicht einen Haufen infizierter Zivilisten als Schutzschild haben.«

»Das wird sie nicht.«

Orangefarbene Lichter unterbrachen ihren Eintritt in das Kraftwerk, ein bauchiges Schiff stieg über der nahen Düne auf und schwebte auf sie zu. Seine Einstiegsluke stand offen, ein bekanntes Gesicht winkte darin.

»Ist das Rovo?«, fragte Aurora.

»Ich habe ihn tatsächlich um Hilfe geschickt«, sagte Sai

und schüttelte den Kopf. »Anscheinend hat er welche gefunden.«

»Ihr werdet nie glauben, wen ich hier drin habe!«, rief Rovo, als das Schiff in der Nähe des Kraftwerks in den Schwebezustand überging. »Außerdem kommt da ein ganzer Haufen schrecklicher Dinge in diese Richtung, also solltet ihr an Bord kommen. Ich bin zu müde, um noch zu kämpfen.«

Sai weigerte sich, ohne das Katana zu gehen, aber mit Rovos Hilfe und der Winde des Twilight Ranger-Schiffs gelang es dem Trio, die Klinge zu bergen und wieder an Bord zu kommen, bevor die infizierten Massen sie fanden. Während Sai den Medizinkasten holte, folgte Aurora Rovo in die Mannschaftskabine, die er in eine Zelle für Vana umfunktioniert hatte.

Die Frau hatte reichlich finstere Blicke übrig, aber nachdem Aurora sich vergewissert hatte, dass die Betäubungshandschellen richtig angelegt waren, die Tür fest verschlossen war und sich kein anderes Gerät außer dem Armband des Agenten im Raum befand, überließ sie Vana ihren eigenen Protesten.

»Gute Arbeit, Neuling«, sagte Aurora zu Rovo im Flur draußen und grinste, als Rovo begann, gegen den Spitznamen zu protestieren.

Von da an versorgte Aurora ihre Wunden, nahm eine dringend benötigte Dusche und fand einige von Tarlas Kleidern, die ihr passten. Sai tat dasselbe, während Sanje das Schiff in den Weltraum steuerte und die DefenseCorp-Flotte in schwindender Unordnung vorfand.

Vanas Shuttles und ihre Besatzungen waren zwar entsandt worden, aber mehr als ein Dutzend Schiffe waren verloren gegangen. Hauptsächlich kleine, aber dennoch mit schweren Verlusten. Schlimmer noch, Aurora hatte sich kaum wieder wie ein Mensch gefühlt, als Deepak sie kontaktierte und ihre Anwesenheit zusammen mit Vana bei einer Notfallbesprechung auf der *Nautilus* für notwendig erklärte.

Aurora winkte ab und übernahm stattdessen die Kontrolle über die Kommunikation von Sanje. Sie hatte wichtigere Prioritäten, als in einem Raum zu sitzen, während DefenseCorp's neueste Offiziere versuchten, die Kontrolle zu übernehmen.

Zuerst kam der Ruf über Severs Frequenz, ein Ruf, der an die *Prisa* gerichtet war, ein Schiff, das bisher nicht auf Sanjes Scannern aufgetaucht war. Genug Trümmer schwebten zwischen der Flotte, sodass Severs Schiff sich unter dem Schrott befinden könnte, aber Aurora weigerte sich zu glauben, dass Eponi Opfer einiger Laserstrahlen von Landungsshuttles geworden sein könnte.

»Captain!«, drang Eponis Stimme durch, knisternd sowohl wegen der schwachen Signalstärke als auch vor Freude. »War mir nicht sicher, ob ich Sie je wieder hören würde.«

»Warum wart ihr nicht da, um uns abzuholen?«, fragte Aurora und unterdrückte ihre Erleichterung über Eponis offensichtliches Überleben.

»Die *Prisa* ist im Moment nicht gerade gut für atmosphärische Flüge geeignet«, sagte Eponi, und Aurora fragte sich, warum bei diesem Eingeständnis keinerlei Verlegenheit mitschwang. »Wir haben hier oben viel durchgemacht, und es wird einige Arbeit brauchen.«

»Du hast zugelassen, dass unser Schiff-«

»Mein Schiff«, unterbrach eine neue Stimme, die Eponis sehr nahe klang. »Mein Schiff, Aurora. Das war der Preis. Wir haben euch geholfen, alle eure Sever-Leben gerettet, und im Gegenzug bekommen wir dieses Schiff.«

»Tarla, wenn du auch nur eine einzige Sache auf der *Prisa* anfasst ...«, warnte Aurora.

»Ganz ruhig, Captain«, meldete sich Eponi zurück. »Sie hat Recht. Sie haben uns wirklich geholfen. Nachdem sie uns, nun ja, fast umgebracht haben, aber manchmal läuft das eben so, weißt du?«

Wusste Aurora das?

»Eponi, du lässt sie dieses Schiff nicht übernehmen, bis wir eine ordentliche Diskussion darüber geführt haben, wer wen gerettet hat und wer von uns beschlossen hat, einen Auftrag von einer Kriminellen anzunehmen«, sagte Aurora.

»Verstanden, Captain.«

»Bis später, Aurora«, fügte Tarla hinzu. »Es ist so gut zu wissen, dass du überlebt hast. Ich wüsste nicht, was ich ohne jemanden zum Verabscheuen tun würde.«

»Gleichfalls, Tarla. Gleichfalls.«

Aurora lehnte sich zurück, beendete den Anruf und warf einen Blick in Sanjes Richtung. Der Twilight-Ranger-Pilot zuckte ihr gegenüber mit den Schultern. Bevor sie Sanje mit weiteren Fragen löchern konnte, kam ein weiterer Anruf herein. Diesmal von einer nahegelegenen Fregatte. Das Gesicht eines Kapitäns, das bessere Tage als diesen suggerierte, flimmerte auf dem Konsolenbildschirm auf.

»Admiral Deepak sagte, dies sei die richtige Frequenz für Sever Squad?«, begann der Kapitän, und als Aurora nickte, gewann der Mann an Selbstvertrauen. »Wir haben ein Mitglied Ihres Teams an Bord, und, nun ja, er könnte etwas Hilfe gebrauchen.«

Das Schiff des Twilight Rangers verwandelte sich in einen medizinischen Transporter. Nach dem Andocken an der Fregatte trafen Aurora, Sai und Rovo – Javelin und Sanje blieben zurück, um ein Auge auf Vana zu haben – auf Briany und einen dem Tode nahen Gregor. Der große

Mann sah so fremd aus in dem Bett, seine Haut grau und schweißbedeckt, die Augen geschlossen und der Brustkorb kaum sichtbar hebend und senkend.

Gemeinsam, wobei Rovo Gregors Hammer trug, luden sie Severs größtes Mitglied auf das flaschenförmige Schiff und setzten Kurs auf die *Nautilus*. Dort begleiteten sie ihn alle in die Krankenstation. Jeder blieb seine eigene Zeit, wobei neue Informationen von Gillane Vier bei der Behandlung der Virusinfektionen halfen.

Rovo und Eponi, nachdem die *Prisa* ausreichend repariert war, um zur *Nautilus* zu fliegen, waren die Ersten, die frei auf dem Schiff umherwandern konnten. Aurora füllte ihre Genesungstage mit Deepaks Anfragen, an den fortlaufenden Treffen zwischen DefenseCorp-Sprechern teilzunehmen, bei denen jeder darum kämpfte, seine neuen Kommandos und die damit verbundenen Verträge zu behalten.

Deepak versuchte, Vanas Geschichte zu unterdrücken, ein Versuch, der scheiterte, als sie einen willigen Stellvertreter fand, der ihre Geschichte durchsickern ließ. Der Datenträger, den sie Aurora gegeben hatte, verschwand auch aus den Habseligkeiten des Sever-Kapitäns – Aurora vermutete Javelin, vielleicht sogar Tarla selbst als Dieb – und sein Inhalt verbreitete sich wie ein Lauffeuer durch die Galaxie. Der daraus resultierende Mediensturm richtete mehr Schaden bei DefenseCorp an als jeder von Vanas Anzugkillern. Aurora hielt sich dabei im Hintergrund, da es sie weder interessierte noch kümmerte, wie DefenseCorps Fraktionen mit dem plötzlichen Misstrauen jedes zivilisierten Planeten umgingen.

Stattdessen versammelte Aurora Sever Squad eine Woche nach den Ereignissen auf Aurum Drei. Jeder hatte neue Narben, und Gregor trug ein spezielles Pflaster über seinem Bauch, das seine Eingeweide an Ort und Stelle halten sollte, während sie heilten. Dennoch sah die ganze Crew größtenteils wie sie selbst aus, als sie sich alle auf dem Aussichtsdeck der *Nautilus* versammelten und den sandigen Planeten und seinen weißen Stern betrachteten- beobachteten. DefenseCorp-Aufräumtrupps durch- kämmten die Basis dort unten und stellten sicher, dass keine Infizierten zurückblieben.

Aurora war nicht der Typ für Tränen, aber sie spürte, wie sich ein paar am Rand ihrer Augen bildeten, als sich die fünf um einen Tisch versammelten. Rovo bestellte die Getränke für alle, traf alle ihre Favoriten und reichte sie dem Barbot, ohne einen Schlag zu verpassen. Das Geplänkel begann, erstarb dann aber langsam, als sich Severs Augen Aurora zuwandten.

»Hast du eine Rede für uns, Aurora?«, fragte Sai, der Vater, mit einem gelassenen Lächeln. »Etwas darüber, wie Sever weiterhin die Galaxis in sein persönliches Spar- schwein verwandeln wird?«

»Eigentlich«, sagte Aurora und ließ ihr eigenes leises Grinsen verblassen, »glaube ich nicht, dass wir das tun werden, und ich denke, ihr alle wisst das auch.«

Der völlige Mangel an Überraschung auf all diesen Gesichtern, wobei Eponi sogar nickte, bestätigte Auroras eigene Gespräche mit ihnen allen in den letzten Tagen.

»Sever begann als Eliteeinheit einer Organisation, die«, Aurora blickte sich um, »nicht mehr lange in der Form zu überleben scheint, wie wir sie kannten. Vor nicht allzu langer Zeit haben wir fünf dafür gestimmt, DefenseCorp zu verlassen und auf eigene Faust loszuziehen. Wir wissen, wie gut das gelaufen ist.«

»Nicht unsere Schuld«, warf Rovo ein, und Gregor nickte zustimmend.

»Trotzdem«, fuhr Aurora fort, »haben wir unsere Geldkonten riskiert und stattdessen viel Gefahr für wenig Belohnung geerntet. Das Söldnerspiel ist nicht so einfach, wie wir dachten.« Sie griff nach ihrem Getränk, um einen langen Schluck zu nehmen, hielt aber inne. Aurora wollte hier nicht von einem Squaddie unterbrochen werden. »Deepak hat mich gebeten, zurückzukommen. Mit allem, was gerade passiert, will er jemanden, dem er vertrauen kann, an der Spitze seiner Soldaten.«

Diesmal zeigte sich zumindest auf einigen Gesichtern Überraschung. Nur Sai behielt seinen wissenden Blick ungerührt bei.

»Ich nehme an, und nicht nur, weil Deepak mich verdammt gut bezahlen wird«, Aurora setzte wieder ein Grinsen auf, diesmal grimmig. »Ich habe viel von euch allen gelernt, Lektionen, die die Soldaten auf diesem Schiff auch lernen sollten. Es könnte einige Leben retten.«

Ein weiterer Atemzug, die Rede kam nun zu dem Teil, den sie am meisten hasste.

»Deepak hat mich gebeten, jedem von euch ebenfalls Angebote zu unterbreiten. Wenn ihr interessiert seid, werden wir einen Platz für euch finden«, fuhr Aurora fort. »Aber ich habe das Gefühl, dass das kein Problem sein wird.«

Sever sah sich gegenseitig an. Rovo hustete. Dann lehnte sich Gregor vor, nahm sein Getränk und hob es hoch.

»Ein Toast«, knurrte Gregor, »auf die verdammt beste Einheit, die die Galaxis je gesehen hat.«

Fünf Gläser klirrten zum Ende eines Abenteuers und läuteten eine lange Nacht ein, in der Geschichten ausgetauscht wurden, die jeder schon gehört hatte und die alle genüsslich wieder hörten.

35

DER HANDEL

Das Taxi verlangsamte sich zu einem Schweben am Ende einer Gasse, und das blaue Gras gab Sai Halt, als er ausstieg. Die Luft zwickte an seiner Nase unter einem meergrünen Himmel. Bescheidene Häuser, riesig im Vergleich zu den Besatzungskabinen auf der *Nautilus* oder der *Prisa*, schmückten die Landschaft in geschwungenen Anordnungen, die darauf ausgelegt waren, Regenwasser aufzufangen. Sein Ziel?

Drei Türen weiter und rechts. Ein gelbes Haus, mit Spielzeug verstreut im großen Vorgarten. Sai, eine Tasche über der Schulter, das Katana über der anderen, in einem juckenden zivilen Pullover, starrte für einen langen Moment auf den Kinderplanschbecken und die Tierspielzeuge, die darum herum verstreut waren. Er war gegangen, als seine Kinder schon zu alt für dieses Zeug waren. Hatte er die falsche Adresse?

Er überprüfte sein Handgelenk-Display, verglich es mit der Nummer, die über dem Eingang des Hauses prangte, umrahmt von künstlichen Blumen. Nein, definitiv die richtige.

Sais Tochter würde keinen solchen Fehler machen.

Als Sai auf die Tür zuging, kämpfte er darum, seine Augen auf den Eingang gerichtet zu halten, anstatt nach Bedrohungen zu scannen. Draußen zu sein ohne ein funktionierendes Visier ließ seine Hände und Beine zucken, und Sai ertappte sich dabei, wie seine Handflächen zu Pistolenhalftern wanderten, die nicht existierten.

Der DefenseCorp-Beamte, der mit der Bearbeitung von Sais Entlassung beauftragt war, sagte, Sais Dienstzeit würde Gepäck mit sich bringen, das die Zeit entwirren müsse. Er lud Sais Handgelenk-Display mit Abonnements für Programme, die Sai den Übergang in ein Leben ohne Laser, ohne Missionen, ohne willkürliche Gewaltakte erleichtern sollten.

Zeit, wiederholte der Mann immer wieder, würde jedes Problem lösen, solange Sai es zuließe.

An der Tür griff Sai nach der Klingel, einem sanften blauen Knopf, eingelassen in das pastellgelbe Haus, als er bemerkte, dass die Tür leicht offen stand. Sai stellte seine Tasche ab und lauschte. Draußen und rundherum hörte Sai das ruhige Hintergrundgeräusch, das an solchen Orten allgegenwärtig ist - laufende Maschinen, Menschen, die einander zurufen -, aber im Inneren des Hauses kam ein entscheidendes Geräusch.

Das letzte Mal, als Sai ein Kind lachen gehört hatte, war er bei Sever gewesen. Nach Dynas und auf dem Weg nach Wexer, als Kaia auf Anaskyas Schiff spielte. Mit wiedergewonnener Zuversicht stieß Sai die Tür ganz auf und trat ein.

Das Kichern des Kindes lockte Sai weiter durch einen breiten Flur, an dessen Wänden Bilder hingen. Er erkannte die Gesichter in diesen Rahmen wieder, seine Familie, die im Laufe der Jahre gewachsen war. Es war eine Weile her, seit Sai eine neue Videoübertragung gesehen hatte – die Übertragungszeiten über die Sterne hinweg waren so langsam –, aber der Vater vergaß seine Kinder nicht.

Auch seine Frau vergaß er nicht.

Sie hatte sich von einer kämpferischen Partnerin zu einer würdevollen Anführerin entwickelt und Sais eigene Rolle bei der Erhaltung der Familie eingeholt und sogar übertroffen. Angesichts des Hauses um ihn herum und ihres sanften Lächelns auf all diesen Fotos hatte sie diese Rolle offenbar weiterhin ausgefüllt.

Der Flur endete in einer gläsernen Weite, die sich zu einem großen Hinterhof öffnete. Sai erblickte einen langen und breiten Tisch, gedeckt für zehn Personen, auf einer gepflasterten Terrasse. Es fühlte sich alles so häuslich an, sah so häuslich aus. Sai wurde schwindelig, er fühlte sich wie ein Eindringling in einem Leben, das so weit von seinem eigenen entfernt war.

Doch das Lachen des Kindes, diesmal ein hohes Quieken, trieb Sai einen weiteren Schritt vorwärts. Die Terrassentür öffnete sich ohne Probleme und glitt zur Seite. Als er hindurchging, verfolgte Sai die nun gedämpften Geräusche des Kindes nach links.

Dort standen, als wären sie einem der Bilder im Flur entstiegen, die Menschen, die Sai mehr als alles andere in der Galaxis liebte. Die Menschen, die er zurückgelassen hatte, als er nach seiner wahren Heimat suchte. Eine Heimat, von der Sai nun wusste, dass sie genau hier war.

»Hey, Papa«, sagte Sais Tochter und hielt den Kleinen in ihren Armen. »Willst du deinen Enkel kennenlernen?«

»Ich mache dir einen Tausch«, erwiderte Sai und schwang die umhüllte Klinge von seiner Schulter in seinen Griff. »Katana gegen den Kleinen.«

Wer wusste schon, ob er je wieder zurücktauschen würde.

36

NEUER VERTRAG

Sie waren dem Geld zurück zu einem Planeten gefolgt, den Gregor nie wieder sehen wollte. Wexers schwarzgraue Masse ragte außerhalb der Windschutzscheibe der *Prisa* auf, ein Anblick, den Gregor eine lange Minute lang festhielt, bevor er zum zentralen Raum zurückkehrte, um seinen Hammer und Gürtel an seiner Weste, den Bein- und Handgelenkschonern anzupassen.

»Wette, damit hast du nicht gerechnet«, sagte Briany und steckte die Akkupacks in ihre Kanone. Die Waffe passte nur knapp rein und raus aus der *Prisa*, aber die Frau weigerte sich, sie zurückzulassen. »Calico Max und die Talpa auf derselben Seite?«

Sie lachte, ein herrliches, baucherschütterndes Lachen, in das Gregor mit einstimmte. Als Tarla den Vertrag verkündete, nur wenige Tage nachdem sie die *Nautilus* in der Zwei-Schiff-Flotte der Twilight Ranger verlassen hatten, hatten Gregor und Briany auf ganz ähnliche Weise gelacht. Calico Max und seine minenbetreidenden Alien-Freunde brauchten etwas Sicherheit, nachdem das alte

DefenseCorp-Büro dichtgemacht hatte und sein ehemaliger Leiter sich zum Besitzer des Planeten erklärt und seinen Anteil gefordert hatte.

Klang wie ein Primärziel für Gregors Hammer.

»Eponi«, rief Gregor. »Setz uns direkt auf ihrer Basis ab. Ich will, dass dieser Kerl sieht, wie verdammt er ist.«

»Das ist nicht Tarlas Plan«, erwiderte Eponi, die den Pilotensitz festhielt. Sanje flog das Kürbisschiff – es hatte einen Namen, nur einen, den Gregor sich nie die Mühe machte zu merken – und wie erwartet zwang das langsamere Schiff die Rangers in umständliche Strategien. »Willst du dich gegen ihre Befehle stellen?«

»Je schneller wir diesen Typen ausschalten, desto eher werden wir bezahlt«, sagte Briany. »Mach das, und Tarla wird dich für immer lieben.«

»Du hast hoffentlich recht.« Die *Prisa* zitterte, als Eponi Energie in die Triebwerke pumpte und die *Prisa* vor ihrem Gegenstück in die Luft jagte. »Denn ich gebe dir die Schuld, wenn sie sauer wird.«

»Ach ja«, erwiderte Briany, »als ob sie jemals auf ihr goldenes Mädchen böse sein könnte.«

Darauf hatte Eponi keine Antwort, und die beiden im hinteren Teil teilten ein weiteres Lachen. Seiner Freundin dabei zuzusehen, wie sie eine völlig neue Herausforderung mit Tarla meisterte, hatte Gregor mehr Unterhaltung geboten als alles andere seit dem Durchprügeln dieser Anzüge über Aurum Three. Eponi schien bisher zu gewinnen: Sie behielt das Recht, die *Prisa* zu fliegen, und hatte Aurora den offiziellen Titel des Schiffes auf ihren Namen übertragen lassen, nicht auf Tarlas. Anscheinend hatte Deepak zugestimmt, die früheren Besitzer des Schiffes ausfindig zu machen und zu entschädigen, um künftige Unannehmlichkeiten zu vermeiden.

Eine gerechte Belohnung für das Aufhalten dieses abtrünnigen Kreuzers.

Nachdem er mit seinem Hammer fertig war, lehnte sich Gregor gegen die Wand der *Prisa*. Er warf einen Blick auf sein Handgelenk, fand die neueste Nachricht, die in seinen Tag gebeamt wurde, kurz nachdem Gregor sein eigenes überfälliges Hallo verschickt hatte. Lang, weitschweifig und in jeder Hinsicht erstaunlich, schwelgte Gregor in den Absätzen, die seine Eltern geschickt hatten und die ihr neuestes Projekt beschrieben, bei dem sie nun beaufsichtigten, anstatt Gestein auf einem neuen Kometen zu sprengen.

Dass die Nachrichten so schnell hin und her gegangen waren, bedeutete etwas noch Fantastischeres: Der Komet und seine Eltern waren in der Nähe. Nah genug, dass Gregor, nachdem sie diese Unannehmlichkeit auf Nichts reduziert hatten, Tarla vielleicht dazu bringen könnte, einen Vorbeiflug an dem Felsen zu machen.

Briany pfiff, während sie ihre Laserkanone tätschelte, eine beiläufige Vorbereitung, die Gregor über den Moment staunen ließ. Ohne Auroras penible Briefings, die Energierüstungen oder die unausgesprochenen Ränge überall, repräsentierten die Twilight Rangers etwas Neues, etwas Anderes.

»Hab dir doch gesagt, das wird Spaß machen«, sagte Briany und zwinkerte Gregor zu.

Gregor konnte nur zustimmen.

37

BERUFSWECHSEL

Das Klopfen lenkte Rovos Blick vom Fenster und dem endlos fließenden Meer dahinter und darunter ab. Ein weiterer wunderschöner blauer Himmel zierte Gillane Vier, das Tageslicht strömte in Rovos Büro und betonte die kahlen Wände und den spärlichen Schreibtisch.

»Machst du's dir gemütlich?«, fragte Raquel, öffnete die Tür und strahlte mit einem strahlenden Lächeln herein.

»Man könnte es so sagen«, antwortete Rovo und deutete auf den Schreibtisch und die darauf befindliche, ausgeschaltete Arbeitsstation. »Es ist ein bisschen wie eine Zeitreise.«

»Ich dachte, wir wären technologisch auf dem neuesten Stand?«, sagte Raquel.

»Nicht die Komponenten«, sagte Rovo und blickte dann an sich herunter, »sondern die Arbeit. Das letzte Mal, als ich in so einem Büro saß, wollte ich überall sein, nur nicht hier.«

Raquel verschränkte die Arme und lehnte sich gegen die Wand. Ohne den ständigen Stress eines Agentenangriffs hatte Salinitys Sicherheitschefin neues Leben in sich, einen Antrieb, der sich in ihren funkelnden Augen und der Kleidung für einen Tag voller Tatendrang zeigte. Sie und Aurora hatten viel gemeinsam: Alles, was Raquel brauchte, war ein Gewehr und eine Kampfrüstung, und Rovo würde sich wie zu Hause fühlen.

»Du wirst keine Akten wälzen«, sagte Raquel. »Nach dem Mittagessen beginnen wir mit den Vorstellungsgesprächen. Du darfst dir dein eigenes Team aussuchen.«

»Ist das das, was du ein Team nennst?«

»Es sei denn, du bevorzugst etwas anderes?«

Würde er das?

Da DefenseCorp in winzige Flotten und Söldnerunternehmen zersplitterte, beschloss Salinity, die eigene Sicherheit noch stärker in die Hand zu nehmen. Rovo würde einen Teil dieser Bemühungen leiten, insbesondere neue und alte Offiziere darin ausbilden, wie man tatsächlich ein Schiff, eine Plattform, ein Volk verteidigt. Zunächst musste Rovo die Crew finden, die ihm dabei helfen würde, dies in einer weiten Galaxie umzusetzen.

»Ein Squad funktioniert, aber jetzt muss ich mir einen Namen ausdenken«, sagte Rovo.

»Das kannst du beim Mittagessen machen«, meinte Raquel.

»Glaubst du, ich hab dafür Zeit?«

»Ganz bestimmt. Komm schon.«

Nicht dass Rovo Raquel sowieso etwas abgeschlagen hätte. Ein Job war nicht der einzige Grund gewesen, warum der Neuling nach Gillane Four zurückkehren wollte.

Die Cafeteria im Büroturm von Salinity hatte nicht die nüchterne Stahlumgebung der *Nautilus*, was Rovo erneut daran erinnerte, dass er jetzt für eine Organisation arbeitete, die ihre Mitglieder nicht Tag für Tag in Gefahr brachte. Leichte Beatmusik schwebte über ihnen, während fröhliches Mittagsgeplauder durch den weiten Raum hallte und Oberlichter an den Seitenwänden ein erfrischendes Leuchten verbreiteten.

All das verblasste jedoch, als ein einzelner funkelnder Ruf über dem Lärm erklang. Rovo, gerade drei Schritte vom Aufzug entfernt, ging in die Hocke, um Kaias stürmische Umarmung zu empfangen. Hinter ihr kam Kashmal, der ausnahmsweise keine offene Frustration im Gesicht zeigte. Das Mädchen wirkte glücklich und strahlte vor Gesundheit, und als Rovo ihr sagte, dass sie ihn jederzeit besuchen könne, wischte Kaias Leuchten alle Zweifel daran weg, DefenseCorp den Rücken gekehrt zu haben.

Nein, der Job war definitiv nicht der einzige Grund gewesen.

BUSSE

Obwohl Aurora die meisten Nächte auf dem Beobachtungsdeck verbrachte, wurde sie der Aussichten nie überdrüssig. Während die *Nautilus* sich zurück zum Rand bewegte – Deepaks bevorzugter Spielplatz –, bot der Blick zum galaktischen Kern ein Feuerwerk an Farben über das gesamte Spektrum, interstellare Schönheit, die durch einen unendlichen Himmel glitt.

»Ihre Geschichte stimmt«, sagte Deepak, als der Admiral sich Aurora mit zwei Getränken in den Händen anschloss. »Alles, was wir herausfinden konnten, passt zusammen.«

»Sie hütet keine Geheimnisse.«

»Ich kann nicht herausfinden, was für ein Spiel Vana spielt«, sagte Deepak und richtete seinen Blick wie Aurora zum Himmel. »Ich habe sie hier behalten mit dem Versprechen, dass ich herausfinden würde, was sie will, und ich weiß es immer noch nicht.«

Das Getränk hinterließ eine würzige Schärfe mit dem Bourbon. Eine gute Mischung bei der kühlen Temperatur auf dem Deck.

»Du hast dich in sie verbissen«, sagte Aurora. »Du suchst nach Geistern, die es nicht gibt.«

»Kann sein.« Deepak hob das Glas an seine Lippen, trank aber nicht. »Glaubst du, ich jage einem Phantom nach?«

Aurora hatte Vanas geradliniger Geschichte zusammen mit allen anderen zugehört. Die Agentin, müde und siegreich, lieferte jede Antwort ohne zu zögern, ohne zu kalkulieren. Dass Deepak und sein Team herausfanden, dass Vana die Wahrheit sprach, kam nicht überraschend.

»Sie hat ihre Heimat verloren, weil die falsche Seite unsere Dienste gekauft hat«, sagte Aurora. »Es gibt Millionen wie sie da draußen, Vana hatte nur den Mut, etwas dagegen zu unternehmen.«

»Uns von innen heraus aus Rache zu zerreißen?«

»Und die Galaxie davon abzuschrecken, hirnlose Monster zu erschaffen.« Aurora spielte nicht mit ihrem Drink herum, sondern genoss das Brennen. »Ich würde es edel nennen, wenn sie dafür nicht so viele getötet hätte.«

Stille füllte die Lücke, während ein violett-weißer Nebel im Zentrum über ihnen erschien. Silberne Streifen zuckten darüber hinweg und zeigten vorbeiziehende Kometen, Trümmer und sogar andere Schiffe.

»Glaubst du, sie hatte Recht?«, fragte Deepak.

»Nein«, sagte Aurora. »Aber sie glaubt es, und das ist alles, was es braucht.«

»Die Familien, die Menschen durch Dynas' und Anaskyas Experimente verloren haben, wollen Blut sehen«, sagte Deepak. »Sie wollen, dass sie tot ist, und zwar auf die altmodische Art.«

»Keine Luftschleuse für Vana?«

»Ich kann nicht. Sie hat immer noch Agenten da draußen, die möglicherweise das Virus haben. Bis wir sie finden, kann ich nicht noch mehr Leben für sie aufs Spiel setzen.«

»Scheint schwer zu sein, das Kommando zu haben.«

Deepak seufzte und warf einen Blick in Auroras Richtung. »Als du zur Oberfläche von Aurum Drei aufgebrochen bist, hattest du vor, sie zu töten?«

»Wir dachten, sie würde eine unbesiegbare, unsichtbare Armee entfesseln. Das Ziel war, sie zu stoppen«, Aurora erwiderte Deepaks Blick. »Wenn Vanas Tod das bewirkt hätte, hätte ich abgedrückt. Ohne zu zögern. Als klar wurde, dass sie ins Gras beißen zu lassen nicht aufhalten würde, was passiert war, änderten wir die Mission.«

»Und habt mir Kopfschmerzen bereitet.«

»Du Armer.« Aurora schwenkte ihr Glas. »Was für ein hartes Leben du führst.«

Deepak lachte: »Mit dir drin ist es nicht einfacher.«

»Nicht einfacher? Deine Ränge waren ein Chaos! Deine-«

»Stopp.« Deepak hob die Hände in gespielter Kapitulation. »Du wirst mir morgen früh sicher alles darüber erzählen. Und Vana wird auch noch da sein. Lass mir einen friedlichen Moment.«

Dieser eine Moment verging. Die Sterne draußen ließen es zu.

»Ich habe eine Idee für Vana«, sagte Aurora langsam und tastete sich vor, während die Intuition kam.

»Erzähl.«

»DefenseCorp zerbricht. Es werden die *Nautilus* und Freunde sein, die mit so vielen anderen Fraktionen um Verträge kämpfen«, sagte Aurora. »Du wirst nach dem, was passiert ist, Wohlwollen brauchen, irgendeinen Weg, um Planeten auf deine Seite zu ziehen.«

»Ich habe schon gesagt, dass wir keine öffentliche Hinrichtung machen werden.«

»Nein, etwas anderes.« Aurora stellte ihr Glas ab und fixierte Deepak mit dem Blick einer Squad-Führerin. »Vana erstellt Gedenkstätten. Erzählt die Geschichten aller, die auf Dynas und Aurum Drei gestorben sind. Wir polieren sie auf und schicken sie raus. Vanas Agenten können ihr helfen, die Informationen zu beschaffen, die sie braucht, um sie zusammenzustellen, und wir bekommen dringend benötigte Zuneigung, wann immer ein Planet, eine Stadt oder eine Familie Abschied nehmen kann.«

Deepaks Gedanken arbeiteten. Anders als Rovo oder sogar Sai beugte sich der Admiral nie sofort Auroras Worten. Manchmal frustrierend.

»Vana würde das tun, weil ...?«, fragte Deepak.

»Weil es das ist, was sie will«, antwortete Aurora. »Das lässt sie ihre Geschichte immer und immer wieder erzählen, was bedeutet, dass die Galaxie nie vergessen wird, was hier passiert ist. Die Fraktionen können nicht ein paar Jahre warten, bis die Leute darüber hinweg sind und Defense-Corp neu gründen. Es ist Vanas Vermächtnis, genauso wie alles andere.«

Sie kauten daran für einen Drink und einen halben. Der violette Nebel leuchtete mit jedem Schluck heller. Aurora ging ihre Worte immer wieder durch, fand kleine Löcher, die vielleicht angesprochen werden mussten, aber nichts, was die ganze Idee zum Einsturz bringen würde. Deepak brachte die Überlegungen ins Gespräch, und sie tauschten Gedanken aus, schmiedeten einen Plan wie Kollegen, wie Freunde, wie Liebende es tun.

»Ist das, was du willst?«, sagte Deepak schließlich, als sie so oft hin und her gegangen waren, dass die Linien so verschwommen waren wie ihre Sicht. »Dass Vana bleibt und all diese Dinge macht?«

Der Moment oder die Mission.

»Wenn wir sie in einen Stern werfen, haben wir eine befriedigende Sekunde«, sagte Aurora. »Wenn wir all die verlorenen Leben ehren, erreichen wir das, wofür wir am Anfang ausgezogen sind: die Menschen auf Dynas zu retten.«

»Diese Mission war für eine Person gedacht und, wenn ich mich an dein Debriefing erinnere, war er ein Betrunkener, der schnell an Geld kommen wollte.«

Aurora grinste. »Lass das Perfekte nicht zum Feind des Guten werden, Admiral. Du brauchst Geld, um deine Leute zu bezahlen, Vana braucht Buße, und ich brauche etwas, um meine Soldaten zu inspirieren. Das trifft alle drei Punkte.«

Deepak ließ die Worte auf sich wirken, schüttelte den Kopf und hob sein Glas, um mit Aurora anzustoßen.

»Weißt du, was das bedeutet?«, sagte Deepak.

»Was?«

»Ich werde dich nie wieder auf eine Mission schicken. Du bist zu wertvoll.«

Aurora lachte. »Weißt du, ich glaube, ich könnte eine Pause gebrauchen.«

Außerdem würde es Wochen dauern, bis die *Nautilus* ihr Ziel erreichte, eine sumpfbedeckte Welt, die eine Reinigung benötigte. Als Aurora auf die Sterne, den Nebel und sogar Deepaks vom Bourbon gerötetes Gesicht blickte, dachte sie, dass sie die Reise genießen würde.

———

Die Toten gehören nach Riven. Die Lebenden auf die Erde. Doch während der Krieg Riven zum Bersten füllt, muss Carver einen Weg finden, diese Grenzen klar zu halten, sonst wird es bald kaum noch einen Unterschied zwischen den Welten geben.

Starte ein neues Dark-Fantasy-Abenteuer mit *Riven*:

DANKSAGUNG

Dieser Roman ist das Ergebnis davon, dass meine Familie und Freunde einen Traum nicht sterben ließen. Meine Frau Nicole dafür, dass sie mich in den frühen Morgenstunden schreiben lässt und sicherstellt, dass ich nicht verhungere. Meinen Brüdern und Eltern für ihre ständigen Kommentare, ihre Unterstützung und Begeisterung.

Evan Aaseng dafür, dass er ein ständiges Korrektiv ist und mich zurückholt, wenn meine Ideen zu weit gehen.

Und natürlich dir, dem Leser, dafür, dass du mir einen Grund zum Schreiben gibst.

A.R. Knight spinnt seine Geschichten in einem frostigen Haus in Madison, WI, das hauptsächlich von zwei Katzen bewohnt wird. Nachdem er während der Wirtschaftskrise 2008 in den Arbeitstrott geraten war, fand er sich in langweiligen Meetings wieder, wo er gedanklich durch den Weltraum schwebte und große Abenteuer erlebte.

Schließlich, nach Erfahrungen mit Podcasting, Drehbüchern, Kurzgeschichten und anderen Romanen, fand er eine Geschichte, in die er eintauchen konnte, und eine Besetzung von Charakteren, die sowohl unterhaltsam als auch herzerwärmend waren.

Nach Sever Squad plant A.R. Knight, in andere Welten zu springen und neue Geschichten zu erzählen, innerhalb der grenzenlosen Weiten unserer Vorstellungskraft.

Wie immer, danke fürs Lesen!

Für weitere Informationen:
www.blackkeybooks.com

Für Peter